W0406206

Larissa Ione, vétéran de l'Air Force, a également exercé les professions de météorologiste, médecin urgentiste et dresseuse de chiens. Cependant, elle n'a jamais cessé d'écrire, et elle a désormais la chance de pouvoir consacrer tout son temps à cette activité. Elle a adopté un style de vie nomade, qu'elle partage avec son époux garde-côte et son fils. Amoureuse des animaux, elle adopte tous ceux qu'elle trouve. Il n'est donc pas surprenant d'en rencontrer souvent dans ses romans.

Du même auteur,
aux éditions Bragelonne,
en grand format :

Les Cavaliers de l'Apocalypse :
1. *Guerre*
2. *Famine*
3. *Mort*
4. *Pestilence*

Chez Milady, en poche :

Demonica :
1. *Plaisir déchaîné*
2. *Désir déchaîné*
3. *Passion déchaînée*
4. *Extase révélée*
5. *Péché absolu*
6. *Brûlante rédemption*

Les Cavaliers de l'Apocalypse :
1. *Guerre*
2. *Famine*
3. *Mort*
4. *Pestilence*

Vampire Nation :
1. *Riker*
2. *Hunter*

Larissa Ione

Hunter

Vampire Nation – 2

Traduit de l'anglais (États-Unis) par Zeynep Diker

Milady

Milady est un label des éditions Bragelonne

Titre original : *Chained by Night*

Ouvrage originellement publié par Pocket Books, une division de Simon & Schuster, Inc.

ISBN : 978-2-8112-1452-4

Bragelonne – Milady
60-62, rue d'Hauteville – 75 010 Paris

E-mail : info@milady.fr
Site Internet : www.milady.fr

Pour Doug. Tu as touché tous ceux qui t'ont rencontré et le monde ne sera plus pareil sans toi. Tu nous manques.

Remerciements

Un grand et sincère merci à toute l'équipe de Pocket Books, qui a œuvré à la publication de ce livre dans des conditions plus que difficiles. Je dois ma santé mentale à votre patience et à votre compréhension, et je vous apprécie plus que je ne saurais le dire. D'énormes câlins à Lauren McKenna et Elana Cohen pour votre travail acharné. Vous vous êtes surpassées pour moi et je ne vous remercierai jamais assez.

Chapitre premier

Dans le tumulte d'une boîte de nuit clandestine, le tintement des verres de whisky remplis à ras bord mêlé à la musique rock et aux éclats de rire sonnait comme le glas.

— Vieux, c'est ta dernière nuit de célibataire. Tu devrais déclencher une bonne bagarre ou sauter cette femelle dont tu viens de t'abreuver.

Hunter fusilla du regard son ami blond par-delà la table éraflée. En tant qu'humain devenu vampire, Riker tenait à certains rituels étranges tels que l'enterrement de vie de garçon.

— Je ne baise pas en dehors de mon espèce.

Contrairement à Riker, et à la plupart des vampires d'ailleurs, Hunter n'avait jamais partagé le patrimoine génétique des humains. Le Grand Esprit en soit loué.

— Et ce n'est pas ma dernière nuit, ajouta-t-il d'une voix bourrue. La cérémonie n'aura pas lieu avant le mois prochain.

Riker l'observa d'un air sceptique.

— Elle arrive à MoonBound demain.

Hunter gémit en se rappelant l'arrivée imminente de sa « promise », due à une coutume ancestrale exigeant que le chef de clan réussisse une série d'épreuves avant de pouvoir être uni à sa compagne pour toujours.

Pour toujours. Cela sonnait bien trop long pour Hunter.

Il but son whisky d'un trait et changea de sujet.

— Où sont Baddon et Jaggar ?

La veste en cuir de Riker crissa lorsqu'il appuya la hanche contre la table devant laquelle ils se tenaient depuis deux heures.

— Ils réparent tes impairs, monsieur le difficile. (Il lui montra du pouce l'une des salles privées au fond du couloir.) Ils sont partis avec cette nana aux cheveux violets et sa copine.

Hunter parcourut d'un regard interrogateur la mer d'humains aux cheveux violets qui les entourait, victimes de la nouvelle couleur à la mode.

Riker précisa.

— Celle qui portait le collier de chien. Avec les pointes métalliques.

Pourquoi les groupies pensaient-elles que les vampires affectionnaient ce genre d'ornements ? Sans compter que ces bijoux constituaient un frein considérable au processus d'alimentation.

Avec un soupir, Hunter se repoussa du mur contre lequel il était adossé. Il en avait assez de cette débauche de sexe, de drogues et de sang. Il n'avait jamais raffolé de ces cloaques souterrains où l'on vénérait ses congénères, et, même si ce club qui pourvoyait en secret aux besoins des vampires comptait parmi les plus chic de Seattle, il empestait le désespoir.

Les humains qui s'y rendaient pour donner leur fluide vital et leur corps aux vampires étaient prêts à tout pour se faire transformer un jour. Les suceurs de sang qui fréquentaient ces lieux l'étaient tout autant, que ce soit pour se repaître ou pour retrouver leur humanité perdue ; or Hunter ne recherchait ni l'un ni l'autre. C'était un vampire de naissance, il n'avait donc jamais été humain. Et, en tant que guerrier chevronné et dirigeant de l'un des clans les plus importants du Nord-Ouest pacifique, il n'avait pas manqué de nourriture depuis fort longtemps.

Il arpenta le sol en béton maculé d'hémoglobine et de boissons diverses, remarquant à peine la façon dont l'essaim d'humains et de vampires s'écartait sur son passage. Au sein d'une boîte de nuit, Hunter se trouvait à égalité avec ses congénères, mais, au vu de son rang et de sa qualité de vampire de naissance séculaire, il bénéficiait d'une déférence indéniable.

Bien entendu, le fait qu'il mesure près de deux mètres et soit blindé d'armes sous son pardessus en cuir entrait aussi en ligne de compte.

Il s'éloigna de la foule et poussa la première porte qui se présenta à lui. Une faible lumière inonda la pièce, se déversant sur un canapé taché et un vieux lit défoncé calé contre un coin. Les odeurs enivrantes de sang et de sexe envahirent le couloir, couvrant les relents persistants de tabac froid et de graillon qui émanaient du snack décrépit d'à côté.

Un collier de chien à piques reposait par terre sur une pile de vêtements en bataille.

— *Yo !* lança-t-il à l'attention des couples sur le matelas et sur le canapé. Finissez vite. Je me casse.

L'humaine nue lovée contre Baddon gémit. Ce dernier, plaqué contre sa poitrine, les crocs enfoncés dans son cou, ne leva pas les yeux, contrairement à Jag, sur le canapé, qui signifia à son chef d'un lent hochement de tête qu'il avait reçu le message.

Hunter referma la porte et se tourna vers Riker, dont l'expression amusée ne cachait guère l'inquiétude qui animait ses iris argentés.

— Arrête ça, gronda Hunter. Épargne-moi ta pitié.

— Ta future compagne vient de ShadowSpawn, répliqua Riker en lui tendant un verre de whisky. Un clan qui nous mène la guerre depuis des siècles. Ils possèdent des œuvres d'art réalisées à partir des scalps et des os des nôtres. Et puis j'ai fait la connaissance de Rasha… Crois-moi, ma pitié est loin d'être superflue.

Hunter s'adossa au mur et renversa la tête assez fort pour se faire mal. Cela faisait deux mois qu'il avait conclu un pacte avec le chef sanguinaire du clan ennemi, acceptant de s'unir à sa fille en échange de la libération de Nicole, la compagne de Riker.

Cependant, il avait appris les termes du contrat aux siens à peine deux jours plus tôt.

Riker était furieux de ne pas avoir été mis dans la confidence, mais Hunter avait gardé le silence pour le bien de son ami. Riker et Nicole auraient été rongés par la culpabilité ou tenté quelque manœuvre stupide pour rompre l'arrangement.

— Je suis désolé, Hunt. (Riker baissa les yeux sur ses bottes coquées, et ses cheveux retombèrent sur son front, cachant son expression.) Tout est ma faute. Ce que tu as fait pour Nicole et moi…

— Stop. J'ai dit que je ne sollicitais pas ta pitié, et je n'ai pas non plus besoin de tes excuses. J'ai fait un choix, et je dois l'assumer. Tu veux savoir de quoi j'ai besoin ? demanda-t-il se concentrant sur la tension de ses muscles. D'une bonne baston.

Riker souleva la tête et exposa ses crocs.

— Avec un peu de chance, on croisera des braconniers sur le chemin du retour.

— Ou alors on pourrait chasser nos ennemis ici, en pleine ville.

À la pensée d'endosser le rôle de prédateur, comme c'était le cas jadis et devrait l'être encore, un grondement d'impatience s'éleva de sa cage thoracique.

Riker porta brusquement le regard sur la porte d'entrée lorsque deux jeunes vampires pénétrèrent dans le club. Aucun détail ne lui échappait.

— Hors de question. C'est beaucoup trop risqué.

Hunter vida son verre de whisky.

— Justement. Et ce n'est pas si risqué.

— J'ai dit non. On ne peut pas laisser notre chef se faire tuer. Ou pire.

Car il y avait pire, et Hunter le savait. Les humains tenaient à leurs esclaves et, s'il se faisait capturer vivant, il pouvait se retrouver à passer la serpillière pour l'une de ces enflures après un an de « reprogrammation et formation ». Cependant, comme il était un vampire de naissance, ses prunelles brun foncé le distinguant de ses congénères dont les iris prenaient une teinte argentée caractéristique après leur transformation, il était bien plus probable qu'il finisse ses jours dans l'un des laboratoires de Daedalus.

Nicole, ancienne P.-D.G. de la société qui avait révolutionné l'esclavage, s'était montrée très claire sur le sort réservé aux vampires de naissance dans le monde humain, et ce n'était pas joli. Les pauvres bougres se voyaient réduits à une existence de cobaye, piqués, examinés, torturés, charcutés, et, sans doute, accouplés de force. Plutôt mourir.

Il fit tournoyer ses cubes de glace dans son verre.

— Tu sais que je peux faire ce qui me plaît, hein ?

— Et toi, tu sais pourquoi tu m'as nommé commandant en second.

Riker repoussa du geste la jeune femme qui s'approchait, les traces de morsure et l'absence de culotte sous sa minijupe en jean indiquant qu'elle se livrerait volontiers à tous les plaisirs d'un vampire.

— Pour t'empêcher de faire des conneries.

Hunter ricana.

— Pour essayer de m'en empêcher, nuance.

— J'ai des renforts, tu sais.

Il tourna la tête vers Baddon et Jaggar qui émergeaient de la chambre, l'air repu et détendu. Pour autant, c'étaient des guerriers purs et durs, et leur apparente nonchalance cachait une vigilance létale que nul volume de sang ou de sexe ne saurait diminuer. Ils jaugèrent la foule du regard, prêtant attention à chaque individu tandis qu'ils s'empressaient de rejoindre Hunter.

— Comment se fait-il, s'enquit Baddon d'une voix traînante, qu'on soit les seuls à profiter de la fête alors que c'est Hunt qui est à l'honneur ?

— Parle pour toi ! lui rétorqua Riker. Je me suis nourri, mais je m'en vais retrouver ma sublime compagne qui m'attend à la maison.

Jaggar lui donna un coup de poing dans l'épaule.

— Espèce de veinard ! Je t'ai vu avec cette brune à gros seins, ajouta-t-il à l'attention de Hunter. Tu te l'es tapée ?

— Ça dépend de ce qu'on entend par là.

Hunter se dirigea vers la sortie sans s'expliquer davantage.

Pour la première fois de sa vie, il avait envisagé d'envoyer valdinguer tous ses principes et de coucher avec la femme qui avait grimpé sur ses genoux et s'était frottée à lui pendant qu'il s'en repaissait, mais il avait été bien trop préoccupé par son funeste destin, à savoir son union imminente. Il exécrait la femelle de ShadowSpawn, et penser à elle suffisait à flinguer sa libido.

Et puis il y avait la malédiction. Oh ! et la possible présence d'un espion dans leurs rangs fournissant des informations à l'ennemi.

Hunter était dans une merde noire.

— Hunt ! (Riker courut après lui.) Pas de conneries !

— Ouais, ouais, grommela-t-il tandis qu'ils montaient les marches d'un passage mal éclairé menant à une ruelle obscure.

Celle-ci, encombrée par des bennes à ordures et des caisses, était néanmoins propre et, mieux encore, déserte.

La boîte de nuit se trouvait dans la banlieue de Seattle, dans un quartier chic auquel les flics et les chasseurs ne s'intéressaient pas. Peut-être connaissaient-ils son existence mais, tant qu'aucun humain fortuné ne se faisait agresser ou tuer, les forces de l'ordre gardaient leurs distances. Aucun intérêt à attirer l'attention sur un « problème de vampire » quand il n'y en avait pas.

Sauf qu'il y en avait bien un, et bientôt il toucherait des zones qui avaient été ignorées pendant des décennies. Cette tempête, Hunter la présageait depuis des années ; elle couvait depuis le jour où les humains avaient découvert leur existence.

L'odeur de la neige imprégnait le vent tandis qu'ils longeaient les rues, se mêlant aux flots d'humains qui profitaient de la vie nocturne dans cette partie de la ville animée en continu même pendant les mois d’hiver glacés. Une sirène hurla dans le lointain, si loin qu’aucun des humains qui déambulaient autour d’eux ne pouvait l’entendre.

Comment ces faibles créatures avaient-elles réussi à conquérir et à réduire sa race en esclavage ? Hunter n’en revenait toujours pas. Certes, ils possédaient un avantage en matière d’armes à feu, et ils étaient un milliard de fois plus nombreux, mais, par le Grand Esprit, ce qu’ils étaient stupides !

Baddon prit la tête du cortège lorsqu’ils approchèrent du centre commercial où ils avaient garé leur semi-utilitaire, la main glissée sous sa veste de motard, prêt à dégainer. Et même impatient de dégainer, plus probablement.

Les lampadaires du parking s’éteignirent, plongeant la voiture dans l’obscurité grâce à la capacité de Baddon à manipuler mentalement l’électricité. L’absence de lumière leur procurait un atout supplémentaire sur les chasseurs humains, et, même si Hunter estimait que l’extrême précaution dont son bras droit tenait à faire preuve constituait une perte de temps et d’énergie, il ne discuta pas. Riker était hypervigilant, et, quand la sécurité des membres du clan était en jeu, mieux valait gaspiller son temps et son énergie que se retrouver mort.

Jag et Baddon allèrent sécuriser le périmètre immédiat du véhicule tandis que Riker restait en retrait pour protéger Hunter. Lorsque Bad leur fit signe que tout était en ordre, Hunter tira les clés de sa poche.

— C’est moi qui conduis.

Ils grimpèrent dans la voiture en rouspétant, mais personne ne protesta réellement. Riker s’installa sur le siège passager et brancha son lecteur MP3 sur l’autoradio, et Hunter fut contraint d’écouter trois vampires aguerris chanter à tue-tête pendant tout le trajet. Au bout de cinquante kilomètres, alors que *Bad Moon Rising* s’achevait pour la deuxième fois, ils atteignirent l’allée de gravier qui s’enfonçait dans le domaine que possédait MoonBound. Cette quarantaine d’hectares servait pour le stockage et la chasse, et abritait également deux petits chalets que tout membre du clan pouvait utiliser quand il souhaitait s'évader un peu.

Ou se planquer.

Il se gara dans la grange, où d'autres véhicules avaient été entreposés, des motoneiges aux quads en passant par la Corvette de Jaggar et la Harley de Baddon. Ainsi, ils pouvaient traverser la forêt pour rejoindre les terrains publics où se trouvait leur quartier général en moins d'une demi-heure.

Malheureusement, une augmentation récente de l'activité humaine dans la zone obligeait les vampires à davantage de prudence. Voilà pourquoi Hunter et les siens étaient réduits à voyager à pied, autant par souci de discrétion que pour éviter de laisser des traces qui mèneraient les humains à leur QG.

— Enculés d'humains ! grommela Baddon tandis qu'ils cheminaient à travers bois.

Jag et Rike signifièrent leur accord par un murmure, mais soudain Hunter flaira un effluve qui lui glaça les os.

— Stop !

Déjà sur le qui-vive, ils dégainèrent leurs armes et adoptèrent une posture de combat tandis que Hunter levait le visage vers la brise. L'odeur nauséabonde de crasse, d'alcool et de tabac… et de sang de vampire éventé flotta dans le vent, se mêlant à la fumée âcre qui s'élevait d'un campement au loin.

— Des braconniers, souffla-t-il, l'air sévère. Au moins une dizaine.

— Merde !

Baddon, dont les cheveux noirs étaient plus longs devant que derrière, repoussa sa frange tout en désamorçant la sécurité de son arbalète.

Ils continuèrent à avancer, à pas de loup. Mais alors qu'ils approchaient les berges du lac où le clan se rendait l'été pour nager et pêcher, un coup de feu retentit. Une balle s'enfonça dans un tronc d'arbre à moins d'un mètre de la tête de Hunter.

— Des Stake Reapers ! hurla Baddon, et, putain, ça sentait le roussi !

Chasseurs et braconniers étaient la plaie des vampires depuis des décennies, mais la défection chaotique de Nicole de Daedalus (et de l'humanité) pour rejoindre MoonBound et devenir un vampire avait semé la panique. Les humains s'étaient mis à exiger l'extermination de tous les vampires libres ainsi qu'un contrôle renforcé des esclaves. À présent, tous les abrutis de la planète en avaient après les vampires, et certains, comme le club de motards des Stake Reapers, se hâtaient d'en capturer un maximum pour les vendre avant que les vampires sauvages ne soient tous éradiqués.

Pire, cette formation clandestine avait prouvé être le groupement organisé le plus dangereux que Hunter avait jamais croisé. Et, d'après Baddon, il était dirigé par un vampire, ce qui était plus dérangeant encore.

Deux colosses surgirent des broussailles, l'un armé d'une machette, l'autre d'une batte de base-ball. Tous deux portaient également un pistolet. Hunter effectua une pirouette et envoya le type à la machette au tapis d'un coup de pied à la gorge. Puis il fit volte-face, manquant de peu de se faire défoncer le crâne par le chauve à la batte. Il répliqua avec un crochet du droit et fractura quelques dents de son assaillant.

Alors qu'il l'empoignait par le col, un bruit métallique résonna entre les arbres, suivi d'un hurlement glaçant.

Hunter tournoya sur lui-même, projetant le Stake Reaper contre un rocher moussu assez fort pour le mettre KO. À plusieurs mètres de là, Jaggar s'agrippait à sa jambe et gémissait en se tordant de douleur. Un immense piège, conçu pour les ours ou spécifiquement pour les vampires, lui enserrait le mollet, les dents acérées lui lacérant la chair et lui brisant probablement les os.

Hunter courut vers lui tandis que Riker et Baddon neutralisaient deux autres humains. Un coup de feu retentit de nouveau. Riker sursauta et pressa la main sur son épaule en sang.

— Je vais bien ! lui cria-t-il, et, avec un hochement de tête, Hunter s'empressa de rejoindre Jag.

Le piège, couvert du sang de Jaggar, était horriblement glissant, mais Hunter parvint à l'ouvrir sans aggraver la blessure de son compagnon. Sifflant de douleur, celui-ci dégagea sa jambe et Hunter laissa les crans en métal se rabattre.

— Tiens bon, vieux.

Il déchira un lambeau de son tee-shirt et se hâta de l'enrouler autour de l'os qui saillait de la plaie béante juste en dessous du genou de Jag.

Le bandage de fortune en place, il passa les bras sous les aisselles de son ami et le hissa sur ses pieds. Cependant, le transporter jusqu'au quartier général s'annonçait délicat. Jag souffrait d'une profonde entaille, et sa jambe était assurément cassée.

Riker et Baddon avaient plaqué le dernier humain contre un arbre, et, même si ses acolytes se cachaient encore dans les bois, Hunter et sa troupe n'avaient d'autre choix que de tenter un repli vers leur QG.

Il se dépêcha de jeter Jaggar sur son épaule.

— Allons-y ! hurla-t-il. Ramenez l'humain.

— Compris ! lui cria Riker tandis que Baddon retournait le braconnier et l'assommait d'un violent coup de poing à la tête.

Le type s'écroula sur le sol humide dans un bruit sourd des plus satisfaisants.

Sans fournir le moindre effort, Baddon imita Hunter et plaça l'humain sur son épaule avant d'aller tâter le terrain au pas de course. Riker talonnait Hunter, assurant sa protection. À cent mètres de l'endroit où avait eu lieu la bataille, deux guerriers de MoonBound, Takis et Aiden, les rejoignirent, leurs arcs bandés.

— On a entendu des coups de feu, dit Takis en jetant un rapide regard à Jaggar. Des chasseurs ?

— Des Stake Reapers, gronda Baddon.

— Merde ! murmura Aiden. Tout le monde va bien ? Rike ?

Riker lui répondit d'un bref hochement de tête.

— Ça ira. Il faut aider Jag.

Ils avancèrent plus vite à présent, grâce à Aiden et Takis qui dégagèrent la voie, et ne rencontrèrent plus de problèmes. Néanmoins, le fait que les Stake Reapers aient posé leurs pièges si près de MoonBound était perturbant. Leur gardien mystique avait protégé la zone de sorte à repousser passivement les humains, mais soit ses sorts avaient été annihilés, soit les Stake Reapers possédaient quelque talent les rendant inutiles.

Dans un cas comme dans l'autre, le clan pouvait être en péril. Le QG était dissimulé par une magie millénaire, et, si les barrières de protection pouvaient être neutralisées, le sort d'invisibilité pouvait l'être également.

— Baddon. (Hunter replaça Jaggar sur son épaule de sorte à soulager la pression qui commençait à lui engourdir le bras droit.) Essaie de dégotter plus d'infos sur les Reapers. S'ils parviennent à neutraliser nos protections, il se pourrait que tu aies visé dans le mille avec ta théorie et qu'ils comptent l'un des nôtres dans leurs rangs. Riker, je veux qu'on double les patrouilles, et, demain, j'irai à la rencontre de Rasha et de sa suite à la frontière de notre territoire.

— Oui, chef! répondit simplement Baddon, mais Riker lui lança un regard noir.

Selon lui, cette décision mettait Hunter en grand danger. D'ailleurs, il n'hésiterait pas à le sermonner à ce sujet, mais ses efforts seraient vains. Hunter ne ferait courir aucun risque à sa future compagne. Il ne l'aimait pas, il ne voulait pas de cette union mais, s'il lui arrivait quoi que ce soit sur son territoire, Kars accrocherait la dépouille de tous les vampires de MoonBound sur ses murs.

Alors, oui, Hunter s'assurerait que sa future compagne et son clan étaient en sécurité.

Son destin, cependant, demeurait très incertain, et, tandis qu'ils franchissaient les derniers kilomètres avant le QG, la voix du démon qui était venu à lui deux mois plus tôt résonna dans ses oreilles.

« Avant la fin de l'hiver, tu seras mort. »

Chapitre 2

La fatalité poursuivait Aylin Redmoon tel un loup pourchassant une biche blessée. À mesure qu'elle approchait du territoire du clan MoonBound, parcourant l'inhospitalière chaîne des Cascades de l'État de Washington, son sentiment de ruine imminente croissait.

Bientôt, elle serait unie de force à un mâle brutal qui lui volerait sa virginité avant de la jeter comme un mouchoir usagé.

Mais d'abord sa sœur jumelle devait se marier. Et contrairement à son futur compagnon, celui de Rasha était séduisant et respecté de ses pairs. Et il se lavait plus d'une fois l'an. Aylin n'avait jamais vu Hunter de près, mais, à en croire les commérages, il avait tout d'un Adonis vampire.

La neige tombée la veille pendant la tempête crissa sous ses bottes de randonnée tandis que sa sœur et elle longeaient le lit sinueux d'une rivière. Celles de Rasha ne faisaient pas le moindre bruit.

Aylin lui lança un regard oblique. Les cheveux blonds de Rasha étaient coiffés en queue-de-cheval stricte alors que les longues boucles d'Aylin étaient négligemment retenues par un lacet de cuir, mais à l'exception de ce détail elles étaient identiques. Jusque dans leurs tenues, mais cela n'était en rien une quelconque fantaisie de jumelles. Non, Aylin servait de leurre afin d'offrir à Rasha, la première-née et l'héritière de ShadowSpawn, une meilleure chance de fuir dans l'éventualité où elles se feraient attaquer par des humains ou doubler par MoonBound.

Tandis qu'elles marchaient, Aylin veilla à rester derrière sa sœur, à sa droite, tel qu'on lui avait appris. Une position de soumission qu'elle devait adopter avec tous les mâles et certaines femelles de son clan. Elle avait beau être la fille du chef, son statut de seconde jumelle la subordonnait aux mâles et sa déficience physique la rendait automatiquement inférieure aux femelles bien portantes.

Pour autant, il lui arrivait parfois « d'oublier sa place ». Elle le payait toujours, mais ces quelques minutes où elle répliquait à l'un de ses supérieurs ou se montrait plus maligne que lui valaient leur pesant d'or.

Un cerf bondit de l'autre côté du sentier à quelques mètres de là et continua de courir entre les arbres d'un pas leste et silencieux. Comme Aylin enviait la liberté et l'agilité de cet animal !

Rasha se mouvait tout aussi gracieusement. Chacun de ses pas était réfléchi et insonore, et de sa main gantée elle serrait fermement son arbalète tandis que l'autre reposait sur la poignée de la dague fixée à sa hanche. Ses yeux bleus sondèrent la forêt qui s'étendait devant elles, cataloguant chaque feuille portée par le vent, chaque oiseau voletant de branche en branche. Rasha était calme, impassible, fidèle à la guerrière qu'elle était… même si elle était sur le point d'épouser l'ennemi.

— Tu n'es pas nerveuse ? lui demanda Aylin.

— Pourquoi le serais-je ?

Rasha fit signe à l'un des six gardes chargés de les escorter d'attendre devant. Ils ne devraient pas tarder à tomber sur les guerriers de MoonBound et voulaient éviter toute mauvaise surprise.

— Je vais m'unir au dirigeant de l'un des clans de vampires le plus important et le plus ancien de ce côté-ci des Rocheuses. Je serai reine. Et Hunter est carrément canon. Ce n'est pas comme si on me donnait à un monstre ignoble qui possède tout un harem.

— Comme moi ?

Aylin leva les yeux vers un écureuil qui les réprimandait des branches d'un arbre.

Tu devrais être en train d'hiberner, toi.

L'écureuil n'entendit pas ses pensées, bien sûr. Mais dans les tréfonds de son être, telles des ailes fantômes battant contre son âme, l'animal totem d'Aylin, la tourterelle triste qui lui servait d'esprit guide, s'éveilla, se préparant à délivrer le message au petit rongeur si nécessaire.

— Exactement. (Rasha traversa la ravine d'un bond, mais Aylin dut marcher sur un tronc pour la franchir.) Je sais que ce n'est pas ce que tu souhaites, mais tu dois essayer d'en tirer le meilleur. N'est-ce pas ce que tu me dis toujours ? (Elle jeta à sa sœur un sourire taquin.) C'est agaçant, hein ?

Aylin lui lança une pomme de pin. Elles s'entendaient bien quand elles étaient seules et que Rasha ne récoltait pas le mépris de son clan pour témoigner de la bonté à son estropiée de sœur.

— T'encourager à t'accommoder de ton union avec Hunter, ce n'est pas tout à fait pareil que de m'exhorter à tirer le meilleur de mon union avec Tseeveyo, lui fit remarquer Aylin. Toi, tu veux vraiment épouser Hunter.

— Pour le bien du clan. (Rasha repoussa la branche qui lui tombait sur le visage.) Mais il ne veut pas de moi.

— Et Tseeveyo ne veut de moi que parce qu'il a besoin de notre père comme allié.

Rasha détourna le regard. Elles savaient toutes deux que ce n'était pas là l'unique raison, mais aucune ne tenait à s'aventurer sur ce terrain-là.

— Il te faut quelqu'un pour veiller sur toi, Aylin. Tu as de la chance que Tseeveyo veuille de toi, et de cette façon, au moins, tu deviendras la compagne d'un chef.

L'une de ses compagnes.

— Je suis capable de me débrouiller seule.

Elle n'avait certainement pas besoin d'un homme dont les atrocités avaient donné naissance à la légende hopi de l'ogre dévoreur d'enfants que beaucoup connaissaient sous le nom de Cheveyo.

— Vraiment ?

Rasha jeta un coup d'œil sceptique à la jambe droite d'Aylin, qui se tordit presque lorsqu'elle descendit du tronc d'arbre.

— Tu ne peux pas chasser ni affronter d'autres femelles. Sans moi à ShadowSpawn, il ne s'écoulera pas longtemps avant que tu ne te retrouves en marge du clan, obligée de quémander des miettes. Et s'il arrivait quelque chose à notre père, tu te retrouverais sans la moindre protection. Le clan te bannirait, s'il ne te tuait pas.

Rasha disait vrai, mais ce n'était pas pour autant qu'Aylin avait envie de l'entendre.

— Merci pour le scoop, grommela-t-elle, couvrant le babillage incessant de l'écureuil.

Rasha afficha une mine décontenancée. Elle n'avait jamais compris qu'elle ne devait pas exprimer tout haut toutes les pensées qui lui passaient par la tête.

— Je suis honnête, c'est tout.

— Tu me rappelais la place que j'occupe au sein du clan.

— Parce que tu n'apprends jamais, lui rétorqua Rasha, fusillant le rongeur du regard. Tu n'arrêtes pas de transgresser l'ordre établi, et, crois-le ou non, je n'aime pas te voir punie. Si seulement tu acceptais ta place dans la société, ta vie serait bien plus facile.

— Si j'acceptais ma place, je serais morte, et tu le sais.

Combien de fois avait-elle entendu non seulement les membres de ShadowSpawn, mais son propre père déclarer qu'elle aurait dû être noyée à la naissance ? Aylin se demandait ce qui offensait le plus les autres. Qu'elle soit la deuxième-née, la jumelle maudite ? ou qu'elle ait eu l'insolence de naître avec une jambe déformée dans un monde qui prônait la survie du plus fort ?

Rasha soupira.

— Veux-tu seulement me promettre de bien te comporter avec Tseeveyo ? Je sais que c'est un salopard, mais si tu fais profil bas, suis les ordres et lui obéis, tout ira bien. Efforce-toi juste de...

— Assez ! l'interrompit Aylin. La dernière chose dont je souhaite parler c'est de la façon dont j'ai été vendue à un clan qui s'avère être pire que ShadowSpawn. Alors, tu veux bien la fermer maintenant ?

Personne d'autre au monde n'aurait osé s'adresser ainsi à Rasha. S'ils avaient tenu à leurs mâchoires, s'entend... Mais Rasha, malgré tous ses défauts, n'avait pas blessé physiquement sa sœur depuis l'enfance. Pas grièvement, du moins. Oh, non ! Elle recourait à des moyens bien plus efficaces pour remettre sa cadette à sa place, et celle-ci avait appris il y a fort longtemps à ne jamais montrer à son aînée ce qui lui importait. Rasha connaissait les points faibles d'Aylin... comme elle le prouva en braquant son arbalète sur le bruyant rongeur.

— Elle me casse les oreilles, cette bestiole !

— Non !

Aylin frappa l'arme au moment où Rasha tirait. Le carreau zigzagua, et l'écureuil fila vers un trou creusé dans l'arbre.

Rasha grogna, dénudant les crocs.

— Bon sang, Aylin ! les animaux, c'est de la bouffe, pas des compagnons domestiques !

— Épargne-moi ton baratin, répliqua Aylin en reprenant le chemin en direction du territoire de MoonBound. Tu ne comptais pas manger cet écureuil. Tu voulais le tuer pour me faire de la peine.

— Pas pour te faire de la peine, non. Pour t'aider. Tu comprends ce que je veux dire quand j'affirme que tu n'apprends pas de tes erreurs ? Je fais toutes ces choses pour ton bien. Si seulement tu le voyais.

Rasha bouscula Aylin pour passer devant elle. Cette dernière faillit trébucher, sa jambe déformée manquant de céder alors qu'elle tentait de retrouver son équilibre, mais Rasha la rattrapa.

Aylin se délogea violemment de sa prise.

— Oh ! j'ai bien compris qu'il ne fallait pas avoir d'animaux de compagnie. (À ShadowSpawn, la compassion envers les animaux était considérée comme une faiblesse.) J'allais demander à cet écureuil ce qui l'a fait sortir de l'hibernation. Je crois qu'il essayait de nous dire quelque chose.

Rasha poussa un sifflement de dégoût.

— Tais-toi ! murmura-t-elle avec colère. Si un des guerriers t'avait entendue…

— Ce n'est pas le cas. (Aylin se pencha pour nouer son lacet.) Et j'aurais été prudente.

— Aucune importance ! Communiquer avec les animaux est proscrit, et tu le sais.

Bien sûr qu'elle le savait. Chaque vampire possédait un ou deux dons particuliers, mais celui d'Aylin, qui lui permettait d'utiliser son esprit totem pour parler aux bêtes, était jugé tabou pour des motifs qui lui avaient toujours échappé. Il est vrai que le fonctionnement même de ShadowSpawn la dépassait. Et pour cette raison, parce qu'elle mettait en question l'idéologie dictée par la voie du corbeau, les autres membres du clan la prenaient pour une imbécile ou une fautrice de troubles. Souvent les deux.

Elles continuèrent de traverser la forêt dans le silence, sans rencontrer d'incident. Puis, alors qu'elles arrivaient dans une vallée qui bordait les terres de MoonBound, Benito, l'un de leurs jeunes éclaireurs, surgit des ombres, le visage strié de sang. Des taches humides faisaient briller ses vêtements noirs.

— Salauds… d'humains ! haleta Ben.

Il toussa, aspergeant d'une pluie rosée le sol tapissé de fougères tandis qu'il s'effondrait. Un épais manche en bois saillait entre ses omoplates, et il fallut de précieuses minutes au cerveau d'Aylin pour constater qu'une hache était logée dans son dos.

Soudain, une explosion de mouvements et de bruits anima la forêt.

Rasha fit volte-face, et Aylin sentit une vive brûlure sur sa cuisse droite. La dague de Rasha regagna en silence son fourreau ; Aylin n'avait même pas vu sa sœur l'en tirer.

— Aylin, cours !

Elles s'étaient préparées à un tel scénario mais, à présent qu'il se réalisait, Aylin se figea, pétrifiée de terreur et de douleur.

— Merde, Aylin ! va-t'en !

Le sang ruisselait sur sa jambe, s'écoulant de l'entaille superficielle que lui avait faite Rasha. Cela faisait partie de leur plan d'urgence. Aylin servait de leurre, et la blessure était censée expliquer son boitement et faire croire à ceux qui la captureraient qu'elle était Rasha, touchée par une lame ennemie.

Encouragée par une série de coups de feu et de cris, Aylin courut aussi vite que possible dans la direction opposée.

Les branches lui fouettèrent le visage et les bras. Le sol se déroba sous ses pieds tandis qu'elle grimpait le coteau. Il lui semblait que la bataille se déroulait juste dans son dos mais, lorsqu'elle jeta un coup d'œil en arrière, elle ne vit que la forêt. Le soulagement de ne pas être poursuivie se mua rapidement en terreur quand un homme brandissant un tuyau en acier apparut au sommet de la colline quelques mètres plus loin.

Elle jura tout haut et s'empara, à tâtons, de l'un des deux couteaux fixés à sa hanche. Elle referma la main sur le manche, mais, alors qu'elle s'apprêtait à lancer l'arme, un homme robuste surgit des arbres à sa droite. Il banda son arbalète, la braquant sur sa poitrine.

Aylin laissa voler la lame. Grâce à ses innombrables heures d'entraînement étant enfant, elle était capable d'atteindre un bourdon en plein ciel à trente mètres de distance, mais l'œil de ce type faisait une bien meilleure cible. Il s'effondra en poussant un grognement.

— Chienne de vampire !

Le fou furieux au tuyau d'acier se jeta sur elle, abattant le cylindre sur l'arrière de ses jambes.

Une vive douleur l'assaillit, et elle s'affala par terre. Le salopard lui donna des coups de pied dans les côtes, la faisant rouler sur le dos. Un étau enserra les poumons d'Aylin. Puis il pressa sa botte contre sa gorge, la clouant au sol.

L'humain dont l'ignoble visage était recouvert d'une barbe grise l'observa avec dédain tandis qu'elle se cramponnait à sa cheville dans une vaine tentative de le déloger. Le peu d'oxygène qu'elle parvint à inhaler lui brûla la cage thoracique comme si elle avait avalé de l'acide.

— N'es-tu pas mignonne ! s'exclama-t-il. Et à en juger par ces mirettes bleues, tu es une pur-sang. Tu dois valoir une fortune sur le marché aux esclaves sexuels.

L'effroi la rendit maladroite mais, par miracle, ses doigts trouvèrent le deuxième poignard. *Vite… Dépêche-toi…*

Il lui glissa des mains.

Putain !

Le sale type enfonça davantage son pied, et des points noirs flottèrent dans le champ de vision d'Aylin.

Concentre-toi. Tu sais manier une arme blanche.

Se forçant à rester calme, elle s'empara du manche. Réunissant toutes ses forces malgré l'avantage merdique dont elle disposait, elle plongea la lame dans le mollet de son assaillant. Ce dernier hurla et tomba à la renverse mais, alors qu'elle luttait pour se mettre à quatre pattes, quelque chose lui transperça l'épaule, et aussitôt des crampes semblables à des électrochocs envahirent tous ses muscles.

Une fléchette foudroyante.

Son cerveau embrumé comprit avec quoi il l'avait touchée, mais son corps ne fonctionnait plus, et, alors qu'elle convulsait sur le sol, elle put seulement prier pour que Rasha s'en soit sortie et qu'elle vienne à son secours.

Je t'en supplie, Rasha ! Sauve-moi !

Car, les esprits le savaient, personne d'autre ne le ferait.

Chapitre 3

Le prisonnier se montrait rebelle. Hunter aurait pu apprécier cette qualité chez un vampire, mais chez un humain… cela prouvait simplement leur bêtise.

— Tu es dans un bastion vampire, enchaîné dans une chambre à proie, et tu ne trouves rien d'autre à dire que « je t'emmerde » ou « va te faire foutre » ?

— Je t'emmerde ! grogna l'humain. Tu ne me fais pas peur.

— Ton odeur laisse penser le contraire.

Le type, qui ne portait plus que son boxer Harley-Davidson, cracha une masse sanguinolente sur le sol en terre battue.

— J'ai dit que je n'avais pas peur !

Ils étaient assommants de stupidité.

— Tu n'as pas peur ?

Aiden, dont l'habituelle affabilité et l'allure de surfeur sympa cachaient un sinistre talent pour la torture, fit courir son pouce sur la lame acérée de son couteau à écorcher préféré.

— Voyons si on peut y remédier.

Hunter marcha sur la chaîne qui entravait les poignets de l'humain, lui tirant violemment les bras en arrière et lui tordant les épaules. L'enflure serra les mâchoires, mais n'émit pas le moindre bruit.

— Combien de Stake Reapers y a-t-il ? lui demanda Hunter. Qui vous emploie ?

Le membre du gang, « Chem » d'après le badge qui ornait sa veste en cuir noir, dénuda ses dents striées de rouge.

— On n'a pas besoin de thunes. On pendrait votre race bénévolement.

Hunter donna un coup de pied dans le sac qu'ils avaient trouvé sur lui.

— Alors ces crocs et ces scalps de vampires n'étaient pas destinés à la vente ?

Chem retroussa la lèvre supérieure.

— Est-ce que j'ai dit qu'on ne gagnait pas d'argent en faisant ce qu'on aime ?

La rage s'empara de Hunter et il empoigna le salopard par le col.

— Écoute-moi bien, petite merde. On peut y aller en douceur ou employer la force. Aiden préfère la force. Il nourrit un amour impie pour ses couteaux. Moi ? j'ai bien mieux à faire. (Comme se préparer pour l'arrivée de sa compagne, prévue le lendemain.) Si tu nous évitais de perdre du temps et de souffrir inutilement et me disais ce que tu sais ? Parce que tu finiras par parler… tôt ou tard. Ça, je peux te le promettre.

— Va te faire foutre. (Chem afficha un sourire carnassier, découvrant des dents jaunes et ébréchées.) Vous n'avez pas la moindre idée de ce qui vous attend, hein, bande de sangsues ? Une tempête, mec ! Un putain de massacre, et, quand ce sera terminé, votre race de parasites n'existera plus à l'état sauvage. Il ne restera plus que des esclaves… comme le joli petit bout qu'on se fait tourner au club-house.

Comment des individus qui méprisaient les vampires justifiaient-ils de les utiliser pour le sexe ? Tas de cons.

Un grondement sourd s'éleva de la poitrine de Hunter et il serra un peu plus le cou de Chem. Au fond de lui, le désir non seulement de tuer la raclure, mais de le faire de la façon la plus cruelle possible, remua en lui tel un démon essayant de se libérer. Son père aurait exhibé Chem dans la salle commune afin que tout le monde le regarde pendant qu'il enfonçait des objets tranchants dans des orifices sensibles. Puis il aurait passé des jours à le démembrer, lentement, en commençant par ses couilles et sa bite.

Une vague d'excitation assaillit Hunter tandis que l'infâme démon tirait sur ses chaînes.

Non.

La sueur perla sur son front, et il resserra sa prise. Le visage de Chem vira au pourpre, le voile écarlate qui couvrait le champ de vision de Hunter accentuant davantage cette teinte.

Non !

Hunter refusait de marcher dans les pas de son père, mais cette noirceur coulait dans ses veines comme une vase maléfique, infectant ses pensées. *Fais-le. Coupe-le. Ouvre-le du pubis au sternum et que les enfants du clan jouent avec ses entrailles ! Fais-le !*

La nausée lui retourna l'estomac. Relâchant l'humain, il recula et se força à se calmer.

— Bonté divine ! haleta Chem, ses yeux injectés de sang, écarquillés, rivés sur Hunter. (Une trace humide apparut à l'avant de son boxer.) Seigneur… putain !

Aiden fixait sur son chef un regard aussi intense que l'humain, mais en un instant il battit des paupières, reprit ses esprits, et enfonça le poing dans la mâchoire de ce dernier.

— Quoi ? Tu n'as jamais vu un vampire pur-sang péter les plombs ? Les yeux rouges et les crocs de dix centimètres, ce n'est qu'un début, connard !

— Vous n'êtes que des monstres !

La terreur de Chem empestait la pièce, brûlant les narines de Hunter, ce qui ne manqua pas d'exciter la bête immonde qui sommeillait en lui.

— Vous devriez tous crever !

Hunter devait quitter les lieux avant que deux siècles de maîtrise, deux siècles passés à s'éloigner avec soin du mâle qu'avait été son père n'aillent à vau-l'eau. Il était hors de question que ce braconnier puant et vil parvienne à ruiner toute une vie de retenue.

— Il est tout à toi, Aiden.

Il donna un coup sur la porte de la cellule et Katina l'ouvrit, ses yeux argentés étincelant à la vue de l'humain ligoté comme un rôti de bœuf.

— Découvre ce qu'il sait, ajouta-t-il. Peu importe la méthode employée ou le temps que ça mettra. J'enverrai Baddon t'assister.

Baddon était leur expert en matière de gangs et clubs de motards. Chem serait surpris d'apprendre tout ce que ce dernier connaissait.

Sans compter qu'il prenait son pied à torturer les gens tout autant qu'Aiden. Seulement, il le cachait moins bien.

Le sourire glacé d'Aiden fit chuter la température de la pièce.

— Oui, chef. Soyez tranquille, je ferai chanter cet enfoiré comme un rossignol en moins de deux.

Hunter ne prononça pas un mot de plus, craignant d'ordonner à Aiden de dégager… et alors, plus rien ne le retiendrait de céder aux désirs que son père avait encouragés.

Des désirs qui, une fois libérés, ne pouvaient plus être maîtrisés.

Chapitre 4

La fin du monde était venue.

Bon, la situation n'était peut-être pas aussi catastrophique, mais, si Hunter devait dresser la liste des cinq choses qu'il redoutait le plus, s'unir avec une femelle qu'il détestait arriverait dans les premières. Juste derrière perdre un enfant et être contraint à l'esclavage. Et comme si accueillir en ce jour sa future compagne et actuelle ennemie ne suffisait pas, une autre tempête s'élevait, succédant au blizzard de la veille. Il la sentait vibrer dans ses os et peser sur son âme.

Cet ouragan-là ne serait pas uniquement météorologique, et Hunter se demanda s'il avait un rapport avec les humains, comme l'avait laissé entendre leur prisonnier. Dès qu'il se serait enquis de Jaggar, il rendrait visite à Aiden dans l'espoir que ce dernier ait réussi à arracher quelque information utile à l'enflure de braconnier.

Jurant tout bas, il poussa la porte de l'infirmerie, une pièce récemment agrandie, attenante au laboratoire. Grant, un mâle à la chevelure poivre et sel, qui avait exercé comme microbiologiste quand il était humain, se tenait au chevet de Jaggar. Il leva les yeux. Nicole, leur experte en physiologie vampirique et la personne qui se rapprochait le plus d'un docteur en médecine au sein du clan, avait travaillé jusque tard dans la nuit pour réparer le tibia cassé de Jag, qui était à présent assis, la jambe bandée, sa mine furieuse indiquant au tout-venant à quel point cette immobilité forcée lui était insupportable.

À côté de lui, sur un plateau à roulettes, trônaient un sandwich intact et une poche de sang à moitié vide. À tous les coups, c'était Jaggar en personne qui l'avait volée d'un camion de livraison destiné à un magasin alimentaire pour les esclaves de Seattle.

Grant accrocha un porte-bloc au pied du lit de Jag.

— Bonjour, chef. Celui-ci devrait apprendre à se tenir, dit-il en désignant Jaggar du geste.

L'autre grogna.

— Dis à docteur Horrible de me laisser récupérer dans ma chambre. (Jag jeta un regard mauvais à Grant.) Il cherche à m'injecter un tas de trucs !

Hunter s'avança vers Grant et l'odeur des produits chimiques que Nicole insistait pour utiliser afin de désinfecter le laboratoire et l'infirmerie lui brûla les narines. Non pas que Hunter s'en plaigne ! L'obsession de la jeune femme pour la propreté valait bien mieux que le désordre et l'anarchie de Grant, qui frôlait le chaos.

— Tu essaies de lui donner des antibiotiques ?

Grant secoua la tête.

— La plupart ne fonctionnent pas sur nous ; un fait que j'ai découvert, de manière assez tragique, il y a quelques années.

Il se racla la gorge, enfonça les mains dans les poches de sa blouse et en tira deux seringues.

— Je veux tester les effets de l'argent colloïdal sur les os cassés, poursuivit-il. Les analyses indiquent que l'argent pourrait ressouder nos os plus vite et les rendre plus résistants.

— Rien à foutre. (Jaggar passa furieusement la main dans ses cheveux bruns coupés court.) Je refuse d'être le type qui se transforme en Hulk à cause d'un accident de labo.

— S'il te plaît ! l'implora Grant d'une voix traînante. Au pire, tu finiras comme Wolverine. Ce serait cool. Cesse de geindre.

— Ce serait cool, j'avoue, en convint Hunter. (Jaggar grommela quelque chose dans sa barbe et attrapa sa poche de sang.) Que pense Nicole de ton traitement expérimental ?

Grant haussa les épaules.

— D'après elle, le processus de guérison ne devrait pas être douloureux. (Il réfléchit un instant à la question.) Du moins, pas très longtemps. Il est possible que les injections fassent un mal de chien. Je n'essaierai jamais sur moi. C'est pourquoi il me faut des volontaires.

Jaggar jura avant de traiter Grant de cageot de couilles d'élan, l'une des insultes nez-percés préférées de Myne.

— Ah ouais ? (Grant empoigna son entrejambe à travers son treillis.) Tu sais ce qu'il te dit le cageot ?

La porte du labo s'ouvrit brusquement, entaillant le mur à l'arrière. Myne déboula dans la pièce, et braqua le regard sur Hunter. Ses yeux noirs étincelaient avec la même férocité que ses crocs en titane, éveillant la vigilance immédiate de ce dernier. Par consentement mutuel tacite, Myne ne s'adressait directement à Hunter que lorsque la situation était critique.

— Les humains sont en train d'attaquer la mariée et sa suite.

Du sang maculait ses joues et son cou, mais ce n'était pas le sien. Hunter flaira trois humains différents dans les stries qu'arborait Myne comme une peinture de guerre.

— Ils sont partout ! Takis et moi en avons éliminé quelques-uns, mais on n'a pas réussi à secourir Rasha et sa sœur.

Rasha était venue avec Aylin ? Hunter n'avait jamais vu la jumelle de Rasha qui, d'après la rumeur, souffrait d'une hideuse malformation. Mais Aylin avait aidé Riker et Nicole quand ils avaient été emprisonnés par ShadowSpawn, alors elle pourrait être un troll rongé par la variole que Hunter s'en ficherait pas mal. MoonBound la récupérerait, avec Rasha.

— Allons-y.

Hunter se dirigea vers la porte, mais Riker arriva en courant ; les épais bandages qu'il portait à cause de la blessure par balle de la veille se voyaient sous son tee-shirt noir.

— Reste ici ! aboya-t-il depuis le seuil. On s'en charge !

— Sûrement, tiens ! (Hunter passa devant Myne et Riker en grognant.) C'est ma future compagne que les humains ont prise pour cible !

Riker le rattrapa devant l'armurerie.

— C'est trop dangereux.

Hunter jeta à son commandant un regard agacé tandis qu'il arrachait les armes du râtelier, le cliquetis des lames décuplant son excitation.

— Trouverais-tu cela trop dangereux si c'était ta compagne qui avait été capturée par les humains ?

C'était un coup bas, sachant que Riker avait perdu ainsi sa première compagne, kidnappée par les humains et contrainte à l'esclavage vingt ans plus tôt, mais Hunter comptait bien lui rappeler à quel point la situation était désespérée.

— Va te faire voir, Hunt.

Déjà chargé à bloc, Riker se munit d'armes supplémentaires, glissant des dizaines de poignards dans des étuis fixés un peu partout sur son corps.

— C'est différent, reprit-il. Je ne suis pas chef de clan et tu n'as pas imprégné Rasha. Vous n'êtes même pas amoureux.

En effet. Il s'agissait plutôt de deux ennemis n'ayant rien en commun qui partageaient le même lit tandis que des pistolets étaient braqués sur leurs têtes, ce qui était ironique étant donné que les vampires ne pouvaient utiliser d'armes à feu sans être défigurés par les résidus de poudre. Il n'empêche que Rasha allait devenir sa femme, et on ne déconnait pas avec ce qui lui appartenait !

— J'y vais, déclara Hunter sur un ton péremptoire qui coupait court à toute protestation.

Riker débita une litanie d'injures, puis se tut tandis qu'ils terminaient de s'armer et fonçaient à travers le dédale, sonnant l'alarme et ameutant les guerriers. Quelques minutes suffirent à réunir une équipe de six. Myne les suivrait dans une dizaine de minutes avec un deuxième groupe plus fourni.

À peine Hunter et ses hommes eurent-ils mis le nez dehors qu'ils firent appel à leur célérité de vampire et filèrent vers le lieu de l'embuscade. Des humains auraient mis plusieurs jours, il ne leur fallut que quelques heures, mais ils arrivèrent quand même trop tard. Le champ de bataille ensanglanté était désert.

Ce qui signifiait que ShadowSpawn avait déjà tout nettoyé… à moins que les humains s'en soient chargés. Alors qu'il examinait la scène, étudiant les empreintes et les traces écarlates au sol, une boule glacée se forma dans sa poitrine. Les humains avaient écrasé en nombre le cortège de ShadowSpawn, et si le sang versé leur appartenait en partie, c'était eux, en définitive, qui avaient emporté les vampires… morts ou inconscients.

Si Rasha et Aylin étaient mortes, les braconniers devaient être en train de les tronçonner pour fourguer leurs membres au marché noir. Si elles étaient vivantes, elles se trouvaient à la merci de barbares qui s'amuseraient avec elles jusqu'à ce que vienne l'heure de les vendre comme esclaves ne passant par le circuit légal ou clandestin.

— Séparons-nous ! cria-t-il. Trouvez Rasha et sa sœur. On est face à une dizaine d'humains, alors ne tentez rien avant que Myne nous ait rejoints avec des renforts. (Il fit saillir ses crocs avec impatience.) Et là, ils seront tout à vous.

Assisté de Riker, Hunter suivit les traces de pas et de sang. Les humains n'avaient même pas essayé de camoufler leurs mouvements, allant jusqu'à traîner l'un des mâles de ShadowSpawn derrière eux. Hunter faisait halte par moments pour renifler l'air, et, quand il flaira enfin l'odeur caractéristique d'une femelle blessée, il poussa un grognement. Elle saignait abondamment, et il le ferait payer cher à tous les humains qui croiseraient sa route.

— Merde !

Riker piqua un sprint, et s'arrêta sur une crête qui surplombait la vallée richement boisée d'une rivière. Des spirales de fumée, accompagnées de rires gras, s'élevaient entre les arbres.

— Leur camp est juste là, ajouta-t-il. N'est-ce pas un territoire yakuma ?

— Si.

Comme par hasard.

Les réserves amérindiennes étaient interdites aux vampires. Peu importe que Hunter soit cent pour cent cherokee. Depuis que les scientifiques avaient découvert que le virus du vampirisme était apparu pour la première fois au sein de tribus amérindiennes, ces dernières s'évertuaient à garder leurs distances pour se débarrasser de ces stigmates. Désormais, des vampires se faisaient dégommer à vue sur les terres amérindiennes.

Les braconniers en étaient bien conscients et n'éprouvaient aucun scrupule à en tirer avantage.

Dommage.

Se cachant derrière les épaisses broussailles et troncs d'arbres, Hunter et Riker se faufilèrent jusqu'aux confins du camp étonnamment bien organisé. Un molosse attaché à un piquet bondit sur ses pattes, mais Riker regarda l'animal dans les yeux, et le chien, victime de ses talents d'hypnose, se rassit et haleta en silence.

Dans son dos, Hunter entendit Myne chuchoter. Quelques instants plus tard, il rejoignit le groupe avec Baddon et Takis.

— J'ai trois guerriers qui se rapprochent depuis l'ouest, dit Myne à voix basse. Aiden, Tena et Harleigh sont juste derrière nous.

Riker leur désigna les quatre guerriers du premier groupe, postés de l'autre côté, qui attendaient le signal de Hunter.

Ce dernier jeta un coup d'œil au campement, les effluves qui en émanaient indiquant la présence d'au moins vingt hommes et cinq vampires, dont deux femelles. Les trois mâles étaient pendus à des branches, la tête en bas. Du sang s'écoulait des profondes entailles qu'ils avaient sur le cou. Non loin de là, les braconniers s'enfilaient des bières et racontaient des blagues tout en affûtant leurs couteaux de boucher.

La rage s'empara de Hunter et un voile pourpre lui brouilla la vue. Malgré le mépris que lui inspirait ShadowSpawn dans son intégralité, il haïssait encore davantage les humains. Aucun vampire, quel que soit son clan, ne méritait d'être traité comme un morceau de viande.

— Hunt ! murmura Riker. On est en sous-nombre. Je suggère vivement que tu restes en retrait.

En effet, les humains les surpassaient en nombre et en puissance de feu. Ils avaient nettement l'avantage. Oh ! ses guerriers les écraseraient bien, mais les chasseurs étaient armés jusqu'aux dents, et munis d'armes mortelles pour les vampires. La possibilité que l'un d'eux se fasse blesser ou tuer était réelle. Et il était hors de question que Hunter envoie ses hommes se battre sans lui.

C'est ce qu'il s'apprêtait à dire à Riker lorsqu'une espèce d'armoire à glace surgit d'un abri en filet de camouflage, sa grosse main cramponnée à la nuque d'une femelle aux cheveux blonds. Ses poignets étaient attachés avec du ruban adhésif et du sang suintait d'une vilaine entaille qui la faisait boiter, mais elle garda la tête haute tandis que le braconnier la poussait vers une cage en fer assez grande pour contenir un ours.

— Libérez-moi ! cria-t-elle. Savez-vous qui je suis ?

— Qui que tu sois, je m'en tape, pétasse !

Le type la frappa avec le revers de la main et elle percuta un arbre. Le sang jaillit de son nez et la rage de Hunter devint aussi glacée que la boule dans sa poitrine.

Avec un grognement, la jeune femme balança ses bras liés en avant, parvenant à enfoncer les deux poings dans le ventre gonflé par la bière de son assaillant. Ce dernier lâcha un soupir de douleur et l'agrippa si fort par la nuque qu'elle grimaça.

— Mon père est le chef de clan le plus puissant de toute la côte Ouest, dit-elle, et, même si elle semblait calme, sa voix tremblait légèrement.

La peur n'était pas une émotion qu'il s'attendait à voir chez Rasha, une guerrière chevronnée et une tueuse de sang-froid. Alors… était-ce Aylin ?

— Il vous donnera trois fois ce que vous pourrez toucher sur le marché clandestin.

L'humain s'arrêta, lui faisant faire demi-tour afin qu'elle contemple les cadavres de ses compagnons.

— Vraiment ?

— Oui. (Elle déglutit comme pour chasser la nausée et détourna le regard lorsque les types aux couteaux de boucher commencèrent à s'affairer à leur ignoble tâche.) Si vous envoyez Aylin avec un message, il vous apportera l'argent. Je vous le promets. En tant qu'héritière du clan, je suis extrêmement précieuse à ses yeux.

Donc il s'agissait bien de Rasha. Par conséquent, elle était encore plus précieuse pour Hunter. Rasha apporterait la paix à son clan, et ces raclures d'humains ne l'en empêcheraient pas.

Le gros plein de soupe la reluqua d'un œil lubrique.

— Ton papa ne voudra plus te récupérer quand on en aura fini avec toi.

Il lui pelota les fesses de sa main libre, et Hunter décida que ce cafard avait assez respiré.

— Allez, les gars, murmura-t-il. L'heure est venue de faire couler du sang de braconniers !

Dégainant son couteau au manche en os préféré du fourreau suspendu à son cou, il fonça à travers les taillis, ses sens rivés sur le salopard qui traînait Rasha vers la cage.

Il le frappa à la gorge tandis que, tout autour de lui, ses guerriers dégommaient d'autres humains grâce à leur attaque-surprise. La victime de Hunter s'effondra, la trachée complètement défoncée. Elle suffoquerait lentement pendant plusieurs minutes. C'était déjà ça. Hunter aurait souhaité la faire souffrir davantage, mais avec les braconniers qui sortaient de leurs tentes en masse il allait devoir s'en satisfaire.

Rasha s'appuya contre un arbre, tenant difficilement debout sur sa jambe mutilée. Hunter s'empressa de couper l'adhésif qui lui entravait les poignets.

— Est-ce que ça va ?

— Merde ! s'écria Riker derrière Hunter. Ils affluent de partout. Ils sont trop nombreux !

Hunter lança sa lame sur l'humain qui pointait son fusil sur Katina. Le couteau s'encastra dans sa tempe et le type tomba comme une brique.

Il saisit Rasha par le bras et la fit tourner vers lui.

— Où est ta sœur ?

Rasha cligna les yeux comme si elle ne comprenait pas la question. Ces tortionnaires l'avaient-ils droguée ou assommée ? Bon sang, il n'avait pas le temps pour ces conneries ! Cris et coups de feu venaient de toutes les directions, et Hunter évita de justesse le démonte-pneu qui volait vers lui.

Il traîna Rasha derrière un arbre.

— Réponds-moi ! Où est ta sœur ?

— Dans… dans la dernière tente, je crois, bredouilla-t-elle enfin.

— Rike ! appela Hunter tout en lui faisant signe. Attrapez la femelle et tirez-vous !

— Roger ! (Riker lui donna une tape sur l'épaule.) Bonne chasse !

Hunter détestait abandonner ainsi ses guerriers, mais Rasha était sa priorité. S'il lui arrivait quoi que ce soit, ShadowSpawn le reprocherait à MoonBound, et la guerre que Hunter avait essayé, coûte que coûte, d'empêcher anéantirait son clan. Il ne laisserait rien mettre en péril le mariage prévu. Il prit la main de Rasha, se baissa, et la guida hors du campement.

La chance était de leur côté, et ils parvinrent à esquiver les humains, mais la blessure de Rasha lui faisait perdre en adresse et en célérité. Pire, elle la rendait bruyante. Des ours en pleine charge faisaient moins de boucan.

Il se dissimula derrière un mûrier et la fit s'arrêter. Ses longs cheveux étaient complètement emmêlés, à l'opposé de la queue-de-cheval qu'elle portait quand il l'avait vue par le passé, avec les cheveux tirés en arrière de façon si rigide que Hunter s'était étonné qu'elle ne soit pas chauve. Il ne se rappelait pas non plus qu'elle était si… jolie.

Ou si pâle.

—Hé ! (Il agita la main devant le visage de la jeune femme, mais ses yeux vitreux ne suivirent pas le mouvement.) Tout va bien ?

—Je crois… (Elle déglutit avec dégoût et la sueur perla sur son front.) Je recommence à saigner.

À cet instant, l'odeur du sang envahit les narines de Hunter et son cœur se serra à la vue du flot écarlate qui ruisselait sur la jambe de Rasha. Elle était en état de choc et ne tiendrait pas longtemps. Et entre les humains qui grouillaient dans les bois et une nouvelle tempête de neige imminente, Hunter savait qu'ils n'atteindraient jamais le quartier général. Pas de cette manière.

Il l'agrippa par les épaules et la plaqua contre l'arbre le plus proche. Au loin, le bruit sourd des pas courant dans la neige fit galoper son cœur tandis qu'il la maintenait en place.

—Je vais stopper l'hémorragie. Ne bouge pas.

Il n'attendit pas sa permission. Il s'agenouilla et déchira son jean lacéré pour exposer la plaie. Elle semblait avoir été causée par une lame, mais un impact avait déchiqueté la chair et élargi l'entaille. Bizarrement, la blessure n'était pas profonde, alors pourquoi saignait-elle autant ?

Un cri retentit dans le lointain, remettant cette question à plus tard.

Les crocs de Hunter s'allongèrent et il saliva tandis qu'il se penchait pour passer la langue sur la coupure irrégulière. Aussitôt, un plaisir intense excita chacune de ses terminaisons nerveuses. Peu importe qu'ils se trouvent dans une situation critique et que Rasha ne soit pas vraiment d'humeur à se faire lécher par un mâle ; c'était une vampire de naissance, et la pureté de son sang constituait une drogue puissante, sans pareille.

Elle hoqueta tout bas, et sa jambe trembla sous les paumes de Hunter. Il perçut sa surprise et son anxiété, mais elle ne protesta pas.

Il réprima un gémissement lorsqu'il fit de nouveau courir sa langue sur la lacération. Son corps entier vibra, débordant d'énergie, et il se dit que se repaître de Rasha serait le seul point positif de leur union. Rien n'était comparable à la volupté du sang d'une femelle de naissance. Cependant, tout comme les mâles de naissance, elles étaient presque aussi rares qu'un cerf albinos.

En dépit du danger, il prit le temps de lécher la plaie une dernière fois, puis, alors que l'arôme suave tourbillonnait dans sa bouche, il se releva d'un bond.

— Te sens-tu capable de courir ?

Elle se contenta de fixer le regard sur lui, ses yeux bleus striés d'or grands comme des soucoupes.

— Allô ? (Il agita la main devant son visage.) Tu peux courir ?

— Ou… oui.

Elle fit un pas, et s'évanouit.

— Putain de… !

Il la rattrapa avant qu'elle tombe, la jeta par-dessus son épaule, et pria le Grand Esprit pour un voyage sans incident. Un long trajet les attendait, et rien ne garantissait qu'ils arrivent à bon port.

Chapitre 5

Aylin fut réveillée par la caresse de l'eau glacée sur son front. Elle ouvrit les yeux et faillit hurler à la vue du gigantesque vampire penché sur elle, mais après une fraction de seconde elle reconnut le magnifique visage du mâle de MoonBound qui l'avait secourue.

Ses traits sculptés, anguleux, combinés à sa peau cuivrée, proclamaient son héritage amérindien, et il émanait de lui une aura de danger même quand il n'était pas armé. Certes, ses crocs énormes étaient des armes, et, d'un point de vue féminin, sa langue aussi.

Cette langue avait cicatrisé l'entaille sur sa cuisse.

Un frisson électrique la parcourut à ce souvenir. Elle était sonnée et nauséeuse à cause de l'hémorragie et de la douleur, et pourtant, quand il avait posé sa langue chaude sur sa peau, il avait aussitôt apaisé ses souffrances et éveillé en elle quelque chose de décadent. Elle avait été à la fois effrayée et fascinée, et, l'espace d'un instant, elle ne s'était guère souciée de son futur ou de son passé. Ni même de son présent, d'ailleurs, dans lequel les humains les pourchassaient. Seul lui avait importé le fait que, pour la toute première fois de sa vie, un mâle avait goûté son sang.

Comment Riker l'avait-il appelé ? Roland ? Elle fronça les sourcils. Non, ça ne semblait pas correct.

« Roger ! avait dit Riker en lui donnant une tape sur l'épaule. *Bonne chasse. »*

OK, bon… Roger, ce n'était pas terrible non plus. Étrange prénom pour un vampire de naissance qui descendait d'une tribu amérindienne.

— Salut, dit-il sur un ton bourru. Je commençais à m'inquiéter. Tu es restée dans les vapes pendant plusieurs heures.

Plusieurs heures ? Cela faisait des heures qu'ils s'étaient échappés du camp ? Elle se redressa en sursaut et manqua de se cogner la tête contre le cadre en bois du lit superposé. Et d'ailleurs, où étaient-ils ? Et où était Rasha ?

— Ma sœur…

— Elle va bien.

La voix suave de Roger gronda en elle telle une vague de plaisir pur alors qu'il levait son portable devant ses yeux. Un message d'un certain Takis apparut à l'écran.

« La femelle est en sécurité. On a récupéré ses effets personnels. On a perdu George, mais on a arraché le cœur du salopard qui l'a tué. On se terre dans les grottes pour l'instant. Restez où vous êtes jusqu'à ce que la tempête se calme. »

— Merci. Pour toutes les deux.

Soulagé que Rasha soit saine et sauve, Aylin cessa de bloquer sa respiration et poussa un profond soupir.

— Je suis désolée pour George, ajouta-t-elle.

Roger ricana.

— Vraiment ? Ton clan l'a torturé à mort il y a quinze ans. Il a failli y rester. On a dû vous donner l'équivalent d'un mois de poche de sang en échange de sa libération, et sa mâchoire ne s'est jamais complètement ressoudée.

Elle s'en souvenait à présent. Le supplice du vampire avait animé les dîners de ShadowSpawn pendant des semaines et elle en avait cauchemardé pendant des mois. Comme il n'existait aucune bonne réponse à ce que venait de dire Roger, elle changea de sujet. Vite.

— Où sommes-nous ?

Il s'étendit sur le matelas, appuyant l'épaule contre la structure en rondins.

— Dans l'un des chalets de chasse de MoonBound.

Pour éviter de le reluquer et d'admirer la façon dont sa jambe fuselée était repliée contre le cadre du lit tandis que l'autre était allongée par terre, elle balaya du regard l'unique pièce de la minuscule cabane.

Chichement décorée, elle contenait le lit superposé qu'elle occupait, un futon défoncé, une glacière, un poêle à bois et, sur les murs, des dizaines d'armes allant des arcs et des flèches à des hachettes et des poignards.

Elle passa la main sur la couverture en fourrure.

— Tu n'as pas peur que les humains tombent dessus ?

— Les chalets sont protégés par un sort qui repousse les humains, mais il s'agit essentiellement d'une précaution paranoïaque. Nous sommes sur une propriété privée.

Elle lui jeta un coup d'œil circonspect. Essayait-il de la piéger ?

— Les vampires n'ont pas le droit de posséder de propriétés.

— Exact, déplora-t-il avec amertume, car les humains nous considèrent comme leur propriété.

Il changea de position, repliant davantage le genou, ce qui eut pour effet de révéler un renflement fort attrayant entre ses cuisses. Aylin, d'une nature pourtant frileuse, commença à transpirer.

— Nous possédons des terres sous le nom d'une corporation bidon. Elles nous servent à garer nos véhicules et à rencontrer notre coursier humain.

— Votre coursier… humain ?

Il hocha la tête.

— Il nous apporte tout ce qu'on ne peut pas acheter nous-mêmes et met en place certains services comme les abonnements téléphoniques.

Abasourdie, elle se contenta de l'observer fixement.

— Alors, vous avez des voitures et un serviteur humain ?

Elle avait eu vent de ce genre de choses, mais en disciple de la voie du corbeau, ShadowSpawn ne croyait pas à la plupart des commodités humaines, et il ne collaborerait jamais avec ces derniers.

— Notre agent humain vient d'une famille qui nous aide depuis des siècles, bien avant que les humains aient appris notre existence.

— Oh !

Intéressant. Et pratique. Son père méprisait les vampires qui dépendaient des humains pour autre chose que le sang, mais Aylin trouvait plutôt futé de se tenir au courant du mode de vie de l'espèce qui les surpassait si cruellement en nombre. Elle l'avait même exprimé tout haut un jour.

Une seule fois.

Elle pouvait encore sentir la brûlure de la gifle que lui avait administrée son père pour cette erreur de jugement.

La main de Roger heurta le bandage qu'il avait dû enrouler autour de sa cuisse pendant qu'elle dormait, et elle bondit presque de frayeur. Les mâles ne la touchaient jamais. Et surtout pas sa jambe. Même un contact accidentel suscitait des réactions extrêmes, comme si sa difformité congénitale était contagieuse. Or, c'était la deuxième fois que Roger posait la main sur elle, et ce sans disjoncter.

— Désolé, dit-il en la retirant. Ça fait mal ?

— Non, mentit-elle.

Oh ! la plaie en elle-même ne la faisait pas souffrir, et, grâce à Roger, elle devait être presque guérie à présent. Mais une profonde douleur s'était nichée dans ses os. Les tempêtes hivernales l'affectaient toujours ainsi. Les jours les plus froids, il lui arrivait de ne plus pouvoir marcher. Comme les lois de ShadowSpawn imposaient que ceux qui n'étaient pas capables de rejoindre le réfectoire soient privés de repas, elle serait morte de faim dans sa chambre si Rasha ne lui avait pas apporté de la nourriture en cachette.

— Elle a saigné longtemps pour une blessure aussi superficielle, dit-il en désignant sa jambe. Tu te souviens de Nicole ? Notre femelle que ton clan a menacé de retenir captive ? Quand on sera de retour à MoonBound, je veux qu'elle y jette un coup d'œil.

Oh ! elle n'était pas fière de la façon dont les siens avaient traité la jeune femme, mais elle doutait que présenter ses excuses serve à quelque chose.

— Ce n'est pas nécessaire. Je vais bien.

— Ce n'est pas une requête.

Une violente colère l'envahit. Elle était habituée à n'avoir aucune liberté de choix à ShadowSpawn, mais au lendemain de l'union de Rasha et Hunter, dans à peine trente jours, Aylin deviendrait prisonnière d'un harem. D'ici là, personne ne lui dirait quoi faire.

— Écoute, répondit-elle avec fermeté, je te remercie de nous avoir secourues. Je t'en suis reconnaissante, vraiment. Mais ça ne te donne pas le droit de prendre des décisions à ma place. MoonBound n'est pas mon clan.

Les yeux noirs de Roger perdirent toute expression.

— Alors, c'est comme ça que ça va se passer ? Tu vas trouver la vie à MoonBound bien pourrie si tu continues à te comporter en petite princesse à son papa.

« Petite princesse à son papa » ? Elle retint avec peine un rire hystérique, et posa la main sur son abdomen duquel s'élevait un borborygme affamé.

L'agacement de Roger diminua quelque peu et il jeta un coup d'œil à son ventre.

— On garde des provisions d'urgence ici. L'eau est en train de bouillir sur le poêle... Je crois qu'on a des sachets de soupe et du chocolat chaud aussi. (Il se leva et souleva le couvercle d'un coffre au pied du lit.) Et assez d'alcool pour ouvrir notre propre boîte de nuit pour vampires.

Guère habituée à tant de prévenance, Aylin ne put que secouer la tête, même si son estomac gargouillait.

Il attrapa une bouteille de whisky et tourna le bouchon.

— Nos provisions ne conviennent-elles pas aux critères de Princesse ShadowSpawn ?

— Voilà, répliqua-t-elle sèchement. C'est tout à fait ça. Ça manque de caviar et de champagne.

— Tu devrais peut-être te repaître. (Il but une goulée de whisky, et elle ne put s'empêcher d'observer le mouvement des muscles de son cou tandis qu'il avalait.) Tu as perdu beaucoup de sang. Ça t'aidera à récupérer.

Les crocs d'Aylin saillirent, et elle se mit à saliver. Personne ne lui avait jamais offert son sang. Lors de la fièvre lunaire, les mâles tiraient carrément à la courte paille pour désigner celui qui devrait la nourrir. Le perdant devait lui tendre son poignet. Quelle humiliation ! Elle avait toujours redouté les nuits de nouvelle lune quand la soif du sang d'un vampire devenait un besoin pressant et capital.

Et lors de la pleine lune, quand les mâles devaient se repaître des femelles, Aylin n'avait pas le droit de participer. Les mâles de ShadowSpawn préféraient mourir plutôt que de plonger leurs crocs dans sa chair.

« Boire le sang d'une estropiée, ça porte malheur. »

« Le Grand Corbeau l'a maudite dans la matrice. La même calamité frappera ceux qui s'en repaissent. »

« Il ne faut pas toucher son sang, et encore moins le boire. »

Ouais, elle avait tout entendu.

— Je… euh… je vais bien.

Déterminée à le lui prouver, elle balança les jambes par-dessus le lit et se mit debout. Jusque-là, aucun problème. Mais quand elle voulut faire un pas, son pied droit heurta le rebord d'une latte et sa jambe, déjà affaiblie par le froid et la plaie, céda.

Deux bras s'enroulèrent autour d'elle, et, à une vitesse étourdissante, Roger la fit s'asseoir sur le futon et s'agenouilla devant elle. Qu'il était beau ! La virilité incarnée. Des muscles allongés avec des os robustes. Le mélange idéal entre la silhouette racée d'un athlète et la puissance d'un guerrier.

Et ses cheveux… Par tous les Dieux ! elle n'avait jamais vu de crinière si noire et si brillante ; à la lueur de la lampe, ils s'illuminaient de reflets bleus. Ses yeux étaient presque aussi foncés, mais ils étincelaient de colère.

— Tu ne vas pas bien et tu n'es qu'une idiote si tu laisses ta fierté t'empêcher d'accepter mon aide.

Il ne s'agissait pas de fierté, mais elle n'avouerait jamais à un parfait inconnu qu'elle ignorait comment réagir à une telle proposition. D'ordinaire, quand elle était le centre de l'attention, c'était de manière négative.

— Je ne suis pas idiote.

— Tu es une guerrière, répliqua-t-il avec rudesse, et, dans mon clan, tout guerrier qui refuse l'aide dont il a besoin écope d'un mois de corvée de cuisine et est privé d'un repas lunaire. Pour s'être comporté en idiot.

Il pensait qu'elle était une guerrière ? De toute évidence, Roger n'avait jamais entendu qu'Aylin était une malédiction pour sa famille et la honte de ShadowSpawn. Et des corvées de cuisine en guise de châtiment ? Pfff. Trimer dans une cuisine, c'était son travail à plein-temps. Les punitions à ShadowSpawn étaient immédiates et brutales, et elle ne se rappelait pas une année sans au moins une exécution sommaire.

— J'ai dit…

— Ouais, ouais. Tu as dit que tu n'étais pas idiote. Prouve-le. (Il pencha la tête de côté, lui exposant sa veine.) Bois.

Toutes les cellules de son corps frémirent d'excitation devant la perspective de nourriture et de guérison.

— Bien, répondit-elle avec lassitude. Donne-moi ton poignet.

Il arqua un sourcil ébène.

— Ah non ! très peu pour moi.

Il lui saisit la nuque de sa grande main chaude, et d'agréables fourmillements parcoururent la peau d'Aylin tandis qu'il attirait sa tête vers lui avec douceur et fermeté. Son regard la maintint en place de façon encore plus efficace, et elle crut même apercevoir une lueur d'anticipation dans ses prunelles de jais.

— Prends-la.

Sa voix était suave, mais teintée d'une raucité qui la fit frissonner de plaisir.

Son cœur se mit à battre la chamade et son pouls s'affola lorsqu'elle se rapprocha. Elle songea à se rebeller… mais se rendit compte qu'elle n'avait vraiment aucune raison de le faire. Seulement la fierté, comme il l'avait dit. Et la vérité, c'était qu'elle avait faim. Non seulement de sang, mais aussi de connaître la sensation que procurait le corps d'un homme musclé plaqué contre le sien, même si c'était uniquement pour lui permettre de se repaître.

Se penchant vers lui, elle se cramponna à ses épaules avec hésitation pour se stabiliser. Il fit remonter sa main, refermant les doigts dans sa chevelure tandis qu'elle posait les lèvres contre sa peau lisse. Ses crocs la picotèrent, et, quand elle ouvrit la bouche sur sa veine, ils se mirent à palpiter au rythme de son pouls.

Elle allait vraiment le faire, n'est-ce pas ? Pour la toute première fois de sa vie, elle allait s'alimenter comme les vampires étaient censés le faire. Elle avait tant attendu ce moment et avait même douté qu'il se présente un jour. Pas quand tous les mâles dont elle s'était repue la fuyaient littéralement comme la peste.

Soudain, elle recula.

— Pourquoi ? s'enquit-elle d'une voix rauque. Pourquoi fais-tu ça ? Je suis ton ennemie. Et je suis… maudite.

— Maudite ? (Il eut un sourire figé.) On parlera de nos malédictions quand on sera rentrés à MoonBound. Pour ce qui est du reste, on a beau être ennemis, pour l'heure, je suis responsable de toi. Il faut que tu sois en pleine forme pour le trajet jusqu'au QG une fois que la tempête sera passée. (Il l'attira de nouveau vers sa gorge.) Je ne décevrai pas mon clan.

Un seul des mâles de ShadowSpawn dirait-il une chose pareille ? Parlerait-il de ne pas décevoir son clan ? Soudain, Aylin se rendit compte qu'elle s'en fichait. Comment en serait-il autrement quand le mâle le plus musclé, le plus séduisant qu'elle ait jamais vu la serrait contre lui, la pressant de plonger ses crocs dans sa carotide ?

Elle n'avait pas besoin qu'il la presse davantage. C'était son moment. Fermant les yeux, elle tapota de la langue l'arrière de chaque croc pour libérer une substance anesthésiante qui rendait la morsure agréable et intensifiait le plaisir. Lorsque leur pointe perça le cou de Hunter, il siffla. Puis son sifflement se transforma en un gémissement qui se mêla à celui d'Aylin quand son essence lui enveloppa la langue.

Par le Grand Esprit ! elle n'avait jamais rien goûté de tel ! Son sang était riche, suave et électrique, à croire que du courant coulait dans ses veines. Un sursaut d'énergie la fit vibrer, la ramenant à la vie. Sa peau la picota, ses seins l'élancèrent et une douce moiteur prit naissance entre ses jambes.

Plus près. Elle devait se rapprocher.

En gémissant, elle planta les ongles dans ses épaules et resserra les cuisses autour de sa taille. Il se raidit, et, pendant un fragment de seconde, elle pensa qu'il allait se retirer.

Elle enfonça les ongles encore plus fort. Hors de question ! Elle n'était peut-être pas une guerrière, mais elle était capable de pillage. Elle était libérée de ses chaînes pour la toute première fois de sa vie, et elle s'emparerait de tout ce qu'elle pourrait dans le peu de temps qui lui était imparti.

Absolument tout.

Chapitre 6

Décidément, cette femelle ne ressemblait en rien à l'idée que Hunter s'en était faite. Il avait vu Rasha deux fois, et s'était fait malmener par sa langue acérée. Il l'avait exécrée au premier regard, et le sentiment avait été réciproque. Alors, quand il l'avait attrapée dans le campement humain et emmenée à la cabane, il s'était attendu qu'elle rue dans les brancards. Il n'aurait pas été surpris qu'elle commence à se débattre dès le réveil. Il pensait qu'il serait obligé de surveiller ses arrières pendant plusieurs mois. Voire plusieurs années.

Au lieu de quoi, elle s'était montrée presque… agréable.

Ce devait être un piège.

Ou peut-être, à présent qu'elle était loin de son clan et de son père, était-elle une personne différente ?

Hunter comprenait cela bien plus qu'il ne l'aurait voulu. Sa relation avec ses parents avait été houleuse au mieux, emplie de haine au pire.

Elle se cambra, frottant son pelvis contre le sien, et, soudain, il se ficha pas mal qu'il s'agisse ou non d'un piège. Ne jamais coucher avec elle ne lui aurait pas posé de problèmes mais, puisqu'elle tenait à ce que leur relation débute tout de suite, il s'en accommoderait. Le sexe et les affaires du clan étaient deux choses différentes. Il s'était préparé à séparer les deux pour le reste de sa vie, mais avec un peu de chance Rasha et lui n'auraient peut-être pas à vivre comme deux félins en cage.

Tandis qu'elle lui suçait le cou, la caresse de sa bouche se propagea à sa verge, et il se sentit durcir. Le parfum de son excitation, suave et corsé, l'enveloppa, décuplant son désir de la renverser sur le futon pour la prendre jusqu'à ce qu'ils réchauffent la minuscule cabane avec leur furie sexuelle.

Sans retirer la main de sa chevelure soyeuse, il laissa tomber l'autre sur ses fesses et l'attira fermement contre lui. Son érection appuya contre son bas-ventre lorsqu'il les souleva tous deux sur le futon, prenant garde à ne pas décoller la bouche de Rasha de sa gorge. Il voulait qu'elle prenne tout ce qu'elle pouvait, tout ce dont elle avait besoin, et il n'y avait rien de mieux que se repaître pendant l'amour. Deux vampires ainsi liés plongeaient dans un circuit fermé qui leur procurait des orgasmes inouïs.

— Continue de boire, lui murmura-t-il.

Elle gémit en réponse, remuant contre lui. Ils étaient à présent allongés sur le matelas, Hunter au-dessus d'elle, frottant son sexe contre le sien au rythme des succions qu'elle exerçait sur sa carotide. La chaleur l'envahit, le brûlant de l'intérieur, et, quand elle planta les ongles dans ses épaules, il poussa un grondement d'appréciation.

Elle se montrait bien plus douce qu'il ne l'aurait pensé. Rasha lui avait toujours semblé du genre à considérer le sexe comme une bataille, à ne jamais concéder le moindre avantage à un mâle, même au lit.

Surtout au lit.

Lui maintenant la tête, il remonta la main jusqu'à sa taille de guêpe et sa poitrine. Il sentit sa chaleur à travers son tee-shirt, et, lorsqu'il effleura du pouce ses seins gonflés, son désir rayonna de son corps.

Elle hoqueta, rompant le contact de sa bouche contre sa gorge et un filet de sang coula sur le cou de Hunter. Du bout de la langue, elle lécha le liquide écarlate en une voluptueuse caresse jusqu'à la trace de morsure. Et là elle recommença à sucer, lui aspirant la peau comme si elle était affamée. Il poussa un hurlement de plaisir et se pressa furieusement contre son bas-ventre comme s'il se trouvait déjà en elle.

— Continue ! murmura-t-il d'une voix éraillée que les violents battements de son pouls couvraient presque. Plus fort ! Suce-moi plus fort.

Un timide grognement s'éleva de la gorge de Rasha, et l'érection de Hunter, déjà douloureuse, devint plus dure que le roc. Ses bourses se joignirent à la fête, frottant péniblement contre la barrière de son jean.

— C'est ça, Rasha. (Il referma la main sur son sein.) Putain, oui ! Continue… C'est… juste parfait !

Elle se raidit. Il sentit ses lèvres trembler et soudain elle glissa les mains entre leurs corps et commença à le repousser.

— Éloigne-toi.

Dérouté, le cerveau engourdi par la concupiscence, il cligna les paupières.

— Quoi ?

— Éloigne-toi de moi ! hurla-t-elle.

La vache ! qu'est-ce qui avait bien pu la faire passer en mode hystéro ? Il recula, sur les genoux, et elle se libéra de sa prise, rampant tant bien que mal vers le mur en rondins. La panique et la peur – et la peine ? – troublèrent le bleu de ses prunelles.

— Quel est le problème ? Je t'ai fait mal ?

Il tendit le bras vers elle, mais elle roula sur le futon et posa maladroitement les pieds au sol.

Échevelée, une lueur sauvage dans les yeux, elle resta plantée là, hors d'haleine, le regard braqué sur lui comme s'il était un grizzly et non pas l'homme qui lui avait sauvé la vie et deviendrait bientôt son compagnon.

— Bon sang, dis quelque chose !

Il se leva, et son mouvement brusque la fit filer vers le lit, le plus loin possible de lui. En la voyant boiter, il jura en silence. Il lui avait fait mal. Quel sombre crétin !

— Tu souffres encore. Après t'être repue de moi, j'aurais pensé que ta blessure aurait cicatrisé.

— Ce n'est pas la blessure. (Elle déglutit avec peine, et un mauvais pressentiment assaillit aussitôt Hunter.) C'est moi.

Le mauvais pressentiment se mua en un gouffre glacé, et sa colère, attisée par son désir non assouvi, vint combler ce trou béant.

— Explique-toi ! aboya-t-il. Qu'est-ce qui ne va pas ?

— Ce qui ne va pas ? (Elle laissa échapper un son à mi-chemin entre le rire et le sanglot.) La même chose que d'habitude. Je ne suis pas Rasha. Je suis Aylin. (Elle enfonça l'index dans son sternum.) Tu pelotais la mauvaise jumelle.

Aylin ne se rappelait pas avoir été aussi humiliée. Ni s'être montrée aussi idiote.

Elle s'était toujours vantée d'être la plus éduquée de son clan. Les autres vampires, y compris ceux qui étaient nés humains, étaient trop vieux pour avoir bénéficié de l'enseignement moderne. Mais même ceux qui avaient reçu une instruction décente n'avaient pas eu la chance de préserver leur acuité d'esprit. Seule la plus basique des littératures avait droit de cité au sein de ShadowSpawn.

Aylin avait été autorisée à posséder des livres, mais uniquement parce que son père était incapable de lire l'anglais au-delà du niveau élémentaire et voulait qu'Aylin se rende utile. Or, lorsqu'elle avait commencé à remettre en question ses décisions, son respect aveugle de la voie du corbeau et le monde qui les entourait, Kars lui avait subitement interdit de lire.

Rasha lui rapportait des livres en cachette chaque fois qu'elle revenait d'un territoire humain. Les châtiments qu'elle subissait quand on la surprenait avec un livre, que ce soit un western bon marché ou un manuel de physique, avaient toujours valu le coup. Même si elle n'avait pas forcément compris le contenu des ouvrages techniques, Aylin les avait dévorés d'un bout à l'autre. En fin de compte, rien qu'en feuilleter les pages lui procurait du plaisir.

Alors, non, elle ne s'était jamais considérée comme stupide.

Jusqu'à ce jour.

Elle avait été si contente de trouver enfin un mâle qu'elle ne dégoûtait pas ! Et si excitée, en vérité, qu'elle avait été prête à aller aussi loin que Roger l'aurait voulu. D'autant plus que, si elle perdait sa virginité, il y avait une chance, si infime soit-elle, que son union avec le chef de NightShade soit annulée.

— Aylin ? (Roger la dévisagea, à l'évidence horrifié.) Tu es Aylin ?

Puis son horreur et sa surprise cédèrent brusquement la place à la colère, et d'un geste si rapide qu'elle le perçut à peine, et parvint encore moins à l'anticiper, il la saisit par la gorge et la plaqua contre le mur.

— À quoi tu joues ? Est-ce un complot de ShadowSpawn pour faire capoter le mariage ? ou une blague tordue de jumelles ? (Il serra si fort qu'elle toussa, puis il la relâcha, la laissant avaler une bonne goulée d'air frais.) Réponds !

— Comment oses-tu ? répliqua-t-elle entre ses dents. Comment oses-tu m'accuser, moi, de tromperie ? Je pensais que tu savais qui j'étais. Mais tu… (elle ricana avec mépris) tu m'as prise pour Rasha. Alors, si tu me disais plutôt à quel jeu tu joues, toi. Soit tu es déloyal envers ton clan et prêt à coucher avec la femelle destinée à Hunter, soit ce dernier t'a demandé de sauter sa future compagne afin qu'il puisse annuler l'union et sauver la face. Alors, Roger ? risquais-tu la mort en trahissant ton chef ou suivais-tu les ordres d'un lâche sans honneur ?

— Un lâche ? Sans honneur ? (Il la libéra et recula d'un pas, le visage figé par une rage glacée.) Il y a peut-être une autre explication.

— Comme ?

— Comme le fait que je t'ai pris pour Rasha… et que je suis Hunter.

Oh !

Oh, merde !

— Mais j'ai entendu…

Elle laissa sa phrase en suspens, incapable d'élaborer un argument qui, au point où ils en étaient, n'avait plus guère d'importance.

Elle venait de faire quelque chose de totalement inédit, et, qui plus est, avec le seul mâle de la planète qu'elle aurait dû éviter. Celui qui, dans à peine un mois, appartiendrait à sa sœur.

Peu importe qu'il s'agisse d'une union de convenance et que Rasha n'apprécie même pas Hunter. Aylin avait entendu sa sœur et leur père planifier l'avenir de MoonBound après la mort de Hunter, et elle n'avait pas eu l'impression qu'ils parlaient d'un futur très lointain.

Rien de tout cela n'importait. Peut-être Rasha se ficherait-elle de savoir qu'Aylin avait failli s'envoyer en l'air avec son promis, mais Kars… S'il l'apprenait, il la tuerait. Littéralement. Sans Rasha pour tempérer ses châtiments, rien n'empêcherait leur père de l'achever.

— Je suis désolée, dit-elle. Je l'ignorais. Je croyais que tu t'appelais Roger.

Il arbora une mine furieuse, et c'était vraiment injuste qu'il soit beau comme un dieu même quand il faisait cette tête.

— Pourquoi diable pensais-tu ça ?

Hallucinant ! Comme si ce prénom sortait de nulle part !

— J'ai entendu Riker t'appeler Roger, répondit-elle, un poil irritée.

— Il ne m'a pas appelé Roger, c'est une expression. Comme « affirmatif ». (Hunter se passa la main sur le visage.) Il acquiesçait à mon ordre.

Oui, bien sûr, cela tombait sous le sens, à présent. À présent qu'ils se trouvaient loin de ses ravisseurs et qu'elle ne craignait plus pour sa vie.

Hunter remua et Aylin commit l'erreur de baisser les yeux. Impossible de ne pas remarquer l'impressionnante bosse dissimulée par sa braguette. Une part d'elle voulut gémir d'embarras. Mais une autre, plus importante, voulait s'enorgueillir d'en être la responsable.

— Pourquoi avoir dit à cette raclure d'humain que tu t'appelais Rasha ?

Ah ! voilà pourquoi il l'avait prise pour sa jumelle.

— En lui faisant croire que je valais assez d'argent, j'espérais qu'il laisserait partir ma sœur pour qu'elle arrange le paiement d'une rançon.

— Et là, ton père serait venu te secourir.

— Exactement.

Sauf que, pour être honnête, elle n'était pas sûre que Kars l'aurait fait. Ou du moins, pas dans le dessein de sauver sa précieuse fille. Non, il aurait saisi cette occasion pour massacrer les humains et punir les individus qui l'avaient spolié. Même si l'objet de leur butin était Aylin.

— C'est pour ça que tu voyageais avec Rasha ? Pour lui servir de leurre ?

Oui. Mais elle n'allait tout de même pas le lui avouer. Qui reconnaîtrait volontiers être jetable ?

— Je lui tiens compagnie jusqu'à la cérémonie d'union officielle.

— Merde !

Hunter attrapa la bouteille de whisky ouverte qu'il avait laissée sur la table. Il descendit un quart du liquide ambré avant d'éloigner le goulot de ses lèvres charnues et sensuelles. Puis, il la lui tendit.

— Tu en veux ?

Encore électrifiée par le sang de Hunter qui parcourait son organisme, elle n'avait guère besoin d'alcool. Ce qui ne l'empêcha pas de la lui arracher pour en boire une gorgée. Grossière erreur.

C'était comme avaler du kérosène. Elle toussa et siffla, les larmes lui montant aux yeux.

— Pas habituée à boire, hein ?

Il lui reprit la bouteille.

— Qu'est-ce qui t'a mis sur la voie ? s'enquit-elle d'une voix étranglée. L'étouffement ou les pleurs ?

Il rit, et le grondement viril résonna dans l'air et dans son sang.

— Ta grimace. La meilleure que j'ai vue à ce jour.

— Le whisky, c'est nouveau pour moi. À ShadowSpawn, tout le monde carbure au vin de houx.

Tout le monde sauf elle, en tout cas. Elle avait déjà si peu de contrôle sur sa vie qu'elle n'avait pas besoin d'en perdre davantage en noyant ses sens dans l'alcool.

Le rire de Hunter s'éteint.

— Du vin de houx ? (Il secoua la tête.) C'est violent, ce truc.

Et comment ! Produit à partir de baies de houx, toxiques pour les humains, le vin de houx frappait les vampires vite et fort. Et s'il avait un puissant effet euphorisant et aphrodisiaque, il faisait péter les plombs à certains. Aylin était presque sûre que cette substance avait rendu fous quelques-uns des leurs.

— MoonBound n'en fabrique pas ?

— Jamais de la vie ! (Il prit une lampée de whisky et elle se demanda s'il avait conscience de l'ironie qu'il y avait à dédaigner un type d'alcool tout en en sifflant un autre.) Ne touche jamais à cette saloperie.

Elle croisa les bras.

— Et voilà que tu recommences à me donner des ordres.

Il baissa les yeux avant de les reporter brusquement sur les siens, mais elle aurait juré qu'il avait été en train de reluquer ses seins. À cette pensée, elle les sentit la picoter de nouveau.

— Rien n'a changé, répondit-il sur un ton bourru. Tu n'es peut-être pas Rasha, mais je suis responsable de toi tant que tu séjourneras au sein de mon clan.

— Oui, eh bien, comme tu m'as déjà dit que MoonBound ne servait pas de vin de houx, m'interdire d'en boire est inutile, non ? (Elle arqua un sourcil.) Sauf si tu penses que je continuerai à respecter tes ordres après mon départ. Ce qui est plutôt arrogant.

Il plissa les yeux et elle se demanda si elle était allée trop loin.

— Je me fiche de ce que tu feras une fois partie. Mais tant que tu resteras auprès de mon clan, tu feras comme nous.

Elle se laissa tomber sur le futon, espérant soulager l'élancement de sa jambe.

— Et que faites-vous donc ?

Il roula nonchalamment une épaule en arrière.

— On chasse, on mange, on s'entraîne, on joue… On fait ce que tout le monde fait.

« Jouer ». C'est ce que les vampires de ShadowSpawn faisaient avec leur nourriture.

— Je n'aime pas jouer.

Hunter se rembrunit, la faible lueur faisant danser les ombres sur ses traits ciselés.

— Comment peut-on ne pas aimer jouer ?

Elle haussa les épaules.

— Je n'aime pas ça, c'est tout.

Mieux valait ne pas expliquer que voir une créature vivante souffrir lui était insupportable. Même s'il s'agissait d'un humain. Après tant d'années passées à la merci des autres, elle savait mieux que quiconque à quel point c'était terrifiant. Elle faisait un vampire épouvantable.

— C'est que tu t'y prends mal.

Il pivota et ouvrit une armoire qui contenait une petite télévision ainsi qu'un appareil appelé Nintendo. Il lui lança une espèce de télécommande.

— Une partie de Super Mario, ça te branche ?

Des jeux vidéo ? C'est ce qu'il entendait par « jouer » ? Elle ne put se retenir de rire.

Oh ! Rasha, tu vas vraiment le détester, ce mâle.

Et, comme par hasard, il plaisait énormément à Aylin.

Chapitre 7

Myne arpenta la grotte éclairée à la bougie, songeant que la tension qui y régnait serait à peine plus intense s'ils la partageaient avec un ours. Et d'ailleurs il préférerait affronter un ours plutôt que la mégère de ShadowSpawn.

Riker et Katina avaient sorti des provisions de l'une des nombreuses planques disséminées à travers les galeries souterraines que MoonBound avait réquisitionnées il y a fort longtemps pour s'en servir en cas d'urgence, et si un blizzard comptait comme une crise, Myne trouvait que ce n'était rien comparé au chaos qu'entraînerait l'union de Hunter et Rasha. Il ne savait pas si sa capacité à percevoir les catastrophes imminentes était un don, une malédiction ou le simple fruit de son imagination, mais il était sûr d'une chose : la pression qui lui pesait sur la poitrine était un avertissement. De quoi ? Il l'ignorait.

Accroupie au fond de la grotte, elle farfouillait dans un sac à dos. Comme toujours, sa vue déclencha une réaction pavlovienne chez Myne, et il se mit à saliver. Il détestait ça, que son corps le trahisse de manière si flagrante.

— Bonjour, Rasha.

Elle se redressa et sourit. Du moins nommerait-il « sourire » le rictus qui lui découvrit légèrement les dents.

— Je me demandais quand tu remarquerais ma présence.

— Il fallait bien que ça arrive.

— Et de préférence pas devant Hunter, hein ? (Elle porta la main à son cou, et fit courir l'index sur sa carotide.) À ce propos, comment te sens-tu ? Presque quatre pleines lunes sans te repaître… (Elle passa un ongle sur sa gorge et une goutte de sang perla sur sa peau hâlée.) Tu commences à ressentir les effets de la privation, hein ? Je parie que tu souffres de crampes la nuit et que ta vue se brouille. Tu as l'impression que ton corps est en train de flancher.

Dans le mille. Bordel de merde, il voulait lécher cette goutte !

— As-tu peur ? Peur de péter les plombs lors de la prochaine pleine lune et d'attaquer les femelles à vue ?

En vérité, oui.

— Tu sais pourquoi j'ai voulu tout arrêter, n'est-ce pas ? lui demanda-t-elle.

— Je suppute que c'est parce que tu as appris que tu devais t'unir à Hunter. (Comme elle hocha la tête, il coinça les pouces dans les poches de son jean.) Je vais tout lui dire.

Elle émit un grognement de mépris.

— Lui dire quoi ? Que pendant des années on se retrouvait en secret tous les deux mois les nuits de pleine lune ? Que tu as… des besoins spéciaux que moi seule peux satisfaire ?

— *Grosso modo*, ouais.

Son expression se glaça.

— Ça m'étonnerait.

— Je ne t'ai pas mise au courant pour que tu me donnes ta bénédiction. Mais je pense te devoir au moins ça.

Elle rejeta ses longs cheveux blonds en arrière d'un geste hautain.

— Tu me dois bien plus que ça.

— Tu rêves ! gronda-t-il. Notre arrangement te convenait autant qu'à moi.

— Certes, mais moi, je désirais ce que tu me donnais. Toi, tu étais à la merci de ce que je t'offrais.

Il n'y avait absolument rien de surprenant à ce qu'elle souligne ce détail.

— Et c'est pour cette raison que je te préviens de mes intentions. J'avouerais tout à Hunter. Alors, je te souhaite une belle vie. Je suis sûr que vous serez très malheureux ensemble.

Et ils le méritaient.

Alors qu'il se retournait, Rasha enfonça les ongles dans son avant-bras et le tira vers elle en sifflant de rage.

— Tu ne lui avoueras rien du tout ou je parlerais à tout ton clan de ton passé d'esclave.

— Bien tenté. (Il se délogea de sa prise, mais ses saletés de griffes lui lacérèrent le bras.) Mais tu ne sais rien du tout.

Il lui tourna le dos et commença à se diriger vers l'entrée de la grotte.

— M. Pritchard.

Myne se figea. Un flot d'adrénaline se déversa dans ses veines alors même qu'un frisson le parcourait.

— Qu'est-ce que tu viens de dire ?

— Tu m'as entendue.

Il fit lentement demi-tour, craignant que, s'il bougeait plus vite, il serait incapable de s'arrêter avant que Rasha ne soit morte.

— Comment es-tu courant pour monsieur… lui ?

L'humain qui avait donné son nom à Myne.

« Tu es à moi, espèce de bâtard. Ce sera ton nom à compter d'aujourd'hui. Myne. »

Rasha le regardait sans ciller, les yeux pleins d'une assurance qu'on ressentait quand on savait qu'on avait gagné.

— Quand j'ai appris que j'allais être mariée à Hunter, je me suis chargée de découvrir tout ce que je pouvais sur les membres de son cercle intime.

— Si c'était vrai, répliqua-t-il entre ses dents, tu saurais que je ne fais pas partie de son cercle intime.

Elle lui montra l'avant de la grotte, où Aiden et Takis riaient en chœur.

— Je sais qu'ils sont amants, mais Aiden trempe parfois son biscuit dans une femelle. Tss-tss. Pauvre Takis. (Elle pointa du doigt Katina.) Je sais qu'elle a été kidnappée quand elle était enfant et élevée par une famille aisée qui avait payé un paquet de fric pour elle. Quand elle a vu son visage sur une affiche, elle s'est échappée, mais elle s'est fait mordre par un vampire avant d'avoir pu se rendre au commissariat. (Rasha sourit.) Dois-je te parler du temps que tu as passé dans les labos de Daedalus ? Des expériences pratiquées sur toi ? Du rein qu'ils t'ont enlevé sans même t'anesthésier ? Des crocs qu'ils t'ont arrachés ? Des humiliantes recherches auxquelles ils t'ont soumis ? Comme t'obliger à baiser…

—Assez ! aboya-t-il, et tous les yeux se braquèrent sur lui.

Baissant la voix, il poursuivit :

—J'ai pigé. Je ne dirais rien à Hunter. Mais tu as intérêt à garder tout ça pour toi, et si tu t'avises d'utiliser ces infos mal acquises contre un membre du clan, je te casserai les jambes et t'abandonnerai sur le perron de Daedalus pour que tu expérimentes directement ce que tu crois savoir sur moi. (Il planta l'index dans son sternum.) Et ne t'approche plus de moi.

La grotte lui sembla soudain dépourvue d'oxygène. Il en sortit presque en courant, et, arrivé sur la saillie, il avala de grosses bouffées d'air glacé tandis que la neige et le vent lui cinglaient le visage. Il se glissa sur le côté où une corniche surplombait un tertre assez grand pour accueillir cinq personnes. Mais il était seul, loués soient les esprits ! S'adossant au rocher, il ferma les yeux et se concentra, s'évertuant à garder son sang-froid.

Pas un jour ne passait sans qu'il ne pense à ses années d'esclavage, mais généralement cela allait de pair avec les souvenirs de son frère. Tous deux avaient été capturés et envoyés à Daedalus pour y être testés, domptés et entraînés. Ou, plus précisément, tatoués, tourmentés et torturés.

Myne et son frère, Cloud Walker, alias sujet 212NP, avaient réussi à s'enfuir, mais Cloud s'était de nouveau fait prendre et Myne avait été si grièvement blessé que, sans Riker, il serait mort.

Alors, oui, ces années de captivité ne le quittaient jamais, mais Rasha avait déterré des trucs qu'il pensait enfouis depuis bien longtemps.

Des bruits de pas le mirent sur ses gardes, mais il se détendit lorsque Riker le rejoignit sous le petit abri.

— Salut.

Myne lui répondit par un hochement de tête.

— Tu veux savoir ce qui s'est passé avec Rasha.

— Je présume qu'elle n'a pas aimé l'idée que tu informes Hunter de vos rendez-vous lunaires ?

Riker était le seul, avec Rasha et Myne, à connaître la vérité, et ce uniquement parce qu'il les avait surpris.

— Je ne lui dirai rien. Et elle non plus. Alors, tant que tu la fermeras, on n'aura rien à craindre.

Les yeux de Riker étincelèrent.

— Tant que tu ne te repais plus d'elle, je ne divulguerai pas ton secret. Mais pourquoi ce soudain revirement ?

— Le chantage, gronda-t-il. Elle sait des trucs qu'elle ne devrait pas savoir. Sur ma captivité. Mon rein. Mon… putain ! Elle sait des trucs, point.

Riker arqua les sourcils.

— Ton rein ?

— Laisse tomber. Mais, vieux, fais gaffe à toi, elle prétend posséder des infos sur tout le monde.

— « Connais ton ennemi », murmura Rike. C'est une garce, mais elle n'est pas stupide. Que pouvons-nous faire au sujet de tes repas lunaires, maintenant ?

« Nous » ? Une désagréable sensation envahit Myne à la façon dont Riker avait formulé sa question. Le vampire était son ami, le meilleur qu'il ait jamais eu, et le clan était devenu la meilleure chose qui lui soit jamais arrivée.

Par conséquent, dans peu de temps, tout partirait sûrement en vrille.

Il contempla le mur de neige au loin.

— J'ai arrangé un rendez-vous avec une femelle en ville.

— Tu l'avais déjà testée ?

Myne secoua la tête. Le nombre de femelles qui l'avaient laissé se repaître plus d'une fois se comptait sur les doigts d'une main.

— Elle croit souffrir.

La bonne blague ! Seule une personne tordue ou dont les nerfs avaient été endommagés ou les deux à la fois était capable de supporter la torture causée par les crocs en titane de Myne.

Il les avait trouvés géniaux… au début. Ils transperçaient la chair humaine comme des forets. Puis il avait découvert que la douleur qu'ils infligeaient à ses congénères était simplement effroyable. Il avait essayé de se les faire retirer, mais le métal avait fusionné avec ses os, et le dentiste sympathisant des vampires qui les lui avait posés ignorait pourquoi ces derniers réagissaient si mal alors que Myne ne ressentait rien. Ce n'est qu'avec l'arrivée de Nicole qu'il avait obtenu sa réponse.

Il s'avérait que les vampires nés humains étaient allergiques au titane. Près de cinquante pour cent des vampires de naissance étaient également sensibles au contact de ce métal avec leur sang. Alors Myne, afin de pouvoir se repaître d'une femelle, devait soit se trouver une vampire de naissance immunisée ou une vampire créée un brin masochiste. Malheureusement, les deux étaient des spécimens rares.

Et Rasha en faisait partie. Une rencontre fortuite dans une boîte pour vampires du centre-ville avait donné lieu à des années de rendez-vous bimestriels ou trimestriels lors des nuits de pleine lune. Elle n'était pas immunisée contre le supplice qu'engendrait le titane, mais pour elle la morsure était synonyme d'érotisme, si bien qu'elle aurait retrouvé Myne tous les mois s'il le lui avait demandé. Peu importe ! S'il la supportait, c'était uniquement parce qu'il tenait à la vie.

— Ça vaut ce que ça vaut, dit Riker, mais je ne pense pas que ton passé avec Rasha poserait un problème à Hunter.

— Oh, si ! marmonna Myne. Ça lui en poserait un, crois-moi.

Riker appuya la tête contre la roche.

— Bon sang, Myne ! tu vas me dire ce qui vous est arrivé à la fin ?

— C'est entre Hunter et moi.

— Tu sais que tu peux me faire confiance, hein ?

Il le savait. Il s'apprêtait à le dire quand un cri de fureur, un hurlement, et un fracas métallique se firent entendre dans la tempête de neige. Myne et Riker foncèrent dans la grotte, s'arrêtant brusquement lorsque le couvercle d'une casserole rasa le sommet de leur crâne.

Rasha se tenait près du mur du fond, armée de la marmite qui, supposa Riker, allait avec le couvercle. Aiden, Takis et Katina avaient le regard fixé sur elle.

— C'est quoi ton problème, pétasse ? s'écria Katina.

— Je vous avais dit de ne pas toucher à mes sacs ! s'égosilla Rasha en retour.

Aiden leva les mains en signe de reddition et se tourna vers Riker.

— Elle est tarée, cette gonzesse. On ne fouillait pas dans ses affaires. Elle délire.

Myne se contenta de secouer la tête. Il n'aimait pas Hunter, mais même lui ne méritait pas Rasha. Il se repassa les deux cents dernières années en mémoire et se ravisa. Si, Hunter la méritait.

Malheureusement, le clan, non.

Chapitre 8

Hunter et Aylin avaient joué aux jeux vidéo pendant deux heures avant qu'Aylin ne tombe de sommeil, et Hunter n'avait pas honte de reconnaître qu'il avait été déçu qu'elle s'assoupisse. Il avait prévu d'utiliser le jeu pour lui faire baisser sa garde et gagner lentement sa confiance. En tant que sœur de Rasha et fille du chef de clan de ShadowSpawn, elle représentait une source potentielle de renseignements inestimables. Cependant, il ne s'était guère attendu à apprécier sa compagnie.

Après quelques minutes de musique Super Mario enjouée et de ramassage de pièces d'or, il s'était trouvé séduit par la douceur de ses sourires. Elle apprenait vite, et, lorsqu'il lui avait assuré qu'elle pourrait jouer quand elle le voudrait tant qu'elle serait chez MoonBound, elle avait carrément bondi sur sa chaise.

Mais était-elle vraiment sincère ? Nicole affirmait qu'Aylin l'avait aidée à fuir ShadowSpawn, mais cela avait pu être un coup monté. L'évasion de Nicole avait donné lieu à une bataille qui ne s'était achevée qu'avec la promesse de Hunter d'épouser Rasha, et ce dernier s'était demandé, plus d'une fois, si Kars n'avait pas tout orchestré afin d'obtenir ce qu'il convoitait depuis si longtemps : l'influence au sein de MoonBound.

Hunter avait donc joué à la console avec Aylin, mettant ce temps à profit pour l'amadouer et tisser un lien avec elle. Mais, à présent que la tempête était passée et qu'ils arpentaient la neige à pas lourds pour regagner MoonBound, il se dit qu'il était temps de la cuisiner un peu. De voir si son « opération séduction » fonctionnait. Si seulement elle pouvait lui donner un aperçu de l'esprit de Rasha ou de Kars… Cela lui serait fort utile.

Surtout au vu du message qu'il venait de recevoir de Takis : « On vous attendra à l'entrée du QG. Faites vite. Je suis prêt à te restituer Rasha. Elle est… particulière. »

« Particulière ? » lui avait écrit Hunter en réponse.

« Ouais. Dans le genre mal embouché. »

Hunter jura en silence. Comment avait-il pu se laisser croire qu'Aylin était Rasha ? Peut-être, en son for intérieur, l'avait-il espéré. Parce qu'Aylin… l'intriguait. Elle était une combinaison improbable de méfiance et de spontanéité, comme si elle ne faisait confiance à personne, mais voulait que les autres lui fassent confiance. Son esprit semblait impatient de jaillir d'elle dans une explosion d'énergie, mais quelque chose le retenait. Elle lui évoquait un oiseau à qui on avait coupé les ailes ou un loup enchaîné, avide de liberté mais incapable de la conquérir.

Bien entendu, elle pouvait jouer la comédie. Son père avait un jour mutilé l'un de ses propres guerriers, un jeune vampire en phase de croissance, et l'avait envoyé demander asile à MoonBound. Hunter avait accueilli l'adolescent et le clan avait veillé à sa guérison pour qu'au final le vaurien empoisonne leurs réserves d'eau.

Plusieurs membres du clan étaient morts, et, quarante ans plus tard, trois autres souffraient encore des effets du poison. Le gamin s'était enfui avant que MoonBound ne puisse le rattraper, mais le sort qui l'attendait à son retour n'avait guère été meilleur. Apparemment, Kars n'avait pas perdu de temps pour massacrer le soldat, dont les blessures l'avaient rendu incapable de chasser ou de combattre.

Non, Hunter n'était pas prêt à accorder sa confiance à un membre de ShadowSpawn, et cela incluait Aylin.

— Il faut vraiment que tu voies Nicole quand on sera rentrés, répéta-t-il. Tu boites encore.

Ils avançaient péniblement dans la neige, trop lentement au goût de Hunter, étant donné que la forêt grouillait d'humains, mais, de toute évidence, la blessure d'Aylin la gênait encore.

Au début, elle avait suivi ses pas, mais à présent elle marchait à côté de lui, le visage partiellement couvert par la capuche de la veste qu'il avait grappillée dans le placard à provisions du chalet. Il sentait à peine le froid, mais elle grelottait depuis son réveil.

— Ce n'est pas la blessure, dit-elle. Enfin, elle a mis plus longtemps à cicatriser chez moi, mais j'ai toujours été hémophile. (Elle piqua un fard, et il se demanda si c'était lié au froid ou au sujet de leur conversation.) Je boite depuis la naissance. Je souffre d'une déformation congénitale du fémur.

— Une déformation congénitale du fémur ?

Il rit et Aylin s'arrêta net.

— Tu trouves ça drôle ?

— Pas du tout. Je ris à cause des rumeurs qui circulent sur toi.

Elle se raidit.

— Et que racontent-elles ?

— Que tu es une bossue difforme et hideuse.

Une rafale fit retomber sa capuche en arrière et elle la replaça d'un geste irrité.

— Très shakespearien, tout ça.

Hunter avait entendu parler de Shakespeare, mais la remarque d'Aylin ne lui évoquait rien. Il devait avoir l'air perplexe, car elle ajouta :

— Shakespeare a dépeint le roi Richard III d'Angleterre comme un bossu difforme, ce qui était faux. Il souffrait d'une scoliose, mais ce n'était pas Quasimodo.

Et voilà qu'elle le surprenait de nouveau !

— Tu dois aimer lire.

— J'adore ça. (Elle coinça les mèches dorées qui flottaient au vent dans sa capuche et se remit à marcher.) Et toi ?

Il secoua la tête.

— Je sais lire, mais je préfère les jeux vidéo et les films. (Il lui tendit la main pour franchir un ruisselet, mais elle la refusa et traversa en s'aidant des galets.) Tu aimes les films ?

— Je n'en ai pas vu beaucoup. Rasha avait rapporté un appareil de visionnage humain, mais mon père l'a cassé. (L'amertume voila sa voix.) Sûrement que des idées trop dangereuses commençaient à germer dans les esprits.

Profitant de l'occasion pour la cuisiner davantage, il s'enquit :

— Et tu n'es pas d'accord ?

Elle sembla considérer la question.

— Je crois, répondit-elle lentement, qu'un dirigeant qui surveille tout ce que son peuple regarde, écoute et fait, instaure un climat de peur et de colère. Un chien enchaîné ne devient pas méchant sans raison.

Soit Aylin était beaucoup plus intelligente que son père, soit elle disait à Hunter ce qu'il voulait entendre. Dans tous les cas, il serait sage de ne pas la sous-estimer.

— Ce n'est pas trop « voie du corbeau » comme discours, lui fit-il remarquer.

— Mon clan suit la voie du corbeau. Pas moi. (Elle reporta son attention sur Hunter.) Tu suis la voie du corbeau ou de la corneille ?

— Corneille.

Mais les deux n'étaient qu'un ramassis de conneries.

Le mythe du corbeau et de la corneille avait été fabriqué de toutes pièces par les douze vampires primordiaux afin d'expliquer leurs origines et cacher la vérité. Beaucoup croyaient encore à ce récit selon lequel un corbeau et une corneille se seraient affrontés au-dessus du corps sans vie de deux chefs indiens jusqu'à ce que leur sang se mêle et que les chefs ressuscitent en tant que vampires.

Cependant, ceux qui estimaient que cette fable n'était que pure insanité cherchaient des réponses dans les théories scientifiques attribuant le vampirisme à la mutation d'un virus au sein de la communauté amérindienne. Ce qui était vrai. Les scientifiques ignoraient simplement que le virus provenait d'un démon nommé Samnult.

— Ça ne va pas plaire à Rasha, murmura Aylin. Elle est aussi fanatique que mon père.

Cela n'était guère une surprise. Qu'Aylin pense autrement en était une. À moins, bien entendu, qu'elle ne soit en train de se payer sa tête.

— Que peux-tu me dire sur ta sœur ?

Aylin enfonça les mains dans les poches de sa veste.

— Elle est plus vieille que moi de sept minutes.

— Ce n'est pas forcément ce qui m'intéressait, mais soit.

Elle soupira.

— Et si tu me posais des questions précises au lieu de quêter des informations ?

Bon, elle avait vu clair dans son jeu. De toute manière, tourner autour du pot le mettait mal à l'aise. Il se demandait même pourquoi il avait commencé de cette façon.

— Est-elle amère à cause de notre union ? (Il ne pouvait pas se montrer plus sincère.) Laisse-t-elle un amant à ShadowSpawn ?

Aylin prit un long moment pour réfléchir à sa réponse, ce qui n'augurait rien de bon.

— Amère ? Non. Pour ce qui est de ses amants… je n'en sais rien.

Elle mentait, mais cela n'était pas étonnant de la part d'une sœur qui essayait de couvrir sa jumelle. Ou d'un vampire de ShadowSpawn.

— Et toi, es-tu amer ? (Elle ramassa une poignée de neige et mordit dedans.) Ou abandonnes-tu une maîtresse ?

Bordel, oui, il était sacrément amer !

— Je fais ce que je dois faire pour protéger mon clan.

Ce qui signifiait oublier toutes ses maîtresses.

Il connaissait bon nombre de chefs, dont son propre père, qui avaient de multiples compagnes ou une compagne et plusieurs concubines, mais Hunter avait toujours considéré qu'un dirigeant était plus puissant quand son attention était focalisée sur une seule femme. Et comme il ne tolérerait jamais que sa femme voie d'autres mâles, il ne pouvait jouer les hypocrites.

Peu importe qu'il méprise Rasha.

Ou qu'il apprécie Aylin.

Chapitre 9

— On y est presque.

— Génial.

Aylin feignit de sourire à l'annonce de Hunter. Elle devrait être enchantée de quitter enfin le froid, mais, bizarrement, elle redoutait leur arrivée à MoonBound.

— Tu dois être impatiente de revoir ta sœur.

— Bien sûr, répondit-elle, par automatisme plus que par sincérité.

Elle se souciait de Rasha, mais l'idée de la voir avec Hunter lui donnait des brûlures d'estomac.

Ils atteignirent une étroite vallée et au loin, près d'une falaise de rochers moussus, les attendaient plusieurs guerriers de MoonBound, dont Riker. Drapée dans de riches fourrures, Rasha se tenait à l'écart comme une reine de glace, son expression neutre, sa posture figée.

Riker salua Aylin d'un hochement de tête à peine perceptible, et elle se demanda s'il lui reprochait le traitement brutal que ShadowSpawn lui avait réservé deux mois plus tôt, même si elle n'avait rien fait pour lui causer du tort. En fait, elle avait aidé sa femme, Nicole, à s'enfuir.

Aylin resta en retrait tandis que Hunter allait à la rencontre de Rasha. Cette dernière le regarda s'approcher, et la lueur qui étincela dans ses yeux, un mélange de faim et de calcul, ne plut guère à Aylin.

— Rasha.

Il s'arrêta à un mètre d'elle, et Aylin éprouva une joie contrite à constater que Hunter ne regardait pas Rasha de la façon dont elle le faisait, comme s'il lui tardait de le voir tout nu.

Rasha inclina la tête en signe de salut.

— Hunter.

D'épais flocons se mirent à tomber des nuages difformes au-dessus d'eux tandis qu'il désignait Aylin.

— J'ai fait la connaissance de ta sœur jumelle.

Rasha eut un geste de dédain.

— Deuxième-née.

Les lèvres ourlées de Hunter se retroussèrent en un sourire figé.

— Merci de t'assurer que je ne la prenne pas pour la première-née. Ça aurait été un désastre.

Rasha ne comprit pas son sarcasme et hocha la tête comme si elle venait de lui épargner la pire des bourdes sociales.

— T'a-t-elle dit qu'elle resterait jusqu'à ce que la cérémonie ait eu lieu ? lui demanda Rasha.

— En effet. (Hunter leur fit signe de le suivre.) Venez. L'entrée du dédale se trouve à quelques mètres. Nous partagerons un petit festin préparé en votre honneur.

Ils se mirent à marcher en direction d'un énorme rocher, Rasha à côté de Hunter tandis qu'Aylin reprenait place derrière sa sœur. Trois guerriers se fondirent dans la forêt tandis que les trois autres fermaient le cortège, leurs mains planant au-dessus des poignards fixés à leur hanche comme s'ils s'attendaient que Rasha ou Aylin attaquent Hunter d'un moment à l'autre.

— Y aura-t-il des humains ?

L'excitation dans la voix de Rasha hérissa le poil d'Aylin.

— Des humains ? répéta Hunter, l'air renfrogné.

— Au repas ?

— Ah ! Rupture de stock, désolé. Il y a du gibier au menu.

— Décevant. (Elle renifla avec désapprobation.) J'espère qu'on aura des humains pour la célébration de notre union.

— Et si tu soumettais tes requêtes à notre chef cuisinier ? Il est très arrangeant.

Hunter pressa le pas mais, s'il pensait pouvoir semer Rasha, il se fourrait le doigt dans l'œil. Aylin, qui vivait avec elle depuis plus d'un siècle, l'avait appris à ses dépens.

Il ralentit au bout d'un moment, et leur désigna un rocher couvert de mousse et de vigne encastré dans le flanc de la montagne.

— Vous ne pouvez pas la voir, mais l'entrée se situe ici. Elle est protégée par un sort, alors, même si vous connaissiez son emplacement, elle demeurerait invisible à vos yeux tant que vous ne porterez pas le glyphe de MoonBound.

Il jeta un coup d'œil à Aylin, avec une expression bien plus douce que quand il regardait Rasha, et le cœur de la jeune femme s'affola bêtement.

— J'imagine que vous avez un système similaire à ShadowSpawn ? ajouta-t-il.

— En effet, répondit Rasha. Si tu es chanceux, tu verras mon symbole d'accès bientôt.

Aylin était à deux doigts de vomir. Le tatouage de Rasha se trouvait à l'intérieur de sa cuisse, alors si Hunter le voyait, cela voudrait dire que… Ouais. Elle n'avait aucune envie de penser à ça.

Aylin ne s'était pas montrée aussi audacieuse que Rasha. Ou, plus exactement, on ne lui avait pas laissé le choix quant à l'emplacement de la marque ou à la méthode employée pour l'imprimer sur sa peau de façon permanente. Son père l'avait immobilisée et lui avait gravé un crâne de corbeau dans le dos avec une lame émoussée trempée dans de l'acide.

À la surprise d'Aylin, Hunter ne répondit pas aux avances de Rasha. Au lieu de quoi, il déclara :

— Tu vas devoir porter celui de MoonBound. Notre gardien mystique te tatouera le jour de notre cérémonie d'union.

La subtile contraction des mâchoires de Rasha dénota son agacement quant au manque d'intérêt de Hunter pour l'emplacement de son tatouage, mais ce dernier ne sembla guère s'en inquiéter. Il les mena le long des couloirs qui, à mesure qu'ils progressaient, devenaient plus larges, plus clairs, et plus propres. La terre battue cédait la place à des sols en pierre et en bois, et les parois de roche grossièrement taillée se transformaient graduellement en surfaces lisses constituées de rondins poncés et de galets polis. Peintures et sculptures amérindiennes ornaient les murs, aux côtés de dessins à la craie qui semblaient avoir été faits par des enfants.

Aylin effleura du bout des doigts les contours d'une peau de cerf utilisée comme canevas pour peindre un bison sauvage.

— C'est impressionnant, murmura-t-elle.

Rasha émit un grognement de mépris, préférant sans doute la décoration bien plus minimaliste et effroyable de ShadowSpawn qui, la plupart du temps, incluait les ossements et les crânes de leurs victimes, animaux, humains et vampires.

— Tu aimes l'art ?

Hunter jeta un coup d'œil à Aylin, et elle ne put s'empêcher de se réjouir qu'il emploie un ton différent lorsqu'il s'adressait à elle que quand il parlait à Rasha.

— Non, répondit aussitôt Rasha, coupant une fois de plus la parole à sa sœur.

— Je l'avais deviné. Je posais la question à Aylin.

Les yeux braqués sur la jeune femme, Hunter ne regarda même pas dans la direction de sa sœur. Aylin se demanda s'il pouvait sentir s'enfoncer dans son crâne les poignards que dardaient les pupilles de Rasha.

— J'adore l'art, se contenta-t-elle de répondre.

Rasha semblait sur le point d'exploser. Elle détestait qu'on la traite avec indifférence, et haïssait par-dessus tout que l'on accorde à sa sœur l'attention qui, selon elle, lui revenait de droit.

Une vampire qu'Aylin reconnut comme Lucy, l'adolescente que ShadowSpawn avait capturée et retenue en otage avec Riker et Nicole, traversa à un croisement devant eux. Vêtue d'un baggy et d'un sweat-shirt orange à capuche assorti à ses cheveux courts, elle salua Aylin d'un sourire timide, mais, quand ses prunelles argentées se posèrent sur Rasha, elle montra les crocs et fila vers l'obscurité.

La tension jaillit soudain, si vive qu'elle brûla les narines d'Aylin. Hunter fit volte-face vers Rasha, ses lèvres sensuelles pincées en une ligne sévère.

— Que lui as-tu fait ?

Rasha roula des yeux.

— On l'a remise à sa place. Les simplets ne servent qu'à accomplir les basses besognes et à satisfaire les guerriers. On ne peut pas les laisser en liberté. C'est pour leur bien.

La fureur déforma le visage de Hunter et des grognements de rage résonnèrent dans les couloirs lorsque Riker et les deux autres mâles s'avancèrent. L'anxiété satura la pièce, et Aylin se demanda si on allait lui faire payer les sévices infligés à Lucy. Elle avait bien essayé d'aider la jeune fille, mais celle-ci avait été enfermée dans les geôles ou dans les quartiers des guerriers, et le mieux qu'Aylin avait pu faire avait été de lui apporter de la nourriture en douce ou de lui envoyer l'une de ses couvertures élimées pour son lit.

Très lentement, Hunter s'approcha de Rasha. Celle-ci garda sa posture hautaine, le menton relevé, les épaules droites, mais cela ne servit à rien lorsque le corps massif de Hunter la heurta, la repoussant contre le mur. Le claquement de ses paumes contre la pierre lorsqu'il les posa de part et d'autre de sa tête retentit comme un coup de feu.

Pour la première fois depuis longtemps, Rasha parut effrayée.

— Lucy n'a pas dit un mot de ce qui lui était arrivé, déclara-t-il d'une voix aussi figée et glacée qu'une tombe. Mais ça viendra. Et si je découvre qu'elle a été violentée de quelque manière que ce soit, je castrerai et tuerai le responsable.

Rasha battit des cils avec candeur, mais Aylin connaissait suffisamment sa sœur pour percevoir l'inquiétude véritable dans la crispation de ses lèvres.

— Fais ton devoir. MoonBound est mon clan à présent. Les morts de ShadowSpawn ne me concernent pas.

Avec un grognement de dégoût, Hunter s'écarta d'elle.

— On verra ça.

Ils continuèrent de longer les couloirs dans un silence tendu jusqu'à ce que Hunter s'arrête devant une immense porte en chêne.

— Voici mes appartements, dit-il d'une voix aussi grave que s'il avait mangé du soufre au petit déjeuner. Vous y êtes toutes les deux bienvenues. (Il se dirigea vers une porte à quelques centimètres de la sienne.) Rasha, tu séjourneras ici.

Rasha afficha une moue contrariée.

— J'aurais cru qu'on habiterait ensemble.

— Nos chambres à coucher communiquent. J'ai pensé que tu souhaiterais un peu d'intimité jusqu'au mariage.

Il ouvrit la porte, et Aylin hoqueta presque de stupéfaction. D'épais tapis recouvraient le parquet poncé, et le mobilier en cuir marron créait un environnement chaleureux dans le salon et la salle à manger. La cuisine était petite mais propre, et, au lieu d'art traditionnel, les murs étaient ornés de pierres colorées serties dans le plâtre suivant un motif circulaire.

Les appartements de son père à ShadowSpawn n'étaient pas aussi jolis.

— Ça fera l'affaire, dit Rasha d'un air blasé au possible.

— Si cela ne sied pas à tes critères, répliqua Hunter d'une voix aussi douce et tranchante qu'un poignard enveloppé dans du velours, je peux te proposer une cellule dans nos geôles. Je suis sûr que cela se rapprochera davantage de ce dont vous avez l'habitude à ShadowSpawn.

Le visage de Rasha s'empourpra de rage, et Hunter arbora un sourire suffisant tout en se tournant vers Riker.

— Si tu veux bien montrer ses quartiers à Aylin, je vais aider Rasha à s'installer.

— Entendu. Leurs sacs sont déjà dans leurs chambres.

Soulagée de fuir la tension croissante, Aylin suivit Riker avec joie jusqu'à une porte quelques mètres plus loin, à l'angle. Elle s'attendait qu'il se sauve aussitôt après l'avoir déposée et fut abasourdie qu'il entre dans l'appartement avec elle.

— Je voulais te remercier d'avoir aidé Nicole quand elle était prisonnière, dit-il, inclinant sa tête blonde. Elle t'est reconnaissante de ton amitié.

Il était très rare qu'on la remercie pour quoi que ce soit, et jamais personne ne l'avait qualifiée d'amie. Incapable de trouver ses mots, elle se contenta de hocher la tête.

Riker lui désigna les lieux d'un large geste.

— C'est ici que demeurait Nicole avant que nous soyons unis. Tu devrais t'y sentir à l'aise.

C'est alors qu'Aylin porta enfin le regard sur le logement qui lui était prêté. Il ne s'agissait pas d'une minuscule cellule crasseuse avec un matelas jeté par terre, comme ce qu'elle avait à la maison. Elle avait droit à une suite composée d'un espace de vie petit mais bien agencé muni d'un canapé, d'une table avec deux chaises et d'un appareil humain qui devait s'appeler télévision. Dans la deuxième pièce, elle apercevait le bord d'un lit et d'une commode. Même dans ses rêves les plus fous, elle n'aurait imaginé dormir dans un endroit aussi beau.

— Je… Oui, merci.

Riker se dirigea vers la porte, mais s'arrêta sur le seuil.

— Nicole adorerait te voir. Elle passe son temps au labo. Si tu as besoin de quoi que ce soit dans l'intervalle, n'hésite pas à demander. Tout le monde se conduira au mieux, promis.

Tout cela était si bizarre qu'Aylin ne savait que répondre. Elle ne parvint qu'à articuler un deuxième « merci » étranglé.

— Il n'y a pas de quoi. On dîne dans une heure.

Chapitre 10

Si Hunter avait douté d'apprécier sa future compagne, il était à présent on ne peut plus certain de la tuer dans l'année. Sauf qu'avec sa veine il l'imprégnerait sûrement et serait incapable de l'étrangler comme il rêvait de le faire à cet instant.

Mais s'il découvrait que Lucy avait été molestée et que Rasha y était pour quelque chose, il passerait outre au lien d'imprégnation et soulagerait l'univers entier en l'expédiant dans l'autre monde.

Il l'avait laissée déballer ses affaires et s'installer, mais elle avait déboulé dans sa chambre au bout de cinq minutes et annoncé qu'elle préférait rester avec lui. Et partager son lit.

Ouais… Non.

Elle n'avait pas protesté, mais la fumée lui sortait presque des oreilles tandis qu'elle arpentait les quartiers privés ainsi que le bureau de Hunter, émettant des sons désapprobateurs chaque fois qu'elle tombait sur quelque chose qui ne lui plaisait pas. Apparemment, elle considérait que les livres, l'art, le cinéma et les magazines de sport étaient une perte de temps. Même les Monty Python récoltèrent un grognement de dédain. Comment pouvait-on ne pas aimer les Monty Python ? Elle jeta un coup d'œil aux jeux vidéo et poussa un soupir dégoûté.

— Les consoles de jeux ne sont pas autorisées à ShadowSpawn, dit-elle. Mon père estime que le temps d'un guerrier ne saurait être gaspillé à autre chose qu'à la chasse ou l'entraînement.

Ton père est une tête de nœud. Il parvint, étonnamment, à ne pas exprimer sa pensée tout haut.

—On a tous besoin de décompresser. De recharger nos batteries.

—On recharge nos batteries en se battant. (Elle le parcourut d'un regard audacieux, à l'opposé des coups d'œil furtifs d'Aylin.) Ou en baisant.

Certes, Hunter était toujours partant pour se reposer et se détendre dans les bras d'une femelle, voire deux, et bien entendu une bonne bagarre pouvait permettre de libérer les tensions, mais parfois un divertissement abrutissant suffisait à offrir un moment de relâche. Et, surtout, un divertissement abrutissant ne générait pas de complications.

Elle marcha vers lui d'un pas sautillant, balançant les hanches tandis que ses seins ballottaient librement sous son débardeur vert olive.

—Je parie que tu te demandes si ta future compagne est vierge.

Absolument pas. Il la regarda s'avancer, les flammes dans ses yeux bleus redoublant d'intensité à mesure qu'elle s'approchait. Oh, non! cette démarche-là était celle d'une femme qui savait très bien comment obtenir ce qu'elle voulait d'un homme.

Il ne bougea pas, se demandant si son toucher l'embraserait comme celui d'Aylin. Si sa peau se mettrait à chauffer et à le picoter, si son sang palpiterait dans ses veines tel un fleuve après la rupture d'un barrage. Quand elle posa la paume sur son torse, il eut sa réponse.

Un profond dégoût l'envahit. Son sang se glaça.

—Je ne suis pas vierge, déclara-t-elle d'une voix rauque, sulfureuse. J'espère que ça ne te déçoit pas.

—Rien ne vaut l'expérience, dit-il, la laissant interpréter sa phrase à sa guise.

Et Aylin ? Avait-elle de l'expérience ? La façon dont elle s'était agrippée à lui dans le chalet pendant qu'elle se repaissait, la façon dont son corps avait épousé le sien tandis qu'elle s'arquait contre lui… Bon sang ! elle avait été impatiente et débridée, et il parierait que c'était une furie au pieu. Pouvait-il nourrir des pensées plus inappropriées ?

— Je suis ravie de te l'entendre dire. (Rasha fit courir sa main sur son ventre et glissa les doigts sous sa ceinture.) Parce que je vais t'en mettre plein les yeux. (Elle battit des cils avec coquetterie.) Je suis experte en la matière.

Ses paroles suffirent à lui ratatiner les couilles.

— Génial. Il me tarde de voir ça après qu'on sera unis. (Il lui saisit le poignet et lui ôta la main, sans prêter attention à son regard furieux.)

— À présent si tu veux bien…

— Montre-moi le reste de MoonBound ! s'écria-t-elle, son intonation autoritaire lui vrillant les nerfs.

— J'ai du travail, répondit-il, tâchant de desserrer les mâchoires pour articuler convenablement et lui faire comprendre qu'il ne plaisantait pas.

Il devait s'éloigner d'elle avant de la zigouiller ou de l'envoyer méchamment bouler. Dans un cas comme dans l'autre s'ensuivrait une guerre avec ShadowSpawn, et MoonBound ne pouvait se le permettre.

— Je demanderai à quelqu'un de te faire faire le tour du propriétaire, ajouta-t-il.

Rasha fit la grimace, mais à sa grande surprise elle hocha la tête.

— Bien sûr. En tant que chef, tu as beaucoup de responsabilités. (Elle jeta un coup d'œil aux trois paires de minuscules mocassins en daim sur le manteau de la cheminée et arbora un sourire crispé.) J'ai hâte de les partager, de tout partager avec toi une fois que nous serons mariés.

Dans tes rêves ! Elle ne fourrait pas le nez dans ses responsabilités. Ni dans les mocassins que ses fils et sa fille, morts trop tôt, n'avaient jamais pu porter. Si elle s'avisait de les toucher… Il réprima un grondement et tira son téléphone de sa poche, hésitant une seconde lorsque l'écran s'alluma. À qui pouvait-il confier Rasha ? Sans doute à quelqu'un qui le haïssait déjà.

Hilare à cette idée, il envoya un message à Myne, qui devait se trouver dans le couloir, car, trente secondes plus tard, il toqua à la porte d'un geste lourd et pressé, comme à son habitude. Il n'y avait pas plus doué que Myne pour communiquer impatience et irritation avec un simple coup sur la porte.

— Et voici ton guide !

Il tâcha de ne pas la jeter dehors même s'il en mourait d'envie, heureux, peut-être pour la première fois de sa vie, de voir Myne sur le seuil en jean et tee-shirt noir.

— Myne, je te présente Rasha, dit-il en les désignant tour à tour. Rasha, Myne.

Myne se montra aussi inamical que de coutume, se contentant de la regarder fixement, les lèvres retroussées pour révéler la pointe de ses crocs en titane.

Rasha finit par incliner la tête en signe de salut.

— On s'est déjà rencontrés.

— Excellent. (Hunter dirigea Rasha vers la porte.) Myne, fais-lui visiter les lieux. Je vous retrouverai tous les deux au réfectoire.

— Je ne vis que pour te servir, répondit Myne d'une voix traînante.

Hunter referma derrière eux avec plus de force que nécessaire, lorgna la pile de papiers sur son bureau, et haussa les épaules. Tant pis. Il s'occuperait des affaires du clan plus tard. Il avait toujours eu un don pour la procrastination, et le temps passé avec Rasha avait fait ressortir sa fébrilité.

Et puis il fallait qu'il s'entretienne avec Aiden, qui devrait avoir soutiré des informations intéressantes au braconnier.

Hunter l'espérait, car, dans les coins les plus ténébreux de son esprit, le spectre de son père le sommait de prendre les choses en main, en les plongeant dans le sang.

Mieux valait que ce soit Aiden qui se les salisse.

Il le trouva à discuter avec Baddon devant la cellule de l'humain. Les deux guerriers affichaient une mine sinistre et tous deux avaient du sang sur les mains.

— Dites-moi qu'il a parlé.

Aiden hocha la tête.

— C'est une raclure de second plan ; il ne sait pas grand-chose, mais il a causé de gangs, de clubs de motards et d'amateurs d'armes à feu qui feraient la course à celui qui choperait le plus de vampires.

Baddon grogna, serrant et desserrant ses poings tatoués.

— J'ai parlé à mes potes Gravediggers. Le vice-président du club, Han, m'a dit qu'il avait été contacté hier par un type qui voulait savoir s'ils participeraient à une opération de braconnage. Il ne s'est pas présenté mais, d'après Han, ce serait quelqu'un du gouvernement. Qui qu'il soit, il a offert dix mille dollars par scalp et paires de crocs livrés.

Hunter jura. N'était-ce pas foutrement génial ? Accrochez-vous, mesdames et messieurs, car les humains passent aux choses sérieuses !

— C'est pire que ce que je croyais. (Hunter se frotta le visage, se demandant pourquoi tout partait toujours en couille d'un coup.) Vous avez réussi à lui arracher d'autres renseignements ?

Aiden secoua la tête.

— Rien de plus. Mais il nous a raconté ce qui lui a valu son nom.

Baddon laissa échapper un sifflement suivi d'un juron.

— Chem. Quel taré ! (Il fusilla la porte de la cellule du regard, comme s'il imaginait déchiqueter l'humain de l'autre côté.) Apparemment, ce serait un chimiste amateur. Il fabriquait des drogues de synthèse que son gang revendait.

Quand chasser les vampires est devenu plus rentable que dealer, il a mis ses talents à profit pour créer des substances capables de nous assommer, de nous empoisonner, et même de nous dissoudre !

— Tuez-le, gronda Hunter. Je ne veux pas que cette ordure continue d'infecter l'atmosphère.

Il n'attendit pas le spectacle et se dirigea vers l'entrepôt à armes pour vérifier le butin récupéré par ses guerriers sur les ravisseurs, morts, d'Aylin et Rasha. La compagnie des objets tranchants avait sur lui un effet calmant.

Percevant une présence au loin, il tourna à l'angle, et la vue d'Aylin lui coupa le souffle. Elle sortait de la douche, et ses cheveux mouillés s'épandaient sur sa tunique en flanelle verte et blanche, assez longue pour couvrir ses fesses moulées dans un jean.

À peine.

Sous l'ourlet, Hunter entraperçut son postérieur ferme et rebondi, et enfonça les ongles dans sa paume en se rappelant l'avoir empoigné à pleines mains quand il l'avait étreinte dans le chalet la nuit dernière. Comment une jumelle pouvait-elle si facilement lui échauffer le sang alors que l'autre le glaçait ?

Il s'approcha tandis qu'elle étudiait les gravures sur les murs, ses doigts graciles retraçant les contours qui avaient fasciné Hunter étant enfant.

— Je passais des heures à imaginer des histoires à propos de ses dessins, dit-il.

Aylin sursauta, et à cet instant le fait qu'elle n'était vraiment pas une guerrière le frappa. Pas comme sa sœur, du moins. Il parierait sa Xbox que Rasha ne se laisserait jamais surprendre ainsi dans un bastion ennemi. Pour autant, ce n'était pas parce qu'Aylin n'avait pas été formée au combat qu'elle ne pouvait pas jouer un rôle efficace dans le complot envers MoonBound, et Hunter n'était pas encore prêt à relâcher sa vigilance avec elle. Si tant est qu'il le soit un jour.

— Tu ne devrais pas surgir comme ça, dit-elle, hors d'haleine.

Il afficha une mine enjouée malgré ses appréhensions.

— J'essaierai de ne plus marcher.

Un sourire à peine perceptible retroussa les lèvres d'Aylin, qui se retourna vers les œuvres d'art au mur.

— Il y a fort longtemps, j'avais vu un livre rempli de dessins comme ceux-ci. D'après l'ouvrage, ils auraient été gravés par d'anciennes tribus.

— En effet. Ces dessins étaient là bien avant que MoonBound investisse les lieux.

— Quand vous êtes-vous installés ici ?

Il s'avança vers elle, humant le parfum frais de sa peau et de son shampoing à la pomme. Par le Grand Esprit, elle sentait… délicieusement bon !

— Il y a des siècles.

— Depuis quand es-tu chef?

— Près de deux cents ans. J'ai succédé à mon père.

Elle se tourna vers lui, ses prunelles azur pétillant de curiosité.

— Que lui est-il arrivé ?

— Je l'ai tué. (Devant son air surpris, il inclina la tête.) N'as-tu pas appris tout ça quand tu étais enfant ? Je ne peux pas croire que Kars ne vous ait pas enseigné l'histoire des vampires ainsi que celles de chaque clan.

— Oh ! si, on a appris tout ça. Mon père estime qu'il faut connaître ses ennemis.

— Si tu connais l'histoire de mon clan, pourquoi ces questions ?

— Parce que, répondit-elle simplement, l'histoire écrite est rarement objective, et il en existe toujours deux versions. J'ai appris celle de MoonBound d'après le point de vue de ShadowSpawn. Ta version des événements pourrait être très différente.

Bien vu. Il se demanda si Rasha était aussi futée et ouverte d'esprit. Il en doutait. Elle lui semblait plutôt du genre à ne jamais remettre en question le schéma de pensée dans lequel elle avait été élevée.

— Et t'ai-je dit quoi que ce soit de différent ?

— Pas pour le moment. (Elle l'étudia, songeuse, pendant quelques instants.) Mais tu ne m'as pas dit grand-chose.

Cette femme était aussi fascinante que belle. Et quel contraste avec sa sœur ! Rasha portait le poids des années sur le visage, ce qui lui donnait l'air dur, alors que les traits d'Aylin étaient plus doux. Plus raffinés. Et leurs yeux… La ruse et la vivacité d'esprit faisaient briller ceux de Rasha, mais aucun détail n'échappait à ceux d'Aylin, comme si, au lieu de gaspiller sa matière grise pour avoir toujours un cran d'avance sur les autres, elle attendait qu'ils tombent d'eux-mêmes.

Rasha était une guerrière, mais Hunter était prêt à parier qu'Aylin était la plus intelligente. Il jeta un coup d'œil à sa montre.

— C'est bientôt l'heure de dîner. Tu veux marcher avec moi ? Je te ferai visiter le reste de la propriété.

Aylin se mordilla la lèvre inférieure. Deux pointes immaculées pressèrent sur sa chair potelée et le corps de Hunter durcit au souvenir de ses crocs enfoncés dans son cou.

— Où est Rasha ? lui demanda-t-elle.

— On la retrouvera au réfectoire.

Comme elle ne répondit pas, il ajouta :

— Crains-tu qu'elle soit jalouse ?

Aylin poussa un grognement de mépris.

— Rasha n'a jamais été jalouse de moi, et elle ne le sera jamais.

Rasha était une imbécile. Elle devrait envier absolument tout chez sa jumelle.

— Alors, pourquoi hésites-tu ?

Elle sembla réfléchir à sa réponse. Et finit par lâcher :

— Parce que je ne te fais pas confiance.

Réponse intéressante. Et maligne.

— Qu'ai-je fait pour susciter ta méfiance ?

— Rien. (Elle haussa les épaules.) Mais je n'ai jamais rencontré de chef de clan qui n'était pas un salopard sans pitié.

Hunter cligna des yeux. Puis éclata de rire.

— Tu dis toujours tout ce que tu penses ?

— Très rarement.

— Alors, je fais ressortir tes pires côtés ? (Il se rapprocha davantage, attiré par son odeur, son sourire… par tout ce qui la caractérisait !) Ou crois-tu pouvoir faire preuve d'effronterie envers moi et t'en tirer parce que ta sœur te protégera ?

Un grondement à peine audible monta de sa gorge.

— Je ne me cacherai jamais derrière ma sœur.

— Je fais donc ressortir le pire chez toi.

— Ça doit être ça, dit-elle, et, cette fois, son grognement se fit plus fort.

Plus rauque. Infiniment plus sexy.

Il s'arrêta à trente centimètres d'elle, assez près pour que sa chaleur l'enflamme.

— Tu n'as pas peur de moi ?

Aylin leva la tête vers lui, le transperçant de ses grands yeux.

— Si. Mais je n'ai jamais rien eu à perdre. (Elle recula et désigna le couloir.) On y va ?

Rien à perdre ? Elle était fille de chef, et, même en étant la deuxième-née, elle aurait dû détenir un rang élevé au sein de ShadowSpawn. Sauf que… les clans qui honoraient la voie du corbeau noyaient souvent le second jumeau à la naissance et ne toléraient les anomalies congénitales chez aucun enfant. Il se demanda à quel point elle était maltraitée par son clan, malgré la position qu'y occupait son père. Le fait que Kars dirige ShadowSpawn était peut-être la seule chose qui la maintenait en vie.

Ça ne te regarde pas. Laisse tomber. Tu as assez de pain sur la planche avec Rasha.

Son petit sermon mental délivré, il fit signe à Aylin de le suivre. Elle resta quelques pas derrière lui, alors il ralentit pour tenir compte de son boitement, mais elle ralentit davantage.

Il finit par s'arrêter en plein milieu du couloir.

— Est-ce que je marche trop vite pour toi ? Je peux m'adapter à ton rythme.

Surprise, elle cligna les yeux.

— Inutile, j'arrive à te suivre.

— Dans ce cas, marche à côté de moi.

Elle ouvrit la bouche comme pour protester, puis, après avoir jeté un coup d'œil furtif au bout du couloir, elle se plaça à côté de lui. Pour autant, tandis qu'ils progressaient, elle semblait mal à l'aise, ralentissant chaque fois qu'on regardait dans sa direction. S'attendait-elle réellement à être châtiée ? Devant Hunter ? Que pouvait-il bien se passer dans les rangs de ShadowSpawn pour qu'elle se comporte de la sorte ?

Sans doute la même chose qu'à MoonBound du temps de Bear Roar, le père de Hunter. Ce souvenir le mit de mauvaise humeur. Il n'avait jamais souhaité être associé à ce genre de brutalité envers les siens, et s'était échiné à éradiquer toute trace de l'héritage paternel.

Tu es mon sang, lui avait dit son père un jour. *Tu ne pourras jamais y échapper.*

Peut-être pas, mais il s'y emploierait de toutes ses forces.

— Je ne le répéterai pas, ajouta-t-il, les yeux rivés sur la salle d'entraînement au loin, car il craignait que sa colère effraie Aylin s'il la regardait directement. Dans mon clan, tout le monde est à égalité. Tu n'as pas à admirer le dos de qui que ce soit quand tu marches.

Elle ne répondit pas, mais il flaira son agitation, comme si elle ne le croyait pas même si elle en mourait d'envie.

Il laissa ces mots faire leur effet tandis qu'il lui montrait la salle d'entraînement, les principaux lieux de vie, et l'armurerie. Quand il arriva devant la bibliothèque, il crut qu'elle allait avoir une attaque.

— Une bibliothèque, murmura-t-elle en entrant. Une vraie bibliothèque !

— Vous n'en avez pas à ShadowSpawn ?

Elle fit courir ses doigts sur la crête des livres tout en se promenant dans la pièce.

— Mon père considère que la lecture est une perte de temps.

Hunter considérait que son père était une perte d'espace. Et à présent il comprenait d'où venait l'attitude de Rasha.

— Alors, vous n'avez aucun livre ?

— On a des albums pour enfants, pour leur apprendre les rudiments de la lecture, mais à l'exception de quelques ouvrages d'histoire ou de stratégie militaire que mon père conserve dans sa chambre, non. (Elle sortit un tome de *Harry Potter* des étagères et sourit en caressant la couverture.) Parfois, quand Rasha va en ville, elle me rapporte des romans. Je les cache sous mon matelas.

— Tu dois les cacher ?

Elle acquiesça de la tête.

— Seuls les guerriers expérimentés ont le droit de posséder des livres. Des livres autorisés.

— Ton père est un chef déplorable.

Il attendit qu'elle proteste, mais elle se dirigea simplement vers un autre rayon.

— C'est impressionnant ! Puis-je emprunter un livre pendant mon séjour ici ?

— Emprunte ce que tu veux. C'est à ça que sert la bibliothèque. (Il la regarda parcourir la salle des yeux et se demanda ce qui rendait les livres si magiques pour certaines personnes.) Qui sont tes auteurs préférés ?

Fermant les paupières, elle porta un volume de *Harry Potter* à son nez et inspira amoureusement.

— Tous. Et toi ?

— Comme je te l'ai dit, je ne lis pas beaucoup. Mais j'aime bien un bon thriller politique ou un roman d'horreur de temps en temps. Dur de faire mieux que les classiques, Stephen King, Tom Clancy, Steve Berry, Brad Thor… mais il y a un petit nouveau, Croft, qui écrit des thrillers avec un vampire pour héros. Il combat l'esclavage tout en feignant d'être l'esclave de sa partenaire humaine. Il paraît que le film va bientôt sortir au cinéma.

D'après Nicole, le succès de ces romans était un bon signe. Elle était persuadée que la société subissait une véritable transformation à mesure que de plus en plus de personnes s'exprimaient en faveur des droits des vampires. Hunter espérait qu'elle avait raison, mais l'histoire montrait que non seulement les humains mettaient du temps à changer, mais surtout qu'ils oubliaient vite les erreurs du passé.

Aylin renifla de nouveau l'ouvrage.

—Je préfère les fictions d'antan, avant que les humains apprennent notre existence.

Hunter aussi. Cependant, il était clair qu'Aylin aimait sincèrement tous les livres. On aurait dit une gamine dans une confiserie, parcourant les rayons et s'emparant des volumes pour les feuilleter ou simplement les toucher. Un supplice pour Hunter. Chaque fois que ses doigts effilés caressaient les pages fragiles, il sentait sa peau se tendre et chauffer comme si elle se rappelait leur contact.

Enfin, tandis qu'elle replaçait délicatement un exemplaire usé jusqu'à la corde des *Piliers de la Terre* sur l'étagère, elle soupira.

—On devrait sans doute y aller. On va rater le dîner.

—Il ne commencera pas sans moi, lui fit-il remarquer. On peut être en retard.

Pendant un long moment, elle l'observa comme s'il était un énorme puzzle qu'elle essayait d'assembler. Il lui souhaitait bonne chance, car lui-même n'en avait jamais été capable.

—Tu ne corresponds pas du tout à l'homme que je m'étais imaginé, dit-elle.

Elle tira un roman policier de l'étagère et le porta à son nez. Un sourire se dessina sur son visage tandis qu'elle le humait à pleins poumons. Il faudrait créer un désodorisant d'intérieur au parfum de bibliothèque poussiéreuse pour les gens comme elle.

— À quoi t'attendais-tu ?

— À un ogre tyran hideux.

— Hideux ? (Hunter feignit d'être offensé.) Tu croyais que j'étais hideux ?

Elle rit, et cette douce, joyeuse mélodie lui fit penser au printemps, ce qui était étrange, car les vampires évoquaient rarement des images bucoliques comme les rayons du soleil, les papillons ou les oiseaux en train de gazouiller.

— Bon, d'accord, j'ai menti. Les récits de ta virilité et de ton physique de Dieu grec sont parvenus jusqu'à mes oreilles. (Elle lissa l'une des pages écornées du roman.) Mais on te dépeint comme un despote imprévisible souffrant d'un délire de grandeur.

— Va pour le despote et sa grandeur, répliqua-t-il avec ironie, tant que tout le monde est au courant de ma virilité et de ma beauté !

Elle leva les yeux au ciel sans pour autant cesser de sourire.

— Chacun ses priorités, je suppose.

— Et quelles sont les tiennes ?

— Sans doute les mêmes que n'importe qui. (Elle reluqua les rangées de livres comme un vampire affamé lorgnerait une gorge exposée.) Rester en vie.

Quelle étrange réponse ! Pour lui, rester en vie n'était pas une priorité. Bien évidemment, chacun faisait le nécessaire pour ne pas mourir. Mais se focaliser là-dessus signifiait qu'on était constamment en danger ou qu'on s'attendait à l'être. Qu'en était-il pour Aylin ?

Elle reposa l'ouvrage sur l'étagère et se tourna vers lui.

— À propos de rester en vie… si on allait dîner ? J'ai une de ces faims !

Il aurait adoré traînailler avec elle encore un peu, mais il n'allait tout de même pas la laisser mourir de faim. Il la guida jusqu'au réfectoire, faisant un détour par un escalier qui menait à un vaste hall surplombant une immense pièce munie de canapés et de tables, d'une télévision avec une incroyable collection de films, d'une table de ping-pong et d'une petite cuisine.

— C'est là que la plupart d'entre nous passent leur temps libre quand ils ne sont pas dans leurs chambres. (Il lui montra du doigt une porte ouverte sur le mur d'en face.) Il y a aussi une salle de jeux, avec des tables de billard, un baby-foot, et, grâce au réseau criminel de Baddon, quatre jeux d'arcade originaux. Tu dois adorer Pac-Man.

Aylin semblait complètement perdue. Peut-être n'avait-elle jamais entendu parler de Pac-Man ?

— Où est votre arène ?

— Quelle arène ?

Elle le regarda comme s'il était le dernier des abrutis.

— Tu sais bien… celle où ont lieu les combats.

— On a une salle d'entraînement. À côté de la salle de sport.

— Non, je parle de vrais combats. Dans notre arène, on règle nos différends, on détermine l'innocence ou la culpabilité, et parfois on y amène un chasseur ou un braconnier pour le mettre à mort à l'issue d'une bataille façon gladiateur.

De sinistres souvenirs voletèrent telles des ombres dans un coin de son esprit.

— Ça fait bien longtemps qu'on n'en a pas eu.

— Tant mieux. C'est barbare. Et ridicule de penser que le vainqueur d'un combat est automatiquement innocent des crimes dont il a été accusé. (Elle ricana avec mépris.) Voilà pourquoi mon père a banni la plupart des livres. Il préfère que ses ouailles demeurent dans l'ignorance et les ténèbres.

Oui, de bien sinistres souvenirs. Avant que Hunter ne succède à son père, MoonBound était un endroit violent, plein de dangers. Bear Roar, un vampire de la première génération, descendant direct de l'un des douze Originaux, avait dirigé le clan selon la voie du corbeau. Il estimait, comme bon nombre de chefs, que des règles draconiennes et un mode de vie rude assuraient la sécurité et l'obéissance des siens.

Les croyances de Bear Roar l'avaient mené à sa ruine, et c'est Hunter en personne qui avait renversé le salaud.

— Mon père dirigeait MoonBound de la même manière, dit Hunter, incapable de chasser l'amertume de sa voix. Même ma mère approuvait.

— Que lui est-il arrivé ? s'enquit Aylin.

Il arqua un sourcil.

— Tu ne le sais pas ?

Aylin fit courir la paume sur la rampe en bois, polie par d'innombrables autres mains au fil des décennies.

— L'histoire que j'ai entendue, c'est que tu l'as livrée aux humains en échange de ta vie.

— C'est plutôt lâche. (Le fumet de gibier rôti qui s'élevait de la cuisine l'incita à avancer.) Tu crois que c'est la vérité ?

— Ça pourrait l'être, mais maintenant je n'en suis plus aussi sûre. (Ils passèrent devant deux jeunes filles qui venaient de dehors, leurs manteaux couverts de neige.) Eh bien ?

— Eh bien quoi ?

— Est-ce la vérité ?

Avant ce jour, il n'avait pas repensé à ses parents depuis si longtemps que leurs souvenirs étaient enfouis sous la poussière et les toiles d'araignées. En ce qui le concernait, ils pouvaient demeurer ainsi, et il lui répondit d'un ton pincé :

— Non. Je l'ai exilée. Et si les humains la détiennent, ils peuvent la garder.

Chapitre 11

Plus Aylin passait de temps avec Hunter, moins elle avait l'impression de le connaître. La plupart des choses qu'on lui avait apprises à son sujet étaient fausses, et, alors qu'ils pénétraient dans le réfectoire, elle se demanda quelles surprises il lui réservait encore.

Elle balaya du regard l'immense pièce bien éclairée dans laquelle trônaient de longues tables regorgeant de victuailles. Tout le clan était réuni. Mais quelque chose clochait. Où était-elle censée s'asseoir ?

Hunter la guida à une table où elle fut soulagée de voir deux visages amicaux : Nicole et Riker. Rasha était déjà assise, figée dans une posture sévère. Aylin était prête à parier que le godet en bois dans sa main était rempli d'alcool, à moins qu'elle l'ait déjà vidé.

— Ici, dit Hunter en lui désignant la chaise à côté de Nicole, et en face de Rasha qui grimaça soudain comme si elle venait de boire du jus de citron.

— Je ne comprends pas, murmura Aylin. Où est la table pour les gens comme moi ?

Hunter fronça les sourcils.

— Les gens comme toi ?

— Déficients, précisa-t-elle, détestant devoir expliquer ce qui devrait être évident.

Une ombre assombrit l'expression de Hunter avant qu'il ne se force à sourire.

— Tu t'assois ici.

Elle hésita jusqu'à ce qu'elle se rende compte qu'à cette même table se trouvait un mâle borgne. À une table voisine, Lucy, portant des oreilles de Mickey, était engagée dans une discussion animée avec une autre vampire, et face à eux, était assis un mâle à qui il manquait une main.

— S'agit-il d'une occasion spéciale ? demanda Rasha. Est-ce pour cette raison qu'il n'y a pas de table pour… eux ?

De nouveau, le visage de Hunter se rembrunit, et cette fois il dénuda les crocs.

— Installe-toi, dit-il à Aylin avant de se tourner vers Rasha. Nous mangeons toujours ainsi. Personne n'est mis à l'écart.

Rasha releva le menton, affichant une mine aigrie.

— Je vois.

— Je ne crois pas, non.

Hunter attendit qu'Aylin ait pris place avant de se laisser tomber dans l'énorme fauteuil en chêne, drapé dans des peaux de cerfs, en bout de table.

— Je ne dirige pas mon clan comme le fait ton père. (Il embrassa du regard la salle pleine de vampires.) Et je suis sûr que tout le monde ici en est ravi.

— Vraiment ? (Rasha but une gorgée de vin.) Ceux qui vivaient ici du temps de ton père seraient-ils d'accord avec toi ?

Hunter se raidit, et Aylin craignit qu'il explose de rage. Si ce qu'on racontait sur Bear Roar était vrai, il avait été un chef de la même trempe que Kars, prompt à mutiler ou tuer ses détracteurs.

— Ceux à qui ma façon de gouverner pose un problème sont partis depuis belle lurette.

— En effet, ronronna Rasha. Ils ont rallié ShadowSpawn.

— Et ils y sont les bienvenus. (Hunter leva son verre, et toute l'assemblée l'imita.) Aujourd'hui, nous célébrons l'arrivée de ma future compagne, Rasha. Notre union assurera la paix entre nos clans, et j'attends de vous que vous l'aidiez à se sentir ici chez elle. Il en va de même pour sa sœur, Aylin.

(Il jeta un coup d'œil à Rasha, dont le rictus glaça même Aylin.) À la paix !

Rasha fit tinter son verre contre celui de Hunter.

— À la paix et à la fusion de nos clans.

La veine sur la tempe de Hunter palpita, mais il réitéra son toast et le reste du clan cria :

— À la paix !

Hunter se pencha vers Rasha et déclara à voix basse :

— Nos clans ne fusionnent pas. Ils ne fusionneront jamais.

— Bien entendu, répondit Rasha. Piètre choix de mots. Je voulais dire « union ». Désormais, au lieu de s'affronter, on pourra combattre les humains.

Aylin, qui avait l'impression de profiter d'une conversation qui ne la concernait pas, se tourna vers Nicole, qui rayonnait littéralement depuis sa grossesse.

— Ça me fait plaisir de te voir. (Elle prit le plateau de gibier que lui tendait la jeune femme.) Ça commence à se voir.

Riker, à la droite de Nicole, posa la paume sur le ventre de sa compagne.

— Tout arrive beaucoup trop vite.

— Trop vite ?

Aylin déposa une tranche de viande bien cuite dans son assiette.

Nicole tapota la main de Riker pour le tranquilliser.

— Il est inquiet parce qu'on n'a pas de sage-femme possédant le don, et j'ignore toujours comment rendre le travail et l'accouchement moins dangereux. Mais je m'y emploie, et il me reste encore six mois.

Les grossesses étaient rares chez les vampires, mais Nicole, grâce à son expérience en physiologie vampirique, avait découvert un moyen d'y remédier. Malheureusement, un accouchement se terminait souvent par la mort du bébé ou de la mère, parfois des deux. Les vampires de naissance avaient de meilleurs taux de survie, mais, même dans ces cas-là, il valait mieux être assisté par une sage-femme dotée du don.

— Tu ne pourrais pas faire comme les humains et délivrer le bébé avec la chirurgie ?

Aylin passa le plat de viande à Hunter et essaya de ne pas prêter attention au frisson électrique qui lui parcourut le bras lorsque leurs mains se frôlèrent.

Nicole soupira et secoua la tête.

— Les césariennes ne sont pas envisageables pour nous. Il n'existe pas d'anesthésie capable d'assommer un vampire sans être fatale au bébé, et les péridurales ne servent à rien pour ce genre d'intervention. En plus, je crois que le problème lors de l'accouchement c'est l'hémorragie. Une césarienne ne ferait que compliquer les choses. (Elle serra la main de Riker.) Mais je trouverai une solution.

Riker jura tout bas et piqua de sa fourchette son morceau de gibier tandis qu'un éclat de rire s'élevait à l'arrière de la salle.

Hunter tapota l'épaule d'Aylin et lui souffla :

— Regarde ça. C'est un petit divertissement pour le dîner.

— J'adore les batailles sanglantes au cours du dîner. (Rasha arbora un grand sourire.) Ça ouvre l'appétit !

L'estomac d'Aylin se révulsa. Elle avait toujours eu l'impression que quelque chose clochait chez elle parce qu'elle ne pouvait pas s'intéresser à un combat brutal pendant un repas. Elle poussa un soupir de soulagement quand Hunter foudroya Rasha du regard et dit :

— On a arrêté ça il y a bien longtemps.

— Décevant.

Hunter toisa Rasha par-delà sa coupe.

— J'ai le sentiment que tu vas être déçue par pas mal de choses ici.

— C'est ce que je commence à me dire.

Hunter n'eut guère l'occasion d'en rajouter. Quelqu'un lança une pomme à travers le réfectoire, et, en un instant, un jeune mâle surgit de nulle part et attrapa le fruit dans sa main.

Aylin hoqueta de stupeur, certaine que sa vue lui jouait des tours.

— D'où est-il sorti ?

— Regarde. (Nicole rayonnait de fierté.) Bastien est impressionnant.

Puis on lança un bol dans la direction opposée, et Aylin eut du mal à en croire ses yeux lorsque Bastien devint invisible puis réapparut de l'autre côté de la pièce pour attraper le bol avant qu'il ne se fracasse contre le mur.

Rasha observa Bastien, totalement incrédule.

— Mais comment…

Hunter interrompit Rasha d'un geste tandis qu'un vampire de naissance aux cheveux noirs vêtu de cuir de la tête aux pieds se levait pour rejoindre Bastien au centre de la salle. Quand de sa main tatouée il sortit une énorme lame de sa veste, le cœur d'Aylin s'arrêta.

— Voici Baddon, dit Hunter. Notre guerrier le plus rapide et un combattant sans pareil. Il a utilisé ce poignard pour la première fois à l'âge de huit ans. Il a abattu deux humains qui agressaient sa mère.

Le vampire faisait deux fois la taille du gamin, et, même si Hunter venait de dire qu'ils n'organisaient plus de combats sanglants, ce Baddon semblait capable d'écraser Bastien avec son petit doigt.

Riker se pencha vers Aylin, un sourire triomphant sur le visage.

— Bastien est mon fils. Il ne s'entraîne que depuis deux mois, mais il apprend vite.

Deux mois ? Aylin étudia brièvement le colosse qu'était Baddon. Et ils voulaient que le garçon se mesure à… ça ?

Le silence tomba sur la pièce, et soudain Baddon attaqua. La lame vola en direction du cou de Bastien, mais ce dernier s'était volatilisé, et, quand elle entendit un tonnerre d'applaudissements, Aylin se laissa guider par le bruit jusqu'à une autre table, sur laquelle se tenait Bastien, les pieds de part et d'autre d'une corbeille de pain.

Deux autres mâles, blonds tous les deux mais d'une nuance différente, et une femelle à la peau mate prirent part à la chasse, et bientôt Bastien se mit à disparaître et à réapparaître d'un bout à l'autre du réfectoire. Aylin peinait à le suivre. Elle le contemplait, fascinée, tandis que le gamin esquivait les poignards et les coups en s'évaporant dans la nature. Il se matérialisa à deux reprises derrière ses assaillants et leur donna une pichenette sur la tête avant de rire et de disparaître une fois de plus.

— Je ne pensais pas que ce talent existait encore, dit Rasha d'une voix empreinte de stupéfaction qui étonna même Aylin. Nous devons l'accoupler. Le reproduire le plus possible. Tout de suite.

Un grondement sourd s'éleva de la poitrine de Riker.

— Il n'y aura pas d'accouplement. Et sûrement pas dans les prochains temps.

— À l'évidence, il est en âge de…

— J'ai dit non !

Rasha arbora un sourire carnassier bien trop calculateur au goût de sa sœur.

— C'est à tes dirigeants d'en décider, tu ne crois pas, Riker ?

— Ton dirigeant, rectifia Hunter avec froideur. Pas « tes dirigeants ». Et Riker a raison. On n'accouple personne ici, et Bastien a un long chemin à parcourir avant d'être mûr pour s'engager dans une quelconque relation.

Rasha poussa un grognement de dégoût, et Aylin devina qu'elle n'avait pas dit son dernier mot. Elle se demanda, cependant, ce qu'avait voulu dire Hunter lorsqu'il avait affirmé que Bastien n'était pas prêt pour une relation. Le garçon était jeune, certes, mais il devait avoir au moins la vingtaine. Comme le processus de vieillissement ralentissait chez les vampires aux alentours de cet âge, il pouvait très bien avoir quarante ans. Voire cinquante.

Le spectacle se poursuivit pendant quelques minutes, puis, après une salve d'applaudissements, tout le monde retrouva sa place pour manger. Bastien s'assit à côté de Lucy, qui l'embrassa sur la joue, lui faisant piquer un fard.

La tension entre Hunter et Rasha avait créé un certain malaise au début du dîner, mais assez rapidement les guerriers attablés commencèrent à raconter des blagues et des histoires, et Aylin se surprit à apprécier non seulement le repas, mais aussi leur compagnie.

Alors qu'elle posait sa fourchette et poussait un profond soupir de satisfaction, Hunter se leva.

— Je sais que certains d'entre vous se demandent ce qui se passe hors de nos murs, dit-il, sa voix résonnant comme s'il parlait dans un mégaphone. Voilà que les chasseurs humains sont partout, et ils semblent désormais mettre l'accent sur notre élimination pure et simple plutôt que sur notre capture. Les humains sont dix mille fois plus nombreux que nous, et leurs armes de plus en plus sophistiquées et efficaces. Mais nous ne sommes pas sans défense, et nous ne resterons pas les bras croisés tandis qu'ils s'emploient à nous exterminer ou à nous réduire en esclavage. Notre alliance avec ShadowSpawn ouvrira la voie à un dialogue de paix avec les autres clans, et j'ai bon espoir qu'au lieu de nous entre-tuer nous pourrons concentrer nos efforts sur les humains.

Il balaya du regard l'assemblée, et Aylin se demanda si tout le monde était aussi fasciné qu'elle par sa prestance et sa voix grave empreinte d'autorité. Elle pourrait l'écouter parler toute la nuit. Elle s'imagina discuter toute la nuit avec lui, au lit, et dut avaler une gorgée d'eau glacée pour chasser ces pensées vagabondes.

— Nous œuvrerons ensemble, poursuivit-il. Nous avons chacun différents talents et expériences qui peuvent nous servir dans les mois et les années à venir. Je vous invite tous à proposer vos idées, à moi-même ou à l'un de mes guerriers.

(Il s'écarta de la table.) À présent, je vous prie de m'excuser, mais j'ai des affaires de clan à régler.

Deux mâles robustes, dont celui qu'Aylin avait redouté qu'il tue Bastien, se levèrent de leurs sièges et rejoignirent Hunter alors qu'il quittait la pièce. Dès qu'il fut parti, la tension satura l'atmosphère. Riker appuya les avant-bras sur la table et s'adressa à Rasha, la haine irradiant presque de tous ses pores.

— Je me tiens à carreau, parce que je respecte Hunter et ne souhaite pas compliquer davantage la situation, gronda Riker, mais je n'oublie pas ce que ton clan et toi avez fait à Nicole, Lucy et moi. Et je ne te laisserai faire de mal à personne d'autre ici.

Un rictus cruel qu'Aylin ne connaissait que trop bien se dessina sur le visage de sa sœur. Merde ! ça allait partir en sucette.

Se cramponnant au rebord de la table des deux mains, Rasha se pencha en avant de sorte à se trouver nez à nez avec Riker.

— Je te préférais quand tu étais enchaîné dans nos geôles, à saigner et à nous supplier d'épargner ta précieuse Nicole.

— Rasha ! siffla Aylin à l'instant où Nicole bondissait sur ses pieds, renversant sa chaise dans un vacarme qui réduisit au silence tout le réfectoire.

— Rike se tient peut-être à carreau, grogna Nicole, mais pas moi.

Le cœur battant, Aylin s'empressa de se lever, soucieuse de mettre un terme à leur altercation avant qu'elle ne prenne une tournure violente.

— La journée a été longue. Rasha, on devrait regagner nos chambres.

Elle attrapa sa sœur par le bras et l'attira loin de la table, jetant à Riker et Nicole un regard confus.

Étonnamment, Rasha la suivit sans faire d'histoires, redressant les épaules et le menton telle une reine toisant ses sujets.

Une fois dans le couloir, elle s'arracha à la prise de sa sœur.

— Je hais cet endroit !

Aylin l'adorait. Les sols étaient propres, la nourriture délicieuse, et les gens étaient… heureux. Oh ! et ils se lavaient. Gros bonus.

— Peut-être que si tu cessais de te comporter en chieuse ça te plairait plus.

Rasha eut un mouvement de surprise.

— Qu'est-ce que tu viens de dire, là ?

Ouais, Aylin s'était surprise elle-même. Sans comprendre pourquoi, elle se sentait en sécurité dans cet endroit, un sentiment qu'elle n'avait pas éprouvé depuis fort longtemps.

— Tu m'as entendue. Et n'aie pas l'air si outrée. Tu sais que j'ai raison. Tu vas être unie à ce chef de clan pour un bon moment, alors tu ferais mieux d'essayer de te faire quelques amis. (Elle reconsidéra son propos. Se faire un ami ici n'allait pas être aisé pour Rasha.) Ou au moins tâche de ne pas te faire encore plus d'ennemis.

Aylin espérait être la seule à percevoir l'amertume dans sa voix. Rasha allait obtenir tout ce qu'Aylin désirait, et elle était trop butée et embourbée dans le mode de vie à la ShadowSpawn pour l'apprécier.

Rasha commença à longer le couloir en direction de leurs quartiers.

— Pauvre Aylin, si naïve… (Elle lui tapota l'épaule comme si Aylin était une petite fille.) Laisse-moi m'occuper de politique et contente-toi d'être jolie. Je gérerai Hunter et le clan à ma façon.

Un funeste sentiment enveloppa Aylin tel un linceul. La « façon » de Rasha était toujours violente. Aylin ne se trouvait à MoonBound que depuis quelques heures, mais elle savait d'ores et déjà que Rasha ne s'intégrerait jamais.

À moins que… et si Rasha n'avait nulle intention de s'intégrer ? Le linceul invisible l'enserra comme du film étirable tandis qu'une épouvantable pensée germait dans son esprit. Si Rasha se fichait complètement de nouer des liens dans son clan d'adoption, c'est qu'elle avait une autre idée derrière la tête.

Rasha ne voulait pas s'intégrer. Elle voulait prendre le contrôle de MoonBound.

CHAPITRE 12

Hunter n'avait jamais été aussi heureux de sortir de table. Rasha était la femelle la plus odieuse, la plus désagréable qu'il avait jamais rencontrée. Comment passerait-il l'éternité avec elle s'il tolérait à peine de rester une heure en sa compagnie ?

Sa colère n'avait fait que décupler chaque fois qu'elle avait ouvert la bouche et révélé ses pensées sur « la fusion » des clans, la place des « déficients » à table, et la reproduction de Bastien. À l'évidence, trouver un terrain d'entente s'annonçait difficile, et Hunter se demanda s'il serait vain de tenter de la « reprogrammer ». Peut-être Riker, en tant qu'ex-militaire, ou Jaggar, dont l'expérience au sein de la CIA à l'époque où il avait été humain avait rendu de fiers services à MoonBound, sauraient-ils amener Rasha à penser comme eux. Il l'espérait, car, pour le moment, elle était à côté de la plaque.

Certes, les clans devaient nouer des relations, et l'idée que Bastien puisse transmettre son don d'invisibilité à sa progéniture lui avait traversé l'esprit, mais prier pour la naissance d'enfants possédant ce rare talent et en faire expressément l'élevage étaient deux choses distinctes. Cela reviendrait à agir comme Daedalus qui, aux dires de Nicole, avait justement réservé un tel traitement à Bastien.

Salauds !

Et ces salauds s'affairaient, en ce moment même, à mettre en place d'autres moyens de détruire les vampires. Debout dans son bureau en compagnie de Riker et Nicole, Hunter leur montra le dernier en date.

— Il faut que vous regardiez ça.

Il enfonça le bouton de la télécommande, faisant défiler de nouveau la vidéo d'une chaîne d'information de Seattle qui figurait deux hommes devant un immeuble moderne doté d'une immense façade vitrée qui, très franchement, devait être une calamité à nettoyer.

— Je me trouve devant le siège de Daedalus en compagnie de son P.-D.G., Charles Martin.

Le journaliste se tourna vers l'homme aux cheveux blond pâle qui semblait âgé d'une trentaine d'années.

— Monsieur Martin, vous avez pris les devants pour éradiquer les vampires sauvages malgré l'opposition de leurs défenseurs. Pouvez-vous expliquer à nos téléspectateurs pourquoi cela vous tient tellement à cœur ?

— Nous avons prouvé par des décennies de recherches et d'expériences que les vampires n'étaient pas capables de coexister avec les humains, à moins d'être domptés et enchaînés, répondit Martin. Ce que ces imbéciles de sympathisants refusent de comprendre, c'est que les vampires nous mangent. Ils sont plus forts, plus rapides, et ne possèdent aucune morale. Pour eux, nous ne sommes que de la nourriture. Imaginez que des lions et des ours courent en liberté dans les rues ! Les vampires sont cent fois plus dangereux. Nous ne pouvons permettre que des prédateurs d'un tel calibre marchent parmi nous. Ils ont tué ma sœur et détruit l'un de nos laboratoires, massacrant des dizaines d'humains et même d'autres vampires.

Nicole poussa un grognement.

— C'est faux. Il ment. Quel enfoiré !

Hunter hocha la tête.

— Il se lance dans une croisade contre les groupes de défense des vampires. Le peuple appelle de plus en plus à notre extermination. Le braconnier dans la chambre à proie a dit la même chose.

Nicole fit une moue songeuse et, pendant plusieurs minutes, elle regarda simplement le journaliste à l'écran questionner Charles avant de passer aux députés qui envisageaient apparemment l'adoption de mesures élargies afin de « réduire la population des vampires », ce qui incluait l'attaque ciblée des clans, l'ouverture de la chasse toute l'année dans toutes les forêts du pays et des rafles de la Force de frappe antivampires dans les bas-fonds et les égouts de la ville. Si le Stake Reaper avait dit vrai et que les renseignements de Baddon étaient exacts, le gouvernement semblait déjà travailler à diminuer la population des vampires… mais il le faisait en secret, sous le nez des civils.

— On ne pourra pas lutter indéfiniment, dit Riker. S'ils détiennent la capacité de détruire nos barrières de protection, ils localiseront le QG tôt ou tard.

Nicole poussa un long soupir.

— Et si on prenait un autre biais ? Et si on sabotait Chuck avec les pratiques de Daedalus ?

— Je ne suis pas sûr de te suivre, dit Hunter.

Nicole se fendit d'un sourire jusqu'aux oreilles.

— On divulgue les pratiques de Daedalus aux médias.

— Personne ne te croira, répondit Hunter. Tu es une vampire. Ils diront que tu fabules et personne n'accusera Daedalus.

— Mais j'ai des preuves. Tu te rappelles les dossiers qu'on a piqués dans leur labo ? Grant et moi n'avons pas fini de les passer en revue, mais nous possédons d'ores et déjà un tas d'infos qui, je n'en doute pas, intéresseront les journalistes et que le public trouvera effroyables. Expériences de reproduction, vivisection et autres cruautés… Si on arrivait à informer la population, on parviendrait peut-être à susciter leur sympathie.

Hunter observa du coin de l'œil la jeune femme, qui à peine trois mois plus tôt était encore humaine. Et, en tant que P.-D.G. de Daedalus, leur ennemie numéro un. Aujourd'hui, elle était le médecin du clan et un immense atout pour la race vampire.

— Fais-le, répondit-il. Remuons un peu la merde.

Nicole sourit, ravie, mais le visage de Riker était fermé, son expression dure.

— Il y a autre chose, dit-il, et Hunter se figea. Rasha sait des trucs qu'elle ne devrait pas savoir, et elle prétend détenir des infos croustillantes sur à peu près tous tes proches.

— Par exemple ?

Riker dénuda ses dents.

— Elle est au courant du passé de Katina et des… indiscrétions d'Aiden avec des femelles. Et elle a réussi à obtenir des détails sur la captivité de Myne.

Nicole se rembrunit.

— À qui Myne en a-t-il parlé ? Tu m'as dit qu'il n'avait même pas voulu en discuter avec toi.

— Exactement. Il n'en a parlé à personne. Par conséquent, elle a reçu l'info de Daedalus.

Cette nouvelle avait beau être dérangeante, il y avait tout de même un côté positif.

— ShadowSpawn doit avoir un espion infiltré, déclara Hunter. Ce qui signifie qu'on n'en a pas forcément un dans nos rangs.

— Pourquoi ? s'enquit Nicole.

Riker se tourna vers sa compagne.

— Tu te rappelles la sage-femme qu'on a empruntée à ShadowSpawn ?

— Comment pourrais-je l'oublier ? répondit Nicole avec ironie. Daedalus l'a capturée, et c'est à cause d'elle que vous m'avez kidnappée.

Malheureusement, même avec l'aide de Nicole pour la secourir, ils étaient arrivés trop tard et Neriya était morte dans un laboratoire de Daedalus.

— ShadowSpawn savait qu'elle avait été capturée, répondit Hunter. Et nous ne leur avons rien dit. On savait qu'ils avaient un espion parmi nous ou au sein de Daedalus. Cette récente information tendrait à confirmer la seconde hypothèse.

Riker hocha la tête.

— C'est une bonne nouvelle. Et, qui sait ? Rasha pourrait nous servir à quelque chose si elle nous permettait de frapper les humains de l'intérieur.

Peut-être. Mais Hunter n'avait pas l'intention de compter sur elle pour quoi que ce soit. Et il n'allait certainement pas lui faire confiance.

Quelle merveilleuse façon de se lancer dans une union forcée !

Chapitre 13

Debout à l'intérieur du tipi cérémoniel dressé hors du quartier général de MoonBound, Hunter inspira profondément. Myne et Baddon l'avaient accompagné pour accomplir le rituel destiné à invoquer son animal totem, et, tandis que le sang provenant de leurs entailles ruisselait sur son torse, il se demanda si ses hommes soupçonnaient la véritable raison de sa visite.

Il n'était pas là pour tailler le bout de gras avec son esprit ours. Non, il était venu discuter avec le démon qui avait créé l'espèce vampire. Un démon qui, il y a longtemps déjà, s'était montré très clair sur un point précis : si l'un d'eux racontait la vérité sur leurs origines à un vampire qui n'était ni un Original ni un spécimen issu de la première ou de la deuxième génération, il détruirait la race entière.

Le message avait été reçu, et même si Hunter détestait ça, même s'il détestait feindre de croire à l'absurde récit du corbeau et de la corneille, il avait passé sa vie à étouffer les rumeurs qui suggéraient une intervention démoniaque dans la création des vampires.

La fumée qui s'élevait du feu au centre du tipi tournoya autour de lui, l'enveloppant d'une chaleur pénétrante à mesure qu'il s'ouvrait au monde spirituel. Une brume grise lui voila l'esprit, et il sentit un poids sous son sternum jusqu'à avoir l'impression qu'il allait s'écrouler sur lui-même.

— Samnult, appela-t-il une seconde avant que la pression ne devienne insupportable. *Yo,* Sam ! tu es là ?

Un souffle ardent lui brûla le dos.

— Tu es en retard.

Faisant volte-face, Hunter dévisagea la créature qui venait d'apparaître dans sa tente. Ce jour-là, le démon avait choisi de ne pas se montrer sous les traits d'un humain. Non, sa peau anthracite était sillonnée de veines écarlates qui palpitaient. Ses cornes tordues, noircies, d'une cinquantaine de centimètres, saillaient de son front, et des ongles crasseux terminaient ses doigts monstrueusement longs.

— D'une nuit, seulement, répondit Hunter. Qu'est-ce que ça change ?

Samnult grogna, ses lèvres gercées, écailleuses, révélant une rangée de dents grises acérées.

— Je t'interdis de me questionner. Je suis ton dieu.

— Tu es notre géniteur, répliqua Hunter. Ce n'est pas la même chose. *Connard arrogant.*

Les griffes du démon le frappèrent au torse, ajoutant quatre entailles qui allaient de son épaule gauche à sa hanche droite.

Il hurla de douleur intérieurement, mais serra les mâchoires et parvint à ne pas contre-attaquer.

— Tu veux passer les tests, oui ou non ? gronda Sam. Ça ne fait aucune différence pour moi. Je serais ravi de prendre le premier-né issu de ton union.

Hunter inspira profondément, s'efforçant de garder son calme. Si le démon décidait de ne plus le laisser passer les tests, Hunter l'aurait dans l'os. L'heure était venue de lui cirer les pompes.

Mais seulement un peu.

— Je le veux. J'espérais que nous pourrions nous y atteler après la pleine lune.

Il voulait surtout plus de temps pour s'assurer que Rasha accepterait de l'accompagner. Il n'y arriverait pas tout seul et ne voulait pas courir le risque qu'elle refuse.

— Non.

Hunter fixa le regard sur lui.

— Non ? Et c'est tout ?

Sam se cura nonchalamment les dents avec ses griffes tranchantes.

— Tu es dure de la feuille ?

— Putain ! grommela-t-il.

— Plus tard, peut-être.

Hunter se retenait de justesse d'enfoncer son poing dans la sale tronche de Sam.

Le démon cracha les restes retirés d'entre ses dents par terre. Dégoûtant.

— Rappelle-toi, tu peux emmener n'importe laquelle des jumelles.

Pour sûr, Aylin ferait une camarade de voyage bien plus agréable, mais il avait besoin de l'habileté au combat de Rasha. De plus, cette dernière accepterait plus volontiers de se battre pour son propre enfant.

— Lors de notre premier entretien, tu as dit que les deux jumelles entraîneront ma mort, lui répondit prudemment Hunter. Mais l'une d'elles choisira de me sauver. Qu'est-ce que ça veut dire ?

— À toi de le deviner.

Tous les démons étaient-ils si énigmatiques ? Quelle bande d'enfoirés !

— Peux-tu me fournir un indice sur celle qui me sauvera ?

— Je pencherai pour celle qui a le plus à perdre si tu meurs. Ou si tu vis. (Sam haussa les épaules.) Cela dit, il est possible que tu n'aies guère le choix. Si j'étais Aylin, je t'enverrais bouler. Ce n'est pas elle qui donnera naissance à ton premier-né.

Hunter partageait cet avis.

— Alors, quand souhaites-tu commencer ?

— Après-demain. Il y a un portail près du lac Chelan. La femelle et toi m'y retrouverez.

Hunter calcula rapidement la durée du trajet, mais Samnult anéantit tous ses espoirs de s'y rendre en voiture en ajoutant :

— Vous irez à pied.

Génial ! Un risque supplémentaire.

— On devra se mettre en route dès demain.

— Dans ce cas, tu as intérêt à te préparer.

— Comment saurais-je où aller ?

Samnult se déplaça comme son ombre et frappa de la paume le front de Hunter. Un claquement pulsatif résonna dans le crâne du vampire.

— Tu le sentiras.

Le démon recula, arborant un sourire carnassier, et disparut, laissant Hunter avec une vague conscience du portail dans le lointain, un marteau-piqueur dans le crâne, et une sensation de fin imminente dans les entrailles.

Il avait passé un marché avec un démon, et à présent il devait en passer un autre.

Chapitre 14

Aylin trouva le laboratoire à l'emplacement exact que lui avait décrit Hunter. Elle avait regagné sa chambre à l'issue du dîner, mais à présent, après dix minutes à faire les cent pas, elle avait décidé d'aller voir si Nicole travaillait.

La jolie blonde était bien dans le laboratoire, penchée sur une rangée de tubes à essai. Quand elle vit Aylin entrer, elle arbora un grand sourire.

— Ça fait plaisir de te revoir. On n'a pas eu l'occasion de beaucoup discuter au dîner. Comment vas-tu ? Ton appartement te convient ? Tout le monde te traite bien ? Oh, mon Dieu, je te bombarde de questions !

L'intérêt que la jeune femme portait à son bien-être lui fit perdre momentanément ses moyens.

— Euh… oui. Tout est parfait. (Elle se rembrunit.) Trop parfait, même.

Nicole l'observa, l'air inquiète.

— Tu ne veux pas retourner à ShadowSpawn, hein ?

Un scalpel rutilant posé sur un plateau à côté d'un microscope accrocha le regard d'Aylin, et, par habitude, elle faillit s'en emparer pour le cacher sous son matelas. Mais elle n'était plus à ShadowSpawn, elle n'avait pas besoin de chaparder des objets pour posséder quelque chose. N'empêche, la tentation l'amena à fléchir les doigts jusqu'à ce qu'elle ait dépassé la table.

— Tu voudrais y retourner, toi ?

Nicole n'avait pas besoin de répondre à la question et toutes deux le savaient.

— Tu pourrais rester ici. Hunter pourrait négocier avec ton père pour qu'il te laisse t'installer à MoonBound. Ou tu pourrais t'unir à l'un des nôtres.

— Ce sont de bonnes idées.

Aylin arpenta le laboratoire, s'émerveillant devant l'équipement et le matériel. Le « labo » dont Nicole avait fait usage à ShadowSpawn tenait davantage du cagibi poussiéreux.

— Mais aucune n'est possible, ajouta-t-elle.

— Pourquoi pas ?

Aylin se demanda si elle devait dire la vérité à Nicole au sujet de ses fiançailles avec Tseeveyo. Elle avait tellement honte d'avoir été accouplée de la sorte, contre son gré, et qui plus est à un monstre dont la brutalité était légendaire. Mais Nicole l'avait soutenue depuis le jour de leur rencontre, elle ne l'avait jamais traitée en ennemie. Peut-être était-il temps qu'Aylin se confie à quelqu'un. Par exemple une amie.

Une amie. Ce qu'elle n'avait jamais eu.

— Mon père m'a déjà trouvé un compagnon. Il me donnera à lui après que Hunter et Rasha seront unis.

Nicole s'assit sur un tabouret à roulettes et invita Aylin à l'imiter.

Même si une énergie fébrile animait toutes les cellules de son être, Aylin tira une chaise à côté d'elle et s'y posa.

— Qui est-ce ? s'enquit Nicole.

— Un chef de clan.

— Comme Hunter ?

À en juger par ce qu'elle avait vu, personne n'était comme Hunter.

— Comme mon père.

— Oh, Seigneur ! (Nicole s'empara de la main d'Aylin.) Je suis désolée.

C'était justement pour ne pas susciter la pitié qu'elle lisait à cet instant dans les yeux de Nicole qu'Aylin avait souhaité n'en parler à personne. Cependant, devant la gentillesse de Nicole, elle sentit des larmes de gratitude lui picoter les yeux.

— Est-ce que ça pourrait rester entre nous ? Ça ne me dérange pas que tu te confies à Riker, mais je préférerais que personne d'autre ne soit au courant.

— Bien sûr. (Nicole serra délicatement la main de son amie avant de la relâcher.) N'as-tu aucun moyen d'y échapper ?

C'était peu probable. Elle avait passé des nuits entières à y réfléchir sans pouvoir fermer l'œil et n'en était ressortie qu'avec de bien piètres options.

— Il y en a deux. Le premier est trop incertain, et le deuxième trop dangereux.

— Après avoir vu ce que tu devais supporter à ShadowSpawn, je serais prête à essayer n'importe quoi. (Nicole plaça les mains sur son ventre comme si elle cherchait à le protéger et Aylin se demanda si elle avait conscience de son geste.) Parle-moi de cette dangereuse idée.

— MoonBound pourrait m'offrir l'asile, dit Aylin. Le problème, c'est que mon père pourrait ne pas le respecter, et, quand bien même, Rasha pourrait le révoquer une fois qu'elle serait unie à Hunter.

— Elle ne ferait pas ça. (Nicole se rembrunit.) N'est-ce pas ?

— J'en doute, répondit Aylin, mais elle n'en était pas sûre. Rasha ferait n'importe quoi pour assurer son statut de première femelle, et si cela signifiait se débarrasser d'Aylin, elle n'hésiterait pas, peu importe qu'elles soient sœurs.

— Mais on ne sait jamais avec elle, et si mon père violait mon asile ou que Rasha le révoquait, mon père se montrerait… implacable. Il pourrait même me tuer.

— Putain ! (Des flammes argentées brillèrent dans les yeux de Nicole, et soudain Aylin se demanda de quelle couleur ils avaient été quand elle était humaine.) Et si on t'unissait à un mâle de MoonBound ?

Aylin appréciait l'indignation de Nicole, mais ce n'était pas si simple.

— Sans rompre mes fiançailles avec le chef de NightShade ? (Elle partit d'un rire amer.) Alors ShadowSpawn et NightShade feront la guerre à MoonBound jusqu'à ce que mon compagnon meure. Lors du festin célébrant mon mariage avec Tseeveyo, je serai forcée de boire mon vin dans une coupe taillée dans le crâne de mon défunt compagnon.

— Beurk !

— Ouais. Voilà le genre de merveilleuses traditions que respectent les clans qui suivent la voie du corbeau.

— OK, et quel est le moyen incertain ?

Les joues d'Aylin s'empourprèrent.

— Je… euh… perds ma virginité et j'ai mon premier… euh…

— … orgasme ? (Aylin arqua ses sourcils fauves.) Tu n'en as jamais eu toute seule ?

En vérité, cette conversation n'aurait pu être plus embarrassante.

— Tu es spécialisée en physiologie vampirique, lui fit remarquer Aylin. Ignores-tu que les vampires de naissance ont besoin d'une sorte d'éveil sexuel avec un membre du sexe opposé avant de pouvoir ressentir du plaisir ? Ça s'appelle le *salisheye.*

— Mince ! voilà qui est nouveau. Mais les vampires de naissance en captivité sont si rares que les humains n'ont pas eu beaucoup l'occasion de les étudier. C'est pour ça qu'ils ont une telle valeur aux yeux de Daedalus. (Elle secoua la tête comme pour se la vider.) J'espère que tu ne trouveras pas ma question malpolie, mais quel âge as-tu ?

— Je suis née en 1910.

— Waouh ! J'ai conscience qu'il peut s'agir d'un sujet délicat, mais…

— Pourquoi suis-je encore vierge ? (Comme Nicole hocha la tête, Aylin soupira.) Tu as vu les spécimens à ShadowSpawn.

Nicole grimaça.

— Pigé. N'empêche, pendant tout ce temps, il n'y a eu aucun homme un tantinet correct qui aurait pu t'attirer ?

Bien sûr que si. Aylin avait eu un gros béguin pour un jeune guerrier envoyé à ShadowSpawn par un autre clan. Il flirtait même avec elle, jusqu'à ce que Kars les punisse tous deux pour l'exemple. Aylin entendait encore les grognements du mâle tandis qu'il se faisait battre par les guerriers les plus brutaux du clan, elle sentait encore les coups de fouet qu'elle avait reçus durant le souper.

— Mon père menaçait d'infliger un sort pire que la mort aux mâles qui oseraient me toucher. Je ne suis pas autorisée à me reproduire, je te rappelle.

L'ordinateur à côté de Nicole se mit à biper, mais elle l'arrêta en pianotant sur le clavier.

— Parce qu'il affirme que tu es déficiente.

— En partie, reconnut Aylin. Mais c'est aussi parce que ma virginité est mon unique dot.

Nicole se leva brusquement.

— N'importe quoi ! Qu'en est-il de Rasha ? Est-elle vierge aussi ?

Rasha ? Vierge ? Hilarant.

— C'est la première-née. Elle n'aura que plus de valeur pour son compagnon si elle est expérimentée. Infiniment plus si elle a déjà enfanté. (Elle jeta un coup d'œil aux tubes à essai.) Grâce à toi, cela dit, la rareté des grossesses a cessé d'être un problème.

Au cours des trois derniers mois, quatre femelles de ShadowSpawn avaient annoncé qu'elles étaient enceintes. Dans le passé, cela se limitait à une femelle par an.

— Je savais que je n'aurais jamais dû donner la formule à ton père. Non pas que j'aie eu le choix. (La colère bouillonnait dans les pupilles de Nicole.) Tout ça, c'est de la merde. On te trouvera un mâle. On te sortira de là.

La farouche détermination de Nicole lui faisait chaud au cœur, mais Aylin ne pouvait la partager. Elle avait essayé à d'innombrables reprises d'échapper à la vie qui lui était destinée, et, chaque fois qu'elle échouait, elle se disait qu'elle n'y parviendrait jamais.

— Merci pour ton offre, Nicole, mais tu te rappelles la partie incertaine ? Tseeveyo aura beau être furieux, il pourrait décider de me garder quand même, rien que pour sceller l'alliance avec mon père. Il pourrait me jeter dans une chambre avec le reste de son harem et m'oublier. (Ce qui s'avérerait une bonne chose, en fin de compte.) Ou il pourrait me torturer tous les jours pour l'avoir privé de mon *salisheye*. Et s'il me rejetait je retomberais dans les mains de mon père.

— C'est complètement tordu, cracha Nicole. Et je sais de quoi je parle ! Que comptes-tu faire ? Que veux-tu faire ?

Hunter. Son nom surgit dans l'esprit d'Aylin comme s'il y était à sa place. Ce qui était ridicule. Il allait s'unir à sa sœur, et, même s'il était libre, il ne prendrait jamais une femme telle qu'Aylin comme première femelle.

— J'ignore ce que je peux faire, mais je sais que je dois être en bonne santé pour avoir une chance de réussir, répondit-elle. Voilà pourquoi je suis ici. Hunter a dit que tu pouvais m'aider.

Nicole fronça les sourcils.

— Tout va bien ?

— Pour l'instant. J'ai été blessée quand notre cortège a été attaqué, et ça n'arrête pas de saigner. Hunter était inquiet.

Nicole attrapa une boîte de gants chirurgicaux.

— Laisse-moi regarder.

— Ça va. Hunter… m'a soignée. *Avec sa langue*. (Y repenser l'amena à se tortiller sur sa chaise.) Mais ça fait un moment que ça dure. L'hémorragie, je veux dire. C'est comme si mon sang ne coagulait pas.

Renonçant aux gants, Nicole s'empara d'un bloc-notes et d'un stylo.

— T'es-tu repue récemment ?

Elle se tortilla encore. Et cette fois elle se sentit saliver. Elle n'avait jamais rien goûté d'aussi incroyable que le sang de Hunter.

— Oui.

— Quand ?

Aylin se racla la gorge.

— La nuit dernière.

Nicole parut surprise.

— Quand tu étais avec Hunter ?

Comme Aylin hocha la tête, Nicole se pencha sur son bloc-notes et griffonna quelque chose sur le papier.

— Te repais-tu régulièrement lors des nuits de nouvelle lune ? lui demanda-t-elle.

— Oui.

Si le fait de sucer le poignet d'un abruti dégoûté pouvait être qualifié de tel. En vérité, c'était de la charité, et Aylin haïssait chaque seconde de ce moment.

— C'était quand la dernière fois que tu as nourri un mâle lors de la pleine lune ?

— Jamais.

Nicole redressa brusquement la tête.

— Jamais ? Tu veux dire… de toute ta vie ?

La chaleur picota les joues d'Aylin.

— Jamais.

Personne ne voulait de son « sang d'estropiée » contaminé.

— Seigneur ! murmura Nicole.

— Arrête. (Aylin se leva, soudain extrêmement gênée de discuter de sa honte intime.) Ne me plains pas. C'est comme ça. Ça ne me plaît pas, mais je m'en accommode.

— Pardonne-moi. (La voix de Nicole était douce mais ferme, un curieux mélange d'empathie et de professionnalisme.) Je n'avais pas l'intention de te prendre en pitié. Je sais ce que c'est que de se sentir différent. (Elle balaya le laboratoire d'un œil furtif, mais elles étaient bien seules.) Je n'ai pas de talent spécial comme les autres vampires. D'après Riker, il mettrait parfois du temps à se manifester. Surtout chez les vampires créés, s'empressa-t-elle d'ajouter. N'empêche que ça craint quand tout le monde se demande ce que tu es capable de faire.

— Ouais, marmonna Aylin, songeant que tout ShadowSpawn se demandait quel avantage elle pouvait bien apporter en dot. Je sais.

— En tout cas, j'ai de bonnes nouvelles. (Nicole s'éclaircit la voix.) À propos de ton hémorragie, je veux dire. Tu n'y es pour rien. Nous avons découvert une réaction chimique qui se produit chez les vampires quand ils se repaissent du sexe opposé lors des phases lunaires. Ces réactions sont vitales à la survie. Si aucun mâle ne se repaît de toi, cela affecte ton métabolisme, notamment en inhibant les facteurs de coagulation.

Intéressant. Voilà qui expliquait beaucoup de choses. *Tu ne saignes même pas comme une vampire normale, espèce de monstre.* Elle avait entendu ces paroles un million de fois de la part de son père et d'autres membres du clan. À présent, elle voulait les leur jeter au visage. Leurs préjugés avaient causé sa condition, et pendant tout ce temps il avait existé un remède tout bête.

— Je peux mourir à cause de cette réaction chimique ?

— L'abstinence de… euh… sang lunaire, puisqu'il n'y a pas de meilleur terme, lui répondit Nicole, ne te tuera pas. Mais ça met en péril ton système vasculaire, et en cas de blessure grave tu risques de te vider de ton sang. En gros, pour la prochaine pleine lune, il te faut un partenaire.

Plus facile à dire qu'à faire.

— Personne ne se repaîtra de moi.

Nicole laissa échapper un grognement ironique et posa violemment son stylo sur le comptoir.

— MoonBound n'a rien à voir avec ShadowSpawn. Fais-moi confiance, si tu laisses entendre que tu es disposée à nourrir un mâle, ils se bousculeront à ta porte.

Aylin en doutait. Mais même si c'était vrai, il n'y avait qu'un seul mâle qu'elle pouvait se représenter à sa gorge.

Et c'était celui qu'elle ne pouvait avoir.

Chapitre 15

Aylin n'était pas prête à regagner ses appartements. Elle avait passé trop de temps toute seule au cours de sa vie, et ce qu'elle voulait à présent, c'était de la compagnie. Elle aurait adoré bavarder avec Nicole encore un peu, mais Riker était entré dans le laboratoire comme un ouragan d'érotisme et avait emporté sa compagne dans un tourbillon de murmures pleins de promesses. Nicole lui avait proposé de rester, mais Aylin ne se dresserait pour rien au monde entre un couple et son besoin évident d'intimité.

C'était pour le mieux de toute manière. Elle avait quelques questions à poser à sa sœur.

Elle trouva Rasha là où elle l'avait laissée, dans sa chambre, à tourner en rond comme une lionne en cage, martelant le plancher de ses bottes. Peut-être venait-elle de découvrir qu'elle souffrait d'un problème de santé évitable causé par l'ignorance de son clan.

Ragaillardie par cette idée, même si ça n'était pas charitable, Aylin lui demanda d'une voix enjouée :

— Quoi de neuf ?

— Hunter est avec une autre, lui répondit Rasha en grognant.

Un douloureux sentiment de trahison étreignit le cœur d'Aylin, ce qui était absurde puisque Hunter ne lui devait rien. Et il ne lui appartenait pas. Ils avaient passé une courte nuit ensemble dans un chalet glacé et partagé du sang. Pas de quoi fouetter un chat.

N'oublie pas la séance de pelotage torride. Rappelle-toi comment il allait et venait entre tes cuisses tandis que son érection glissait vers des endroits où nul mâle n'était jamais allé.

Il l'avait prise pour Rasha.

Comme si elle venait de recevoir un seau d'eau froide sur la tête, Aylin chassa de son esprit toute pensée importune.

— Qu'est-ce qui te fait dire ça ?

— Je ne le trouve nulle part.

Rasha balaya de la main la coupelle en céramique sur le comptoir. Elle se brisa en mille morceaux, aspergeant le sol d'un liquide clair à l'odeur entêtante.

— Quelqu'un a dit qu'il avait quitté le QG, mais refusé de préciser où il allait.

— Il peut être parti pour tout un tas de raisons.

— Pas quand il devrait être avec moi !

Aylin leva les yeux au ciel.

— Tu ne le désires pas de toute manière.

— Bien sûr que si !

Comment Rasha pouvait-elle affirmer ça sans ciller ?

— Tu désires le statut et le pouvoir qu'il t'offrira. Tu ne le désires pas, lui.

Pas comme Aylin le désirait.

Rasha donna un coup de pied dans les bris de céramique, les envoyant percuter le mur et le mobilier.

— Aucune importance. Je ne partage pas. Il faut que je sois la seule femelle à exercer de l'influence sur lui. Beaucoup de choses doivent changer par ici. Tu as vu la manière dont il dirige son clan ? Nous sommes loin d'un antre plein de guerriers vigoureux couverts de cicatrices, gronda-t-elle. Cet endroit est un terrain de jeux pour mioches choyés à la peau de bébé.

— Vraiment ?

La voix caverneuse de Hunter retentit dans le petit espace, et, lorsque Aylin fit volte-face avec un sifflement de surprise, la pièce rapetissa davantage.

La prestance virile de Hunter l'emplissait jusqu'aux moindres recoins alors qu'il se campait dans l'embrasure de la porte, ses cheveux de jais retenus par un lacet de cuir révélant ses pommettes ciselées et sa mâchoire carrée, implacable. Il ne portait qu'une paire de jeans et un lourd manteau noir drapé sur ses larges épaules. La fourrure cérémonielle, dont les pans s'écartaient, laissait entrevoir un torse musclé et des abdominaux d'acier. Deux fines incisions en forme de « X » lacéraient sa poitrine, et quatre autres, régulièrement espacées, l'entaillaient diagonalement de l'épaule à la hanche. De grosses traînées de sang maculaient sa peau ainsi que son pantalon.

Doux esprits ! Hunter semblait tout droit sorti d'une bataille préhistorique. Envolé, l'amateur de jeux vidéo et de whisky au sourire enchanteur ! À sa place se tenait l'incarnation même du chef vampire, et ses yeux de glace indiquaient qu'il était tout à fait à l'aise dans ce rôle.

— Oui, répondit Rasha avec un tremblement inhabituel dans la voix. Vraiment.

Hunter claqua la porte derrière lui, transformant la pièce en tombeau.

— Des exemples.

Rasha hésita, ce qu'Aylin ne l'avait vue faire que lorsqu'elle affrontait leur père. Un fragment de seconde plus tard, le sentiment de supériorité de Rasha se manifesta, et elle soutint le regard furieux de Hunter avec condescendance.

— Vous avez une bibliothèque et une salle de jeux. (Elle balaya du geste l'ensemble de la pièce.) Vos résidences douillettes et bien chauffées encouragent la paresse et la mollesse. Tu autorises les estropiés et les faibles à s'asseoir à la même table que les bien portants utiles au clan. Ils ont droit à des portions entières et à la même nourriture de qualité que tous les autres.

Hunter affichait un visage totalement impassible.

— Et tu désapprouves tout cela ?

— Les guerriers ne devraient pas être gâtés, ils en perdraient leur férocité. (Rasha glissa un coup d'œil à Aylin.) Les infirmes ont besoin de motivation pour surpasser leurs faiblesses.

— Chacun ici fait sa part, dit Hunter. Sans craindre de se faire châtier pour des choses contre lesquelles ils ne peuvent rien.

Rasha poussa un grognement de mépris et balaya cette phrase du revers de la main. À l'évidence, elle avait cessé d'essayer de convaincre Hunter qu'il avait tort.

— Où étais-tu ?

Si cette question avait énervé Hunter, il ne le montra pas. Il est vrai, cependant, qu'il était déjà sur les nerfs.

— Je m'entretenais avec quelqu'un au sujet de notre futur.

Les morceaux de la coupelle brisée crissèrent sous ses bottes tandis qu'il approchait. Ce mouvement amena les pans de la fourrure à s'écarter, et Aylin put entrapercevoir le couteau cérémoniel coincé derrière sa ceinture. Le manche en os appuyait contre ses abdominaux striés de sang, et les crocs d'Aylin vibrèrent. Mais voulait-elle son sang… ou son corps ? Et cela importait-il ? Elle ne pouvait avoir ni l'un ni l'autre. Tous deux appartiendraient bientôt à Rasha, et il était temps de mettre un terme à cette fixation. De plus, elle n'avait aucune envie d'écouter sa sœur planifier son avenir avec un mâle qu'elle n'aimait même pas.

Elle s'avança vers la porte.

— Je vais vous laisser…

— Reste, ordonna-t-il d'un ton grave et impérieux.

À croire qu'il venait de l'inviter dans son lit, car soudain le pouls d'Aylin battit à ses oreilles, dans sa poitrine et jusque dans son bas-ventre.

Comme s'il l'avait deviné, Hunter reporta le regard sur elle, la clouant sur place avec l'efficacité d'une flèche dans le sternum.

— Cela te concerne aussi, ajouta-t-il.

— Moi ? s'enquit-elle, s'étranglant presque. Pourquoi ? Que se passe-t-il ?

Hunter se débarrassa de la fourrure d'un haussement d'épaules et la déposa délicatement sur le canapé, faisant rouler ses puissants dorsaux sous sa peau veloutée, faite pour qu'une femelle y plante ses ongles.

— Que sais-tu de nos origines ?

— Le vampirisme est causé par un virus, répondit Aylin, se demandant où il voulait en venir et priant pour qu'il se recouvre.

Ces larges épaules et ces bras musculeux la déconcentraient beaucoup trop. Même Rasha ne cessait pas de le reluquer à la dérobée.

Ce qui agaça Aylin plus que ça ne l'aurait dû.

— Un virus créé lorsque le sang d'un corbeau et d'une corneille se mêla à celui de deux chefs tombés au combat, ajouta Rasha, comme si Aylin ignorait la légende qu'on enfonçait dans le crâne de tous les vampires dès leur naissance ou leur transformation.

Aylin haussa les épaules.

— Les scientifiques pensent que le virus a muté à partir d'une souche qui existait déjà dans les tribus amérindiennes primitives.

Rasha jeta à sa sœur un regard irrité.

— D'où tiens-tu un truc pareil ?

— De mes lectures, lui rétorqua Aylin. Tu devrais essayer, un jour.

— Les deux théories sont des foutaises, grommela Hunter. Le vampirisme est bien causé par un virus, mais il n'est pas présent à l'état naturel ni n'est lié à une quelconque mutation ou à des oiseaux. Il a été créé par un connard de démon nommé Samnult. Il est interdit d'en parler, et seuls les Originaux et les vampires de première et deuxième générations sont au courant. Je vous révèle la vérité, car Samnult m'y a autorisé.

Des démons ? OK… donc Hunter était fou. Peut-être Rasha lui conviendrait-elle à merveille.

—Je n'attends pas que vous me croyiez tout de suite, poursuivit-il, mais j'ai tout de même besoin que vous m'écoutiez. (Il inspira profondément et regarda le plafond, comme s'il cherchait ses prochaines paroles dans les chevrons.) Il y a de cela des siècles, douze chefs tribaux se sont réunis lors d'un sommet pour la paix. L'homme blanc avait envahi et violé leur terre, et ils voulaient y mettre un terme. Ils invoquèrent le démon des carrefours, Samnult, qui leur promit une force et une célérité décuplées ainsi que des talents spéciaux pour combattre leurs ennemis. En retour, les premiers-nés de tous les chefs, sur deux générations, devaient lui être offerts.

Hunter marqua une pause, peut-être pour laisser au cerveau des deux sœurs le temps d'assimiler cette information, mais, pour Aylin, cela n'était pas près d'arriver.

—C'est de la folie, marmonna-t-elle.

Hunter braqua sur elle ses yeux intenses. Il était peut-être fou, mais il croyait à ce qu'il racontait.

—C'est ce que je pensais aussi, jusqu'à ce que je rencontre Samnult en personne.

Alors il s'était réellement trouvé face à face avec un démon ?

—Après avoir inhalé quelles herbes ?

Rasha regarda sa sœur avec stupéfaction, outrée qu'elle ait osé parler à un chef de cette manière vu le rang inférieur qu'elle occupait à ShadowSpawn, mais quelque chose chez Hunter, voire au sein de MoonBound, encourageait Aylin à s'exprimer. Hunter était dangereux, Aylin n'en doutait pas une seconde. Mais elle était également certaine qu'il ne lui ferait jamais de mal. Elle n'était pas à MoonBound depuis longtemps, mais elle avait eu la preuve à plusieurs reprises qu'il n'était pas un dirigeant brutal.

Certes, avec son père aussi elle s'était toujours montrée directe, mais elle avait appris il y avait déjà des années à choisir ses combats avec le plus grand soin. Elle avait également appris que, quand on ne possédait pas beaucoup de pouvoir ni de force physique, on devait user de patience et mettre sa matière grise à contribution pour obtenir ce qu'on voulait.

Pour l'heure, cependant, la patience lui faisait défaut, et elle tapa du pied tandis qu'elle attendait la réponse de Hunter.

Il l'étudia, ses yeux s'assombrissant comme pour l'avertir. Avait-elle eu tort de penser qu'il ne lui ferait pas de mal ?

— Me traites-tu de menteur ? ou affirmes-tu que j'hallucinais après m'être abruti avec je ne sais quel psychotrope ?

— Euh… ne fais pas attention à elle. (Rasha s'interposa entre eux comme elle le faisait toujours quand Aylin faisait des siennes avec leur père.) Elle ne comprend pas les responsabilités et rituels d'un chef. (Rasha fusilla sa sœur du regard.) Et elle a tendance à oublier la place qu'elle occupe.

Ouais, les méthodes qu'employait Rasha pour la protéger gagneraient à être améliorées. Son fameux « ma sœur est une idiote, ne te formalise pas » pouvait fonctionner, mais cette excuse commençait à être éculée.

— Je n'ai pas besoin de ton aide, Rasha. (Aylin fit un pas de côté pour faire de nouveau face à Hunter.) Si ce que tu dis est vrai, alors explique-moi pourquoi Rasha n'est pas avec ce démon Samnult aujourd'hui. C'est la première-née. Pourquoi ne l'a-t-il pas emmenée il y a des années ?

— C'est là qu'entre en jeu ce que Samnult appelle « la clause de valeur d'un guerrier », répondit Hunter. Si le chef réussit une série d'épreuves, sa compagne et lui peuvent garder le bébé.

Horreur et dégoût lui retournèrent l'estomac tandis que des scénarios sans fin mettant en scène des démons et des enfants innocents se déroulaient dans sa tête. Par le Grand Esprit ! il faudrait bien plus qu'un démon pour lui arracher son enfant !

— C'est ignoble, s'exclama Aylin. Dis-lui qu'il peut aller se faire foutre !

— Aylin ! s'écria Rasha, outrée. Ne parle jamais ainsi d'un démon. Il pourrait écouter.

— Eh bien, il ne devrait pas. C'est très indiscret, répliqua-t-elle.

Hunter jura.

— Peu importe ce que je dirai à Samnult. Il prendra quand même mon enfant. Je m'y refuse. (Il reporta son attention sur Rasha.) Il y a juste un truc… J'ai besoin que tu m'accompagnes.

Cette annonce s'abattit sur elles telle une hache, et un long silence tendu s'ensuivit. Puis Rasha finit par répondre :

— Je dois y réfléchir.

— Réfléchir ? répéta Hunter qui, comme Aylin, avait du mal à en croire ses oreilles. Tu dois réfléchir au fait d'assurer la sécurité de notre enfant ?

— C'est ce que je viens de dire. (Le regard de Rasha était aussi froid que la glace.) Tu peux me donner une minute ?

Les yeux de Hunter lançaient des éclairs, ses poings étaient crispés de part et d'autre de ses flancs, mais il lui répondit par un bref hochement de tête et quitta la pièce. Dès que la porte fut fermée avec un léger « clic » de fort mauvais augure, Aylin se tourna vers sa sœur et explosa.

— Tu plaisantes, hein ? Dis-moi que tu te fiches de lui.

Ce serait cruel, certes, mais au moins cela ne ferait pas de Rasha un monstre ignoble.

— Non, répondit cette dernière avec une certaine nonchalance. J'ai vraiment besoin d'y réfléchir.

Si à cet instant deux ailes avaient poussé dans le dos de Rasha, Aylin n'aurait pas été plus stupéfaite.

— Réfléchir à quoi, enfin ? Si Hunter dit vrai, un démon veut ton premier-né.

— Il dit la vérité, marmonna Rasha.

Aylin avait donc tort de ne pas être plus stupéfaite.

— Tu… tu étais au courant ?

— Père m'a tout raconté avant mon départ, expliqua lentement Rasha. Il s'attendait à ce que Hunter me demande de l'accompagner.

Aylin se frotta les tempes, comme si ce geste pouvait lui faire oublier tout ça. Bon sang, si au moins toute cette histoire avait un sens !

— OK, donc tu as déjà eu le temps d'y réfléchir. Accepte.

Rasha se laissa tomber sur le dossier du canapé en soupirant, comme si discuter des façons de sauver la vie de son enfant l'épuisait.

— Ce n'est pas si simple.

— Mais tu n'envisages tout de même pas de refuser, n'est-ce pas ? De toute évidence, nos parents ont enduré ces épreuves alors que notre mère n'était qu'une toute jeune vampire…

— Ils n'ont pas bougé le petit doigt, l'interrompit Rasha.

Elle marqua une pause avant d'ajouter sur un ton pincé :

— Nous avions un frère.

Aylin sentit ses entrailles descendre dans ses talons, la faisant chanceler et l'obligeant à s'appuyer contre le mur à tâtons.

— Tu mens.

— Il est né trois ans avant nous. (Rasha se pencha pour délacer ses bottes d'un geste saccadé qui trahissait son énervement.) Samnult est venu le chercher alors qu'il était encore couvert du sang de l'accouchement.

Oh, Grand Esprit tout-puissant, non !

— C'est notre père qui t'a raconté ça ?

— Oui, dit-elle en agitant le pied pour enlever sa botte. Quand il m'expliquait nos origines et le rôle joué par Samnult.

Putain de merde !

— Donc nos parents ont volontairement donné notre frère à un démon ? Ils ont échoué dans leur quête, c'est ça ?

Rasha ricana et s'affaira à retirer sa deuxième botte.

— Ils ne l'ont jamais entreprise. Père pensait que notre mère n'y survivrait pas.

Il avait donc jugé qu'elle n'était pas assez forte. *Telle mère telle fille*, supposa Aylin.

— N'empêche, ça m'étonne que notre mère ait été d'accord.

— Avait-elle d'autres choix ? (Rasha fit un geste d'impuissance.) Si la moitié des rumeurs sur la façon dont notre père la traitait est vraie, notre mère n'avait pas trop son mot à dire. Père a dit au clan que le bébé était mort-né, et elle l'a laissé faire, par peur sans doute.

Cela semblait logique. À ce qu'Aylin avait pu entendre, leur mère n'avait été qu'une prisonnière de l'obsession de Kars.

— Je ne comprends toujours pas pourquoi tu dois y réfléchir. Tu n'es pas une néophyte comme notre mère. Tu es une guerrière, née et élevée comme telle. Hunter et toi pouvez achever cette quête. Je sais que vous en êtes capables.

— Peut-être. (Rasha détourna le regard, soudain fort intéressée par une fissure sur l'une des lattes du parquet.) Mais je n'irai pas.

Aylin n'en revenait pas.

— Bon sang, Rasha ! il le faut ! Qui sait ce que ce démon fera à ton bébé ? Il pourrait le dévorer !

Rasha poussa un sifflement de fureur.

— Tu crois que je l'ignore ? Mais je dois faire le nécessaire pour notre race, ce qui signifie ne pas mourir au cours d'une stupide quête démoniaque. Ta faiblesse, et celle de Hunter, vous empêche de voir le côté pratique des choses.

Une rage irrationnelle s'empara alors d'Aylin, semblable à un éboulement de terrain obstruant un chemin de montagne.

— Tu n'es qu'une garce sans cœur.

Soudain, Rasha se jeta sur sa sœur et la cloua contre le mur, la main serrée autour de son cou.

— Comment oses-tu mettre en doute ma décision ? On m'a enseigné les rudiments de la gouvernance depuis ma plus tendre enfance, tandis que toi… ton boulot, c'est de garder la bouche et les cuisses fermées jusqu'à ce que tu sois mariée et cesses d'être un problème pour nous.

Une douleur aiguë élança Aylin, mais fut vite ensevelie sous une avalanche de colère.

— Crois-moi, j'ai hâte que ce jour arrive tout autant que toi.

Enfin, ce serait le cas si elle n'était pas promise à Tseeveyo.

— Tu n'as pas la moindre idée de ce que j'ai sacrifié pour toi, alors fais gaffe à ce que tu dis.

Rasha poussa Aylin, et la jeune femme trébucha et se cogna contre la table basse. Sa jambe céda, et elle s'écroula. À force, elle pensait que tomber ainsi ne lui ferait plus ni chaud ni froid, mais c'était faux. S'étaler par terre comme un cerf sur la glace était toujours humiliant.

— Merde ! (Rasha se précipita vers sa sœur et s'accroupit à son côté.) Pardonne-moi, Aylin. C'est juste que… Je ne m'inquiète pas. Je n'aurai pas à abandonner mon enfant. Père pense qu'il y a une faille.

Aylin oublia sa colère et son embarras tandis qu'elle se redressait.

— Une faille ?

Rasha hésita, comme si elle essayait de décider si sa sœur était digne d'en apprendre davantage sur cette mystérieuse faille.

— Rasha ? de quoi s'agit-il ?

— Tu dois me promettre de ne le répéter à personne.

Les paroles de Rasha étaient empreintes de menace. Vexée, Aylin serra les dents.

— T'ai-je déjà trahie ?

— Jamais, reconnut Rasha. Mais cela pourrait nous mettre toutes les deux en péril.

— Dans ce cas, j'ai vraiment besoin de savoir, insista Aylin. Dis-le-moi.

Rasha se passa la main sur le visage, paraissant soudain éreintée.

— Si Hunter meurt avant la naissance du bébé, dit-elle d'une voix étouffée, le bébé sera hors de danger.

Aylin se sentit blêmir.

— Tu n'oserais pas…

— Non, l'interrompit Rasha. Bien sûr que non. L'assassinat d'un chef de clan par sa compagne serait une violation de la voie du corbeau. Comme de la voie de la corneille, d'ailleurs.

— J'aurais cru que les voies de ces grands volatiles noirs cesseraient d'avoir de l'importance puisque le récit du corbeau et de la corneille n'est que pure fantaisie.

— Les clans ont besoin d'ordre. L'idéologie, même erronée, fournit des structures et garantit que les gens se tiennent à carreau. (Rasha tendit la main à sa sœur.) C'est toi la mordue d'histoire. Tu sais comment ça fonctionne. Les dirigeants religieux appliquent ce principe depuis la nuit des temps.

Aylin repoussa la main de sa sœur. Elle ne doutait pas que Rasha croyait à ce qu'elle racontait, mais il ne s'agissait pas uniquement de s'assurer que les vampires ne perdent pas la foi si Rasha massacrait Hunter dans son sommeil.

— Je pense qu'il est crucial que tu gardes les mains propres afin que les membres de MoonBound t'acceptent comme régente jusqu'à ce que ton enfant ait atteint l'âge requis. Tu ne peux donc pas tuer Hunter, mais je suppute que, s'il succombait à un tragique accident alors que tu es enceinte, tu ne serais pas anéantie.

Rasha se leva.

— Suppute tant que tu veux. Mais garde ça pour toi.

Aylin secoua la tête devant l'intonation bizarre de sa sœur.

— Non. Il y a quelque chose qui cloche. (Rasha lui tendit de nouveau la main, et, cette fois, Aylin autorisa sa sœur à l'aider.) Tu aimes te battre et tu aimes les défis. Je ne crois pas que tu louperais l'occasion de vaincre un démon et de prouver à Hunter que tu es une compagne de choix.

— Laisse tomber, Aylin.

Ouais, il y avait vraiment un truc qui ne tournait pas rond.

— Tu te rappelles quand on apprenait tout juste à nous servir de nos talents de vampires et que ta capacité à t'envelopper dans le silence ne cessait d'échouer ?

— Non, dit Rasha. Je ne me souviens absolument pas de cette période humiliante à souhait.

Passant outre aux sarcasmes de sa sœur, Aylin poursuivit.

— Tu avais toujours un plan de secours. Tu ne faisais jamais rien sans une stratégie pour retomber sur tes pattes. Te débarrasser de Hunter pendant ta grossesse, c'est ton plan de secours, n'est-ce pas ? Je t'ai vue avec des enfants, et je ne crois pas une seconde que tu risquerais la vie de ton petit si tu n'y étais pas obligée. Alors, quelle est la véritable raison qui t'empêche de suivre Hunter dans cette quête ?

— Bon sang, Aylin, tu es pire qu'un chien avec un os !

— Je suis ta sœur, lui répondit-elle simplement. Je ne t'apprécie pas toujours, mais je t'aime. Tu peux me le dire.

— D'accord. (Rasha leva les mains en signe de défaite.) Je ne peux pas voyager à travers les portails, voilà. Tu te rappelles quand j'ai accompagné père rencontrer les Anciens à Boynton Canyon ? Traverser le vortex a failli me tuer. Les Anciens ont dit que, la prochaine fois que j'essaierai, je mourrai sûrement. Et naturellement le royaume de Samnult n'est accessible que de cette manière.

— Oh, merde ! murmura Aylin. (Elle ne pouvait imaginer être coincée dans une telle position, impuissante à sauver la vie de son enfant.) Il doit exister un autre moyen de traiter avec ce démon.

— Il n'y en a pas. Père a essayé. (Rasha ferma les yeux et inspira profondément.) Il ne me reste qu'une solution. Je n'abandonnerai jamais mon bébé aux griffes d'un démon ni de qui que ce soit, et si pour cela Hunter doit mourir, soit. (Elle s'avança vers la porte, mais s'arrêta, la main sur la poignée.) Répète un mot de cette conversation et tu regretteras de ne pas être restée à ShadowSpawn.

Rien de ce que Rasha pourrait lui faire ne susciterait la nostalgie d'Aylin, mais la jeune femme garda cette pensée pour elle tandis que sa sœur ouvrait la porte d'un geste sec.

Hunter attendait dans le couloir, et, lorsqu'il entra, Aylin aurait juré que la température de la pièce venait de chuter de vingt degrés. Son regard foudroyant se posa sur Rasha et n'en bougea pas.

— Ta décision.

— Je n'irai pas avec toi.

Rasha redressa les épaules en signe de défi, mais un subtil changement dans sa posture indiqua qu'elle redoutait une réaction violente. Elle voulait être prête à se défendre, et Aylin ne pouvait l'en blâmer.

Un mélange de colère, de stupeur et de peine traversa le visage de Hunter.

— Tu comprends bien qu'un putain de démon s'emparera de notre fils ou de notre fille ? Si on cache l'enfant, il mourra dans d'atroces souffrances. N'ai-je pas été clair sur ce point ?

Rasha leva le menton.

— Tu as été clair.

— Dans ce cas, nous n'aurons pas d'enfants, gronda Hunter. Je ne te toucherai jamais.

Aylin se réjouit de cette nouvelle, ce qui était sans doute malvenu.

— Ne sois pas idiot.

Les paroles de Rasha étaient acerbes, mais son intonation était empreinte de regrets. Elle aurait sincèrement voulu faire ce voyage avec lui.

— Samnult le saura, et je ne peux qu'imaginer à quel point il en sera contrarié.

— Il ne le saura que si tu le lui dis, Rasha, répliqua-t-il entre ses dents. Je ne peux pas... Je ne peux pas perdre un autre enfant.

Un autre enfant ? Quand en avait-il perdu ? Sa douleur étreignit Aylin tel un étouffant voile de chagrin et lui donna envie de le réconforter. Comment pouvait-elle le laisser souffrir ainsi ? Sans réfléchir, elle s'avança d'un pas.

— Et moi, alors ? bredouilla-t-elle. Je pourrais t'accompagner au lieu de Rasha ?

Hunter et Rasha se tournèrent vers elle de concert, mais Aylin ne parvint pas à détacher le regard de Hunter. Il l'étudia avec attention, ses yeux sombres pleins d'intensité la clouant sur place.

— C'est impossible, protesta Rasha. Seule la future épouse du chef peut le suivre dans cette quête.

— À moins que l'épouse ait une vraie jumelle. (Hunter s'approcha d'Aylin, qui sentit sa bouche se dessécher.) Ça sera dangereux.

— Je ne m'attendais pas à une joyeuse balade dans les bois, lui rétorqua la jeune femme. Mais c'est nécessaire, et je suis bien plus capable que les gens semblent le penser.

Il était hors de question qu'elle laisse un démon s'emparer de son neveu ou de sa nièce tout juste né, et l'idée que Hunter puisse mourir au cours d'un « accident » ne lui convenait pas non plus.

— C'est ridicule, se récria Rasha. Tu ne ferais que le freiner, Aylin. (Puis elle reporta sa colère sur Hunter.) Tu n'envisages pas sérieusement cette possibilité, n'est-ce pas ? Elle n'a aucune expérience au combat et elle boite. Parfois, elle a carrément du mal à tenir debout, sans même parler de courir ou de marcher sur un terrain rocailleux.

Merci pour le vote de confiance, frangine ! Si Aylin se retint de prononcer cette phrase à voix haute, c'était uniquement parce qu'elle savait que Rasha ne se montrait pas méchante intentionnellement et qu'elle essayait de la protéger.

— Et pourtant, répliqua Hunter tout bas, elle est prête à se battre pour un enfant qui n'est même pas le sien. Ce genre de force ne constitue pas un handicap. Mais je ne vois pas comment tu le saurais.

Devant le cri outré de Rasha, Hunter parcourut Aylin du regard, la jaugeant de la tête aux pieds, et la jeune femme crut mourir de honte. Elle le voyait peser le pour et le contre, et alors qu'elle allait aggraver la situation en plaidant sa cause il hocha la tête.

— On part dans une heure.

Chapitre 16

Hunter espérait sincèrement qu'il n'avait pas commis une erreur monumentale mais, même si c'était le cas, il ne pouvait qu'être reconnaissant à Aylin d'avoir accepté de le suivre dans son périple. Ses motivations, cependant, le laissaient perplexe. De toute évidence, elle s'était portée volontaire pour sa sœur, mais avait-elle fait ce choix par amour, par devoir, par peur ou pour une raison plus sinistre ?

En effet, Rasha était de retour à MoonBound, au sein duquel pouvait se terrer un espion, tandis que Hunter serait bientôt hors d'atteinte.

La situation n'était pas idéale, loin de là, et le fait que Rasha n'ait nullement l'intention de lever le petit doigt pour assurer la sécurité de sa propre progéniture la rendait encore plus critique. Comment diable Hunter était-il censé passer le restant de ses jours avec une telle personne ?

Le bon côté des choses, c'était qu'il n'avait pas à s'inquiéter d'avoir des enfants avec elle, car il pouvait à peine la regarder. Et quand il le faisait, il ne ressentait que du dégoût. Coucher avec elle s'annonçait compliqué, voire impossible.

À moins que tu penses à Aylin.

Putain, ce que c'était tordu !

Il lui jeta un coup d'œil tandis qu'elle s'efforçait de suivre la piste qu'il laissait derrière lui dans la neige, et il espéra qu'elle était assez forte pour endurer ce qui les attendait. Rasha était insupportable, mais elle était agile et rapide, et capable de se battre aussi bien que n'importe quel guerrier de MoonBound.

Ils s'étaient mis en route sur-le-champ au lieu du lendemain matin, comme cela avait été prévu si Rasha avait accepté de l'accompagner. Mais à cause de la jambe d'Aylin le voyage leur prendrait plus de temps et il leur faudrait faire des pauses.

Rasha avait piqué une crise, mais comme elle n'avait pas proposé de remplacer sa sœur, Hunter l'avait confiée à Jaggar et Myne, qui avaient pour ordre de la surveiller. Baddon, Riker, Katina, Takis, Tena et Aiden escortèrent Hunter et Aylin, mais personne ne connaissait la raison de cette expédition jusqu'au vortex. Riker lui avait posé la question, mais son chef lui avait simplement répondu qu'ils devaient entreprendre ce voyage pour voir les Anciens. Un mensonge, mais Hunter n'avait pas le choix.

Ils avaient marché à la vitesse maximale d'Aylin pendant trente-six heures, s'accordant seulement de courtes pauses pour manger et récupérer. À plusieurs reprises, ils avaient dû se détourner de leur trajet afin d'échapper à des groupes d'humains. Peu à peu, la neige céda la place à la pluie et à la boue, et, le temps qu'ils s'approchent du point de rendez-vous, Aylin était épuisée, ses lèvres pâlies par le froid et ses yeux cernés de noir. Et Hunter ne doutait pas que sous ses vêtements elle était couverte de bleus et d'égratignures à cause de ses nombreuses chutes.

Mais pas une fois elle ne s'était plainte ni n'avait demandé de l'aide. Quand quelqu'un lui tendait la main, elle la refusait systématiquement. De fil en aiguille, la défiance qui brillait dans les yeux des guerriers laissait peu à peu place à de l'admiration, et Hunter remarqua que ses propres sentiments subissaient le même changement. Il devait sans cesse se rappeler qu'elle pouvait être l'ennemie, que sa volonté de l'accompagner pouvait faire partie d'un complot de ShadowSpawn.

Il n'avait aucune envie d'y croire, mais il ne pouvait se permettre de baisser sa garde. Pas quand l'avenir de son clan était en jeu.

Lorsqu'ils atteignirent une vallée en pente douce, un puissant sentiment de familiarité l'assaillit. Ils étaient proches. Samnult lui avait dit qu'il sentirait le vortex, et justement il avait l'impression que quelque chose titillait son cerveau, le guidant vers un bosquet plus au sud.

— Par là.

Il aida Aylin à descendre un sentier rocailleux, et, alors que l'attraction s'intensifiait, ses appréhensions firent de même. Aylin était à l'évidence courageuse et intelligente, mais son manque d'expérience au combat ainsi que sa jambe boiteuse rendaient la mission sacrément risquée.

— Je le sens, murmura-t-elle. On est arrivés.

Se plaçant dos au groupe d'arbres centenaires, Hunter se tourna vers ses compagnons.

— Nous devons faire ça seuls. (Riker allait protester, mais Hunter l'interrompit d'un geste.) Le sujet n'est pas ouvert à la discussion. Attendez-nous, mais si nous ne sommes pas rentrés d'ici à la veille de la pleine lune, regagnez MoonBound.

— Hunt…

— Ne m'oblige pas à montrer les dents.

Riker défia son chef du regard, mais ce dernier le toisa d'un regard plus dur encore. Riker était son ami, mais également son subalterne, et, quand Hunter donnait un ordre, il s'attendait à ce qu'on l'exécute. Sans poser de questions.

Ce que Riker avait souvent du mal à faire.

Heureusement, cette fois-ci, il n'insista pas.

— Après la fièvre lunaire, on reviendra.

— Non. Vous suivrez le plan dont on a convenu. Tu prendras les rênes, assisté de Baddon.

— Mais je suis vampire par morsure. La loi…

— … exige que les chefs de clan soient des vampires de naissance, je sais, répondit Hunter sur un ton bourru. Mais tout le monde à MoonBound te respecte, et, avec Baddon à ton côté, même les obsédés de la tradition devraient se calmer.

— Vous reviendrez, dit Riker. La gouvernance ne sera donc pas un problème.

— Je sais.

— Chef ? (Aiden se racla la gorge tandis qu'il approchait.) Puis-je m'entretenir avec toi en privé ?

Intrigué, Hunter hocha la tête et entraîna Aiden quelques mètres plus loin, vers les arbres.

— Que se passe-t-il ?

Aiden marqua une pause, comme s'il s'était ravisé.

— Crache le morceau, vieux !

— Je ne lui fais pas confiance. (Aiden n'avait pas besoin de désigner Aylin pour que Hunter devine de qui il parlait.) Je sais que vous allez voyager ensemble à travers un vortex, et j'ignore pourquoi, mais ça ne me plaît pas. Et si elle te menait à un piège ou qu'elle faisait partie d'un complot de ShadowSpawn pour t'assassiner ?

— Et pourquoi se donnerait-elle tout ce mal quand Rasha aurait pu me tuer une dizaine de fois jusqu'à présent ?

— Parce que ça aurait été trop flagrant, et que Rasha est trop importante aux yeux de ShadowSpawn pour qu'ils prennent un tel risque. Mais Aylin est pratiquement jetable pour eux.

Ces pensées avaient traversé l'esprit de Hunter une fois ou deux, mais il lui était impossible de trouver une raison pour laquelle cette dernière souhaiterait sa mort. Cela dit, il n'arrivait pas non plus à comprendre pourquoi elle était prête à risquer sa vie pour un enfant qui n'était pas le sien et qui, de plus, n'avait pas été conçu pour le moment.

« Les deux jumelles entraîneront ta mort. Mais seule l'une d'elles choisira de te ressusciter. »

L'avertissement que lui avait donné Samnult deux mois plus tôt résonna dans son crâne pour la huit millième fois. Ses tripes lui disaient qu'Aylin ne représentait pas une menace, mais des siècles d'existence – et de trahison – prouvaient que parfois l'instinct n'était pas suffisant. Hunter voulait bien laisser à la jeune femme le bénéfice du doute, mais il n'était pas stupide. Il prenait toujours en compte les opinions de ses guerriers.

— D'après toi, qu'aurait-elle à gagner en exécutant les ordres de ShadowSpawn ?

— Qu'aurait-elle à gagner ? répéta Aiden, l'air grave. Il paraît que sa vie à ShadowSpawn est un véritable enfer. Et si on lui avait promis une position reconnue au sein du clan ? ou un compagnon puissant ?

— ShadowSpawn n'a rien à tirer de ma mort. Mon union avec Rasha leur apportera bien plus que mes funérailles.

Aiden secoua la tête.

— Pas si tu refuses de partager le pouvoir avec elle. Si elle se trouve au sein de notre QG, elle pourrait saboter le clan. Sans toi, la voie est libre ; elle pourrait profiter de la confusion et du chaos pour mener les guerriers de ShadowSpawn jusqu'à nous. Je ne possède pas toutes les réponses, mais je te le dis, je n'aime pas ça.

Hunter n'aimait pas ça non plus, mais il ne laisserait pas des « mauvais pressentiments » et des conjectures lui dicter sa conduite.

— J'apprécie ton intérêt, répondit-il en se dirigeant vers le reste du groupe. Je serai prudent. Et je vous fais confiance pour être mes yeux et mes oreilles durant mon absence.

— Tu peux compter sur nous.

— Je sais.

Il s'arrêta à quelques mètres de l'endroit où les autres s'étaient rassemblés, et Aylin vint le rejoindre.

— J'ignore quand nous rentrerons, poursuivit-il, mais si nous ne sommes pas de retour à la veille de la pleine lune, Riker a ses ordres.

Un par un, chacun leur souhaita bonne chance. Riker était le dernier, et il afficha une mine sévère lorsque Hunter lui passa virtuellement le flambeau.

— Bonne chance, vieux. (De sa main gantée, Rike lui donna une tape sur l'épaule.) On sera là à votre retour.

— Que frère aigle guide tes pas et que cousin coyote protège tes arrières.

Hunter se détourna de Riker avant qu'ils se laissent aller à la mièvrerie, et se serrent dans les bras.

Alors qu'il prenait la main d'Aylin et la conduisait vers le cercle de pierres au centre de la petite clairière, Riker et les autres se fondirent dans la forêt.

Ils marquèrent une pause à l'extérieur du cercle, et il se tourna vers Aylin.

— C'est ta dernière chance de refuser.

Une brise lui souleva les cheveux, créant d'harmonieuses vagues dorées autour de son visage.

— Et c'est ta dernière chance de comprendre que je ne suis pas aussi fragile que j'en ai l'air. Je boite d'une jambe, mais mon cerveau fonctionne parfaitement.

La détermination dans les prunelles d'Aylin lui donna une leçon d'humilité. Elle n'avait rien à gagner dans cette histoire, et pourtant elle était prête à risquer sa vie pour sauver celle du futur enfant de Hunter… alors même que Rasha s'y dérobait. Remarquable.

— Très bien. (Il contempla les nuages gris qui s'étendaient à perte de vue et se demanda s'ils envahiraient également le ciel de l'autre côté du portail.) À nous de jouer.

— À nous de jouer ?

— On doit se repaître mutuellement.

Imaginer les crocs d'Aylin enfoncés de nouveau dans sa gorge le fit aussitôt durcir. Douloureusement.

Aylin cligna les yeux.

— Pourquoi ?

— Parce que les démons sont des enculés, grommela-t-il. Samnult a dit qu'une fois sur le site je devais boire ton sang et toi le mien afin d'être transportés dans son royaume.

— Oh ! (Elle jeta un coup d'œil autour d'elle et haussa les épaules.) Autant en finir tout de suite, non ? À moins que…

— À moins que quoi ?

Elle redressa le dos comme si elle s'apprêtait à se battre.

— À moins que tu craignes que mon sang soit souillé par ma difformité.

— Un ours estropié n'en demeure pas moins un ours. (Et Aylin n'en demeurait pas moins une femme. Il tendit le bras vers elle, et effleura du bout de l'index sa carotide palpitante.) Il y a autre chose. Il faut qu'on soit nus.

Inspirant brusquement, elle s'écarta de lui, et il se prépara à essuyer un refus. C'est pourquoi il n'en revint pas quand elle pénétra dans le cercle de pierres et retira sa veste, la laissant tomber sur l'herbe mouillée. Avant qu'il ait eu le temps d'assimiler ce qu'elle faisait, elle ôta son pull.

Mais ce fut lorsqu'elle enleva son soutien-gorge, révélant des seins crémeux aux pointes rosées, qu'il comprit à quel point sa quête serait difficile. Au diable les défis, les dangers et le démon !

Il avait le sentiment qu'Aylin était la véritable menace pour son avenir.

Aylin s'était trouvée nue devant des mâles auparavant, mais seulement en guise de punition, et aucun d'eux ne l'avait jamais contemplée comme le faisait Hunter. Elle n'avait vu que mépris et dégoût dans les yeux des spectateurs.

À présent, elle y voyait la faim.

Le regard de Hunter, aussi chaud que l'air était froid, la brûlait tandis qu'il parcourait son corps. Le souvenir de l'étreinte partagée dans le chalet l'envahit, son ventre se noua d'impatience, ses genoux chancelèrent. Et l'audace la gagna.

Hunter l'avait prise pour Rasha, mais cette fois il n'y avait pas la moindre confusion possible. Cette fois, il était tout à fait conscient d'admirer Aylin.

Et c'était Aylin qui était responsable de l'énorme bosse derrière la braguette de son pantalon.

Débordante de confiance, elle retira son jean et sa culotte. Elle jeta un coup d'œil à Hunter, et en eut le souffle coupé.

Il ne se déshabillait pas. Elle aurait dû être horrifiée de se trouver nue alors qu'il était complètement vêtu, mais la façon dont il la regardait, les pupilles dilatées, les mâchoires serrées, les poings crispés… On aurait dit qu'il était hypnotisé.

Redoublant d'assurance, Aylin comprit soudain ce que ressentait sa sœur quand elle arpentait les couloirs de ShadowSpawn moulée dans ses tenues légères, accentuant le roulement de ses hanches dès qu'un mâle apparaissait dans son champ de vision.

C'était… grisant.

Jusqu'à ce qu'elle se rappelle à quel point sa jambe était laide et tordue. Mais Hunter ne faisait pas attention à sa jambe. Ses yeux étaient braqués sur les siens, la clouant sur place tandis qu'il ôtait ses propres vêtements.

Elle ne sentit ni l'air glacé tourbillonnant autour d'eux ni les flocons de neige qui avaient commencé à tomber. Tout ce qu'elle sentait, c'était la chaleur qui gagnait ses muscles et son pouls qui battait dans ses veines. À cet instant, elle aurait adoré qu'un vent polaire se lève du nord et apaise la brûlante douleur qui lui fouaillait le bas-ventre.

La pile de vêtements aux pieds de Hunter grossit lorsqu'il retira son harnais d'armes, son sweat-shirt et son tee-shirt noirs ainsi que ses bottes. Ensuite, avec une lenteur confinant au supplice, il baissa son jean sur ses chevilles, et en sortit.

Aylin laissa échapper un gémissement de pure admiration tandis qu'il se redressait de toute sa hauteur. Il la dépassait d'une bonne tête, et ses larges épaules masquaient le paysage derrière lui. Ses muscles d'acier roulaient sous sa peau cuivrée, veloutée, qui ne demandait qu'à être touchée. Il était si sublimement viril, une bête sauvage appartenant à la nature, aussi lié à la forêt que les loups ou les cerfs.

Elle savait qu'elle ne devrait pas descendre plus bas, mais c'était plus fort qu'elle. Laissant son regard glisser sur ses abdominaux saillants, elle poussa encore un gémissement. Son sexe en érection, énorme et mat, se dressait majestueusement contre son ventre.

Aylin sentit sa gorge se serrer, et ses seins devenir douloureux, et soudain elle imagina sans peine le prendre dans sa bouche. De tous les actes sexuels dont elle avait été témoin dans l'intimité de son clan, la fellation était celui qu'elle avait toujours trouvé extrêmement déplaisant, en particulier parce que les hommes semblaient l'utiliser pour dominer les femmes. Décidément, plaisir et pouvoir étaient bien inégalement répartis, mais, alors que ce fier guerrier à l'apparence indestructible se tenait devant elle, Aylin comprit que, si une femme était consentante, elle pouvait s'emparer du pouvoir.

— Tu es prête ?

Le timbre suave de sa voix lui fit l'effet d'une voluptueuse caresse.

— Oui, haleta-t-elle, sans même se soucier de ce qu'il allait lui demander.

Il pourrait lui demander si elle était prête à se faire trancher la gorge qu'elle ne relèverait pas, tellement elle était grisée par la concupiscence.

Il s'avança vers elle. Elle ne bougea pas, si impatiente d'être touchée qu'elle en tremblait.

Il pénétra dans le cercle de pierres et s'arrêta à un souffle d'elle ; leurs corps ne se touchaient pas, mais ils étaient si proches qu'une plume n'aurait pu se glisser entre eux. Aylin dut se dévisser le cou pour le regarder dans les yeux.

Il prit sa joue en coupe dans sa main, et aussitôt une pression folle se forma sous sa peau. Seigneur ! s'il suffisait que Hunter lui caresse le visage pour qu'elle réagisse ainsi, que se produirait-il s'il la touchait intimement ?

La lueur de menace dans les pupilles de Hunter jurait avec la sensualité sous-jacente de sa voix.

—Avant que je ne mette nos vies en jeu, j'ai besoin de savoir si ta proposition de m'accompagner était sincère ou si cela fait partie d'un complot.

Sa réaction première face à cette accusation fut la colère, mais, au bout d'un instant, elle se rendit compte que ses soupçons étaient fondés. ShadowSpawn ne jouait pas franc jeu, ne l'avait jamais fait. Elle pouvait être l'ennemie, celle dont MoonBound se méfierait le moins.

—Sur mon honneur, déclara-t-elle tout bas, je ne cherche qu'à t'aider.

Il fouilla son visage de son regard ténébreux, et elle trembla devant la résolution de marbre qu'elle y vit. Soudain, elle fut très contente de dire la vérité, car elle ne doutait pas une seconde que s'opposer à ce mâle pouvait très mal finir pour elle. Et encore plus mal pour Rasha.

Enfin, il hocha la tête.

—Alors, je te remercie, Aylin, murmura-t-il en baissant la tête. (Ses lèvres soyeuses lui frôlèrent l'oreille, lui procurant un frisson de pur désir.) Tu es aussi belle à l'intérieur que tu l'es à l'extérieur.

Un sanglot se forma dans la gorge d'Aylin, mais ne franchit jamais ses lèvres, coincé là par les crocs de Hunter qui s'enfonçaient profondément dans son cou.

Emportée par un plaisir torride, elle hoqueta et ses crocs saillirent, mus par une faim intense qui la fit saliver. Tournant la tête, elle passa la langue sur les glandes nichées à l'arrière de ses canines et referma la bouche sur son épaule. Le sang chaud, riche, s'y déversa tandis que Hunter gémissait et s'arquait contre elle, pressant son érection contre son ventre.

Un flot humide jaillit entre ses cuisses et se répandit en un fourmillement électrique. C'était comme si on l'avait plongée tout entière dans une pile géante d'érotisme. La moindre fibre de son corps vibrait et palpitait en une vague d'euphorie coordonnée qui commençait au niveau de son cuir chevelu pour se terminer sur ses orteils recroquevillés. Était-ce donc ce qui se serait produit avec Hunter dans le chalet s'ils ne s'étaient pas arrêtés ?

Par le Grand Esprit ! à présent elle comprenait pourquoi on pouvait devenir obsédé par le sexe. Si le sexe ressemblait à ça, elle n'en aurait jamais assez.

Resserrant sa prise, elle se lova contre lui, son corps remuant de lui-même, se frottant contre lui, avide d'en avoir plus, même si elle n'était pas sûre de ce que ce « plus » signifiait. C'était ça, l'orgasme, non ?

Hunter laissa tomber sa main sur ses fesses et la souleva de sorte que sa verge glisse entre ses cuisses. Il ne la pénétra pas, mais dans l'esprit d'Aylin il était en elle, allant et venant avec ardeur, effleurant des zones si sensibles qu'elle tressautait à chaque exquise caresse.

Elle sentit comme une crispation au niveau de son bas-ventre, un besoin impérieux qui frôlait le supplice. Assaillie par un plaisir mêlé de douleur, elle se débattit et hurla tandis que son corps brûlait de… De quoi ? Elle n'aurait su le dire, mais elle était sûre d'une chose : elle ne pouvait cesser de se tortiller, ne pouvait se concentrer sur rien d'autre que cette pression constante, croissante, sur son sexe.

Que lui arrivait-il ? Elle avait déjà joui… du moins, c'est ce qu'elle pensait. Quelle était donc cette nouvelle torture ? La panique l'envahit, mais elle était incapable de cesser de bouger ou de boire ou…

La pression atteignit son pic, et, sans avertissement, une explosion d'extase des plus intense survint en elle, balayant ses moindres pensées. L'anéantissant. La dévastant.

Ça, comprit-elle malgré l'hébétude, c'était un orgasme. Elle s'abandonna au *salisheye*, gémissant et se frottant contre Hunter tandis que ce spasme se prolongeait pour palpiter entre ses cuisses. Alors qu'il déclinait, ses jambes flageolèrent, mais les bras robustes de Hunter s'enroulèrent autour d'elle pour la maintenir fermement contre lui.

Mais alors même que ces dernières, merveilleuses, vagues de plaisir refluaient, elle remarqua que quelque chose clochait. Le soleil dardait ses rayons ardents sur sa peau nue, et l'herbe tendre et chaude lui chatouillait les pieds. Sans en avoir conscience, elle avait retiré ses crocs et enfoui le visage contre le cou de Hunter. Il ne se repaissait plus d'elle non plus.

Épuisée, à peine cohérente, elle entrouvrit les paupières et plissa les yeux, éblouie par la lumière.

— Hunter ? fit-elle d'une voix rauque.

— Ouais. Je sais. Nous sommes passés de l'autre côté.

Il s'écarta, hors d'haleine comme Aylin, et elle sentit sur son ventre un liquide chaud et collant.

Hunter avait joui, lui aussi.

Savourant cette enivrante sensation de fierté féminine, elle leva les yeux vers lui. Brusquement, son sentiment de satisfaction s'éteignit. Que s'était-elle attendue à lire dans son expression ? Elle n'en était pas sûre, mais ce qu'elle y vit ne faisait aucun doute : ce qui venait de se produire n'enchantait pas Hunter. Loin de là.

Chapitre 17

Eh bien, voilà qui était humiliant à mort.

Depuis sa toute première fois avec une courtisane, cadeau de son père pour son *salisheye,* Hunter n'avait jamais été excité au point d'éjaculer accidentellement. Et hors d'une femme.

À présent, il devait concilier cela avec le fait qu'il n'avait jamais eu d'orgasme plus incroyable.

Mais tellement… tellement… embarrassant.

Hunter recula d'un pas, grimaçant devant la preuve de sa jouissance sur le ventre d'Aylin. Naturellement, leurs vêtements ne les avaient pas suivis à travers le portail, par conséquent, il ne pouvait même pas lui offrir son tee-shirt pour essuyer tout ça. Et, bien entendu, il n'y avait pas de feuilles par terre, parce qu'apparemment ce royaume n'était qu'interminables prairies verdoyantes et soleil ardent.

—Je… euh…

Oh, génial ! Voilà qu'il se mettait carrément à bredouiller comme un puceau ! Invoquant sa voix de chef, il recommença.

—Je suis… euh…

Parfait. À présent, il paraissait autoritaire et nerveux. Incapable de formuler une phrase cohérente. *Putain !* C'est alors que Samnult leur épargna davantage d'embarras en surgissant de nulle part.

Hunter n'aurait jamais pensé se réjouir de voir un démon. Aylin, en revanche, n'était pas aussi ravie, et elle poussa un couinement de surprise tout en cherchant vainement à se couvrir. Hunter se dressa devant elle, lui permettant de se cacher quelque peu, mais aussi, de manière totalement égoïste, pour la soustraire au regard salace de Samnult. Si quelqu'un devait reluquer Aylin, ce serait lui.

Cette fois-ci, le démon arborait une apparence en partie humaine avec ses courts cheveux noirs, sa peau hâlée, ses dents blanches et son jean noir assorti à une chemise en skaï. Sans oublier les cornes de bélier qui saillaient de son front et se recourbaient au-dessus de sa tête et derrière ses oreilles.

Donc, oui, en partie humaine.

— Tu aurais pu, lui suggéra Hunter, mentionner les effets secondaires du voyage à travers le portail, non ?

L'une des cornes de Samnult tressaillit.

— Si tu l'avais su, aurais-tu changé d'avis ?

— Non, mais…

— Alors, cesse de geindre. L'expérience permet de souder le couple qui va se soumettre aux épreuves, et, crois-le ou non, je veux que tous réussissent. Mais c'est la première fois que la femelle qui relève le défi n'est pas la future compagne du mâle. Ça promet d'être intéressant.

Il se dévissa le cou pour zyeuter Aylin, et Hunter s'empressa de lui bloquer la vue alors même qu'un grondement résonnait dans sa poitrine. Haussant les épaules en signe de capitulation, Samnult leur désigna le sol sur lequel deux piles de vêtements, un bol en bois rempli d'eau et deux serviettes s'étaient matérialisés.

— Habillez-vous, qu'on puisse commencer.

Il disparut derrière un bosquet qui venait d'apparaître, lui aussi.

Hunter pivota vers Aylin et s'efforça de ne pas la reluquer. Par les dieux, qu'elle était belle ! Elle était outrageusement, involontairement, sexy avec ses seins fermes et généreux, sa taille de guêpe qui se prolongeait par des hanches rondes faites pour être empoignées par un homme, et la fine toison couleur sable à la jonction de ses cuisses. La plupart des vampires de naissance étaient dépourvus de poils, mais pas toujours lorsque l'un des parents avait été transformé.

Cela ne dérangeait guère Hunter, et ses doigts le démangeaient tant il voulait savoir à quel point les boucles d'Aylin seraient douces sous ses caresses.

Bravo pour ne pas la regarder!

Les joues en feu, il s'accroupit, trempa une serviette dans l'eau chaude, et essuya délicatement le ventre d'Aylin. Lorsqu'elle hoqueta et recula, il l'attrapa par la cuisse et l'immobilisa pour continuer.

Elle devint cramoisie.

— Tu n'es pas obligé de faire ça.

— Si, murmura-t-il.

Dans cette position, il se trouvait à la hauteur de son nombril, si proche de ses mamelons rosés qu'il en salivait. Il s'attarda bien plus longtemps que nécessaire, essuyant les dernières traces de sperme tandis qu'il admirait la souplesse de sa peau et la fermeté de ses muscles qui tressautaient à son toucher. Il effleura le dessous de ses seins, et, comme s'il ne venait pas tout juste d'éjaculer sur elle, son sexe tressaillit de nouveau.

Avant que son pénis dévoyé les embarrasse tous les deux, il lui tendit la soyeuse robe frangée en daim ainsi que la paire de mocassins montants qui lui étaient à l'évidence destinées. Restaient donc le pagne, la ceinture, le caleçon en daim et les mocassins. Cela faisait des décennies qu'il n'avait pas revêtu le costume traditionnel pour des occasions autres que cérémonielles, et il se demandait ce qui les attendait au juste.

Tandis qu'il enfilait ses chaussures, il jeta un coup d'œil à Aylin, qui s'attachait les cheveux en queue-de-cheval haute. Jusqu'à présent, quand il la regardait, il voyait l'ascendance scandinave de sa mère dans sa crinière blonde, ses iris bleus et sa peau laiteuse. Mais alors qu'elle se dressait devant lui dans cette robe fauve qui lui arrivait à mi-cuisses et ces bottes qui lui montaient jusqu'aux genoux, rehaussant la courbe de ses mollets galbés, son héritage comanche ne faisait aucun doute. Entre ses lèvres légèrement entrouvertes, la pointe étincelante de ses crocs liait ses origines mixtes en une combinaison alléchante.

Il baissa les yeux, admirant ses jambes nues tandis que le désir de les caresser lui démangeait la paume. Et lui donnait envie de relever les yeux, car il savait qu'elle ne portait pas de culotte sous sa robe.

Se rappelant brusquement qu'elle n'était pas sienne, il fit volte-face vers le bosquet derrière lequel Samnult avait disparu au moment où, comme par hasard, ce dernier se dirigeait vers eux.

— Bien, dit le démon. Le premier défi éprouvera votre sang-froid et votre volonté.

Hunter ricana.

— J'en ai à revendre.

— On verra. (Un sourire carnassier se dessina lentement sur le visage de Samnult, et son regard se reporta sur Aylin.) Mais garde à l'esprit, Hunter MoonBound, que tu n'es pas le seul à être testé.

Chapitre 18

« *Tu n'es pas le seul à être testé.* »
Oh, merde !

Samnult pouvait tout aussi bien l'appeler « Aylin Poule Mouillée », car elle retenait son souffle tout en prenant alternativement des inspirations rapides et superficielles. Avant qu'elle s'évanouisse à cause du manque ou de l'excès d'oxygène, le démon claqua des doigts et soudain ils ne se trouvèrent plus dans une verdoyante prairie baignée par le soleil.

À présent, ils se tenaient sur le bord d'un étroit canyon qui creusait un chemin à travers la terre rouge asséchée s'élevant en plateaux massifs dans toutes les directions. Ils étaient passés des contrées luxuriantes et herbeuses à un désert sans la moindre végétation. Dans le lointain, une brise souleva un tourbillon de poussière, mais rien d'autre ne bougea.

Face à eux, un pont de pierre enjambait une gorge si profonde qu'Aylin n'en voyait pas le fond. De l'autre côté de la crevasse, un pilier d'ivoire lisse d'un mètre cinquante de haut et de quinze centimètres de diamètre se dressait telle une sentinelle solitaire.

Et puis il y avait les os et les crânes qui jonchaient le pont. Certains étaient blanchis et craquelés par le temps, d'autres semblaient bien trop frais.

Tous appartenaient à des vampires.

— Quel est cet endroit ? demanda-t-elle.

La peau de Samnult était à présent noire d'encre, ses yeux écarlates. Avant, à l'exception des cornes, il aurait pu passer pour humain.

Plus maintenant.

— Voici la région désertique de mon royaume. Comme vous le voyez, rien ne bouge pendant le jour. La nuit… (Il sourit, et un frisson parcourut Aylin.) Disons simplement que vous devez terminer avant le coucher du soleil.

Hunter tourna le dos à la bordure du canyon, et ainsi vêtu du costume traditionnel, avec sa peau cuivrée qui faisait ressortir ses prunelles noires et ses cheveux de jais, il semblait chez lui sur cette terre tout en relief. Seigneur ! il était fascinant, doté d'une impérieuse prestance que même Samnult paraissait apprécier tandis qu'il l'étudiait.

— Les os appartiennent-ils à ceux qui ont échoué à l'épreuve ? s'enquit Hunter.

— Pas à cette épreuve-ci, répondit Samnult. En plus de se battre pour leurs premiers-nés, il existe d'autres raisons pour lesquelles mes enfants doivent entreprendre ces défis.

Un sentiment indéchiffrable qu'Aylin ne put interpréter que comme de l'excitation fit étinceler ses yeux. Le démon avait beau vouloir qu'ils réussissent, le risque de mort l'électrisait, comme regarder un funambule marcher sur la corde raide sans filet de sécurité électrisait les humains.

— Hunter, tu passes en premier.

La voix du démon était aussi profonde que le canyon et son sinistre écho résonna longtemps dans l'air figé.

— Dès que tu auras atteint l'autre bord, tu t'agripperas à la colonne et attendras qu'Aylin te rejoigne.

Hunter fronça les sourcils.

— C'est tout ? On doit traverser un pont ?

— Bien sûr que ce n'est pas tout, dit Sam. Si tu lâches la colonne avant qu'Aylin ait posé le pied de l'autre côté, vous aurez échoué au test. Vous serez immédiatement transporté hors de mon royaume et tu m'offriras le premier-né de ton union avec Rasha. Et si, à un moment ou à un autre au cours de ces épreuves, Aylin meurt ou est grièvement blessée, tu pourras choisir de continuer sans elle. Si tu meurs, elle sera renvoyée à travers le portail sans toi.

— Qu'en est-il des armes ? lui demanda Hunter. En aura-t-on besoin ?

Samnult haussa les épaules.

— Probablement.

Il disparut, se dissolvant dans un tourbillon de fumée, laissant Aylin et Hunter seuls sur le rebord de la falaise.

— Connard, grommela Hunter, et Aylin était on ne peut plus d'accord.

— Bon, dit-elle, lorgnant l'autre côté, ça ne me paraît pas si terrible.

— Mouais. (Hunter contempla le gouffre sans fond en contrebas.) Jusqu'à ce qu'une créature surgisse du canyon et essaie de nous bouffer. (Il lui jeta un coup d'œil.) Tu es sûre de vouloir faire ça ?

— Avons-nous le choix ?

Il se rembrunit.

— Toi, oui. Ceci n'est pas ton combat, Aylin.

Elle pensa à sa mère, et, non, Hunter avait tort. C'était bel et bien son combat. Son père avait jugé sa mère trop fragile pour entreprendre ces défis, et il avait toujours estimé qu'Aylin était faite du même bois que cette dernière. À la différence près que… son père avait aimé sa mère… à sa façon, si tordue soit-elle.

Alors qu'il méprisait Aylin… à tous les niveaux.

« Tu n'es qu'une estropiée. Inutile. Trop faible pour chasser sa propre nourriture. »

Elle l'avait cru pendant si longtemps, mais l'heure était venue de lui montrer qu'il se trompait.

— Je tiens à le faire, dit-elle. Vas-y. Qu'on en finisse.

Un long silence s'établit tandis que Hunter l'observait. Rien dans son expression ne trahissait ses pensées, c'est pourquoi elle fut stupéfaite lorsqu'il porta la main à son visage.

Il lui effleura la joue du revers des doigts, et, au fond de sa poitrine, Aylin sentit quelque chose remuer.

— Tu me surprends à plus d'un titre.

Puis il se dirigea vers le pont.

— Sois prudent, bafouilla-t-elle, comme s'il avait besoin qu'on le lui rappelle.

Il s'arrêta et lui lança un regard si plein d'assurance qu'elle en eut le souffle coupé, et soudain elle sut sans l'ombre d'un doute qu'ils réussiraient.

Hunter foula le pont, ses mocassins en cuir légers comme une plume. Des cailloux tombèrent de la saillie tandis qu'il marchait, mais, mis à part cela, son trajet d'un bout à l'autre du canyon se déroula sans encombre.

Ce qui signifiait que celui d'Aylin ne serait pas aussi facile. Ou peut-être le défi résidait-il dans la colonne que Hunter était censé tenir pendant qu'elle traversait.

— Attends ! s'écria-t-elle alors qu'il s'apprêtait à l'agripper. Et si tu te faisais électrocuter ?

Il jeta un coup d'œil au pilier et haussa les épaules.

— Eh ben, dépêche-toi ! lui hurla-t-il en retour.

— Sapristi, quelle bonne idée ! (Elle leva les yeux au ciel.) Je n'y aurais jamais pensé !

Le rire de Hunter retentit, résonnant dans le silence. Alors que le son faiblissait, son sourire s'estompa, et ils se rappelèrent soudain qu'ils se trouvaient dans un royaume démoniaque, sans leurs armes, et sur le point de combattre pour leur vie.

Brutale confrontation avec la réalité.

Elle retint son souffle lorsque la main de Hunter s'approcha de la colonne. Il referma les doigts autour, et, quand il ne défaillit pas et qu'aucun monstre ne surgit, elle se détendit. Du moins, jusqu'à ce qu'arrive son tour.

— Ne te lance pas avant d'être prête, dit-il, mais Aylin ne voyait aucune raison de repousser le moment fatidique.

Comment pouvait-elle se préparer à affronter l'inconnu ?

Elle commença à marcher sur le pont. Rien ne se passa. Un autre pas. Rien. Se calmant assez pour desserrer les mâchoires, elle fit encore un pas. Soudain, un grondement s'éleva de sous ses pieds.

Oh, merde, merde, merde…

Une fissure apparut au centre du pont, le divisant en deux.

— Cours !

L'urgence contenue dans la voix de Hunter claqua comme un coup de feu.

Aylin ne protesta pas. Elle sprinta dans sa direction aussi vite que possible. Sa jambe droite l'entravait, manquant plusieurs fois de céder lorsqu'elle reposait le pied sur la surface inégale et branlante. Alors qu'elle arrivait à mi-parcours, le pont bringuebala, et elle s'effondra. Plus loin, la crevasse s'élargit, formant une faille irrégulière de trente centimètres qui grossissait rapidement à mesure que des morceaux de terre et de roche tombaient dans le gouffre en contrebas.

Des galets tranchants lui égratignèrent les genoux et les paumes tandis qu'elle essayait de se relever, mais les secousses l'en empêchaient et sa robe limitait ses mouvements. La voix de Hunter devint un bourdonnement qui se mêla aux battements de son pouls et au vacarme assourdissant du cataclysme.

Dans une tentative désespérée de franchir la fente avant qu'elle ne soit impraticable, elle marcha à quatre pattes, rampant sur le ventre quand les secousses trop violentes lui faisaient perdre appui.

— Je peux y arriver, se murmura-t-elle.

« Tu n'es qu'une estropiée. »

— Va te faire foutre, papa ! souffla Aylin, hors d'haleine, avant de se traîner jusqu'à l'extrême bordure de la crevasse.

Un gros morceau de terre se détacha en dessous d'elle, et elle hurla tandis qu'elle roulait en arrière, évitant de justesse de basculer dans le vide.

— Aylin !

— Je vais bien, répondit-elle d'une voix éraillée, même si elle n'était pas sûre que Hunter l'ait entendue.

Elle avait déjà du mal à s'entendre.

— La faille s'élargit !

Elle en avait bien conscience. Inspirant profondément, elle rassembla ses pieds sous elle et sauta. Sa jambe droite, bien plus faible que la gauche, était aussi molle que du caoutchouc et son corps dévia de sa trajectoire. Elle tournoya bizarrement dans les airs, percutant l'autre côté avec son flanc gauche. La violente collision lui élança la hanche, et elle hurla en essayant de se cramponner, les jambes pendant dans le vide.

— Non !

Le cri rauque de Hunter s'éleva par-delà le chaos, et Aylin se risqua à lui jeter un coup d'œil tandis qu'elle luttait pour grimper sur la terre ferme.

Hunter tenait à peine la colonne, le bras vainement tendu vers elle.

— Ne lâche pas ! lui cria-t-elle.

Bon sang, il allait le faire ! Le besoin de la sauver étincelait dans ses yeux noirs. Il était hors de question que Rasha et lui donnent leur enfant à Samnult par sa faute, ou que Hunter refuse carrément d'en avoir.

Serrant les dents, elle mobilisa toute son énergie et sa détermination, puis, avec un cri, elle se hissa au sommet et retomba brutalement sur le pont qui commençait à s'ébouler. Avant qu'il ne cède, elle se traîna loin de la fente. Sa jambe droite lui faisait un mal de chien, mais elle n'y prêta pas attention, prenant appui sur ses bras tremblants jusqu'à ce qu'ils ploient.

— Aylin !

— Je vais bien.

Elle déglutit, la gorge sèche… et se rendit compte que le sol avait cessé de bouger. Le pire était-il passé ? Se redressant péniblement sur ses genoux, elle regarda le chemin parcouru. La vache ! la moitié du pont qu'elle venait de traverser avait disparu.

Hunter, qui s'agrippait au pilier comme un forcené, desserra sa prise, et, même s'il n'essayait plus d'atteindre Aylin en s'étirant jusqu'à la limite, il était toujours tendu et impatient de se libérer.

—Allez! la pressa-t-il. Plus que vingt mètres.

Alors qu'Aylin étudiait la distance restante, ces vingt mètres lui parurent vingt kilomètres. Grimaçant de douleur à cause de sa jambe, elle se mit debout et se dirigea vers Hunter.

Le terrain irrégulier et les cailloux qui roulaient sous ses pieds la faisaient trébucher à une fréquence humiliante. Rasha aurait sauté d'un pas leste par-delà les monticules de terre et n'aurait eu aucun mal à slalomer entre les rochers qui perçaient spontanément le pont sans raison apparente, si ce n'est pour flanquer une trouille bleue à Aylin et la précipiter dans l'abîme infini en contrebas.

Ce défi semblait presque taillé sur mesure pour lui causer des problèmes, et elle proféra quelques jurons fleuris tandis qu'elle se hâtait de poursuivre son chemin.

Un cri strident l'arracha brusquement à sa rêverie et, en levant les yeux vers le ciel, elle vit une sorte de lézard rouge feu se glisser sans bruit vers la falaise qui surplombait Hunter. De la taille d'un chien, il attrapa un entrelacs de racines et agita le dard de quinze centimètres à l'extrémité de sa queue. Le petit animal ne semblait pas à sa place dans cette contrée désolée.

« Caw-whup. ».

Quel cri étrange! Aylin invoqua son don, s'apprêtant à laisser sa colombe s'envoler, mais la créature poussa un cri perçant empreint d'impatience.

« Caw-whup! »

Elle n'avait pas la moindre idée de ce qu'elle racontait, mais son inquiétude tenaillait Aylin comme si elle avait été piquée à la colonne vertébrale par son dard. Elle accéléra la cadence, mais, quand elle reposa le pied droit sur une surface qui paraissait stable, la terre céda et elle retomba à genoux, en proie à une vive douleur.

« Caw-squawk ! »

Putain de…

Aylin glapit lorsqu'une main griffue, noircie, suintante de pus et de sang, jaillit du sol et lui enserra la cheville. La main géante tira et Aylin entendit un bruit sec avant de sentir ses os se briser. Elle entendit un cri, comprit trop tard que c'était le sien, et, alors que le monde tournoyait autour d'elle et que sa vue faiblissait, elle ne parvint à penser à rien d'autre qu'à Hunter.

Ne lâche pas le pilier. Ne… le… lâche pas.

Hunter sentit son estomac plonger dans ses talons alors qu'Aylin pâlissait sous l'effet du choc et cessait de hurler.

— Aylin !

Se cramponnant au pilier d'une main, il se pencha dans sa direction, mais il avait l'impression d'être un crétin sans défense devant la ridicule futilité de son action.

Non, il n'était pas sans défense. Il pouvait lâcher la colonne et s'élancer après Aylin. Ses doigts couverts de sueur faillirent glisser sur l'ivoire lorsqu'il l'appela de nouveau.

— Aylin, parle-moi !

— Stop ! lui répondit-elle en mâchant ses mots. Ne lâche pas !

De sa jambe valide, elle frappa le bras géant de la créature, mais celle-ci l'enserrait avec fermeté. À qui diable pouvait bien appartenir cette énorme patte griffue ? Hunter se demanda s'il devait être reconnaissant ou inquiet que la chose n'ait pas surgi en intégralité. Après tout, songea-t-il tandis qu'il regardait la scène, horrifié, cela ne faisait pas une grande différence, car la bête commença à traîner Aylin vers le cratère. Le sang ruisselait sur sa jambe, transformant la terre en boue.

— Le caillou à côté de toi ! hurla-t-il. Écrase ce fils de pute !

Sans cesser d'attaquer la créature, mais entravée par sa robe, Aylin tâtonna autour d'elle à la recherche de la pierre grosse comme un ballon de football. Lorsqu'elle parvint enfin à l'attraper, avec une vitesse qui surprit Hunter, elle la fracassa contre la patte du monstre. Le bruit sourd de la roche contre la chair résonna. Aylin recommença, et un effroyable grondement emplit les airs, semblant provenir des entrailles du canyon.

La main partit vers l'arrière, emportant Aylin et la jetant au sol comme une poupée de chiffon. Le bruit de son crâne percutant le sol fit à Hunter l'effet d'un coup en pleine tête. Il rugit de frustration et de colère devant son incapacité à l'aider.

Sauf qu'il pouvait l'aider. Il pouvait la sauver, échouer au test, et ne jamais avoir d'enfants avec sa compagne. Ou il pouvait la laisser mourir, poursuivre sa quête, et protéger son premier-né.

Or il ne se pardonnerait jamais d'avoir laissé Aylin mourir.

— J'arrive !

— Non ! gronda la jeune femme en faisant saillir ses crocs, des flammes dansant dans ses yeux bleus. J'ai… besoin… de faire ça.

Le sang ruisselait sur son visage d'une entaille sur sa tempe, et il était presque sûr qu'elle avait le bras gauche cassé, mais elle parvint à attraper l'extrémité tranchante d'un os blanchi par les âges. Avec un rugissement, elle se contorsionna et l'enfonça sous l'ongle de la bête au moment où celle-ci refermait les doigts sur sa cheville.

Un cri perçant des plus sinistres fendit l'air. La main relâcha Aylin, mais une autre surgit de la roche, puis un énorme museau perfora le sol. Une créature squelettique avec une tête de chauve-souris vampire commença à se hisser, presque au ralenti, sur le pont.

— Aylin ! cours !

Elle se jeta sur Aylin, capturant son pied dans sa gueule béante. Le sang se répandit sur le menton du monstre tandis qu'Aylin hurlait de douleur. Un autre cri déchirant se mêla à son hurlement, et Hunter se rendit compte que c'était le sien.

Il s'était déjà senti impuissant par le passé… quand, petit, il avait été témoin des sévères châtiments qu'infligeait son père aux ennemis ainsi qu'aux membres du clan, et même à sa mère. Devenu adulte, il avait appris que de nombreuses choses échappaient à son contrôle, mais il avait toujours eu du mal à accepter le fait d'être sans défense.

Mais ça… ça, c'était pire que tout ce qu'il avait pu vivre jusqu'à présent, et, alors qu'il se préparait à lâcher le pilier et à échouer au test, il se résigna à contrecœur à ne jamais avoir de descendance. Il ne sacrifierait pas la vie d'Aylin, ni celle d'aucun enfant.

Il allait lui venir en aide.

— Tiens bon ! lui cria-t-il. J'arrive !

— Non !

Aylin rassembla la force et la volonté nécessaires pour enfoncer son pied valide dans le museau du monstre. Pris par surprise, ce dernier eut un mouvement de recul, l'entraînant avec lui. Elle se servit de cet élan pour plonger l'os acéré dans l'œil sans âme de la créature.

Le son qui en émana devait monter des tréfonds de l'enfer, et Hunter aurait juré avoir senti l'air frémir autour de lui. Aylin, dont le bras tordu pendait bizarrement et dont les pieds avaient été si atrocement mutilés qu'il se demanda comment elle arrivait à marcher, et encore plus à courir, parvint à s'éloigner de la bête d'un bond et fila, tant bien que mal, jusqu'à l'extrémité du pont. Dès que ses deux pieds eurent franchi le seuil de la terre ferme, elle s'écroula. Hunter rugit de soulagement et de peur, lâcha la colonne, et se précipita vers elle.

La terreur lui brisa la voix lorsqu'il s'agenouilla à côté d'Aylin et attira son corps tremblant dans ses bras.

— Tu l'as fait ! Bordel de merde ! tu l'as bien eu ce salopard.

— Je te l'avais dit, gémit-elle.

— Mais bon sang ! tu aurais pu y rester !

Il ôta les cheveux qui lui retombaient dans les yeux, redoublant de prudence lorsqu'il recoiffa les mèches collées à sa peau par le sang, dont une infime partie seulement provenait de la créature.

— J'étais censée être morte à la naissance, répondit-elle d'une voix éraillée. Chaque jour de plus est un cadeau. Si je meurs aujourd'hui, j'aurais tout de même vécu plus de décennies que ce qui était écrit.

Le cœur de Hunter se serra. Il y avait vraiment quelque chose de spécial chez cette femme, et plus il passait du temps avec elle, plus il lui en fallait.

Elle était l'opposé de Rasha.

Un fourmillement sinistre lui picota la nuque et, une seconde plus tard, Samnult se matérialisa un mètre plus loin.

— Félicitations, s'exclama l'enfoiré d'un air enjoué. Près d'un cinquième de ceux qui entreprennent ce défi se plante.

Hunter dut crisper les mâchoires pour s'empêcher de fustiger la désinvolture du démon.

— Ont-ils échoué parce qu'ils ont lâché la colonne ou parce que le monstre a tué la femelle ?

— Il n'y a pas forcément un monstre. (Sam haussa les épaules.) Chaque épreuve est différente. Toutes sont conçues en fonction des pires craintes de la femelle.

— Vraiment ? (Aylin le fusilla du regard, malgré la douleur qui enflammait ses yeux.) Parce que je n'avais jamais eu peur qu'une main énorme surgisse de terre pour m'attraper auparavant. Mais maintenant, si ! Merci bien.

Devant l'insolente réponse d'Aylin, Hunter bougea l'air de rien pour la protéger du démon, mais à sa grande surprise Sam se contenta de rire.

— J'étais sceptique quant à la compagne choisie par Hunter pour cette quête, mais peut-être me suis-je trompé. (Il retrouva son sérieux, apparemment perdu dans ses pensées.) Ou pas. Peu importe. Passons à la suite.

— Elle n'est pas en état de continuer.

Hunter tâta délicatement le bras déformé d'Aylin, s'efforçant de ne pas lui faire mal. Elle tremblait, mais ne fit pas un bruit tandis qu'il palpait la bosse au centre de son humérus. Elle souffrait d'une fracture fermée, comme aurait dit Nicole, mais il suffisait d'un faux mouvement pour que l'extrémité de l'os cassé perfore la peau. Quant à ses pieds… Juste ciel ! comment avait-elle pu marcher ainsi ? Le droit avait dû être broyé, et la cheville gauche était en charpie, tout comme sa botte ensanglantée.

— Elle a besoin de temps pour guérir.

— De temps ? (Sam secoua la tête.) Le temps presse. Les humains frappent à ta porte.

Un sentiment de panique, vif et cuisant, s'empara aussitôt de Hunter.

— Nous ne sommes ici que depuis quelques heures…

— Pas dans le royaume humain. Plusieurs jours se sont écoulés.

Hunter inspira entre ses dents. *Plusieurs jours ? Merde !*

— Envoie-moi à la prochaine épreuve. Laisse Aylin se reposer.

— Le wapiti blessé se repose-t-il quand le loup lui rogne les talons ?

Comment le démon savait-il que Hunter aimait à citer cette parole de sagesse cherokee de temps à autre ? Il ne le ferait plus. C'était horripilant.

— Alors, donne-nous cinq minutes pour qu'elle puisse se repaître.

Il serra Aylin plus fort dans le dessein de calmer ses convulsions. La douleur émanait d'elle en ondes palpables, et Hunter avait hâte de lui apporter le soulagement que seule la prise de son sang pouvait lui procurer. Elle ne guérirait pas complètement sans repos mais, vu son état, ce serait mieux que rien.

— Non.

Samnult fit claquer ses doigts, et en un éclair Hunter fut arraché à Aylin et planté là, tandis qu'à un mètre de lui la jeune femme renversait la tête et hurlait.

Chapitre 19

Aylin crut mourir de douleur alors que les os de son bras, de sa cheville et de son pied se déformaient ; on aurait dit que quelqu'un essayait de les aiguiser en les frottant l'un contre l'autre. Une intense brûlure lui déchira les muscles et la peau, et, l'espace d'un instant, elle se demanda si elle se faisait écorcher vive.

Au loin, elle entendit Hunter crier son nom, mais elle ne pouvait pas le voir… elle ne pouvait rien voir. Le monde était un trou noir de malheurs, et elle était en chute libre.

Elle ignorait combien de temps le supplice avait duré, mais la douleur s'estompa graduellement, et une éblouissante lumière ainsi que le beau visage de Hunter emplirent son champ de vision. Elle chancela lorsque le sol se solidifia sous ses pieds. Hunter s'avança pour la stabiliser, posant une main sur son biceps, mais cela s'avéra inutile. Elle trouva rapidement son appui, et curieusement, sans ressentir le moindre élancement. Ses blessures ne la faisaient plus du tout souffrir.

— Tu es guérie. (Hunter la considéra avec stupéfaction.) Tes blessures se sont volatilisées.

Elle s'examina de la taille aux pieds, et, en effet, toute marque de son agression par une patte griffue géante avait disparu. Chaque coupure, chaque égratignure avait cicatrisé, chaque os cassé s'était ressoudé. Il ne restait plus une trace de sang.

— Comment te sens-tu ?

Hunter ne retira pas sa main, comme s'il doutait de ce qu'il voyait et craignait qu'elle s'écroule à tout moment.

— Je vais bien.

En fait, elle pétait la forme, elle se sentait presque aussi bien que si elle avait dormi douze heures d'affilée.

— Où est Samnult ? demanda-t-elle.

— Aucune idée. Il a dû s'éclipser quand tu étais en plein processus de guérison.

Hunter contempla le paysage à prédominance dorée qui contrastait avec le dernier endroit où ils s'étaient trouvés. De l'autre côté, une palmeraie jaillissait du sable, et en son centre s'étendait un lac composé de l'eau la plus bleue qu'Aylin avait jamais vue.

— On n'a plus qu'à deviner ce qu'il attend de nous au cours de ce défi, ajouta-t-il en se dirigeant vers l'oasis.

Après à peine quelques pas, Aylin se rendit compte que quelque chose clochait. Sa jambe droite ne l'élançait plus. Elle s'arrêta. Se tâta la cuisse. Aucune sensibilité, aucun muscle noué sous sa peau. Elle se palpa avec soin, enfonçant profondément les doigts, et son cœur tressauta.

Son fémur… par le Grand Esprit… l'os… il était droit.

Craignant que ses doigts l'induisent en erreur, elle tendit la jambe et en contempla le nouveau profil. Son cœur se mit à battre par saccades sous le coup de la panique tandis qu'elle gardait les yeux grands ouverts, convaincue que, si elle les clignait, elle verrait aussitôt son fémur courbé et son genou tordu.

— Hunter, haleta-t-elle.

Il se tourna vers elle, le corps raidi, les poings crispés, prêt à frapper ce qui l'avait alarmée.

— Que se passe-t-il ?

— Je… (elle déglutit tandis que les larmes lui montaient aux yeux) je suis guérie.

Elle s'avança vers lui, et pour la première fois de sa vie sans clopiner. Pour la première fois de sa vie, elle marchait sans souffrir.

Il s'approcha, comme s'il s'inquiétait qu'elle ait perdu la tête.

— Oui, je sais.

— Non, je veux dire… je suis guérie ! Ma jambe est droite. Elle ne me fait plus mal. Je ne boite plus.

Il cilla des paupières. Reporta son attention sur la jambe d'Aylin. Un énorme sourire lui fendit la bouche jusqu'aux oreilles. Par les Dieux, qu'il était beau quand il souriait ainsi !

— C'est incroyable.

L'émotion la laissa sans voix. Pendant la première moitié de sa vie, elle avait prié tous les dieux qui voulaient bien l'écouter de combler son manque. Elle avait fini par comprendre que ses prières ne seraient jamais exaucées et avait cessé de rêver à une vie de normalité. Qui lui permettrait de s'affranchir d'un clan barbare et fanatique. Elle avait abandonné l'idée de posséder un jour une jambe totalement fonctionnelle pour ne plus souhaiter qu'une chose : survivre.

À présent… à présent, elle pouvait rêver de nouveau.

Une joie pure, authentique, l'envahit, et, sans réfléchir, elle se jeta sur Hunter, l'enlaçant dans une fougueuse étreinte.

— Je n'arrive pas à y croire, reprit-elle d'une voix rauque, à peine audible. Quand j'étais gamine, je fantasmais sur ça, mais je n'aurais jamais pensé que ça se produirait un jour.

Et elle n'aurait certainement jamais imaginé se trouver dans les bras d'un puissant et séduisant mâle tout de suite après.

Hunter recula d'un pas, et il l'étudia de ses yeux noirs qui fonçaient à mesure qu'ils demeuraient immobiles. Le corps d'Aylin fut de plus en plus conscient qu'ils étaient plaqués l'un contre l'autre. Puis, comme si quelqu'un venait de gratter une allumette, la tension jaillit, semblable à celle qui s'était manifestée auparavant, quand ils avaient été dans le chalet, et, plus tard, devant le portail.

Oh ! ce n'était pas bon.

Ou peut-être était-ce trop bon.

— Hunter ?

— Ouais ?

Sa voix était grave. Bourrue. Sexy en diable.

— Merci.

Leurs lèvres étaient si proches qu'Aylin sentait leur chaleur, et elle se rendit compte qu'elle s'était dressée sur la pointe des pieds pour se rapprocher davantage. C'était idiot, mais à cet instant elle était plus heureuse que jamais, et elle voulait partager ce bonheur avec le mâle qui en était responsable.

— Merci ? (Il inclina la tête sur le côté, comme s'il ne comprenait pas.) Pourquoi ?

— Pour m'avoir amenée ici. Même si je ne regagne pas notre monde, j'aurais connu la sensation d'être entièrement valide pendant quelque temps.

Et elle aurait vécu un moment d'intimité avec un homme, atteint ce pic de plaisir ultime qu'on lui avait refusé toute sa vie.

Voilà ce que Hunter lui avait donné.

Elle ne réfléchit pas. N'hésita pas. Pour une fois, elle obéit à son impulsion. Prenant appui sur les orteils, elle l'embrassa. S'il avait été surpris, il ne le montra pas. Il l'embrassa en retour, prenant le contrôle avec l'aisance conférée par l'expérience. Il était doux avec elle, en total contraste avec le guerrier qui abattait les braconniers avec facilité et une sinistre satisfaction. Elle le suivit, l'embrassant avec maladresse, mais enthousiasme, l'accueillant avec bonheur quand il glissa la pointe de la langue entre ses lèvres.

Il la plongea dans sa bouche, et une chaude moiteur prit naissance entre ses cuisses. Elle inspira brusquement, peu habituée à une sensation si soudaine, si impérieuse. Mais elle en voulait plus. Tellement plus.

Et c'était impossible.

Toute sa vie, elle avait su que son devoir envers le clan était de s'unir au mâle que son père aurait choisi pour elle, et Hunter n'était pas ce mâle. Pire, Hunter appartenait à Rasha.

C'était contre nature, même si ça lui paraissait naturel, jusque dans son âme esseulée.

Elle rompit brutalement leur étreinte et s'arracha à lui. Le voir debout devant elle, son torse nu étincelant au soleil, s'élevant et s'abaissant sous l'intensité du baiser qu'ils venaient de partager, lui donnait envie de se plaquer de nouveau contre lui. Elle brûlait de se déshabiller entièrement et de laisser ses mains expertes la toucher partout. Même s'il ne l'avait pas déflorée, il l'avait prise par le biais de son *salisheye* et éveillé des désirs dont elle n'avait jamais soupçonné l'existence.

— Qu'est-ce qui te tracasse ?

L'inquiétude durcit l'expression de Hunter, et ses lèvres, humides de leur baiser, se contractèrent en une moue renfrognée.

— Ce qui me tracasse ? (Elle leva les bras en l'air dans un geste de frustration.) Tu appartiens à ma sœur.

Il poussa un grognement plein de morgue.

— Je méprise ta sœur.

— Mais ça ne change rien. Tu es sien.

Hunter se frotta la nuque.

— Dans ce cas, pourquoi m'avoir embrassé ?

— J'étais excitée. C'était dans le feu de l'action.

Ah, oui, et comment ! Mais le baiser n'avait pas été à sens unique, et elle le regarda, les yeux plissés.

— Pourquoi m'as-tu rendu mon baiser ?

— Franchement ? (Il laissa tomber sa main sur son flanc.) Je n'en sais rien.

La poitrine d'Aylin se glaça. Voilà une phrase que toute femme rêvait d'entendre ! Cela dit, elle était incapable de réfléchir à une réponse qui l'aurait rassérénée. Pour autant, l'entendre dire qu'elle l'attirait aurait été agréable. Même si cela avait été un mensonge, elle aurait aimé l'entendre. Rien qu'une fois.

— T'inquiète, lui rétorqua-t-elle avec raideur. Ça ne se reproduira plus.

Hunter lâcha un juron enflammé, mais s'il prévoyait d'ajouter autre chose, l'apparition soudaine de Samnult l'en empêcha.

— Quel charmant couple vous faites ! s'exclama ce dernier en marchant vers eux, faisant crisser son jean noir et soulevant la poussière avec ses bottes de cow-boy.

Pour une fois, il avait l'air complètement humain de la tête aux pieds, et Aylin se rendit compte que, bizarrement, elle le préférait quand il arborait des cornes et des griffes. Un démon qui ne ressemblait pas à un démon, c'était vraiment trop perturbant.

— Tu veux quoi ? grommela Hunter.

Samnult arqua les sourcils.

— C'est comme ça que tu me remercies d'avoir réparé la jambe d'Aylin ?

— Merci, bredouilla-t-elle. Est-ce…

— … permanent ? termina-t-il pour elle. Oui. Tu vas devoir être au meilleur de ta forme pour survivre aux deux prochaines quêtes.

Hunter contempla les étendues sableuses alentour.

— Qui sont ?

Samnult remua la main, et un grondement secoua la terre. Sous les yeux d'Aylin, un mur énorme s'éleva du sol, s'étirant à perte de vue. Il était percé par plusieurs ouvertures qui révélaient d'autres murs et d'autres ouvertures.

— Un dédale, murmura Aylin.

Sorti tout droit du livre de contes qu'elle avait si souvent lu.

Samnult hocha la tête.

— Hunter et toi devez trouver l'issue.

— Ça a l'air facile, dit Hunter. Où est le piège ?

— Il y en a plusieurs, reconnut Samnult avec un peu trop d'enthousiasme. Dès que vous aurez franchi le seuil du labyrinthe, le chronomètre se mettra en marche. Magnez-vous de sortir. Vous avez quarante-huit heures pour y arriver, et, bien entendu, il y a des créatures là-dedans qui tenteront de vous en empêcher.

— Ça me semble toujours trop facile.

— Oui, ronronna Sam. Tu as raison. (Il leur désigna l'une des voûtes.) Dedans, vous trouverez un sac rempli de provisions. Le compte à rebours commence maintenant, alors je vous conseille de vous grouiller. Quarante-huit heures ne suffisent pas à la plupart des candidats, juste pour info.

Samnult disparut dans un tourbillon de fumée. Hunter se tourna vers Aylin.

— Prête ?

Oh, oui ! Même si elle mourait dans ce labyrinthe, elle mourrait avec une jambe fonctionnelle, et ça, songea-t-elle, c'était une mort bien plus belle qu'elle n'aurait pu espérer.

« Tu appartiens à ma sœur. »

« Je méprise ta sœur. »

« Mais ça ne change rien. Tu es sien. »

La conversation qui s'était déroulée un peu plus tôt résonnait dans la tête de Hunter tandis qu'Aylin et lui se dirigeaient vers le prochain défi. Il ferait sans doute mieux de penser aux dangers qui les attendaient, mais bon sang ! il était encore sous le choc de leur étreinte. Cela avait été spontané. Pur. Bien plus que l'union de deux bouches.

Avant Aylin, embrasser une femme n'avait été pour lui qu'un préliminaire. La première étape d'un voyage vers la volupté, une question de désir. Point. Or ce qu'avait fait Aylin au cours de ces quelques minutes électriques avant l'apparition de Samnult avait tout changé.

Elle l'avait embrassé parce qu'elle était heureuse et non parce qu'elle voulait coucher avec lui. Il avait été surpris au début, puis impatient qu'elle lui montre ce qu'était la joie authentique. Il lui avait appris à embrasser, et elle à se réjouir du miracle de la vie.

C'était tout simplement le meilleur baiser de ses deux siècles d'existence.

Elle lui avait demandé pourquoi il l'avait embrassée en retour, et il lui avait répondu qu'il n'en savait rien, et c'était la vérité. Il avait de plus en plus de mal à croire qu'elle faisait partie d'un complot de ShadowSpawn, mais il savait qu'il ne pouvait pas la fréquenter.

« Tu appartiens à ma sœur. »

Putain de bordel ! Il avait été d'accord pour épouser Rasha, ou du moins il s'y était résolu. Toutefois il avait Aylin dans la peau, et il avait beau être un guerrier chevronné, il était complètement désarmé face à une femme dont la force le remplissait d'humilité, dont la voix l'apaisait, et dont le toucher le rendait fou.

Maudit Samnult et son vortex à orgasmes !

C'est ça ! Rejette donc la faute sur lui. Comme si tu n'avais pas été attiré par Aylin depuis le début. Ton désir pour elle te consume depuis qu'elle s'est repue de toi dans le chalet.

Ouais, bon… Bref. Samnult et son portail craignaient quand même.

Super mature, Hunt. Super mature, vieux !

Jurant en silence, il s'avança sous l'arche du labyrinthe. Aylin s'arrêta à côté de lui, mais, au lieu d'examiner les murs qui se dressaient devant eux à perte de vue, elle jeta un coup d'œil à sa jambe.

— Ça ne te fait pas mal, hein ? s'enquit-il.

De fines boucles blondes lui fouettèrent les joues lorsqu'elle secoua la tête.

— Je vérifie juste que tout est encore droit. C'est idiot, je sais.

— Pas du tout.

Il ne pouvait qu'imaginer à quel point son infirmité lui avait pourri la vie, et il s'agissait là d'un retournement de situation incroyable, un changement qui pouvait modeler son avenir d'une manière qui ne pouvait qu'être positive.

Il devait simplement s'assurer qu'elle survive assez longtemps pour en profiter.

Elle l'étudia, et la froideur tenace qu'il lut dans ses yeux lui déplut. Il l'avait blessée quand il avait affirmé ignorer pourquoi il l'avait embrassée, mais peut-être était-ce ce dont ils avaient eu besoin pour éteindre des flammes qui ne devraient pas brûler.

— On y va ? demanda-t-elle.

— Attends. Il faut rendre ta tenue plus fonctionnelle pour le combat.

Il posa un genou à terre, attrapa l'ourlet de sa robe, et déchira la couture latérale jusqu'à mi-cuisse. Le revers de ses doigts effleura sa peau laiteuse et veloutée, et un frisson érotique le parcourut.

— Tourne-toi.

Sa voix était d'une raucité humiliante, mais elle s'exécuta, et il répéta la même opération de l'autre côté.

Que le Grand Esprit ait pitié de lui, Aylin avait des jambes spectaculaires ! Avant que Samnult ait guéri sa malformation, elles étaient déjà sublimes, longues, fines, la gauche un peu plus forte que la droite. À présent, elles étaient identiques, et il mourait d'envie de les couvrir de ses paumes tandis qu'il remontait vers ses zones féminines.

Il s'attarda, rien qu'un instant, sur l'extérieur de sa cuisse. Sous la pulpe de ses doigts, les muscles d'Aylin se contractèrent, et des fantasmes involontaires, impudents, dans lesquels il se penchait vers elle et remplaçait ses mains par ses lèvres, l'enveloppèrent tel un voile de satin.

Il l'embrasserait là où les fentes de la robe lacérée laissaient entrevoir sa peau nue. Lentement, langoureusement, il la parcourrait du bout de la langue jusqu'à ce que le tissu lui fasse obstacle, et alors, il le déchirerait avec les dents jusqu'à sa taille.

Stop. Elle n'est pas tienne.

Un grondement sauvage et primitif retentit à cette pensée. *Mienne.*

Elle n'est pas tienne.

Putain!

À contrecœur, avec colère, il se redressa, serrant les poings sur ses flancs pour se retenir de l'enlacer. Elle était un fruit défendu, et il n'oserait y goûter.

Plus qu'il l'avait déjà fait.

Il ne croisa pas son regard lorsqu'il franchit le seuil du dédale. Aylin le rejoignit, et, quand ils furent tous deux à l'intérieur, un doux bruissement fendit l'air. Le labyrinthe était scellé. Si bien que les ouvertures suggérant l'emplacement d'une entrée s'étaient volatilisées.

—Merde! marmonna Hunter. Je crois qu'on va en avoir pour un moment.

Aylin lui jeta un coup d'œil étrange.

—Tu en doutais?

—Non, mais j'espérais au moins pouvoir compter sur une issue, au cas où.

Il étudia les murs de douze mètres de haut qui les entouraient, conscient qu'il était impossible de les escalader. À moins de grandir de quatre mètres et de fixer des ressorts à leurs jambes. De grotesques plantes rampantes, qui palpitaient comme un cœur, pendaient tels des tentacules du sommet des murs, mais leurs branches couronnées d'épines promettaient mille douleurs. Voire pire.

—Hé! (Aylin tira sur son bras.) Par là.

Il plissa les yeux et regarda dans la direction qu'elle lui indiquait. Près d'un des lacets du labyrinthe, il repéra le contour de ce qui semblait être un passage. Les lignes devinrent plus nettes à mesure qu'ils approchaient. Il s'agissait bien d'une porte. Et à son pied trônait un sac de cuir. Les provisions que Samnult avait mentionnées, sans doute.

— On ose l'ouvrir ? demanda-t-elle tandis qu'il s'accroupissait pour inspecter le contenu du sac. Ou vaudrait-il mieux ne pas dévier de la voie principale ?

— C'est la question à un million de dollars, hein ?

Il fouilla dans le sac et y trouva quatre poches de sang d'un demi-litre, deux O positif, un AB positif, et un merveilleux B positif extrêmement rare. Au moins, Samnult avait bon goût en matière de sang. Il y avait aussi deux bouteilles d'eau, six barres de pemmican, et deux morceaux de gibier séché.

— Que te disent tes tripes ?

— De l'ouvrir. (Elle se mordilla la lèvre inférieure, gagnée par le doute.) Ou peut-être que c'est un piège. Peut-être qu'on est censés rester sur cette voie.

Hunter se redressa et jeta le sac sur son épaule. Leurs chances de survie étaient égales dans un cas comme dans l'autre, alors, tant qu'à faire, autant suivre l'instinct d'Aylin. Se préparant à affronter le pire, il plaça les paumes au centre du rectangle et poussa. Un grincement accompagna l'ouverture de la porte, résonnant de manière presque obscène dans le paysage jusque-là silencieux.

Avant que la porte ne s'ouvre complètement, il s'adossa au mur et se dévissa le cou pour avoir un aperçu de ce qui rôdait au-delà du passage. Rien. Seulement un dédale de galeries, des plantes terrifiantes et la carcasse en décomposition de l'un des espèces de lézards qu'ils avaient croisés au cours du premier défi sur le pont de pierre.

Ils parcoururent prudemment les méandres du labyrinthe, leurs mocassins frôlant à peine le sentier rocheux. Des os jonchaient le sol, certains d'animaux, d'autres de vampires. Et, comme il put le constater lorsqu'il s'accroupit à côté d'un fémur et d'un tibia reliés par des ligaments en lambeaux, certains appartenaient à des humains.

— Voilà qui est plutôt flippant, murmura Aylin alors qu'ils longeaient un piège élaboré constitué de pointes tranchantes comme des lames de rasoir sur lesquelles un vampire était empalé, mais ça n'a rien d'inhabituel quand on vient de ShadowSpawn.

Espérant éviter un trépas semblable à celui de son pauvre congénère, Hunter marqua une pause pour étudier le mécanisme de l'engin. Les tiges avaient jailli du sol pour se refermer sur la victime, tels les mâchoires d'une plante carnivore. Au moins une dizaine de pieux hauts de soixante centimètres avait transpercé le vampire, mort, apparemment, depuis plusieurs semaines.

— Tu as déjà vu un dispositif comme celui-ci ?

Aylin se frotta le bras comme si elle avait froid.

— Non. Mon père utiliserait moins de piques. Pour que ce soit le plus douloureux possible.

Un oiseau vert de la taille d'un aigle à tête blanche, dont le plumage aurait été plus approprié à un porc-épic qu'à un volatile, se posa en haut d'un mur. On aurait dit que ses yeux dorés les scrutaient, puis il gazouilla. Hunter aurait juré qu'il s'adressait à Aylin.

— Aylin ?

Elle ne répondit pas ; toute son attention était fixée sur l'animal. Ce dernier inclina la tête comme s'il écoutait, et, quelques secondes plus tard, Hunter sentit la caresse d'une paire d'ailes contre son oreille.

Mais il n'y avait pas d'autre oiseau dans le ciel. L'aigle-porc-épic se mit à babiller, suivant des yeux quelque chose d'invisible qui semblait voleter autour de lui. Aylin se tenait immobile, le regard papillonnant entre l'oiseau et le ciel. L'oiseau jasa et Aylin hocha la tête comme si elle le comprenait.

C'est alors qu'une prise de conscience frappa Hunter. Elle comprenait bel et bien la créature. Ce qui signifiait qu'elle était une chuchoteuse mystique. Ses entrailles se nouèrent.

« Les chuchoteurs mystiques sont dangereux. Tue-les. Tue-les tous. »

La voix de son père résonna dans son crâne. Hunter n'était pas partisan du corbeau, mais même la voie de la corneille exhortait à se méfier de ceux qui possédaient la capacité de communiquer avec les animaux ou d'endosser leur forme. Les disciples du corbeau croyaient que ces pouvoirs étaient maléfiques, et si ceux de la corneille étaient plus modérés, ils considéraient tout de même les chuchoteurs mystiques et les change-formes comme des individus à haut risque au sein de n'importe quelle structure clanique. Les dons fondés sur les animaux allaient de pair avec un instinct bestial très puissant qui souvent dominait la raison. Hunter en avait été témoin, et ça n'avait pas été joli à voir.

Aylin se tourna vers lui, mais évita son regard.

— On devrait y aller. Mais pas tout droit. Le mieux serait de revenir sur nos pas pour regagner le carrefour qu'on vient de passer.

— Qu'est-ce qui te fait dire ça ?

Fuyant toujours son regard, elle haussa les épaules.

— Simple supposition.

— Une supposition fondée sur ce que cet oiseau avait à te dire ?

Elle eut un mouvement de recul, à peine perceptible, mais suffisant pour que Hunter devine qu'il avait tapé dans le mille.

— Comment saurais-je ce qu'a dit l'oiseau ?

— Parce que tu es une chuchoteuse mystique.

Elle poussa un sifflement de colère.

— C'est interdit de…

— Arrête, l'interrompit-il, contrarié et honteux de sa réaction première à la découverte de ce qu'elle était. Tu devrais savoir depuis le temps que je ne dirige pas mon clan à la manière de ton père. Je n'ai banni qu'un seul vampire à cause d'un don animal, et d'ailleurs le problème ne venait pas nécessairement de son talent, mais de l'usage qu'il en faisait.

Le chuchoteur mystique, Lobo, faisait jadis partie du clan, mais à présent il errait dans les bois avec son loup. Il était tellement en symbiose avec le monde animal qu'il avait pris ses distances avec ses congénères et avait fini par devenir violent, indigne de confiance.

— Quel était son pouvoir ?

— C'était un métamorphe, si puissant qu'il pouvait se transformer en une personne donnée autant qu'en un quelconque animal.

Aylin hoqueta.

— C'est… Je n'ai jamais rencontré de métamorphe, et encore moins entendu parler d'un spécimen capable de prendre une forme humanoïde.

— Exactement. Il s'est servi de son don pour prendre l'apparence d'un autre mâle et séduire sa femme. Si je ne l'avais pas chassé, le compagnon de la victime l'aurait tué.

— Parler aux animaux, à côté, semble bien insipide, marmonna Aylin.

Peut-être, mais plus il connaissait Aylin, plus il se rendait compte qu'elle était loin d'être insipide. Elle pouvait passer pour docile alors qu'elle était subtilement féroce, sa farouche détermination à survivre imprégnant chaque fibre de son être.

— N'ai pas peur de me montrer ton vrai visage, Aylin. Je ne suis pas ton ennemi.

— Je sais.

Il leva les yeux sur « l'aigle-épic » et commença à rebrousser chemin.

— Je ne crois pas.

Elle l'imita, et il résista à l'envie de sourire. Elle ne traînait plus derrière lui désormais, n'hésitant plus à marcher à côté de lui comme son égale.

— Les choses seraient tellement plus simples si tu étais un connard, dit-elle.

Il rit, mais elle avait raison. Il pouvait se comporter en roi des salopards, mais parfois il regrettait de ne pas exceller davantage en la matière. Plus rien ne le tracasserait. Ses regrets ne lui pourriraient pas la vie. Et il pourrait chasser Aylin de ses pensées et faire comme si son union imminente avec Rasha ne lui rongeait pas l'âme.

— Tu peux me croire. Je peux être un enfoiré quand il le faut.

— Je n'en doute pas, répondit-elle avec un sourire narquois. Mais ça ne doit pas arriver souvent. Tu es trop intelligent pour agir comme un enfoiré.

— Un vieux proverbe cheyenne dit que l'homme sage comme un serpent peut se permettre d'être aussi inoffensif qu'une colombe.

Elle ricana.

— « Inoffensif » est bien le dernier qualificatif qui s'appliquerait à toi. Mais le sentiment me plaît. J'ai toujours pensé que plus on avait de pouvoir ou de force, moins on devait s'en servir.

Ah, mince ! Elle lui plaisait beaucoup. Vraiment, vraiment beaucoup.

— Malheureusement, reprit-elle, c'est généralement le contraire qui se produit. Force et pouvoir sont trop souvent donnés à ceux qui les méritent le moins… ou qui sont le moins capables de les gérer.

Son regard se perdit dans le lointain, et Hunter se demanda si elle pensait à son père. Ou à Rasha. Ils faisaient partie des personnes les moins méritantes qu'il avait pu rencontrer, et l'abus de pouvoir de Kars était sidérant.

— J'espère que ce n'est pas un sujet sensible, commença-t-elle, mais j'ai entendu dire que ton père, Bear Roar, était aussi cruel que le mien. C'est vrai ?

Le sujet n'était pas seulement sensible ; c'était une plaie ouverte et purulente.

— Il l'était, mais d'une manière différente. Quand il était calme, il était sévère, mais raisonnable. Mais son tempérament…

Hunter inspira profondément, comptant sur l'air frais pour purifier ces souvenirs nauséabonds. En vain. Il se rappelait chaque détail sordide des rages meurtrières de son père, qui pouvaient durer des jours, et, quand il en sortait, Bear Roar était souvent scandalisé par la destruction qu'il avait laissée dans son sillage. À présent, tous les jours, Hunter luttait avec son propre caractère, évitant les détonateurs comme parler la langue ancestrale des Anciens et noyant ses tendances violentes dans l'alcool et les jeux vidéo. Il ne pouvait, ne saurait devenir comme son père.

— Son tempérament était légendaire, poursuivit Hunter. C'est à cause de lui si les humains nous craignent.

— Je suis contente que tu n'aies pas suivi ses traces. (Elle contempla le ciel bleu infini, la pointe de ses cheveux bruissant doucement dans le vent.) Tu es un homme raisonnable.

— Je peux l'être, lui concéda-t-il. Du moins, la plupart du temps.

Et quand il ne l'était pas Riker le remettait à sa place. Tantôt gentiment, tantôt non. Cependant, il arrivait généralement à tirer Hunter de son humeur meurtrière.

Généralement.

Hunter avait fait des choses qui le hantaient encore, des choses dont il avait honte. Et il ne doutait pas qu'à l'avenir il entreprendrait d'autres actions similaires.

Et tandis qu'il regardait Aylin lever le visage vers le soleil et la brise qui exhalait le genévrier et la sauge, il pria pour que ce voyage en sa compagnie n'en fasse pas partie.

Chapitre 20

À la surprise d'Aylin, Hunter et elle parcoururent le labyrinthe pendant des heures sans le moindre incident. Ce qui était un défi en soi, et des plus éreintants. Qui aurait cru que se demander en permanence ce qui pouvait se tapir au prochain détour pomperait autant d'énergie ?

Hunter – et c'était tout à son honneur – ne céda jamais à l'autosatisfaction ou à la négligence. Rien n'échappait à sa vigilance, et avant chaque virage il insistait pour qu'ils se mettent dos au mur et observent attentivement le chemin avant de donner son feu vert pour poursuivre.

Quand le soleil commença à décliner à l'horizon, jetant de longues ombres à l'intérieur du dédale, ils étaient tous les deux tellement épuisés qu'ils voyaient des monstres derrière chaque tache sombre. En vérité, le manque d'activité ainsi que la multitude de carcasses animales, vampires et humaines constituaient un enfer à eux seuls.

— C'est naze. (Hunter réajusta le sac à dos sur son épaule rôtie par la chaleur tandis qu'il tournait un angle.) Je préférerais combattre des ennemis en chair et en os plutôt que bondir au moindre bruit.

Il exagérait ; Aylin ne l'avait pas vu sursauter une seule fois. Mais elle était d'accord avec lui, parce qu'elle avait sursauté à plusieurs reprises. Angoisser à l'idée de ce qui pouvait bien les attendre dans le noir la rendait folle.

— Samnult n'est qu'un sadique.

Elle desserra légèrement sa prise sur le fémur qu'elle avait ramassé plus tôt pour s'en servir comme matraque. Hunter en avait un aussi, mais il en avait aiguisé l'extrémité à l'aide d'un gros caillou.

— J'ignore combien de temps mon cœur pourra supporter mille battements par minute. Je suis presque certaine qu'il va finir par exploser.

Il se tourna vers elle, et, dans la lumière faiblissante, Aylin aurait juré que ses yeux rougeoyaient tandis qu'il regardait, longuement, dans sa direction. Une vague de chaleur l'envahit, et juste quand elle pensait que son cœur ne pouvait palpiter plus vite, il s'affola comme jamais.

Enfin, il se détourna. Ce fut une bénédiction, car Aylin doutait réellement que son corps puisse endurer davantage de sursauts et d'arrêts brusques.

L'oiseau vert reparut de temps à autre, généralement quand ils approchaient d'un carrefour. Hunter l'observait tandis qu'Aylin envoyait sa tourterelle, son totem qu'elle seule voyait, lui parler, et, même si elle sentait que Hunter n'était pas totalement à l'aise avec son don, il ne le réprouvait pas. D'ailleurs, alors que le curieux volatile s'envolait et que la colombe rejoignait Aylin, il se contenta de secouer la tête.

— Impressionnant. Mon ours serait plus susceptible de bouffer ce piaf que de lui causer.

Il contourna les buissons violets de la taille d'un ballon de football qui poussaient au milieu du chemin et attendit qu'Aylin ait fait de même. Ces broussailles pouvaient sauter jusqu'à un mètre de haut et cracher de l'acide, comme le trou dans sa botte l'attestait.

— C'est un vieux grognon, ajouta-t-il.

Elle le regarda, abasourdie. Les talents spéciaux comme les animaux totems étaient des affaires privées dont on discutait rarement, mais elle commençait à apprendre que Hunter n'avait rien du vampire de naissance pur-sang typique. Contrairement à Aylin, qui avait du sang humain et vampire,

Hunter possédait des instincts profondément enracinés, intrinsèques à son âme. Et pourtant il ne se laissait pas définir par son héritage amérindien.

C'était… rafraîchissant. Elle se demanda si son honnêteté allait jusqu'à parler de ses dons.

Des buissons acides minaient le chemin devant eux. Aylin emboîta le pas à Hunter et ils zigzaguèrent entre les plantes. Tandis qu'ils avançaient tant bien que mal, elle ne put s'empêcher d'admirer son dos nu et le roulement de ses muscles puissants sous sa peau. Sans oublier son postérieur que l'on pouvait apercevoir sous son pagne en daim chaque fois qu'il s'accroupissait pour examiner un piège… ou ce qu'il soupçonnait d'en être un.

— Hunter ? (Elle se racla la gorge pour chasser la concupiscence qui s'y était nichée.) Je peux te poser une question.

— Je t'écoute.

Une rangée de broussailles acides leur barrait la route, s'agitant d'impatience à mesure que Hunter et elle s'approchaient. Il enfonça sa lance en os dans le centre d'un des buissons, qui émit un cri strident avant de se ratatiner pour former une boule de paille de la taille d'un poing. Ils s'empressèrent de l'écraser et Hunter évita de justesse de se faire asperger par une autre plante en furie.

— OK. (Elle s'éclaircit la voix de nouveau, se préparant à pénétrer sur un territoire interdit.) Tu connais mon pouvoir, mais j'ignore tout du tien.

Comme il se crispa, elle espéra ne pas avoir commis d'erreur.

— Tu sais, la plupart des gens ne parlent pas de ça. On ne révèle jamais son arme secrète. (Il lui jeta un regard entendu par-dessus l'épaule.) Ou son talent interdit.

— Crois-moi, j'en ai bien conscience, marmonna-t-elle.

Il fit tournoyer son bâton en os et donna un coup sec dans la vigne qui serpentait sur le chemin.

— Qui, à part moi et, je présume, Rasha, sait que tu peux communiquer avec les animaux ?

— Mon père le soupçonne, sans doute, mais il n'a jamais rien dit.

Elle sauta par-dessus la plante rampante, s'émerveillant de sa jambe naguère tordue qui ne trembla ni ne l'élança. Étrangement, elle était tentée de redoubler d'attention, craignant que la moindre blessure la réduise à l'état honteux qui avait été le sien tout au long de sa vie. Elle ne pouvait y retourner. Plutôt mourir.

— Désolée si je t'ai offensé. Tu n'es pas obligé d'en parler.

Il haussa les épaules.

— Je peux lire la météo, et, si je me concentre suffisamment, la manipuler. Rien d'énorme, mais je peux déclencher une bourrasque ou faire cesser la pluie dans un rayon de quarante-cinq mètres.

— Ça doit être commode, dit-elle, éprouvant une légère déception.

Vu ses origines, Hunter devrait posséder des pouvoirs beaucoup plus impressionnants, à l'instar de Kars, capable de projeter sa voix dans l'esprit de ses sujets pour leur donner des ordres à distance. Son talent avait procuré à ShadowSpawn un avantage majeur lors de plusieurs batailles qui, autrement, auraient sans doute été perdues.

— Parfois, répondit-il avec un haussement d'épaules. Mais je… Merde !

Du sang jaillit de la terre, du moins c'est ce que pensait Aylin jusqu'à ce qu'elle remarque la lance en bois qui sortait du pied de Hunter. D'un geste sec, il dégagea son pied et s'étala par terre de tout son long.

— Hunter !

Lâchant sa trique en os, Aylin s'agenouilla à côté de lui, plaqua les mains de part et d'autre de la perforation et lui souleva la jambe.

— Reste allongé. On doit stopper l'hémorragie.

Hunter poussa un sifflement et s'étendit sur le dos.

— Putain ! gronda-t-il, les mâchoires serrées. Je ne l'avais pas vue venir, celle-là.

— Le sang, dit Aylin en désignant du menton le sac posé à côté de lui. Tu dois le boire.

Il secoua la tête.

— Plus tard. Je ne veux pas gâcher…

— Maintenant ! s'écria-t-elle avec autorité. Je supporte mal ces conneries de machos. Tu dois te soigner, et le sang y contribuera. Alors, tu ouvres ce fichu sac et tu descends une poche de O positif, fissa.

Un éclair de surprise traversa ses yeux noirs pleins de douleur, suivi par l'ombre d'un sourire.

— Oui, m'dame.

Ce fut à Aylin d'être surprise lorsqu'il se mit à triturer la boucle du sac. Hunter se trouvait frappé de machisme aigu de temps à autre, mais il était assez intelligent pour le laisser au vestiaire quand il le fallait. Ou quand il se faisait réprimander. C'était bon à savoir.

Il plongea les mains dans le sac, mais, avant d'avoir pu en tirer une poche de sang, il se figea. Aylin eut la chair de poule et, un fragment de seconde plus tard, ses oreilles perçurent un son qui l'emplit d'effroi.

Un ronflement s'éleva dans le lointain, redoublant d'intensité à chaque minute qui s'égrenait. C'était le bruit caractéristique d'un gros animal reniflant des odeurs. Peut-être les traquait-il.

Le son semblait provenir de toutes les directions, par conséquent, toutes leurs options se réduisaient à un jet de dés. Ils pouvaient rebrousser chemin et tomber nez à nez avec la créature, bifurquer à gauche et tomber nez à nez avec la créature, ou suivre le chemin sinueux sur leur droite et toujours tomber sur elle.

Soudain, un battement d'ailes accompagna un souffle d'air sur la joue d'Aylin. L'oiseau vert piqua sur le mur et s'y agrippa avec ses serres acérées. Cela n'augurait rien de bon. Aylin s'empressa d'envoyer sa tourterelle lui parler et, à son retour, quand elle se fondit de nouveau en elle, elle lui transmit des images qui lui donnèrent la chair de poule.

—Aylin. (Hunter avait baissé la voix et affichait une mine grave.) Qu'est-ce que c'est?

—C'est gros, murmura-t-elle. Vraiment gros. (Elle reporta son attention sur le pied blessé de Hunter, où le sang suintait encore entre ses doigts.) Tu peux courir?

Hunter n'hésita pas. D'un mouvement fluide, il ramassa le sac à dos et son arme en os et bondit sur ses pieds avec la grâce agile d'un athlète. Il grogna quand son pied perforé toucha le sol, mais passa outre à la douleur.

—Par où on va?

Elle empoigna son bâton mais, si les images que lui avait communiquées sa tourterelle étaient exactes, son arme serait aussi efficace qu'un cure-dents contre un tigre.

—À droite.

Il lui attrapa la main et ensemble ils foncèrent à toute allure à travers le chemin tortueux, tombant sur des impasses quand ils prenaient les mauvais virages. Naturellement, l'oiseau vert ne lui avait donné aucune indication. Il l'avait simplement exhortée à fuir; une évidence, qui revenait à hurler «à droite, toute!» Après ça, ils étaient livrés à eux-mêmes.

Un rugissement s'éleva dans l'air et s'abattit sur eux telle une vague.

—C'est proche!

Hunter fit volte-face, et, d'un geste si rapide qu'Aylin ne vit rien avant que ce soit terminé, il la poussa derrière lui au moment où un monstre tout droit sorti d'un film d'horreur surgissait à l'angle.

Gros comme un tank, il ressemblait à un croisement entre un lion et un iguane, mais ses dents tranchantes étaient celles d'un requin.

Et il fonçait droit sur eux.

— Tu peux sauter ? hurla Hunter.

Déroutée, elle cria que, oui, elle pouvait, mais…

Avec un cri strident, la créature se jeta sur Hunter. Alors qu'Aylin était persuadée qu'elle allait l'avaler tout cru, Hunter roula sur le côté et empoigna la gorge de l'animal. Sans prise sur le sol, Aylin craignait que Hunter se fasse projeter contre le mur, mais il se contorsionna et grimpa sur les épaules du monstre.

— Saute !

Il avait perdu la tête ? La bête ruait comme un cheval de rodéo, se cabrant et remuant pour déloger le vampire cramponné à son cou.

— Aylin… maintenant !

— Il est fou, se murmura-t-elle à elle-même tandis qu'elle chargeait l'animal.

Celui-ci se dirigea vers elle en claquant les mâchoires. Aylin s'arrêta sur sa lancée et se jeta ventre à terre, évitant de justesse de se faire trancher en deux.

— Enfoiré !

Elle leva les yeux à temps pour voir Hunter saisir son arme à deux mains et en plonger la pointe acérée entre les omoplates de la créature, qui hurla et se débattit, essayant de l'attaquer avec ses griffes et ses crocs.

Vas-y ! Maintenant ! Aylin s'élança vers son arrière-train et s'accrocha à sa crinière hirsute et rêche. Elle glissa lorsque le monstre tournoya, mais, quand il retomba à quatre pattes, Aylin parvint à coincer le pied dans son genou et à se hisser sur son dos. Par le Grand Esprit, ce qu'il empestait ! Une odeur nauséabonde d'œufs pourris, de viande putréfiée et de boyaux vidés lui brûla les narines, lui donnant envie de vomir. C'était à peine si elle se souciait que sa robe remontée jusqu'à ses hanches expose ses fesses nues.

Hunter arracha la lance de la chair de l'animal et la replanta à la base de son crâne. Le rugissement d'agonie et de fureur de la créature fendit l'air et manqua de crever les tympans d'Aylin. Ses oreilles l'élancèrent violemment, mais elle n'avait pas le luxe d'y céder.

— Le mur ! hurla Hunter.

Mais que racontait-il, bon sang ! Enfonçant profondément les ongles dans la peau écailleuse du monstre tandis qu'il se cabrait et tournoyait, Aylin porta un regard au mur. Hunter ne voulait tout de même pas qu'elle saute tout en haut, si ?

— Vas-y ! Quand il recommencera à ruer, saute !

Merde ! déjà qu'elle avait du mal à se redresser ! Sans même parler de trouver l'équilibre. La chose se jeta contre le mur, et Aylin entendit le cri de douleur de Hunter, coincé entre l'animal et la roche.

— Hunter !

Elle rampa vers lui, mais il la repoussa d'un geste.

— Saute !

Putain ! Rassemblant toutes ses forces, elle se catapulta sur ses pieds et faillit glisser du dos de la créature, mais par un merveilleux coup de chance dont ils avaient cruellement besoin celle-ci rua, et Aylin se propulsa six mètres dans les airs. Elle percuta le haut du mur avec la taille, ce qui chassa tout l'oxygène de ses poumons.

Elle se hissa péniblement sur la saillie de soixante centimètres. En contrebas, Hunter se cramponnait à la crinière drue et aux écailles de la bête, dans une lutte désespérée pour éviter de se faire déloger ou broyer par ses puissantes mâchoires. Le sang coulait sur sa jambe, ruisselant entre les entailles de son caleçon lacéré là où les crocs et les griffes du monstre lui avaient transpercé la chair.

Comme elle avait perdu son bâton, elle regarda frénétiquement autour d'elle à la recherche d'une arme, mais la saillie criblée de trous n'offrait rien d'autre que de la poussière et de la fiente.

Il s'avéra qu'elle n'avait pas besoin d'arme. Laissant sa lance enfoncée dans la créature, Hunter rampa le long de sa colonne vertébrale, et, quand elle tournoya sur elle-même pour l'attraper, il bondit. Il atterrit sur le mur avec l'agilité d'un chat, comme s'il montait des animaux démoniaques et s'élançait à l'assaut de murs de douze mètres de haut tous les jours.

Dommage qu'il se soit posé sur le mur opposé.

La bête rugit de fureur et essaya farouchement de l'escalader. Ses griffes creusèrent de longs et profonds sillons dans la roche, mais, sans réelle prise, elle n'atteignit que la moitié du mur avant de glisser.

— Tu vas bien ? s'enquit Hunter.

— Ce n'est pas moi qui saigne, lui rétorqua Aylin.

Il lui décocha un sourire oblique.

— Ce n'est qu'une égratignure.

Pour une raison qui lui échappait, il prononça cette phrase avec un accent britannique.

— Pas du tout, répliqua-t-elle non sans agacement. Et pourquoi tu parles comme ça ?

— Pas fan des Monty Python, hein ?

Elle ne savait même pas qui était les Monty Python.

— Euh… faut croire que non.

— À notre retour, je préparerai du pop-corn et te ferai découvrir *Sacré Graal*.

Il disait ça avec un air tellement désinvolte, comme si leur retour ne faisait aucun doute. Il contempla l'horizon, ces milliers de murs qui s'emboîtaient comme les pièces d'un puzzle. Le panorama semblait se prolonger à l'infini. Et peut-être était-ce le cas, car le lacet de dédales disparut derrière un banc de brume au loin.

— Continuons. On pourra se retrouver au prochain cul-de-sac.

Elle le jaugea, évaluant ses blessures du mieux qu'elle put vu les dix mètres qui les séparaient.

— Comment va ton pied ?

— Il est guéri.

— Foutaises.

— Je suis un vampire de la seconde génération, se contenta-t-il de répondre.

Évidemment, ces derniers guérissaient beaucoup plus vite. En tant que vampire de la troisième génération, Aylin aurait régénéré plus vite que ses congénères transformés si elle n'avait pas souffert d'un problème de coagulation, mais son corps cicatriserait toujours moitié moins vite que celui de Hunter.

Ils se retrouvèrent quelque trois cents mètres plus loin, au niveau d'une impasse. Ils étaient libérés des pièges et des monstres, et leur préoccupation principale tandis qu'ils arpentaient le sommet des murs en direction de la sortie était d'éviter de replonger à l'intérieur du labyrinthe. Pour la millionième fois de la journée, Aylin remercia Samnult de lui avoir offert l'usage de sa jambe droite, car rester en haut du labyrinthe aurait été un véritable défi pour elle avant cela.

Il est vrai qu'ils n'auraient jamais atterri sur les hauteurs, pour commencer. Son infirmité ne lui aurait pas permis de sauter sur le dos de la créature, et encore moins d'en bondir.

Ils passèrent des dizaines d'horreurs tapies dans le dédale en contrebas, des horreurs qui leur auraient causé bien des problèmes, des souffrances et auraient même provoqué leur mort. Des mares fumantes, bouillonnantes, d'un liquide qui ressemblait à de l'acide, leur barraient la route à plusieurs endroits et des meutes de canidés hirsutes sillonnaient l'enchevêtrement de galeries tandis que retentissaient leurs hurlements, à la fois proches et lointains.

Après plusieurs heures, à la lueur de deux quartiers de lune et sous un banc de brouillard, l'issue leur apparut enfin. Ils pressèrent le pas, progressant dans la brume et s'efforçant de ne pas regarder ce qui se frayait un chemin à travers la purée de pois douze mètres plus bas.

— On y est presque, dit Hunter. Mais c'était trop facile. Ça ne me plaît pas.

Aylin partageait cet avis. Le terrain désertique à l'extérieur du labyrinthe s'était mué en forêt, agrémentée de montagnes qui s'élevaient dans le ciel à perte de vue. Mais, dedans, l'obscurité avait réveillé des créatures si ignobles qu'Aylin en ferait des cauchemars jusqu'à la fin de ses jours. Des créatures dotées de multiples yeux phosphorescents. De tentacules. De dents longues comme son avant-bras. Voilà les choses qu'ils auraient dû affronter, et elle ne serait pas surprise que Samnult trouve un moyen de les jeter de nouveau dans l'arène.

Alors qu'ils passaient au-dessus d'un groupe d'humanoïdes aux dents tranchantes et aux mains effilées munies de griffes aux pointes noires, un cri strident retentit derrière eux. Aylin se retourna. Là, à une cinquantaine de mètres, une silhouette se dessina. Un homme. Non, un serpent.

— Oh, putain ! murmura Hunter. Buweti.

Aylin sentit sa poitrine se glacer. Elle avait grandi avec les récits du mythique homme-serpent qui apparaissait tous les cinquante ans pour massacrer des clans entiers et se gaver de leurs entrailles, mais elle n'avait jamais considéré cette fable avec sérieux.

Il était temps de reconsidérer la validité de toutes les légendes.

— Il est en haut du mur…

Elle n'eut guère l'occasion d'en dire plus. Hunter la souleva, lui faisant faire demi-tour afin qu'elle soit en tête de file lorsqu'ils fonceraient vers la sortie.

Aylin courut le plus vite possible, résistant à l'envie de regarder derrière elle alors même qu'elle entendait le Buweti se rapprocher en rampant lourdement derrière eux.

Le sifflement de l'homme-serpent semblait venir d'un mètre à peine.

Il était proche. Aylin pouvait l'entendre haleter.

Soudain, Hunter grogna. Elle freina et fit volte-face tandis que Hunter tombait. L'ignoble créature, qui possédait le corps d'un homme, mais les écailles, les crochets et la tête d'un cobra, atterrit sur lui et planta les crocs dans son épaule. Ses griffes lui entaillèrent les bras alors qu'il luttait pour ne pas basculer dans le vide.

— Non !

Aylin attaqua, frappant le Buweti à la tête de toutes ses forces. Du sang jaillit de son nez et elle enfonça le talon dans son œil de reptile assez fort pour sentir les os craquer.

Le Buweti retira les crocs de sa proie et poussa un cri strident, le sang et la salive dégoulinant de ses effroyables dents. Aylin le frappa de nouveau, en pleine gueule, coupant court à son cri et le projetant sur le dos. En une fraction de seconde, Hunter était debout et chevauchait la bête, écrasant ses poings dans sa tête jusqu'à la réduire en bouillie.

Du coin de l'œil, Aylin discerna un mouvement et vit avec horreur une dizaine de créatures identiques prendre forme au loin.

— Hunter ! on doit y aller !

Ils avaient perdu le sac à dos, mais aucun des deux ne s'en soucia tandis que Hunter poussait le cadavre du Buweti dans le labyrinthe en contrebas où divers autres monstres le déchiquetèrent avant même qu'il ait touché le sol.

Ça aurait pu être nous.

Et ça le pouvait encore s'ils ne fichaient pas le camp de là. Fissa.

Ils piquèrent un sprint, atteignant l'enceinte du dédale dans une précipitation anarchique. La meute d'hommes-serpents avait pris un mauvais virage, offrant à Aylin et Hunter quelques minutes de répit supplémentaires. Hunter s'accroupit, faisant signe à Aylin de l'imiter. Gardant un œil sur l'ennemi qui les talonnait, elle s'exécuta, s'émerveillant de l'aisance avec laquelle elle y parvenait à présent. Et sans ressentir la moindre douleur. Le Grand Esprit en soit loué, être normal, c'était génial.

— Voilà la sortie. (Elle pointa du doigt un porche cintré sur leur gauche.) Doit-on sauter dans le labyrinthe et la traverser ou sauter directement de l'autre côté ?

Le fait qu'elle parle d'effectuer un saut de douze mètres lui aurait donné le tournis si la situation n'avait pas été aussi critique.

—Je n'en sais rien, répondit Hunter d'un ton bourru. Qu'en penses-tu ?

Elle se figea. Personne ne lui avait jamais demandé son opinion en matière de tactique. En réalité, à l'exception de Rasha, personne ne lui avait jamais demandé son avis, et, même alors, Rasha cherchait moins un véritable conseil qu'à être confortée dans son idée.

Aylin repensa à un vieil ouvrage de stratégie martiale qu'elle avait lu jadis, et si elle avait oublié le nom de l'auteur, elle se souvenait de la bataille. Une équipe de l'US Navy s'était retrouvée coincée au sommet d'un immeuble et avait eu le choix entre y pénétrer et se battre jusqu'à la sortie ou descendre la structure en rappel, s'exposant aux feux ennemis. Ils avaient décidé d'entrer, et s'étaient fait piéger. Un seul d'entre eux avait survécu.

Et s'ils sautaient à l'intérieur du labyrinthe et que l'issue grande ouverte à cet instant se refermait soudain ?

—Dépêche-toi, Aylin. Ils seront sur nous dans trente secondes.

—Dehors, dit-elle. Quelque chose pourrait surgir des bois et nous attaquer, mais le même sort peut nous attendre dans le dédale. De cette façon, au moins, on ne sera pas piégés à l'intérieur.

Hunter acquiesça d'un bref hochement de tête.

—OK. Allons-y.

Aucune hésitation. Aucune question. Il se contenta de lui prendre la main et lui lança un regard débordant d'assurance et de volonté.

Aylin était presque sûre qu'un jour elle repenserait à ce moment et se rendrait compte que c'était à cet instant précis qu'elle était tombée amoureuse de lui.

Rasha, espèce de pétasse, tu n'as pas idée du cadeau qu'on te fait.

—À trois, dit-il. Un… deux… trois!

Ils sautèrent. Une demi-seconde de terreur céda la place à l'exaltation. L'air frais tournoya autour d'Aylin tandis qu'elle faisait une chute vertigineuse. Son estomac remonta jusqu'à sa gorge, bloquant un cri d'absolue euphorie. Voilà ce qu'était la liberté. Voilà ce que signifiait être un vampire, utiliser la force, la vitesse et les dons naturels intrinsèques à tout individu bien portant.

Voilà ce qu'était la vie!

Ils heurtèrent le sol ensemble, et, même si la douleur suscitée par l'impact l'élançait jusqu'aux jointures, Aylin s'en délecta. Elle voulait des impacts détonants. Elle voulait sauter de plusieurs mètres de haut.

—On doit continuer, déclara Hunter en levant les yeux vers le mur. Le Buweti…

—… ne vous attaquera plus.

La voix de Samnult retentit, et, comme par hasard, les hommes-serpents s'arrêtèrent sur le rebord du labyrinthe, leurs sifflements furieux donnant la chair de poule à Aylin.

—Et bravo, ajouta-t-il.

Samnult se matérialisa à la lisière des bois et s'avança vers eux sur deux pieds ongulés en frappant dans ses mains de façon théâtrale. Aylin se demanda s'il se présenterait à eux deux fois de la même manière. Elle aurait aimé qu'il se décide. Ses multiples personnages la faisaient flipper.

—Personne n'a résolu l'énigme du labyrinthe aussi vite. (Il observa le mur.) Même si vous l'avez davantage contournée que résolue.

Le sourire de Hunter était à mi-chemin entre l'amusement et l'autosatisfaction, et si les blessures que le Buweti avait infligées à son épaule et à ses bras le faisaient souffrir, il n'en laissait rien paraître.

—Contrarié qu'on ait gagné?

— Non. (Samnult retroussa les lèvres sur des dents jaunies et acérées.) Je suis contrarié que vous ayez triché.

Triché ? Comment pouvait-on tricher quand on se battait pour survivre ?

— On n'a pas triché, répliqua Aylin. (Ils avaient improvisé, comme elle en avait l'habitude pour pallier son manque d'aptitudes physiques.) Vous n'avez jamais dit qu'on ne pouvait pas sortir du labyrinthe par le haut.

Un grondement rauque s'éleva de la gorge de Samnult.

— Une erreur que je ne commettrai plus. (Il serra les poings et elle se demanda s'il imaginait qu'il leur tordait le cou.) Mais le labyrinthe a servi son but. Hunter, tu as démontré ton intelligence et ta débrouillardise.

Hunter ricana.

— Sans Aylin, je n'y serais pas arrivé.

— Utiliser son animal esprit pour parler à l'oiseau, c'était bien vu, dit Samnult, et Aylin déglutit avec peine.

Il était au courant ? Elle ne devrait sans doute pas être surprise, mais cela ne lui plaisait guère. Elle avait passé bien trop de temps à essayer de garder ce secret.

— Mais tu ne l'en as pas blâmée pour autant, ce qui est malin. Parce que vos inepties à base de volatiles noirs à la con sont ridicules au possible. (Il grimaça.) Cela dit, je me méfierai des métamorphes. Vos conneries sur les corvidés ont raison sur ce point.

Ah ! Il ne lui avait jamais traversé l'esprit que Samnult, créateur de la race des vampires, pouvait avoir des opinions aussi tranchées sur les légendes que ces derniers avaient forgées pour expliquer leurs origines. Aylin se demanda si le dieu des humains considérait leurs divers dogmes religieux de la même manière.

Apparemment, les pensées de Hunter faisaient écho aux siennes, car il fusilla le démon du regard et lui lança :

— Tu sais, si tu te montrais et racontais à tout le monde la vérité, les nôtres ne mèneraient pas leur vie selon des principes découlant d'un mythe saugrenu inspiré par un corbeau, une corneille, et deux chefs qui ne se sont jamais rencontrés.

Samnult esquissa un sourire, mais il était si dénué de chaleur qu'il glaça les os d'Aylin.

— En temps et en heure. Pour le moment, tu continueras de guider tes ouailles comme tu l'as toujours fait, comme tous les vampires qui connaissent la vérité. Mais d'abord il vous faudra survivre au prochain défi.

Samnult claqua des doigts et soudain ils se trouvèrent à l'intérieur d'une grotte éclairée par des bougies de suif. Le clair de lune argenté s'insinuait par l'entrée, apportant une brise fraîche. Des couvertures parfaitement roulées, de la nourriture, du bois et des bouteilles d'eau trônaient sur le sol, et, le long du mur du fond, un bassin de cristal dont la surface était presque cachée par une couche de vapeur bouillonnait doucement.

— Des sources chaudes, déclara Samnult. Si vous souhaitez vous laver.

Hunter et Aylin échangèrent un regard perplexe.

— En quoi est-ce un défi ? s'enquit Hunter.

Sam rit.

— Ça ? Ce n'est pas le défi. À la seconde où vous poserez le pied hors de la grotte, l'épreuve commencera. Mais il fait nuit et, faites-moi confiance, il vaut mieux attendre le lever du soleil. J'ai guéri vos blessures en préparation pour le défi mais, ce dont vous aurez vraiment besoin, c'est de chance.

Sur ce il disparut. Quelque part dehors, quelque chose gronda. Quelque chose de gros.

Aylin avait le pressentiment que le jour arriverait bien trop vite.

Chapitre 21

Alors que Samnult s'évaporait, Hunter jura. Certes, une nuit de sommeil leur ferait le plus grand bien, mais il voulait surtout en finir au plus vite. Plus vite il retrouverait son clan, mieux ce serait.

Il faisait confiance aux siens et savait qu'ils se tiendraient à carreau, là n'était pas le propos. D'ailleurs, Riker maintiendrait l'ordre d'une main bien plus ferme que lui, mais Hunter n'aimait pas l'inconnu… et Rasha était une inconnue. Pire, les humains envahissaient les territoires vampires, en masse. Il n'avait rien vu de tel depuis l'extermination des Amérindiens par l'homme blanc. S'il arrivait le moindre pépin à MoonBound en son absence, il ne se le pardonnerait pas.

Si son clan devait se faire détruire par les humains, Hunter voulait périr avec eux. Et éliminer un maximum d'ennemis avant de rendre son dernier souffle. Question de priorité.

Aylin examina les provisions par terre tandis qu'il se dirigeait vers l'entrée de la grotte pour jeter un coup d'œil à l'extérieur, veillant à ne pas franchir le seuil. Au-delà, des étendues rocheuses et des collines à sommet plat définissaient le paysage. Des cactus deux fois plus grands que lui se dressaient à côté d'étranges arbres tordus à feuilles noires squelettiques. Armoise et amarante parsemaient la terre et de petites bestioles allaient et venaient sous le tapis de végétation.

Tout était relativement normal… à l'exception des empreintes de pattes griffues devant la grotte. Des empreintes longues comme le bras de Hunter.

Cela ne présageait rien de bon.

— Hé ! s'écria Aylin. Regarde ce que j'ai trouvé !

Elle agita une hachette et un canif, et il faillit pousser un cri d'excitation.

— Lance-moi la hachette. (Elle s'avança vers lui, mais il secoua la tête.) Ne me l'apporte pas. Lance-la. (Il l'encouragea d'un geste des doigts.) Vas-y.

Haussant les épaules, Aylin souleva la hachette et s'exécuta avant d'écarquiller les yeux.

— Baisse-toi !

Tournoyant à toute allure, la hachette volait droit vers la tête de Hunter. Il fit un pas de côté, et sentit un souffle d'air sur son oreille. Le son caractéristique du métal perforant l'os retentit, et Hunter fit volte-face à temps pour voir un type chauve avec une bouche pleine de dents tranchantes s'écrouler, l'arme plantée au milieu du front. Il empoignait d'une main le manche d'une machette ensanglantée.

— Il s'est faufilé derrière toi, dit-elle, hors d'haleine. Il allait te décapiter.

— Putain de merde ! Merci. (Son regard oscilla entre la créature morte et Aylin.) Tu es douée. Sacrément douée.

— Quand on ne peut compter que sur une seule jambe, on apprend d'autres façons d'exceller au combat.

Elle respirait fort, mais ses yeux bleus étincelaient d'une excitation toute prédatrice dans la pénombre et la fumée. Il aimait ça chez une femelle.

— Heureusement que tu t'es baissé, ajouta-t-elle. J'ai tellement l'habitude de surcompenser l'instabilité de ma jambe droite…

— C'était vraiment un super lancer. La plupart de mes guerriers n'en seraient pas capables.

Il s'accroupit et ramassa la machette avant de tapoter les vêtements miteux du macchabée : un assemblage de peaux de plusieurs bêtes différentes.

— Je vais m'occuper de lui.

Il se redressa, extirpa la hachette du crâne de son agresseur et la lança à côté de la machette.

Tandis qu'Aylin nettoyait les armes, Hunter se débarrassa du Néandertalien. Sans franchir le seuil, il souleva le corps et le regarda dévaler la pente broussailleuse, puis disparaître.

Une fois les ordures jetées, il se munit d'un bâton et dessina une ligne reliant les deux côtés de l'entrée. Puis, avec une simple formule de protection qu'il avait apprise du gardien mystique du clan, il mit en place un détecteur basique. Tout ce qui tenterait de pénétrer dans la grotte déclencherait une alarme qu'il lui ferait l'effet d'une décharge électrique.

Quand il eut terminé, il alla rejoindre Aylin, assise dos au mur, qui essuyait la machette à l'aide d'un chiffon mouillé.

— Je n'aurais jamais cru que je me battrais – dans un royaume démoniaque, qui plus est – et nettoierais des armes.

Il perçut une intonation étrange dans sa voix, mais n'aurait su la qualifier.

Il s'approcha en inspirant, à l'affût de son odeur. L'amertume émanait d'elle en vagues massives et l'estomac de Hunter se noua. Elle s'était portée volontaire pour l'accompagner, mais il ne pouvait pas lui reprocher d'être contrariée.

— Je suis désolé que tu aies eu à faire ça. Ça aurait dû être Rasha.

Ça aurait dû, mais une part secrète, honteuse, de lui-même était ravie de voyager avec Aylin. Ce qui faisait de lui un parfait salaud, n'est-ce pas ?

— Tu penses devoir t'excuser ? (Aylin posa de côté la machette, quelques taches récalcitrantes souillant toujours la lame rouillée et ébréchée.) Arrête. À cet instant, dans ce royaume qui tient plus de la galerie aux monstres, je suis plus libre et plus forte que je ne l'ai jamais été.

Il n'était pas sûr d'avoir bien entendu.

— Es-tu en train de dire que tu aimes cet endroit ?

— Oh, non ! Loin de là. Mais je n'aime pas tellement notre monde, non plus. (Elle attrapa une bouteille d'eau et dévissa le bouchon en plastique avec plus de force que nécessaire.) Je déteste cet endroit et je redoute ce que nous devrons braver demain, mais je crois que je redoute encore plus de retourner dans le monde réel. (Elle esquissa un sourire.) C'est tordu, hein ?

Hunter foulait la terre depuis plusieurs siècles. Il savait que chaque clan avait ses propres coutumes, valeurs et égards pour la vie, et il avait appris à ne pas s'en mêler ou, à dire vrai, à ne pas s'en préoccuper. Mais il était trop proche d'Aylin à présent, trop impliqué, et ses dernières paroles lui fendaient le cœur. Quelle tristesse d'en être réduite à préférer la merde qu'ils devaient affronter dans ce royaume démoniaque à celle qui l'attendait à la maison !

—Aylin ? (Il s'accroupit devant elle et enroula les bras autour de ses genoux.) Que se passera-t-il à notre retour ?

Après que Rasha et moi serons unis.

Le sourire d'Aylin était aussi amer que la fragrance qui émanait d'elle.

—Je suis censée me marier, répondit-elle, et une vive brûlure transperça les entrailles de Hunter, accompagnée d'une bonne dose de colère.

Évidemment, il n'avait aucun droit d'être jaloux. Absolument aucun. Et pourtant la jalousie rongeait la moindre fibre de son être, comme s'il se faisait pulvériser au niveau cellulaire.

Mienne.

—À qui ?

Il espérait qu'elle ne perçoive pas l'intonation meurtrière de sa voix.

—Personne en particulier, murmura-t-elle. (Sa réponse sonnait faux, mais il ne voyait pas pourquoi elle mentirait.) Mais maintenant que ma jambe est guérie… (elle laissa sa phrase en suspens, l'amertume de son sourire et de son odeur se dissipant peu à peu) j'ai des options. Pour la première fois, j'arriverai avant les autres femelles de mon clan, et la plupart des mâles. Je n'aurai plus à m'écraser devant tout le monde.

La lueur prédatrice illumina de nouveau ses yeux, mais cette fois Hunter n'aima pas ce qu'il y vit.

— Tu penses à te venger, n'est-ce pas ? (Il jura dans sa barbe.) Ne perds pas ton temps avec ça, Aylin. Ton père…

— … est un monstre ! s'écria-t-elle avec une telle férocité qu'il eut un mouvement de recul, surpris par la rage soudaine qui la faisait trembler presque. Tu ignores ce que c'est que de grandir à ShadowSpawn. D'être considérée comme une malédiction pour son clan et la meurtrière de sa propre mère. D'entendre jour après jour qu'on aurait dû être noyée à la naissance. De se faire rappeler que Rasha est la jumelle qui compte, l'héritière, et moi la bonne à rien, incapable de la remplacer. (Elle jeta le bouchon de la bouteille.) Eh bien, maintenant, je suis entière. Dorénavant, je n'ai plus à supporter ces conneries. Si je veux partir, je le peux. Et cette fois je peux courir. Je pourrai semer les guerriers de mon père quand ils se lanceront à ma poursuite.

— Cette fois ?

Elle émit un son entre le rire et le grognement.

— J'ai déjà essayé de m'enfuir. Il y a une vingtaine d'années. (Sa voix était douce, mais empreinte d'une fureur ancienne, comme si sa colère s'était enfin libérée de la boîte poussiéreuse dans laquelle elle la conservait depuis si longtemps.) Je venais à toi. À MoonBound, s'empressa-t-elle d'ajouter.

Il remua les lèvres sans qu'aucun son ne sorte de sa bouche pendant un moment.

— À moi ? Pourquoi ? (À peine eut-il posé la question qu'il comprit.) Chercher refuge. Tu voulais échapper à ton père.

— Bingo.

Elle engloutit la moitié de la bouteille, comme si cela lui permettrait d'apaiser sa rage. Or cela sembla uniquement l'attiser.

— Ma sœur et une demi-douzaine de soldats m'ont rattrapée avant que j'aie pu faire quinze kilomètres. Mon père m'a fouettée si fort qu'il m'a fallu une semaine pour m'en remettre. Trois jours durant, j'ai cru que j'allais mourir, et j'étais heureuse.

Elle soutint le regard de Hunter, son expression impassible. Dans ses yeux, il vit ce que les Anciens appelaient « le mur du guerrier », une dureté qui ne pouvait être simulée ou transpercée. Quand on la voyait, on savait que la personne qu'on regardait ne craignait pas de mourir.

— As-tu déjà prié pour que la mort t'emporte, Hunter ? As-tu jamais haï ta vie et ce que tu étais au point que la mort te semble la meilleure option ?

Oui, ça lui était arrivé, mais cela faisait bien longtemps qu'il n'y avait pas repensé. Il n'en avait parlé à personne, non plus, mais soudain il en eut envie. Sans doute que dans cet endroit où il ne lui restait peut-être qu'un jour à vivre, sans alcool ni jeux vidéo pour le distraire, il n'avait pas d'autres moyens de faire taire la voix de son père ou les pleurs de sa défunte progéniture.

— J'ai grandi auprès d'un père qui suivait les préceptes du corbeau. Et j'ai perdu trois enfants pour lesquels j'aurais donné mon âme, répondit-il, alors, oui, je te comprends.

La pitié dans les yeux bleus d'Aylin était presque insoutenable.

— Je suis désolée.

Il y eut un long silence, puis elle lui demanda :

— Que s'est-il passé ? Où sont les mères ?

Le chagrin lui noua les entrailles.

— Deux sont mortes en couches, avec mon fils et ma fille. Il y a soixante-dix ans pour l'une, plus de cent cinquante ans pour l'autre.

Il ferma les yeux et s'autorisa à ressentir la souffrance de ses pertes pour la première fois en… Il ne se le rappelait même plus.

Ses partenaires avaient été des guerrières expérimentées et des membres précieux du clan, et il les avait aimées toutes les deux. Mais il avait su, en son for intérieur, qu'elles n'étaient pas des compagnes convenables pour lui. En tant que chef, il ne pouvait épouser qu'une femelle de naissance qu'il aurait imprégnée ou alors se réserver pour une compagne choisie pour des raisons stratégiques. Comme Rasha.

— Et la troisième ? (La voix d'Aylin était comme un baume sur ces plaies à vif.) Que leur est-il arrivé, à elle et à l'enfant ?

Soulevant les paupières, il contempla la vapeur créée par les sources chaudes au fond de la caverne.

— Techniquement, c'était la première. Standing Willow était une vampire de naissance envoyée par mon père pour me guider à mon *salisheye* quand j'ai eu quinze ans.

Hunter s'était épris de sa beauté ténébreuse, avait supplié son père de le laisser s'unir à elle. Mais Bear Roar avait refusé. Il l'avait même forcé à l'écouter faire l'amour avec d'autres mâles du clan dans l'espoir que son engouement s'éteigne.

Bear Roar s'était inquiété pour rien ; le comportement de Standing Willow après la mort de leur nouveau-né avait suffi à refroidir Hunter.

— Elle a accouché neuf mois plus tard, mais mon fils n'a pas passé la nuit. (Sa gorge se serra.) Il est mort dans mes bras. Le lendemain, elle a séduit le fils du chef de DeathMist, en visite chez nous. Et elle est partie avec lui.

— Oh, waouh ! murmura Aylin. C'est… cruel.

— Elle a fait ce qu'elle avait à faire.

Hunter sentait encore le poids de son fils dans ses bras. Les cicatrices de son âme se rouvraient tandis qu'il se revoyait regarder son petit garçon que la vie quittait.

— J'ai échoué à le protéger. Lui et tous les autres. Alors, crois-moi, je sais ce que c'est que de haïr sa vie et sa personne au point de vouloir mourir.

Elle posa la main sur la sienne, et le caressa de ses doigts effilés.

— Mais tu tiens également à vivre, sinon tu aurais renoncé à la vie de clan il y a bien longtemps.

— Uniquement parce que mon père est mort et que MoonBound mérite un meilleur dirigeant.

Parfois, il se demandait s'il valait vraiment mieux que son père. Certes, Hunter n'infligeait pas de sévères châtiments pour des infractions mineures, et il ne tolérait aucune forme de maltraitance, mais il s'était fait de nombreux ennemis parmi ceux qui suivaient la voie du corbeau, et les siens l'avaient payé cher. La mort de chaque sujet de MoonBound aux mains d'un clan rival pesait sur lui aussi lourdement que la mort de ses enfants, car elles, au moins, auraient pu être évitées.

— À ce que j'ai pu voir, dit Aylin sans retirer ses doigts chauds de la main de Hunter, tu es un chef fantastique.

Son toucher était aussi apaisant que sa voix, et il s'aperçut de son égoïsme. Il profitait ainsi du réconfort qu'elle lui offrait alors qu'elle avait bien plus besoin d'être consolée que lui. Son passé n'était qu'un bourbier de traumatismes, mais c'était du passé. Le futur d'Aylin pouvait être aussi lugubre que son passé.

— Si seulement j'avais su à l'époque que tu fuyais vers nous. J'aurais pu faire quelque chose…

— Si tu m'avais aidée, mon père t'aurait écrasé. J'ai été stupide d'essayer. J'aurais dû me diriger vers Seattle. J'aurais pu me cacher avec les autres vampires libres.

— Tu aurais vécu comme un rat avec eux, lui fit-il remarquer. Tu aurais été pourchassée par les humains et forcée de dormir dans les égouts.

— Mais je serai libre.

Il eut une inspiration saccadée. « Je serai libre. » Pas « J'aurais été libre ». Elle prévoyait de s'enfuir de nouveau, et cette fois rien ne l'en empêcherait. Un oppressant sentiment de panique lui étreignit la poitrine et il s'écria sans réfléchir :

— Tu ne peux pas faire ça !

— Je ne « peux » pas ?

Elle bondit sur ses pieds avec une telle agilité qu'il en resta bouche bée. De toute évidence, elle s'habituait vite à sa nouvelle jambe.

— Sais-tu à quel point j'en ai marre qu'on me dise ce que je ne peux pas faire ?

— Je ne l'entendais pas dans ce sens-là. Tu es débrouillarde, déterminée, intelligente. Tu es capable de réussir tout ce que tu entreprends, je n'en doute pas une seconde.

Elle planta les poings sur sa taille et le cloua d'un regard noir.

— Alors, dans quel sens l'entendais-tu ?

Je ne veux pas que tu sois loin de moi, c'est tout.

Merde ! il s'agissait là de pensées dangereuses étant donné qu'il devait épouser Rasha dans moins d'un mois. Mais la vérité, c'était qu'il désirait Aylin. Même à cet instant, alors qu'elle abandonnait sa posture de femme outrée pour arpenter les dix mètres de largeur de la grotte, il lui était impossible de la quitter des yeux. Les muscles de ses jambes qui se contractaient à chacun de ses pas silencieux accrochaient son regard, et le balancement hypnotique de ses hanches amenait son corps à se raidir de bien des manières.

Il laissa remonter son regard pour admirer la façon dont ses seins ballottaient sous le daim souple de sa robe. Ils étaient petits, mais fermes, et le torse de Hunter le brûla lorsqu'il se rappela leur contact quand ils avaient dû partager leur sang, nus, devant le portail.

Quand il avait joui sur elle.

— Eh bien ? insista-t-elle, reprenant sa posture indignée. Que voulais-tu dire ?

Bon sang ! Il serra les mâchoires et se releva, faisant tomber les poches de sang.

— Rien.

Le liquide écarlate remua à l'intérieur du paquet, ce qui aurait dû le faire saliver, mais la seule chose sur laquelle il avait envie de poser les lèvres à cet instant, c'était Aylin.

— On devrait se repaître, ajouta-t-il sur un ton bourru.

— Je n'ai pas faim, répondit-elle. Le risque de mourir demain me coupe l'appétit.

Hunter n'avait jamais eu ce problème. Il pouvait toujours manger.

— Tu dois économiser tes forces. (Il ramassa une poche de sang et la lui tendit.) Mange.

— Arrête de me dire quoi faire ! On me donne des ordres depuis que je suis née. Je déteste ça.

Son visage s'empourpra sous l'effet de la colère, et, si l'instinct premier de Hunter fut de la serrer dans ses bras, il sentit qu'elle avait besoin de vider son sac. Qu'elle ne s'était jamais vraiment lâchée jusqu'à présent.

— Je hais ShadowSpawn. Je hais mon père. Et à cet instant je hais tellement Rasha que je pourrais la frapper avec cette hachette.

— À cet instant ? (Il était stupéfait qu'elle ne l'ait pas toujours haïe.) Pourquoi ?

— Parce qu'elle ne te mérite pas ! hurla-t-elle. Et ce n'est pas elle qui est en train de se battre pour sauver ton enfant, mais au bout du compte c'est à elle que revient le droit de t'épouser et de porter tes enfants.

Faisant volte-face, Aylin lança la bouteille d'eau contre le mur avec une telle force qu'elle se brisa en mille morceaux et aspergea la grotte.

Hunter prit soudain conscience de la réalité de la situation et eut l'impression qu'Aylin lui avait enfoncé son poing en plein ventre. Il se trouvait là, à se battre au côté de la femme qu'il voulait, mais celle qui attendait son retour, au quartier général du clan, comptait parmi les femelles les plus ignobles qu'il lui avait été donné de rencontrer.

« C'est à elle que revient le droit de t'épouser et de porter tes enfants. »

L'idée suffisait à lui ratatiner les couilles. Il allait devoir passer le restant de ses jours avec Rasha, et Aylin allait disparaître pour toujours.

L'émotion et une colère impuissante lui serrèrent la gorge. Il se détourna d'Aylin avant qu'elle le remarque, avant qu'elle voie de ses propres yeux à quel point tout cela l'affectait. Il se devait de rester fort, de faire en sorte que leurs rapports soient aussi distants que possible. L'avenir de son clan était en jeu et il suffisait d'un faux pas pour déclencher la guerre entre MoonBound et ShadowSpawn. Il avait beau haïr Rasha, il haïssait encore plus l'idée que l'un des siens meure à cause de ses choix.

Il entendit Aylin avancer doucement vers lui et il se crispa, douloureusement conscient de chaque pas qui la rapprochait de lui. Quand elle posa la paume entre ses omoplates, un frisson le secoua et il comprit que la souffrance qu'entraînerait sa perte lui serait insoutenable. Une sueur glacée l'inonda malgré l'ardent désir qui irradiait de la main d'Aylin pour se répandre à tout son corps.

— Je n'aurais pas dû dire ça. (Aylin jura tout bas.) Je ne me mets pas en colère comme ça, d'habitude, et je ne devrais pas rendre ton union avec Rasha encore plus difficile.

— Arrête, dit-il sur un ton brusque. Ne t'excuse pas et ne me touche pas. Plus jamais.

Par tous les dieux ! il ne répondait plus de rien quand elle le touchait. Celui qui avait proclamé que les femmes étaient le sexe faible était le roi des imbéciles, car Aylin détenait sur lui un pouvoir que personne n'avait jamais eu. Il était temps de réduire l'emprise qu'elle avait sur lui, même si ça signifiait les blesser tous les deux.

— J'appartiens à Rasha.

Ces quatre mots lui donnèrent la nausée.

Aylin laissa retomber sa main, et ce manque lui infligea une douleur presque physique.

— Eh bien, tout est dit, n'est-ce pas ? Rasha sera enchantée d'apprendre que tu la veux.

Elle s'éloigna et, là, il péta les plombs. Littéralement. Avant que son cerveau ne reprenne les commandes, il lui rentra dedans par-derrière et l'attira contre lui. Il enroula un bras autour de sa taille, et de l'autre main il lui empoigna le menton. Les épaules graciles d'Aylin s'enfoncèrent dans son torse lorsqu'il rapprocha la bouche de son oreille.

— C'est toi que je veux, Aylin, gronda-t-il. Je te désire si fort que ça m'empêche de réfléchir. Ou crois-tu que, ça, ce soit pour ta sœur ?

Il frotta son érection dure comme le roc contre ses fesses et sourit lorsqu'elle laissa échapper un grognement d'encouragement des plus érotiques.

— Voilà pourquoi je ne voulais pas que tu me touches. Je te veux, mais je ne peux pas t'avoir.

Elle se dévissa le cou pour le regarder. Un hypnotique maelström d'émotions tourbillonnait dans ses yeux et il se laissa happer. Il se serait volontiers noyé dans ces étendues bleues.

— Si, tu peux, murmura-t-elle. Même si ce n'est que pour ce soir, tu peux m'avoir.

Aussitôt, l'atmosphère se chargea. La respiration d'Aylin, superficielle à l'instant sous l'effet de la colère, devint plus profonde et plus rapide. Tout comme celle de Hunter. Son postérieur, collé contre l'entrejambe de son partenaire, roulait chaque fois qu'elle inspirait, et la queue de ce dernier, nichée dans la raie de ses fesses, gonflait davantage.

— Hunter, haleta-t-elle, en se cambrant contre lui.

L'odeur suave et épicée de son excitation satura l'air. Il réprima un gémissement alors qu'il brûlait de retrousser sa robe pour plonger en elle. Juste comme ça. Par-derrière, lui empoignant les hanches et enfouissant les dents dans le creux de son cou pour la maintenir en place pendant ses coups de reins.

Par le Grand Esprit, que c'était tentant! Partager une nuit de passion avec elle et se laisser bercer par ce souvenir pour le restant de sa vie.

—Je t'en prie.

Elle attrapa l'arrière de sa tête et enfonça les doigts dans ses cheveux tandis qu'il lui effleurait le lobe de l'oreille du bout des lèvres.

—Fais-moi l'amour. Je veux que tu sois le premier.

Il se figea.

—Tu es vierge?

Il aurait dû s'y attendre, mais il ne pouvait concevoir qu'un mâle ait pu lui résister.

—Oui. (Sa voix tremblait, mais sa main gauche était ferme lorsqu'elle l'inséra entre eux pour lui agripper la cuisse.) Prends-la. Prends-moi.

Il ne le pouvait pas, pour de nombreuses raisons. Il avait beau être tenté par sa proposition, elle méritait mieux que de se faire déflorer dans une grotte par un homme qui appartiendrait bientôt à une autre. Et il savait, jusque dans les tréfonds de son âme, que coucher avec elle l'anéantirait. Il la revendiquerait, il serait incapable de la laisser partir, et son clan en paierait le prix.

—C'est impossible, dit-il d'une voix brisée. Tu mérites bien plus que ce que je peux te donner.

Elle hurla de frustration.

—J'ai découvert mon *salisheye* à cause de toi. Il m'en faut plus maintenant. Je n'ai jamais ressenti ça. Aide-moi, je t'en prie.

Oh, bon sang! par accident ou non, il était responsable de son éveil sexuel. Fierté et honte lui nouèrent l'estomac. Fierté, car de tous les mâles de la planète qui auraient pu la prendre à travers le *salisheye*, c'est à lui qu'était revenu cet honneur. Honte, car il aurait dû rendre ce moment unique au lieu de se contenter d'un vulgaire frotti-frotta lors d'un transport jusqu'à un royaume démoniaque. L'anxiété émanait d'Aylin et tout ce qui faisait de Hunter un homme exigeait qu'il y remédie.

Lentement, il laissa sa main descendre sur sa poitrine jusqu'à son ventre plat et musclé. Il posa la pointe de ses doigts au-dessus de son pubis et le caressa délicatement, l'amenant à se cambrer sous son toucher.

— Je ne peux pas te faire l'amour, mais je peux te faire du bien. M'y autoriserais-tu ? (Il poursuivit plus bas, le long de sa cuisse, jusqu'à ce qu'il atteigne la couture de sa robe.) Laisse-moi te toucher.

Il glissa la main sous sa robe et elle gémit.

— Oui. Oh… oui !

Un sentiment de triomphe l'envahit, étreignant à la fois le guerrier et le mâle. Et pourtant, tous deux reconnaissaient que la victoire avait un prix. Demain, songea-t-il, Aylin et lui le paieraient.

Chapitre 22

Tous les sens d'Aylin étaient saturés. Sa peau était en feu, ses seins l'élançaient, et la moindre de ses terminaisons nerveuses était parcourue de picotements. Alors que Hunter ne touchait que sa jambe.

Le fait qu'il ne souhaite pas prendre sa virginité l'avait un peu vexée, mais ses caresses, langoureuses, voluptueuses, apaisaient la douleur. Pour l'instant.

Concentre-toi sur le moment présent, s'admonesta-t-elle. *Rien n'importe si ce n'est… Oh, bon sang, oui!* Les doigts de Hunter effleurèrent son intimité, lui arrachant un cri étouffé. Un flot de plaisir se répandit dans ses veines et ses parties féminines devinrent moites et torrides.

La plaquant fermement contre lui, il coinça le pied entre les siens pour les écarter. Aylin retint son souffle lorsqu'il referma la main sur son sexe et glissa un doigt dans sa fente.

— Tu es si mouillée, murmura-t-il contre sa gorge.

Elle se tortilla, soudain embarrassée. Était-elle censée être aussi mouillée ? Y avait-il quelque chose d'anormal chez elle ?

— Du calme, ma douce. (Sa voix gutturale était pleine de promesses tandis qu'il décrivait de lents cercles qui la soulageaient et la frustraient à la fois.) Je ne te ferai pas mal.

Non, il faisait tout le contraire. Il lui faisait éprouver des choses qu'elle n'avait jamais ressenties, des choses qui pouvaient toutes être qualifiées d'exquises.

Il enfonça un peu plus son doigt et les genoux d'Aylin flageolèrent.

— Encore, haleta-t-elle.

Elle voulait qu'il s'abîme profondément en elle, de sorte qu'elle le sente pour toujours.

Il obéit, ajoutant l'index au majeur et les introduisant loin en elle. Il siffla et remua les hanches contre ses fesses.

— La vache, ce que tu es serrée !

D'une caresse scandaleusement érotique, il titilla une zone sensible et des frissons électriques parcoururent le bas-ventre d'Aylin. Elle le retint en elle, contractant les muscles de son vagin tandis qu'il faisait aller et venir ses doigts, et, quand il pressa le pouce contre son clitoris, elle hurla.

— C'est ça, dit-il d'une voix rauque au possible. Chevauche ma main. Je veux que tu jouisses fort, je veux te faire crier.

Crier ? Déjà qu'elle avait du mal à respirer... Il retira les doigts, lui donnant effectivement envie de crier, mais il se hâta de les replonger en elle en lui soufflant des paroles crues à l'oreille.

Dirait-il de telles choses à Rasha ? Vanterait-il ainsi sa beauté ? Lui dirait-il qu'il voulait lui écarter les cuisses pour la baiser avec sa langue ? Qu'il voulait la prendre à même le sol, en pleine forêt, au cœur de ces étendues sauvages où leurs instincts primitifs seraient en symbiose avec la nature ?

Culpabilité, confusion, colère... l'assaillirent de plein fouet, luttant contre le plaisir que lui procurait Hunter.

Tu aurais dû y penser avant de le supplier de te dépuceler.

Peut-être... mais, après tout, Rasha aurait toute la vie pour profiter des attentions de Hunter. Aylin, elle, n'avait qu'une nuit. De plus, elle se trouvait là pour sa sœur. Ne méritait-elle rien en retour ? Et puis il n'y avait aucune garantie qu'elle survive au défi du lendemain. Ils n'étaient même pas dans le monde réel.

Ce qui se passe dans un royaume démoniaque reste dans le royaume démoniaque.

Qu'il était simple de légitimer ainsi le fait d'accaparer quelque chose qui, bientôt, appartiendrait à sa sœur.

— Aylin, ma douce. (La voix caverneuse de Hunter l'arracha à la mare de honte dans laquelle elle pataugeait.) Reste avec moi. Tu es ailleurs.

Comment le savait-il ? Avant qu'elle ait pu lui poser la question, il se mit à genoux et remonta sa robe jusqu'à ses hanches.

— Agrippe-toi au mur, ordonna-t-il avant de darder sa langue ferme entre ses cuisses.

Choquée par cette soudaine sensation et grisée par une telle intimité, elle chancela vers l'avant, se rattrapant difficilement à la paroi rocheuse de la grotte.

— Hunter !

Il la lécha amoureusement avant de plonger la langue dans les profondeurs de son sexe tandis que son souffle brûlant caressait ses endroits les plus secrets. Le souffle d'Aylin jaillit de ses poumons alors qu'il mimait l'acte, allant et venant, trouvant un rythme qui l'étourdit.

Fermant les yeux, elle mémorisa chaque détail de ce qu'il lui faisait. Du délicieux assaut de ses lèvres au plaisir presque insoutenable que lui procurait sa langue enfouie en elle, sans oublier les délicates succions de sa bouche lorsqu'il se mit à l'embrasser avec gourmandise.

Ses jambes et ses bras tremblaient si fort qu'elle crut qu'ils allaient céder, mais, soudain, Hunter était debout de nouveau, l'enlaçant d'un bras pour la stabiliser tandis qu'il enfonçait deux doigts en elle. Il la caressa de plus en plus vite, la laissant pantelante et au bord de l'implosion. Elle remuait les hanches à présent, pressée d'atteindre l'orgasme, mais il l'en priva, changeant la cadence alors qu'elle s'en approchait.

— Je t'en prie, gémit-elle. Je t'en supplie… maintenant.

Il effleura du pouce son bourgeon ultrasensible et l'extase la submergea. Et, quand il se mit à titiller la zone charnue autour de son clitoris qu'il frôlait délicatement tandis que ses doigts poursuivaient leur va-et-vient, elle vit des étoiles.

Le spasme ultime la foudroya, mille fois plus puissant que celui qui l'avait surprise devant le portail. Le toucher de Hunter était sensuel, impitoyable, et tellement magistral qu'une deuxième vague de plaisir gonfla en elle, l'enivrant de volupté avant même qu'elle ait fini de reprendre ses esprits.

Alors qu'elle revenait à elle, ses muscles lâchèrent. Hunter la rattrapa et la souleva dans ses bras robustes comme si elle ne pesait guère plus qu'une chatte domestique. Elle avait à peine l'énergie de se cramponner à lui, mais elle y parvint, enfouissant le visage dans son cou tandis qu'il la portait jusqu'au bassin d'eau brûlante.

— Je vais te laver et te nourrir, et tu ne vas pas discuter, déclara-t-il d'une voix autoritaire et taquine, mais, de toute manière, Aylin était trop épuisée pour discuter.

— Et toi, alors ?

— Ne t'en fais pas pour moi. Je mangerai et me laverai quand tu auras fini.

— Non, je voulais dire… (Ses joues s'enflammèrent et elle se racla la gorge.) Tu n'as pas joui. Laisse-moi t'aider.

Il se raidit.

— Tu en as fait assez, déjà.

L'intonation de Hunter l'amena à se rembrunir. Était-ce là une accusation ?

— J'ai dit quelque chose de mal ?

— Bien au contraire, répondit-il sur un ton bourru, ce qui la laissa encore plus perplexe.

Il la reposa à côté du bassin et lui retira ses bottes avant de l'aider à enlever sa robe. Après ce qu'il venait de lui faire, elle ne devrait pas être nerveuse de se trouver toute nue devant lui, mais peut-être était-ce précisément pour cette raison qu'elle se sentait aussi anxieuse. Elle avait été en position de vulnérabilité tout au long de sa vie, mais jamais de la sorte.

Et, pour ne rien arranger, Hunter s'était transformé en robot. Il économisait ses faits et gestes, devenus plus brusques par ailleurs. À croire qu'il n'était pas en train de déshabiller la femme qu'il venait de propulser au septième ciel, mais de desseller un cheval.

Alors qu'il l'aidait à entrer dans le bassin bouillonnant, elle fut reconnaissante aux volutes de vapeur qui tourbillonnaient entre eux. Elle venait de vivre le moment le plus magique de toute sa vie… mais, à en juger par l'expression anéantie de Hunter, il ne partageait pas son sentiment.

Il en était même loin.

Rien de tel qu'un silence tendu pour pousser un homme à se jeter tête baissée dans des travaux prosaïques.

Pendant qu'Aylin se délassait dans la source chaude avec une poche de sang, Hunter prépara un feu, affûta les armes sur un rocher aspergé d'eau, et suça sa propre ration tandis que sa verge palpitait et que ses bourses l'élançaient. Que n'aurait-il donné pour laisser Aylin « l'aider » à régler ce problème !

Mais il avait déjà pris trop de risques en cédant à son désir de la toucher et de la goûter, de la regarder s'abandonner dans ses bras. Il ne pouvait se permettre de renforcer davantage le lien qui existait entre eux. En particulier quand il se trouvait à deux doigts de nourrir des fantasmes idiots, comme fuir avec elle.

Et passer le reste de leurs jours à se faire pourchasser par ShadowSpawn.

Brillant, Hunt. Ça frise carrément le génie.

— Hunter ?

La voix ensommeillée d'Aylin flotta jusqu'à lui alors qu'il jetait une branche dans le feu.

Il ne regarda pas dans sa direction.

— Ouais ?

— Parle-moi de ton enfance. De tes parents. Comment es-tu devenu chef ?

Elle n'aurait pu choisir de sujet plus incommodant. Si cela avait été n'importe qui d'autre, Hunter l'aurait envoyé balader. Mais il s'agissait d'Aylin, la femme qui avait mis sa vie en péril quand sa sœur s'y était refusée, et elle méritait des réponses, même si ses questions concernaient des événements fort déplaisants.

Se laissant tomber au sol, il s'adossa à la paroi de la grotte et enroula les bras autour de ses genoux, les yeux braqués sur les flammes.

— Ma mère était un trophée de guerre. (Il ferma les yeux un moment, et se demanda s'ils étaient aussi vitreux qu'il en avait l'impression.) Mon père l'a capturée quand il a tué son compagnon, le chef de Black River.

Par-delà le crépitement du feu et le doux ronflement de l'eau, il entendit Aylin inspirer brusquement.

— Comment l'a-t-elle pris ?

— C'était une guerrière et les siens suivaient la voie du corbeau, alors elle a accepté son sort. (Il eut un sourire suffisant.) Ce qui ne veut pas dire qu'elle s'est laissé faire sans broncher.

Les bagarres auxquelles il avait assisté entre ses parents avaient été féroces et parfois violentes. Telle qu'il imaginait son union avec Rasha, en somme.

— Mon père a envenimé la situation en refusant qu'elle emmène ses deux fils.

— Mon père aurait fait pareil. Il ne voudrait jamais des rejetons d'un autre chef chez lui.

Exactement. Si dur que ce fût, ces enfants en grandissant pouvaient, avec l'aide de leur mère, renverser le chef du clan.

— C'était un peu plus compliqué que ça, répondit Hunter. Les garçons n'étaient pas les siens. Ils étaient à sa sœur. Cette dernière était mariée au dirigeant de Black River avant ma mère, et, quand elle est morte en mettant son deuxième fils au monde, ma mère a épousé leur père et a pris soin de s'occuper d'eux.

— Qu'est-il arrivé aux gamins ? Tes cousins, je présume ?

L'eau bruissa et il se risqua enfin à jeter un coup d'œil dans la direction d'Aylin. Elle s'avança jusqu'au rebord du bassin et appuya les avant-bras sur la margelle en pierre lisse. Ses cheveux humides encadraient son visage, et, à la lueur des flammes, elle lui évoquait une naïade surgissant des flots pour le séduire et l'entraîner vers sa chute.

Quelle exquise façon de quitter ce bas monde !

Il détourna les yeux avant de faire un truc stupide, comme la rejoindre.

— Ils ont été envoyés dans la tribu de leurs ancêtres. C'était avant que les Amérindiens ne se séparent totalement des vampires.

Puisque les vampires de naissance ressemblaient à des humains et avaient les mêmes besoins qu'eux jusqu'à l'adolescence, beaucoup de tribus les acceptaient en leur sein… jusqu'à ce que leur nature se manifeste et que les humains deviennent des proies.

Encore un clapotis.

— C'était combien de temps avant ta naissance ?

— Je suis né exactement neuf mois après que mon père a tué le compagnon de ma mère.

— Il n'a pas perdu de temps, hein ?

— Non.

Et Hunter ne pouvait qu'imaginer le désastre que cela avait été.

Le clapotis de l'eau se poursuivit. Que trafiquait-elle là-dedans à la fin ?

— Est-ce que ta mère…

— M'en voulait ?

Il fixa le regard sur le plafond, détestant se remémorer cette époque de sa vie. MoonBound avait été un lieu bien ténébreux, et ses membres, à peine plus que des hommes de Cro-Magnon.

— Je le pense, oui. Mais elle ne m'a jamais maltraité. Elle était simplement… distante. Du moins, jusqu'à ce que ses fils aient atteint la puberté et que la tribu qui les avait recueillis les fiche dehors. Ils sont venus à MoonBound, quémander un endroit où vivre.

— Ton père a-t-il accepté ?

Il ferma les yeux.

— Il m'a confié cette décision.

Ce qui avait été cruel de sa part, et Hunter s'était souvent demandé si son paternel avait agi par pur sadisme ou s'il avait cherché à lui enseigner l'art de gérer des décisions difficiles. Peut-être les deux. Sans doute les deux.

Aylin marmonna dans sa barbe.

— C'est terrible. Quel âge avais-tu ?

— Dix ans. (Un enfant selon les critères vampires.) Je les ai chassés.

Il se risqua à lui glisser un regard, s'attendant à y lire l'horreur, la pitié ou une autre émotion tout aussi effroyable, mais il ne vit que curiosité et patience. Ce qui ne l'empêcha pas de se sentir agressé, peut-être parce qu'il n'avait jamais cessé de remettre en question sa décision.

— Je n'avais pas le choix, se défendit-il. Si je les avais autorisés à rester, mon père aurait fini par les tuer.

— Qu'a fait ta mère ?

Une boule se forma dans sa gorge. *Merde !* Il pensait que les actions de sa mère n'avaient plus d'emprise sur lui, mais non. Apparemment, les effets d'un traumatisme se poursuivaient dans le temps.

— Elle ne m'a jamais pardonné. Des décennies plus tard, j'ai commencé à énoncer mes doutes sur la gouvernance de mon père. La plupart des membres lui étaient loyaux, de peur, mais quelques-uns estimaient, comme moi, qu'un changement était nécessaire. Alors, mon père m'a ordonné de quitter MoonBound et de créer mon propre clan ailleurs. Le problème, c'est que beaucoup des nôtres voulaient me suivre. À l'évidence, il était… loin d'être ravi.

— Qu'a-t-il fait ?

— Il a essayé de me tuer. On s'est battus. Il est mort.

Cela sonnait si simple et normal, n'est-ce pas ?

Mais Hunter n'oublierait jamais comment, alors que des années de maltraitances verbales, émotionnelles et physiques bouillonnaient en lui pendant ce combat, il était devenu le monstre qu'il s'était juré d'éviter. Et quand il avait assené le coup fatal à son père qui gisait en pleine forêt, se vidant de son sang, il avait éprouvé… de la satisfaction. Voire un peu de joie.

Et même à cet instant il ne pouvait chasser le plaisir coupable que lui procurait la mise à mort, et il aurait souhaité que Samnult glisse une bouteille de vodka dans le sac à provisions. Il était bien plus facile de noyer sa honte que de se la rappeler.

— Et ta mère ? s'enquit Aylin.

— Comme je te l'ai dit, elle ne m'a jamais pardonné. Elle sapait en permanence mon autorité, essayait de retourner les membres du clan contre moi. J'ai dû la bannir. Elle est partie un soir de tempête et je ne l'ai plus jamais revue.

Il osa enfin reposer les yeux sur Aylin et le regretta aussitôt. Elle était toujours face à lui, les avant-bras contre la margelle, les épaules hors de l'eau, mais à présent le bas de son corps flottait tandis que ses pieds remuaient délicatement. Ses fesses fermes et rebondies remontaient à la surface et des gouttelettes translucides perlaient sur sa peau satinée. Que ne donnerait-il pas pour les lécher !

Et il ne s'arrêterait pas en si bon chemin. Il avait encore son goût sur la langue, mais il en voulait plus. Tellement plus ! Et il ne pouvait rien avoir.

Aylin allait se transformer en pruneau si elle ne sortait pas de ce bassin, mais, même si elle se trouvait dans un royaume de dangers et qu'elle avait déjà frôlé la mort à plusieurs reprises, elle ne s'était jamais sentie aussi détendue. Il était malvenu de sa part de jouir ainsi du temps passé avec Hunter, elle le savait, mais c'était la première fois qu'un mâle s'intéressait à elle, et elle ne voulait pas en gaspiller la moindre seconde.

— Assez sur mes parents, dit Hunter en se tournant vers le feu. Parle-moi de ta mère. Je sais qu'elle était humaine quand Kars l'a prise, et qu'elle est morte en couches, mais c'est tout.

Bon, cette discussion n'était peut-être pas aussi plaisante, après tout.

— Le clan de mon père a attaqué un camp ferroviaire dans les années 1860. Ils ont massacré les hommes, capturé les femmes. (Elle se hissa hors de l'eau et s'enroula dans une serviette.) Tu devines pourquoi.

Hunter acquiesça de la tête, les ombres qui dansaient sur son visage soulignant son expression dégoûtée.

— Eh bien, mon père s'est entiché de ma mère et l'a épargnée, la gardant captive bien après le décès des autres prisonnières.

Aylin avait entendu ces histoires un nombre incalculable de fois, de la part de son père comme des nostalgiques du « bon vieux temps », quand les vampires sévissaient librement et que leurs actes ignobles étaient attribués aux tribus natives.

» Il a fini par la vampiriser, mais, selon certains, elle ne s'y est jamais vraiment faite. Tout le monde s'accorde à dire qu'elle était la seule chose que mon père ait jamais aimée.

Hunter leva les yeux et, quand il les posa sur elle, Aylin aurait juré que ses pupilles avaient foncé.

— C'est aussi ce que tu crois ? s'enquit-il d'une voix rauque et ténébreuse, et une vague de chaleur lécha la peau, déjà chaude, d'Aylin.

Il lui avait dit qu'il la désirait, et, à présent qu'il lui en avait fourni la preuve, elle le voyait comme le nez au milieu de la figure. Culpabilité et plaisir la submergèrent, se mêlant si bien qu'elle ne put s'accrocher ni à l'une ni à l'autre. Hunter appartenait à Rasha, mais… il ne la voulait pas.

C'est moi qu'il veut !

Encore plus de plaisir. Encore plus de culpabilité.

Quelle poisse !

— Je pense que mon père aime Rasha, déclara Aylin tandis qu'elle se glissait dans la robe crasseuse qu'elle avait portée toute la journée.

— Et toi ?

— Il me juge responsable de la perte de ma mère. (Elle ricana.) Tu sais comment pensent les disciples du corbeau. Le deuxième jumeau possède une âme maléfique. En plus, je suis venue au monde avec une malformation congénitale. C'est ce qui s'appelle « jouer de malchance ». Coup sur coup.

— Peut-être, répondit Hunter derrière elle, que c'est là une preuve de son amour. Les partisans du corbeau détruisent le second jumeau, comme tout enfant né mal formé. Le fait qu'il s'en soit gardé…

— … ne signifie rien. Il aimait ma mère, et, avant de mourir, elle l'a supplié de m'épargner. C'est l'unique raison pour laquelle je suis en vie.

Elle se retourna vers Hunter dont les yeux, brûlants comme des charbons ardents, étaient fixés sur elle tel un prédateur dans la nuit. Cela suffit à lui couper le souffle. À la liquéfier de l'intérieur. À lui faire presque oublier qu'elle avait une sœur qui attendait son compagnon.

— Je pense que c'est plus compliqué que cela.

Hunter se leva et ses muscles magnifiques roulèrent sous sa peau qui étincelait à la lueur des flammes.

— Il s'est exposé à une rébellion en te laissant sauve.

— Dois-je comprendre que tu ne prendrais pas un tel risque pour la femme que tu aimes ?

— Je serai prêt à prendre tous les risques pour celle que j'aime.

Hunter s'avança vers elle, la captivant par sa beauté. Il s'arrêta à trente centimètres d'elle, assez près pour qu'elle flaire la fumée et la sueur sur sa peau. Assez près pour que le désir de le goûter la fasse saliver.

— Tous les risques, répéta-t-il. C'est précisément pour cela que je ne peux pas tomber amoureux.

— Tu ne peux pas, murmura-t-elle d'une voix éraillée, ou tu ne veux pas ?

Pendant un long moment, il ne dit rien, mais elle vit que la bataille faisait rage dans ses yeux et se demanda s'il pensait à Rasha. Son ventre se noua. Alors qu'elle désespérait qu'il réponde, il se détourna et commença à se diriger vers le bassin, son épaisse crinière balayant son large dos tandis qu'il marchait.

— Cela fait-il la moindre différence ? Le clan est ma priorité. Point.

— Ce n'est pas pour autant que tu ne peux pas être heureux.

S'arrêtant sur ses pas, il secoua la tête.

— Comment peux-tu avoir grandi à ShadowSpawn et continuer à être aussi naïve ?

— Comment aurais-je pu grandir à ShadowSpawn sans espérer et rêver de jours meilleurs ?

Voilà ce qui lui avait permis de rester saine d'esprit. Si elle n'avait pas aspiré à une vie meilleure, elle serait morte de désespoir depuis bien longtemps.

— Espères-tu toujours des jours meilleurs ?

Elle croisa fermement les bras sur la poitrine. Personne ne pouvait lui enlever ses rêves.

— Oui.

— Eh bien, je te souhaite de les vivre, Aylin, de tout mon cœur. Mais j'ai appris il y a belle lurette qu'espérer était une perte de temps. J'ai espéré avoir des enfants. J'ai espéré m'unir avec une femme que j'aimerais. Tout ce que j'espère aujourd'hui, c'est survivre à demain. On verra bien. (Il s'affaira sur sa ceinture, et elle se détourna lorsqu'il laissa tomber ses vêtements au sol.) Repose-toi un peu. Peut-être auras-tu plus de chance avec tes souhaits que moi avec les miens.

Elle en doutait, puisqu'elle souhaitait que Hunter puisse être sien.

Chapitre 23

Hunter se réveilla au cri d'une créature à l'agonie. Il sauta de la couverture qu'il partageait avec Aylin et fonça vers l'entrée de la grotte. Cette fois encore, il prit soin de ne pas franchir le seuil, mais il n'avait nul besoin de sortir pour savoir ce qui se passait. Il voyait parfaitement le carnage de là où il se trouvait.

Le plus bizarre, c'est que le paysage désertique avait disparu, remplacé par une jungle luxuriante qui aurait pu provenir de la forêt tropicale amazonienne.

— Qu'est-ce qu'il y a ?

À tout autre moment, la voix rauque et ensommeillée d'Aylin l'aurait fait durcir sur-le-champ. Or, à cet instant, elle soulignait simplement qu'ils seraient bien vulnérables une fois qu'ils auraient quitté ce havre.

— Je n'en sais rien. Mais un truc vraiment maous vient de mettre en charpie un autre truc vraiment maous.

Elle le rejoignit, inspirant brusquement à la vue des restes d'un animal poilu qui, de son vivant, avait dû ressembler à un mammouth laineux carnivore. Sa tête reposait contre le sol, son sang gouttait de larges feuilles, et ses yeux vitreux semblaient fixés sur eux.

Hunter se tourna vers Aylin, désireux de lui épargner cette horreur, mais elle passa devant lui et fit face au répugnant spectacle.

— Tu n'as pas besoin de me protéger, Hunter. Je suis plus forte que j'en ai l'air.

Il la balaya d'un regard admiratif.

—Oui, tu l'es.

Pour sûr, elle l'était beaucoup, beaucoup plus qu'il ne l'aurait parié lors de leur première rencontre.

Certes, avant leur voyage jusqu'à ce maudit royaume, il avait vu qu'elle était coriace, cependant sa force tranquille lui venait du cœur. Elle avait changé depuis leur arrivée, et, même si la guérison de sa jambe n'y était pas étrangère, il y avait plus que ça.

La veille, elle avait percé la plaie purulente que la vie au sein de ShadowSpawn lui avait infligée. Elle avait affirmé ne jamais s'énerver, mais la bouteille d'eau brisée en mille morceaux tendait à prouver le contraire. Hunter pressentait qu'elle avait contenu beaucoup de colère au fil des années et que, pour la toute première fois, elle se sentait suffisamment puissante pour la laisser exploser.

—Mon père va avaler sa langue quand il va apprendre que je t'ai accompagné dans cette quête, et il l'avalera de nouveau lorsqu'il me verra marcher sans boiter, dit-elle. J'espère qu'il s'étouffera avec.

—Moi aussi.

Hunter l'espérait de tout cœur. La mort de Kars résoudrait tout un tas de problèmes. Il fit un signe en direction des provisions.

—On devrait grignoter quelque chose, ajouta-t-il.

D'ici peu, ils devraient sortir et se confronter au défi que Samnult leur avait préparé. Hunter voulait retarder le moment fatidique, traîner dans la grotte jusqu'à ce qu'ils viennent à manquer de nourriture parce que, même s'ils réussissaient l'épreuve, l'enfer ne s'arrêterait pas.

Il devrait faire ses adieux à Aylin, au bout du compte.

Quand ils eurent mangé les barres de pemmican et la moitié du gibier séché, ainsi que le reste de sang humain, Aylin soupira.

—On devrait s'y mettre.

— Je sais.

Elle se releva d'un bond.

— Rien ne vaut le temps présent, hein ?

— Aylin, attends.

Hunter se redressa et ramassa la hachette. Il laissa la machette, car une fêlure dans la lame la rendait inutile.

— Prends ça, ajouta-t-il.

Elle secoua la tête.

— Tu es plus fort et plus rapide, et tu as plus d'expérience au combat. Tu en feras bien meilleur usage que moi.

Peut-être, mais c'était précisément pour cette raison qu'elle en avait plus besoin que lui.

— Je ne discuterai pas, gronda-t-il.

— Bien. Parce que je ne discute pas non plus. (Arborant un grand sourire, elle repoussa la hachette quand il essaya de la lui fourrer dans les mains.) Je prendrai le canif.

Un canif n'était pas une arme adéquate.

— Bon sang ! Aylin…

— Fais-moi confiance, je suis douée avec les petites lames.

Si elle maniait le couteau au moins aussi bien que la hachette, elle battrait la moitié des guerriers de MoonBound à plates coutures, mais cela ne plaisait guère à Hunter.

— Je suis la meilleure à ShadowSpawn, poursuivit-elle. Mon père sort de ses gonds chaque fois que je remporte les compétitions de lancer. Il a appris à ne jamais me laisser participer, sauf contre un autre clan. (Elle s'empara du canif sur la couverture et le déplia.) Il ne faudrait surtout pas vexer nos mâles, hein ? (Elle afficha une mine ravie.) Mais il s'est toujours servi de moi comme arme secrète contre les clans rivaux. J'ai même humilié NightShade, un jour, en contrant leurs flèches en plein vol avec un simple couteau à beurre. Tseeveyo était tellement furax qu'il a exécuté l'un de ses hommes sur-le-champ.

Le nom de Tseeveyo faillit faire exploser le rageomètre de Hunter.

— Tseeveyo ferait passer ton père pour un ange. Ce salopard dépravé. J'éprouve de la pitié pour son harem.

— La plupart de ses compagnes n'ont pas le choix, dit Aylin en coinçant la lame dans sa botte.

Il y avait beaucoup trop de femmes dans le monde qui se trouvaient sur ce même bateau.

— Il récupère n'importe quelle femelle rejetée par les autres clans. Plus elles sont jeunes, mieux c'est. (Il jura.) Les pauvres! elles s'en tireraient à meilleur compte si elles étaient mortes.

Aylin pinça les lèvres comme si elle essayait de décider quoi répondre.

— C'est une option, je suppose.

Elle se dirigea vers la sortie, et la panique saisit la poitrine de Hunter.

— Attends.

Il se précipita vers elle, l'attrapa par le coude et la fit tourner vers lui.

Il n'était pas encore prêt à renoncer à ce moment avec elle. À mettre un terme à ce temps passé ensemble. C'était là leur ultime chance d'être seuls, sans les complications liées à la vie du clan, sans Rasha, et sans aucun monstre gigantesque qui voulait les dévorer.

Aylin leva les yeux vers lui, ses iris saphir étincelant de vitalité. Elle avait réellement gagné en assurance au cours de ces deux derniers jours, et s'il avait été attiré par elle auparavant, à présent il se sentait incapable de résister à cette attraction presque magnétique. Elle était une rose splendide qui s'était couverte d'épines, et il la laisserait volontiers le piquer.

— Je t'en prie, ne revenons pas sur le sujet. Sauf si tu comptes me dire que tu vas rompre l'accord avec mon père et m'épouser au lieu de Rasha. Sinon, tais-toi.

La douleur transperça la poitrine de Hunter. Il le voulait. Que le Grand Esprit lui soit témoin, il le voulait tellement, mais il avait signé un pacte, de son propre sang, stipulant qu'il s'unirait à Rasha. À moins qu'elle ne commette un crime sérieux ou que ShadowSpawn soit détruit par les humains ou un clan rival, il était coincé.

— Je ne peux pas, répondit-il d'une voix éraillée au possible, mais sache que, comme chef de clan, je n'ai jamais rencontré de femelles que je souhaitais prendre comme compagne. Jusqu'à ce que je fasse ta connaissance.

Les yeux d'Aylin étincelèrent d'indignation.

— Je t'ai demandé de te taire. C'est supposé me consoler la nuit, quand je te saurai au lit avec Rasha alors que tu devrais être avec moi ? Suis-je censée être réconfortée par le fait que tu préférerais que ce soit moi qui t'enserre entre mes jambes pendant que tu es en train de te taper ma sœur ? Tu as de la chance, parce que Rasha et moi partageons le même visage. Au moins, tu pourras faire semblant.

Elle s'écarta brusquement de lui, mais il la rattrapa avant qu'elle ait pu faire un pas.

— Je ne ferai pas semblant, jura-t-il. Et vous ne partagez pas le même visage. Vous avez beau être jumelles, elle est aussi laide que tu es belle.

L'espace de quelques instants, il fut incapable de deviner ce qu'elle pensait. Aylin, dont les émotions clignotaient normalement sur son visage comme un néon, demeura aussi impassible qu'une statue. Puis un écran de givre tomba sur ses yeux, à tel point que Hunter sentit le souffle d'une brise glacée sur sa peau.

— On peut y aller maintenant ? (Elle s'éloigna, lui tournant le dos et le rejetant pour de bon.) Je suis prête à laisser la nuit dernière derrière nous.

Oh, oui ! pour piquer, ses épines piquaient.

Aylin se sentait comme la reine des pétasses tandis qu'elle se dirigeait vers l'entrée de la grotte. À l'évidence, Rasha et elle partageaient bien plus que leur physique.

Mais peut-être était-il temps qu'elle s'affirme davantage que par le passé… un passé au cours duquel sa façon de contre-attaquer avait été subtile et secrète. Un changement s'était opéré en elle depuis qu'elle était arrivée dans cet étrange royaume ; elle avait acquis une assurance nouvelle qui lui avait rendu la voix qu'elle avait toujours réprimée. La nuit dernière avait été époustouflante, mais, au matin, la réalité les avait rattrapés avec le lever du soleil. Hunter et elle ne seraient plus jamais ensemble et cette douloureuse vérité la faisait tellement souffrir que ses émotions étaient à fleur de peau, l'élançant chaque fois qu'elle le regardait. Elle aurait pété les plombs même s'il lui avait dit autre chose.

Et ce n'était pas trop tôt !

Dommage qu'elle allait sans doute mourir dans les prochaines minutes. Ce fait tempéra suffisamment sa colère résiduelle pour qu'elle se tourne vers Hunter lorsqu'il murmura son nom.

— Quoi ? fit-elle avec lassitude.

Oh, ce qu'elle maudissait son flegme martial ! Comme si ses dernières paroles ne l'avaient guère ennuyé.

Cela dit, s'il n'était pas capable de mettre ses problèmes personnels de côté quand sa vie était en jeu, il ferait un piètre guerrier, et un dirigeant encore plus médiocre.

— Avançons vers la colline la plus proche. Les arbres devraient nous offrir une couverture jusqu'à ce qu'on atteigne une position privilégiée et qu'on décide de quoi faire ensuite.

N'ayant pas de meilleure idée, elle acquiesça de la tête, et ils sortirent de la grotte. Aussitôt, comme s'il venait de traverser un voile atmosphérique, l'air chaud et humide les frappa de plein fouet, étouffant presque Aylin chaque fois qu'elle l'inspirait. Ils arpentèrent le sol forestier spongieux avec prudence, veillant à éviter les mares de sang et les morceaux éparpillés de l'animal déchiqueté.

D'étranges cris stridents filtraient à travers la canopée, mais, dès qu'Aylin levait les yeux, les créatures qu'abritaient les vertes cimes se taisaient, ne laissant que le clapotis de l'eau qui gouttait des feuilles. Alors qu'ils franchissaient un ravin peu profond, Hunter s'agenouilla, sa hachette à la main, pour examiner une empreinte qui semblait avoir été faite par une bête mi-ours mi-ptérodactyle.

— Mince ! ce truc est énorme.

Hunter marmonna dans sa barbe quelque chose comme « enculé de Samnult », mais Aylin n'en était pas sûre.

Notamment parce qu'à cet instant précis quelque chose rugit. Et cette chose était proche.

— C'était quoi, ça ? (Hunter se redressa avec agilité tandis qu'Aylin empoignait son canif.) Où est-il ? Je ne vois rien.

Aylin ne le voyait pas non plus, mais elle l'entendait. Un battement d'ailes caractéristique… Elle regarda en l'air juste au moment où l'ours-ptérodactyle perçait l'épaisse voûte des arbres, dispersant les plus petits animaux sur son passage dans une pluie de branches et de feuilles.

De la taille d'un avion à réaction, la créature recouverte de fourrure brune possédait des ailes noires lustrées capables de soulever un Boeing 747. Ses yeux rouges se braquèrent sur Aylin comme deux lasers, et elle aurait juré que son bec, renfermant deux rangées de dents acérées, s'était retroussé en un sourire.

C'était une machine à tuer volante.

Dans sa poitrine, sa tourterelle s'agita, prête pour l'action. Elle ne l'avait encore jamais envoyée communiquer avec une créature qui semblait vouloir la croquer en guise de déjeuner, mais la chose qui fondait sur eux avec son énorme gueule béante et ses serres de la taille d'une machette la persuada de tenter le coup.

Elle libéra l'oiseau alors que Hunter la plaquait au sol. Ils roulèrent ensemble et Hunter atterrit sur Aylin. Elle entendit un cri strident, le bruit d'une déchirure, et le grognement de Hunter, puis sentit l'odeur piquante du sang.

— Merde ! s'écria Hunter dans un sifflement. L'oursdino m'a eu.

Aylin rampa pour se dégager tandis que l'oursdino, comme il l'avait appelé, se propulsait dans les airs, le sang gouttant de l'une de ses griffes. Hunter bondit sur ses pieds, un bras enroulé autour de la cage thoracique. Une profonde entaille s'étirait de son aisselle à sa colonne vertébrale, exposant les muscles et les os.

— Hunter !

Elle courut vers lui, mais il lui hurla un avertissement, et elle fit volte-face à temps pour voir l'oursdino fondre de nouveau sur eux.

Cette fois, il avait la tourterelle triste dans son bec. Oh, merde… elle n'avait pas pensé que les animaux esprits pouvaient mourir, mais la bête déchira le petit volatile en deux sous ses yeux. Deux minuscules ailes grises et des gouttelettes écarlates plurent au sol.

— Non ! Non !

La douleur, comme si on venait de lui arracher un organe, la fit chanceler. Mais alors que le monstre fonçait sur elle, la stupeur et le chagrin se muèrent en rage. D'un mouvement fluide, elle déplia le canif, visa et le lança.

La lame s'enfonça profondément dans l'œil de l'ours ailé, qui poussa des cris d'agonie et dévia de sa course, zigzaguant entre les troncs d'arbres. Il tomba la tête la première de l'autre côté de la terre humide dans une explosion de poils et de plumes. Pendant quelques secondes de suspens, Aylin retint son souffle, espérant de tout cœur en avoir fini avec la créature.

Puis, tel le phénix renaissant de ses cendres, celle-ci s'élança dans les airs et se mit à planer. Elle déploya ses ailes, fit demi-tour et piqua de nouveau droit sur eux.

— Cours ! hurla Hunter. Vers les buissons !

Les mots avaient à peine quitté sa bouche que la bête accéléra et attaqua avec ses pieds. Mais Hunter était rapide, et il abattit sa hachette au moment où l'oursdino le percutait, plantant l'arme dans son gosier duveteux. Le sang gicla sur les épaisses feuilles. La créature s'écroula et dégringola la colline telle une boule sanglante de poils et de plumes jusqu'à ce qu'elle heurte un rocher de la taille d'un bus.

— Tu as réussi !

La voix d'Aylin était éraillée, ses genoux flageolaient, mais un sentiment de triomphe l'étreignit comme un chant cérémoniel.

Elle se tourna vers Hunter… et son cœur cessa brusquement de battre.

Il gisait sur un lit de mousse dans une mare de sang. Le sien. Son torse était ouvert en deux, ses organes se répandaient de l'entaille qui allait de son nombril à sa gorge.

— Hunter ! (Elle rampa vers lui.) Non, hurla-t-elle. Non, non, non !

Ses yeux éteints étaient fixés sur le ciel alors qu'elle rejoignait son corps sans vie et se jetait dessus.

— Je t'interdis de mourir, salaud ! Hunter !

Elle le souleva maladroitement pour le serrer dans ses bras. Il pesait lourd, ses membres étaient lâches, sa peau cendreuse tandis que les tripes d'Aylin lui soufflaient ce que son cerveau refusait d'entendre.

Hunter était mort.

C'était impossible. Pas après tout ce qu'ils avaient traversé. Pas après qu'elle l'avait incendié pour ne pas l'avoir choisie à la place de sa sœur, même si elle savait qu'il était pieds et poings liés. Et si c'était sa colère qui l'avait décontenancé ? Et s'il était mort par sa faute ?

Sans cesser de sangloter, elle le pressa contre elle, berçant son corps inerte tandis que les larmes ruisselaient sur ses joues.

— Il s'est bien battu.

Samnult se matérialisa à un mètre d'elle, arborant cette fois une apparence humaine qu'Aylin n'avait encore jamais vue, vêtu d'un costume décontracté. À croire qu'organiser des combats à mort faisait partie de sa routine quotidienne.

— Aidez-le, l'implora-t-elle. Je vous en prie.

Samnult affichait un air curieusement affectueux. Il s'exprima avec douceur.

— Seule toi peux l'aider, à présent, Aylin.

Le corps de Hunter refroidissait déjà… Même dans cette fournaise, sa précieuse chaleur le quittait.

— Comment ? demanda-t-il d'une voix étranglée. Je ferai n'importe quoi.

— N'importe quoi ? répéta le démon d'un ton sinistre.

La compassion s'était envolée pour céder la place à l'implacabilité à laquelle Aylin choisit de ne pas prêter attention. Si elle pouvait aider Hunter, elle le ferait, quel qu'en soit le prix.

— En es-tu certaine ?

Pourquoi posait-il des questions aussi stupides et lui faisait-il perdre son temps ? Pressant le visage de Hunter contre sa poitrine, elle le berça le plus près possible de son cœur palpitant, comme si ce dernier pouvait lui réinsuffler la vie.

— Oui.

Samnult arbora un sourire diabolique, révélant deux crocs de vampire grands comme le pouce d'Aylin.

— Je veux tes rêves.

Elle cligna les yeux.

— Mes… rêves ?

OK, ça ne semblait pas si terrible. Bizarre, peut-être, mais il y avait pire que dormir d'un sommeil sans rêves.

— Tes rêves de normalité. De ne plus être considérée comme une malédiction et un monstre. (Il jeta un coup d'œil à sa jambe.) Tu redeviendras une éclopée.

Les entrailles d'Aylin se nouèrent. Il ne parlait pas de rêves… il parlait de cauchemars. Il lui avait permis d'entrapercevoir ce que c'était d'être valide et bien portante, et, pendant vingt-quatre heures, elle s'était imaginé vivre la vie qu'elle se serait choisie. Même si cela signifiait squatter les égouts de Seattle et manger des rats en guise de dîner, au moins elle aurait été libérée des chaînes qui la liaient à la volonté de son père.

Et Samnult exigeait qu'elle renonce à tout ça. Qu'elle redevienne estropiée. Estropiée et coincée avec Tseeveyo. Si elle acceptait ce marché, elle se retrouverait au point de départ, c'est-à-dire… dans une merde royale. Mais Hunter serait en vie.

Au bout du compte, il ne s'agissait pas d'un choix.

— Faites-le, répondit-elle brusquement. Je vous en prie.

Sam sourit.

— Hunter a bien choisi.

Bien choisi ? Il n'avait pas eu le choix, et elle se demanda soudain quel aurait été celui de Rasha si la vie de Hunter avait été en jeu.

Non, elle n'avait pas besoin de se poser la question. Rasha l'aurait laissé mourir.

— Suis-moi, Aylin. (Samnult lui tendit la main.) J'ai quelque chose à te montrer.

Chapitre 24

Hunter venait de faire le plus curieux des rêves. Il chevauchait un étalon, la monture à robe pie qu'il avait enfant, sur une plaine qui s'étendait à perte de vue. Armé d'un arc, il suivait un troupeau de bisons, mais, bizarrement, il n'était pas là pour chasser. Il n'avait pas faim, et les animaux n'avaient aucunement peur de lui.

Il avait l'étrange pressentiment que, même s'il décochait une flèche à l'un des bovidés, il ne le blesserait pas.

La seconde d'après, il se trouvait attablé dans une vaste et bruyante salle, et dînait en compagnie de guerriers morts depuis des lustres. La musique et les éclats de rire emplissaient la pièce, ainsi que le fumet alléchant de tous ses plats favoris.

— C'est bon de te voir, mon ami, dit le mâle en face de lui.

Soaring Jay, un ami d'enfance humain de la tribu umatilla, leva une coupe d'argent remplie d'un liquide bleu avant d'ajouter :

— Mais tu n'es pas à ta place ici.

— C'est trop tôt, renchérit une femme aux cheveux platine de la tribu de Hunter.

Leaf on the Wind, que tout le monde appelait simplement Leaf, avait été tuée par des humains vingt-cinq ans plus tôt. Elle était assise à côté de Soaring Jay, et leurs doigts étaient entrecroisés.

Où diable était-il ?

Troublé… mais étrangement serein, il resta assis à observer des dizaines, non des centaines d'amis et de proches de son passé tandis qu'ils dînaient et buvaient, chantaient et dansaient.

Je suis en train de rêver, songea-t-il. Forcément. À moins que… à moins qu'il ne soit mort.

« Où est Hunter ? »

La voix, si familière et pourtant si lointaine, résonna dans ses oreilles.

— Aylin ?

Toute l'assemblée le regarda avec, il l'aurait juré, pitié.

« Il ne comprend toujours pas. »

« Hunter a tant à faire. »

« Il est perdu, mais il retrouvera le chemin. »

Les murmures qui s'élevaient de la pièce couvraient presque les paroles d'Aylin, et il ne parvint pas à la localiser. Il se leva brusquement et cria de nouveau.

— Aylin ! Où es-tu ?

« Maudit sois-tu, Samnult. (La voix d'Aylin dériva vers lui, semblant filtrer d'une boîte de conserve.) Si Hunter n'apparaît pas dans les cinq secondes, je t'éviscérerai à mains nues. »

Soudain, Hunter ne se trouvait plus dans l'étrange réfectoire. Il se tenait au milieu d'une espèce d'arène. Des murs de pierre se dressaient tout autour de lui et sur les gradins au-delà s'entassaient des spectateurs armés jusqu'aux dents et vêtus du costume amérindien traditionnel représentant des douzaines de tribus. Des os et des crânes humains jonchaient le sol de l'amphithéâtre de style romain, si nombreux qu'il faudrait des jours, voire des semaines, pour les compter.

Sans déconner, c'était quoi tout ce cirque ?

Le grincement caractéristique des roues métalliques fit vibrer le sable sous ses pieds, puis le portail de fer au fond de l'arène s'ouvrit. Hunter se ramassa sur lui-même, s'attendant à ce qu'une bête ou un colosse en armure surgisse soudain pour le tuer.

Au lieu de quoi, une jeune femme blonde courut vers lui et son cœur fit un bond. Aylin ? Mais pourquoi boitait-elle ?

Peu importe. Il s'en fichait. Il piqua un sprint dans sa direction, rompant la distance qui les séparait en trois secondes. Son cœur gonfla de bonheur lorsqu'elle se jeta dans ses bras. S'il était mort, tant pis ! Aylin était à son côté, et rien d'autre ne comptait.

— Grâce au Créateur ! souffla-t-elle à plusieurs reprises tandis qu'elle l'embrassait sur les joues, le cou, le menton et, enfin, sur les lèvres.

Il accueillit son baiser avec le même enthousiasme, grondant tout bas dans sa gorge lorsque leurs langues se mêlèrent et qu'Aylin se cramponna à lui de toutes ses forces, se pressant tout contre lui.

— Prenez donc une chambre.

La voix pince-sans-rire brisa la magie du moment, mais n'empêcha pas Hunter de serrer Aylin contre lui et d'enfouir le nez dans sa chevelure. Il inspira à pleins poumons, s'assurant que c'était bien elle. Qu'il n'était pas fou à lier.

— J'avais peur que Samnult ne tienne pas parole, murmura Aylin.

Elle recula d'un pas sans ôter les mains des épaules nues de Hunter, y enfonçant les ongles si fort qu'il s'attendit à trouver des traces de sang plus tard. Mais il s'en fichait complètement. Il arborerait ces marques avec fierté.

Son regard alla entre Aylin et le démon.

— Que s'est-il passé ? Où sommes-nous ?

— Tu es mort, répondit Aylin. Tu es mort, et j'ai cru que tu étais parti pour toujours…

— Mais j'ai sauvé ta misérable vie, l'interrompit Samnult. Enfin, Aylin l'a fait. Œil pour œil. (Il haussa les épaules.) Ou, dans le cas présent, jambe pour vie.

« *Tu n'as pas ta place ici. C'est trop tôt.* » Toutes ces voix se bousculèrent dans son crâne, puis lui apparurent les images d'un ursidé ailé fondant droit sur lui. D'Aylin lui crevant l'œil avec son canif et de son torse ouvert en deux.

Il recula en chancelant, le cerveau assailli par un méli-mélo d'images, de sons et de douleur. La réalité le frappa de plein fouet, et il comprit qu'il n'avait pas dû tout été en train de rêver. Il avait été mort.

Et Aylin avait sacrifié ce qui comptait le plus pour elle… afin de le sauver.

—Oh ! Aylin.

Il avait la voix brisée, ce qui était approprié puisqu'elle avait renoncé à la seule chose qui aurait pu lui offrir une vie digne de ce nom.

—Ouais, ouais. (Samnult roula des yeux.) Le sacrifice est toujours plaisant. (Il fit un geste ample du bras.) Tu as demandé où nous étions. Nous sommes dans mon centre d'entraînement.

—Centre d'entraînement ?

Samnult hocha la tête. Derrière lui, un grand mâle blond franchit le même portail qu'Aylin. Il portait une tenue similaire à celle de Hunter, à un détail près : son harnais de cuir chargé d'armes meurtrières. Ses bottes foulèrent les os, qu'elles firent craquer.

—Que pensais-tu que je faisais avec tous les premiers-nés que j'exigeais des vampires de première et de deuxième générations ? (Samnult balaya l'assistance du regard.) Tu supposais sans doute que je les torturais ou les dévorais.

Précisément.

—Tous ces enfants se trouvent dans les gradins, reprit Sam. Les os appartiennent aux humains qui ont opprimé notre peuple. Qui ont massacré, maltraité et réduit les vampires en esclavage.

Aylin considéra la foule avec une admiration mêlée de crainte.

—Vous êtes en train de nous dire que vous avez arraché ces enfants à leurs parents pour… quoi ? organiser des combats de gladiateurs avec les humains ?

—Pour les entraîner à tuer les humains.

Samnult claqua des doigts et les os disparurent. L'homme blond s'avança à côté du démon… et regarda Hunter en faisant saillir ses crocs.

— La guerre approche, poursuivit Samnult. Et ces enfants que j'ai enlevés mèneront l'assaut. (Il tapota l'épaule couturée du nouveau venu.) Aylin Redmoon, voici ton frère, Pale Wolf.

Son frère ?

Aylin dévisagea l'individu qui se tenait devant elle et qui avait les mêmes yeux bleus, les mêmes cheveux blonds et la même carnation qu'elle, et dont la mâchoire carrée, la bouche cruelle et le nez épaté lui venaient à l'évidence de son père. Leur père.

Son regard froid la parcourut avec autant d'intérêt que si elle avait été un criquet par terre.

— Je… euh… salut.

Elle esquissa un sourire timide, mais le guerrier resta de marbre.

— Je t'ai observée. (Sa voix rauque, rocailleuse, ne ressemblait en rien à celle de père, ce qui, supposa-t-elle, était une bonne chose.) Pendant les épreuves, je t'ai observée. (Il tira une lame de son harnais d'armes et la lui présenta, manche vers elle.) Ton esprit chante, petite. Ton cœur est plus grand que les défis que tu as affrontés. Je suis honoré de t'appeler ma sœur.

Les yeux brûlants, elle accepta son présent. Le manche taillé dans une sorte d'ivoire épousait parfaitement la forme de sa paume, comme si elle avait été faite sur mesure.

— Je ne sais pas quoi dire.

Elle ne le savait vraiment pas. Que pouvait-elle dire à un frère qu'elle rencontrait pour la première fois, mais qui, à l'évidence, en savait bien plus sur elle qu'elle n'en savait sur lui ?

— Assez, dit Samnult, et soudain ils n'étaient plus dans l'arène.

Aylin, Hunter et Samnult se trouvaient là où Hunter et Aylin avaient commencé leur voyage.

Devant le portail.

Des souvenirs doux-amers ricochèrent à l'intérieur son crâne. Ils avaient fait l'amour sans pénétration, échangé leurs fluides vitaux, et noué un lien auquel elle s'accrocherait à tout jamais.

Et pourtant, même après qu'elle avait sauvé la vie de Hunter, ils ne pourraient jamais être ensemble.

Chassant brutalement ces pensées, elle les enferma dans un coin de sa tête et revint à l'instant présent.

— Où est mon frère ? demanda-t-elle au démon.

— Tu le reverras. Bientôt.

Aylin n'était pas sûre d'aimer cette réponse. Elle aurait adoré apprendre à connaître le frère qui avait été enlevé avant qu'elle ne vienne au monde, mais elle avait le sentiment que leur prochaine rencontre n'aurait pas lieu dans des circonstances des plus joyeuses.

Comme leur première rencontre, cela dit.

— En a-t-on fini ici ?

Hunter jeta un coup d'œil au cercle de pierres qui délimitait le portail, et Aylin se demanda s'il devait lui aussi refouler les souvenirs de leur premier voyage à travers le vortex.

— A-t-on réussi les tests ? ajouta-t-il. Ou ma mort… nous a-t-elle fait échouer ?

Les yeux noirs de Samnult devinrent vitreux, comme s'il revivait le moment… et, peut-être, le savourait.

— Vous avez réussi. Vous avez tué la créature. Le fait qu'elle t'ait tué aussi n'importe guère.

Aylin songea que Hunter ne devait pas partager cet avis.

— Et maintenant, quoi ?

— Maintenant ? (Le démon arqua un sourcil.) Maintenant, vous partez. Mais d'abord vous avez le droit de me poser une question chacun. Celle que vous voulez. (Il leva la main.) Et j'espère que les prochains mots qui sortiront de votre bouche ne seront pas : « N'importe laquelle ? » Parce que ça comptera comme une question. Autre chose : inutile de chercher à connaître l'avenir. Je ne fais pas de prédictions.

Aylin croisa le regard de Hunter, se demandant quelle question il allait lui poser.

Enfin, ce dernier prit la parole.

—Je suis intrigué par l'imprégnation et la façon dont elle survient. Quel en est le but, surtout si elle est involontaire et à sens unique ?

—Ah ! oui. Excellente question.

Samnult s'adossa à un arbre qui venait d'apparaître. Aylin avait hâte de regagner le monde réel, là où les arbres ne bougeaient pas.

—L'imprégnation est un signe de compatibilité génétique, expliqua-t-il. Quand un mâle imprègne une femelle et acquiert la marque d'union, les chances de conception pour le couple sont multipliées. Le lien en lui-même garantit que le mâle désire physiquement la femelle, augmentant ainsi la probabilité que des enfants soient issus de cette union.

—Cela signifie-t-il qu'il existe de multiples femmes de par le monde avec lesquelles un homme peut s'unir ? Pas juste une ?

—C'est une autre question. Mais je vais y répondre. Oui. L'idée que pour chaque homme il n'y ait dans tout l'univers qu'une seule femme destinée à être imprégnée est ridicule au possible. Et j'ajouterai ceci : un mâle n'imprégnera pas toujours une femelle avec laquelle il est compatible. Tout est une question de synchronisme. (Il étudia ses ongles avec une décontraction exagérée.) Et il se pourrait que j'y sois pour quelque chose.

—Me dis-tu que j'ai couché avec des femelles compatibles par le passé ? Que si le timing avait été le bon j'aurais pu les imprégner ? De qui s'agit-il ?

—J'ai répondu à ta question. De plus, tu connais déjà la réponse.

Hunter fronça les sourcils avant de jeter au démon un regard noir.

— Les mères de mes enfants décédés. J'aurais pu les imprégner ?

— Je ne répondrai plus à aucune de tes questions, déclara Samnult avec un ton d'avertissement. Mais rappelle-toi que ces femelles sont mortes ou parties. Imprégner l'une d'entre elles t'aurait détruit, alors garde ta colère pour toi. (Il se tourna vers Aylin.) As-tu une question pour moi ?

Il y avait un million de questions qu'elle pouvait lui poser, et, toute sa vie, elle avait voulu savoir pourquoi elle était née avec une jambe tordue. Mais les récents événements avaient changé les choses. Cela n'importait plus. Ce qui était fait était fait.

— Au cours du troisième défi, mon animal totem a été tué, commença-t-elle d'une voix rauque et Hunter pivota vers elle, la scrutant du regard.

— C'est impossible. Nos totems sont des esprits. Ils ne peuvent pas mourir. (Il jeta un coup d'œil à Samnult.) N'est-ce pas ?

Le démon émit un son semblable à celui d'un bipeur lors de l'élimination d'un candidat dans un jeu télévisé.

— Faux. Dans mon royaume, tout peut mourir.

— En recevrai-je un nouveau ?

— Non. Mais comme le dit cette expression humaine agaçante au possible, quoique tout à fait appropriée, quand une porte se ferme, une autre nous rentre dans le cul. Ou un truc du genre. (Il renifla avec dédain.) Le vortex vient de s'ouvrir derrière vous, ne tardez pas. Vous sortirez comme vous êtes entrés. En partageant votre sang à poil. Ciao !

Sur ce, Samnult disparut.

— Je suis désolé, dit Hunter. Perdre ton esprit animal… Merde ! ça ne doit pas être facile.

Pas facile du tout. Elle sentait en elle un manque indescriptible.

— Je me sens vide, reconnut-elle.

— Je suis vraiment désolé. Tout est ma faute. Tu as perdu ton esprit animal, puis ta jambe…

Il avait l'air de vouloir la toucher, la serrer dans ses bras, peut-être, mais un étrange malaise s'était installé entre eux à présent qu'ils s'apprêtaient à regagner le monde réel. Le monde réel dans lequel Rasha ferait partie de sa vie, et où Aylin ne serait qu'une simple spectatrice.

— On en a déjà parlé. C'était mon choix de t'accompagner. Je connaissais les risques.

Enfin, perdre sa tourterelle lui avait fait un choc, mais elle avait pensé passer l'arme à gauche avant la fin du périple, alors le fait qu'elle soit encore en vie était un sacré bonus.

— Et ma jambe ne devrait même pas faire partie de l'équation. Je suis venue ici en boitant, donc je n'ai rien perdu.

Même si elle devait reconnaître qu'en avoir le plein usage et n'éprouver aucune douleur, ne serait-ce que pour une courte durée, avait été un cadeau.

Comme la nuit dans la grotte avec Hunter.

Hunter déglutit, et, quand il reprit la parole, sa voix était rude.

— Celui qui aura l'honneur de s'unir à toi sera le vampire le plus heureux de la planète.

Et voilà. Retour à la réalité. Misérable, terrible réalité. Mais à quoi s'était-elle attendue ? À ce que Hunter ressuscite, se rende compte que rien ne pouvait le séparer d'elle, et mette son clan entier en péril pour être avec elle ? ou peut-être qu'il tombe à genoux devant elle et la supplie de s'enfuir avec lui ?

— Je le hais déjà, gronda Hunter et Aylin sursauta.

— Qui ça ?

— Ton compagnon. (Il serra et desserra les poings.) Qui qu'il soit, je le hais.

Bienvenue au club. Pour autant, la remarque de Hunter l'énerva. Avant toute cette aventure, elle n'y aurait pas prêté attention, mais avoir laissé exploser des années de colère dans la grotte l'avait libérée. Exaltée. Et rendue plus forte.

Par conséquent, elle ne se tairait pas. Elle avait été une carpette pendant bien trop longtemps.

— Tu n'as aucun droit de le haïr. (Elle fit un signe en direction du vortex.) On y va ?

Non pas qu'elle soit pressée, mais il n'y avait aucune raison de s'attarder davantage. Elle avait dit tout ce qu'elle avait sur le cœur, et avait toujours été du genre à arracher ses pansements d'un coup sec.

Hunter hésita, préférant à l'évidence la méthode lente et douloureuse pour découvrir une plaie. Mais il finit par inspirer profondément et hocher la tête.

Sois forte.

Ils se déshabillèrent dans un silence tendu. Aylin ne jeta même pas un coup d'œil dans la direction de Hunter. Cela lui faisait trop mal de le regarder. De savoir qu'après ce jour elle ne goûterait plus jamais son sang. N'embrasserait plus jamais ses lèvres fermes. Ne sentirait plus jamais ses mains expertes lui donner du plaisir.

Tout cela reviendrait à Rasha. Hunter avait beau jurer de ne jamais la toucher, la loi obligeait un couple uni à consommer son mariage avant le lever du soleil. Alors, même si Hunter détestait Rasha, combien de temps s'écoulerait-il avant qu'elle ne partage son lit ? Et s'il l'imprégnait lors de leur première nuit, il ne serait pas capable de résister plus longtemps. Ses instincts et ses désirs seraient focalisés sur elle.

Laissant tomber sa robe sur l'herbe, elle se tourna vers Hunter. Il était déjà nu. Glorieusement, splendidement, diaboliquement nu. Sa peau de bronze, qui avait été marquée de cicatrices, sans même mentionner le fait qu'il avait été éviscéré à peine quelques heures plus tôt, était si lisse, si parfaite, qu'Aylin pouvait croire sans peine qu'elle était l'œuvre d'un artiste.

Toute sa détermination partit à vau-l'eau lorsqu'il s'avança vers elle, sa démarche raide, sa mâchoire rigide. Elle espérait qu'il luttait autant qu'elle pour avoir l'air détaché.

Quand elle baissa les yeux sur son entrejambe et son érection saillante, il fut clair qu'il échouait aussi lamentablement qu'elle.

Chapitre 25

Hunter avait l'impression d'être le roi des cons. Aylin avait érigé un mur entre eux et il essayait de le respecter, mais son satané corps l'avait trahi.

Rassemblant jusqu'à la dernière goutte de sang-froid, il se dit que la situation était la même que quand il devait se repaître des humains. L'excitation était involontaire, mais il lui avait toujours été facile de ne pas réagir. Il pouvait en faire de même avec Aylin.

Continue de te répéter ça, abruti.

Jurant en silence, il s'arrêta devant elle avant que leurs corps ne se touchent. Le regard d'Aylin était détourné et il souhaita pouvoir l'imiter aussi aisément. Elle était si belle, si remarquable. Il voulait la graver dans sa mémoire, car bientôt il ne lui resterait rien d'autre.

Elle inclina la tête, lui exposant son cou gracile. Avec douceur mais fermeté, il lui empoigna l'épaule et utilisa la main gauche pour lui soutenir la nuque tandis qu'il libérait la substance chimique transformant la morsure en plaisir et posait la bouche contre sa veine. Dès que le sang d'Aylin entra en contact avec sa langue, il gémit d'extase.

Elle avait le goût du soleil et de l'eau de source, avec un soupçon de poivre sur la fin. Son sang était sucré et épicé, exactement comme elle.

Son pouls battait contre les crocs de Hunter, et l'arôme torride de sa passion emplissait l'air. Elle feignait d'être détachée et indifférente, mais les pulsations de son cœur et le parfum de son excitation la trahissaient.

Elle planta les crocs à son tour dans le creux entre le cou et l'épaule de Hunter, et il gémit de nouveau lorsque l'onde de volupté mêlée de douleur se propagea dans tous ses membres. Il n'avait jamais été en manque comme Myne ou Baddon, mais la piqûre des crocs dans sa chair lui procurait toujours une bouffée d'euphorie incomparable.

L'euphorie grandit, l'enveloppant dans un tourbillon de béatitude. Il devint sensible aux moindres sons, odeurs, goûts et contacts. Dans son esprit, il se vit plonger dans sa chaleur moite tandis qu'elle enroulait ses jambes fuselées autour de sa taille. Elle se cramponnait à lui, enfonçant les ongles dans sa peau tout en s'arquant d'extase, accueillant ses va-et-vient avec un abandon sauvage.

Ah, bon sang! Elle était parfaite, épousant son corps comme s'ils ne faisaient qu'un, comme s'ils n'étaient qu'une seule âme. Ce maudit vortex lui faisait perdre la tête, lui soufflant qu'Aylin était sa compagne de toutes les façons possibles, qu'elle lui était même destinée.

Il rugit de frustration et de plaisir tandis qu'il remuait contre elle, conscient que ce n'était pas réel, et pourtant il n'avait jamais rien senti de manière aussi limpide de toute sa vie.

J'ai envie de toi.

J'ai besoin de toi.

Il la sentit jouir, ses puissants muscles internes se contractant autour de sa queue, et l'orgasme le frappant en une explosion torride si intense qu'un écran noir lui tomba devant les yeux et que son cerveau cessa de fonctionner. Plus rien n'importait si ce n'est ce moment de pur délice et la femme avec laquelle il le partageait.

Je t'aime.

Il entendit ces mots, mais était-ce dans sa tête ? Les avait-il prononcés tout haut ? Étaient-ils seulement sortis de sa bouche ?

La conscience l'emporta peu à peu sur la béatitude tandis que l'air frais caressait sa peau enfiévrée. Puis quelqu'un se racla la gorge, et le son lui sembla un peu trop réel.

Et un peu trop proche.

Hunter rouvrit brusquement les yeux et vit Riker debout sur le sol neigeux, son visage rouge d'embarras.

—Ah… chef. (Il sautilla d'un pied sur l'autre, mal à l'aise.) On a entendu des cris.

Il se retourna, hurlant au reste des guerriers de MoonBound de se retirer. Hunter se rendit compte alors, avec une précision humiliante, que ces derniers les encerclaient et l'observaient bouche bée tandis qu'il serrait Aylin contre lui, s'efforçant de la couvrir.

Comme s'ils n'avaient pas déjà tout vu. Tout ce qu'il y avait à voir, putain !

Aylin enfouit le nez dans sa poitrine tandis que les guerriers se fondaient dans les bois environnants.

—J'espérais vraiment qu'on sortirait du vortex sans les… euh… extras, cette fois. Et j'aurais pu me passer de spectateurs.

Hunter se serait volontiers passé des voyeurs-surprises, lui aussi, mais il ne regrettait rien d'autre. Une part secrète, honteuse, de lui-même avait voulu ressentir de nouveau l'affinité qui le liait à Aylin, même si cela ne faisait que renforcer les sentiments qu'il éprouvait pour elle.

Au temps pour ne pas aimer souffrir, parce que tu t'es foutu dedans tout seul, champion.

Oui, il était un crétin.

Riker, qui était resté en bordure de la forêt, le dos tourné pour leur laisser un peu d'intimité, s'adressa à eux.

—Je ne veux pas faire mon connard, mais vous devez vous rhabiller. Vite. Les humains affluent en masse dans les bois.

Ils sont après nous. (Il leur désigna le sac à dos par terre.) J'ai mis vos vêtements là-dedans pour les garder au sec.

Hunter s'écarta d'Aylin, la preuve collante de son orgasme recouvrant le ventre et les seins de la jeune femme. Il s'empressa d'attraper son tee-shirt et commença à l'essuyer, mais elle le lui arracha des mains et s'en chargea toute seule.

Son message était clair : « Moment intime fini. Ne me touche plus jamais. »

Exact. Ils enfilèrent en toute hâte les habits glacés. Alors qu'Aylin endossait son manteau et que Hunter laçait sa seconde botte, un coup de feu retentit. La forêt s'anima soudain, dans une explosion de mouvements, suivis d'autres cris et de la confusion la plus totale.

— Hunter ! par ici !

Hunter agrippa la main d'Aylin et sprinta dans la direction que lui indiquait Riker. Ses guerriers les entouraient, puis tous se mirent à courir dans les bois tandis que des hommes à pied et à cheval les poursuivaient. Si les oreilles de Hunter ne le trompaient pas, il devait y avoir cinquante chevaux et au moins une centaine d'humains.

— On ne peut pas les dépasser ! hurla Riker. Pas à la cadence d'Aylin. On doit se séparer. Hunter, ramène-la vite au QG. Takis, Aiden, Tena, prenez à droite et faites demi-tour derrière les humains. Je vais…

Une déflagration secoua le sol et des flammes jaillirent devant eux.

L'onde de choc frappa Hunter et Katina, les propulsant contre un arbre. Le rugissement de Baddon se mêla aux jurons d'Aiden et à une nouvelle salve de coups de feu. Soudain, le bras de Hunter l'élança ; on lui avait tiré dessus, à moins qu'il n'ait été touché par un éclat d'obus. Peu importe. Il devait emmener Aylin loin de ce bourbier.

— Tu saignes ! s'écria-t-elle alors qu'il la traînait le long d'un ravin.

— Je vais bien, répondit-il entre ses dents, mais il ignorait dans quel état se trouvaient les autres.

Il les entendait le suivre, mais il flairait également le sang et la douleur, et la cadence de leurs pas indiquait qu'au moins deux d'entre eux souffraient de blessures graves.

Merde ! Aylin et lui avaient réussi à quitter le royaume rempli de dangers de Samnult, et voilà qu'ils allaient mourir, à peine quelques minutes après avoir regagné le monde réel.

Ouais. Comme s'il se laisserait vaincre aussi facilement !

Il invoqua sa colère en guise de carburant pour ce qu'il s'apprêtait à faire. Il ne s'était pas montré totalement sincère avec Aylin quand elle lui avait demandé quel était son talent spécial. Des profondeurs de sa poitrine, une tempête de glace s'éleva, et, au-dessus de leurs têtes, les nuages se mirent à tourbillonner. Poussant un rugissement en direction des cieux, il libéra l'énergie qui vibrait dans son corps.

Tout autour d'eux, la grêle commença à tomber sous la forme de stalactites acérées. Des cris d'agonie fendirent l'air, mais d'autres coups de feu retentirent, abreuvant Hunter et sa troupe d'éclats de bois à mesure que les troncs d'arbres se brisaient, victimes des énormes projectiles utilisés par les humains.

Puis soudain, surgi de nulle part, un cercle de lumière chatoyant s'ouvrit devant eux. À travers le rideau étincelant, l'entrée de MoonBound les appelait.

Un vortex ? Mais comment ? C'était impossible.

— Putain de merde ! s'exclamèrent Riker et Baddon en chœur.

— Ça doit être un piège.

La respiration haletante de Takis déformait ses mots, mais Hunter les comprit, en convint, et s'en soucia comme d'une guigne. Ils allaient tous mourir s'ils ne franchissaient pas ce portail.

Aylin pressa le pas, traînant Hunter derrière elle.

— Vite ! Avant qu'il ne se referme.

C'était peut-être un piège, et, si c'était le cas, il voulait le tester le premier. Relâchant Aylin, il bondit dedans, mais elle l'y suivit, aussitôt envahie par la sensation familière de se faire étirer comme du caramel chaud. Quel soulagement ! Ce n'était pas un piège. C'était un authentique portail.

Lorsqu'ils atterrirent devant l'entrée de MoonBound, il attrapa Aylin et roula sur le côté tandis que Tena arrivait derrière eux, suivie de Katina, qui boitait en se tenant les côtes. Aiden et Takis foncèrent dans le vortex, saignant tous deux de nombreuses blessures.

Mais où étaient Riker et Baddon ? À la place du vortex, il n'y avait plus qu'un mur argenté tourbillonnant.

— Allez, murmura Aylin.

Hunter reporta le regard sur elle… et son cœur s'arrêta brusquement. Les autres la dévisageaient aussi, la stupéfaction les laissant bouche bée.

La peau couverte de sueur, elle observait le vortex. Ses mâchoires et ses poings étaient crispés, son corps rigide. Et dans ses yeux, d'ordinaire d'un bleu perçant, tournoyait une spirale argentée identique au portail géant.

Aylin avait créé le vortex.

Merde alors !

— Peux pas… le garder… ouvert, dit-elle entre ses dents.

Soudain, Riker en surgit, traînant Baddon derrière lui autant qu'il le portait. Comme si elle était à court d'oxygène, Aylin s'écroula, et le portail se ratatina comme une boule de film plastique froissé. Takis et Aiden se précipitèrent vers elle pour la rattraper, mais Hunter était là le premier, la soulevant sur ses pieds et la tenant contre lui.

— Je… je n'arrive pas à croire que je viens de faire ça, dit-elle d'une voix éraillée.

Riker tourna brusquement la tête vers Aylin, mais Baddon, qui avait dû recevoir un violent coup à la tête, n'affichait qu'un air hébété.

— C'est toi qui as créé le portail ? lui demanda Riker.

Takis n'avait toujours pas refermé la mâchoire.

— Comment ? Putain ! c'est impossible.

Pas impossible, Hunter le savait, mais rare. Si rare qu'il n'avait entendu parler que d'une seule personne, l'un des Originaux, capable d'invoquer des portails de transport à sa guise.

— Je crois… je crois que je me sentais coupable de vous ralentir…

— Merde ! Aylin, l'interrompit Riker. Excuse-moi. Ce n'est pas ce que je voulais dire.

— Je sais, mais c'était la vérité.

Son visage était cramoisi sous l'effet de l'excitation et du choc, et ses cheveux blonds lui balayaient sauvagement les épaules.

— Je n'arrivais à penser qu'à une chose : ramener tout le monde à MoonBound, et, soudain, le vortex s'est ouvert.

Elle leva la tête vers Hunter, et, à l'instar du portail qu'elle avait créé, ses yeux l'aspirèrent.

— Je l'ai senti en moi. À la place qu'occupait ma tourterelle. (Elle déglutit.) Il avait raison. Sam avait raison au sujet de la porte qui se ferme et de l'autre qui vous rentre dans le cul.

— Sam ? s'enquit Katina. Qui est…

— Quelqu'un qu'on a rencontré au cours de notre voyage, répondit Hunter, coupant court à toute question. Ne mentionnez plus jamais ce nom. Compris ?

Hunter regarda chacun de ses guerriers dans les yeux. Il détestait devoir se montrer si brutal, mais jusqu'à ce que Samnult ait décidé du contraire il tairait son existence ainsi que la vérité sur les origines des vampires. Même si la raison de garder ce secret était stupide.

— Oui, chef, marmonna Katina, puis tous répétèrent en chœur : « Oui, chef ! »

Satisfait, Hunter se tourna de nouveau vers Aylin.

— Peux-tu en ouvrir un autre ?

— Je n'en sais rien. Pourquoi ?

—Je veux m'assurer que ce n'était pas un cas isolé. (Il jeta un coup d'œil aux autres.) Faites rentrer les blessés.

Personne ne bougea. Même Baddon avait suffisamment retrouvé ses esprits pour observer la scène avec intérêt, bien qu'il doive s'agripper à Riker pour ne pas tituber. Tous étaient curieux de la suite, et Hunter ne les en blâmait pas.

—Vous pouvez rester, mais seulement si Aylin est d'accord.

Celle-ci semblait à peine comprendre ce qui se passait autour d'elle. Hunter doutait qu'à sa place il aurait davantage été capable de réfléchir. Apprendre qu'on détenait potentiellement le Pas preste, le pouvoir le plus puissant et le plus convoité dans la tradition des vampires, devait faire l'effet d'une bombe. Une putain de bombe mortelle.

—Aucun problème, répondit-elle tout bas. Mais ça m'étonnerait que ça fonctionne. J'ai beau penser à un lieu où j'aimerais aller, comme je l'ai fait pour nous conduire ici, rien ne se passe.

—À quoi penses-tu ?

—À la plage. (Elle esquissa un sourire, ce sourire qui évoquait à Hunter les rayons du soleil.) J'ai vu une affiche de Haystack Rock, sur la côte de l'Oregon, un jour, et j'ai toujours rêvé y aller depuis.

Hunter y était allé, et il adorerait l'y emmener. Chassant farouchement de son esprit ces souhaits qui ne le mèneraient nulle part, il lui proposa une destination de remplacement.

—Essaie d'ouvrir un chemin vers le chalet où on s'est réfugiés. Il est possible que tu ne puisses te rendre qu'aux endroits où tu es déjà allée.

Waputuxne, l'Ancien qui avait possédé le Pas preste, avait parlé des voyages qu'il avait entrepris, car chaque nouvelle destination lui offrait d'autres possibilités d'exploiter son don. Hunter, âgé de seulement trente ans à l'époque, n'avait pas compris ce que le vieux sage voulait dire et il ne s'en était pas vraiment préoccupé. Son père l'avait traîné au Rassemblement des Anciens qui se tenait deux fois par siècle à Boynton

Canyon, et il avait été bien plus intéressé par les femelles dans l'assistance que par la politique tribale.

Aylin ferma les yeux et se concentra. Au début, il ne se passa rien. Mais quand elle les rouvrit un tourbillon argenté y tournoyait, et, une fraction de seconde plus tard, un portail apparut à une dizaine de mètres, sa surface transparente et scintillante révélant le chalet de chasse de MoonBound en arrière-plan.

— Cool !

Le regard de Baddon se porta du vortex sur Aylin, une étincelle nouvelle éclairant ses iris foncés. Une étincelle admirative qui déplut fort à Hunter.

La jalousie, ça craint, hein ?

Le vortex se referma brusquement, et Aylin s'effondra contre un arbre, repoussant la main de Hunter lorsqu'il voulut l'aider à se redresser. Il tâcha de ne pas tenir compte de ce rejet et essaya de faire comme si Baddon n'était pas, très probablement, en train de la déshabiller mentalement.

Il échoua à l'un comme à l'autre, et la déception ainsi que le ressentiment lui brûlèrent les veines.

— Personne ne répète un mot de tout ça à qui que ce soit, ordonna Hunter. Si ça s'ébruite, Aylin sera une cible pour tous les clans qui nourrissent des intentions cachées. (Il baissa la voix, résolu à faire comprendre à chacun la gravité de la situation.) Et je pourchasserai les responsables et détacherai la peau de leurs os pendant qu'ils hurleront. Est-ce bien clair ?

Tous acquiescèrent. Bien. Car si Hunter s'était toujours considéré comme un dirigeant juste et facile à vivre, il savait qu'il descendait d'une lignée cruelle. Son père avait commis des atrocités dont, jusqu'à ce jour, Hunter ne s'était pas cru capable.

Mais quand il regardait Aylin, il ne pouvait nier la vérité.

Tel père, tel fils.

Chapitre 26

Alors qu'Aylin pénétrait dans le quartier général de MoonBound avec Hunter et les autres, elle essayait toujours de se remettre de la découverte (ainsi que des potentiels avantages et complications) de son nouveau talent. Une fois l'an, son clan célébrait les ancêtres. C'était l'un des rares événements qu'elle appréciait réellement. Une semaine durant s'enchaînaient festivités et tournois, et à la tombée de la nuit le clan entier se réunissait autour d'un grand feu pour partager des histoires des folklores amérindien et vampire.

Les légendes qui expliquaient d'où venaient les ramures des cerfs et pourquoi les castors construisaient des barrages ainsi que les récits sur les vampires qui créaient des portails comptaient parmi les indémodables de ces veillées. Aylin s'était imprégnée de chaque mot comme elle le faisait avec les livres, et s'était imaginé à quel point il serait merveilleux – et libérateur – de posséder les dons de ses ancêtres, perdus dans la nuit des temps.

À présent, elle détenait l'une des compétences vampires les plus rares et les plus convoitées, mais elle ne savait pas trop comment réagir.

Et qu'en était-il de la capacité de Hunter à faire pleuvoir des lances de glace sur l'ennemi ? De toute évidence, il avait minimisé l'importance du pouvoir qu'il exerçait sur les éléments. Mais pourquoi ?

Complètement absorbée par ses pensées tandis qu'ils longeaient les étroits couloirs, elle ne remarqua pas qu'ils étaient arrivés dans l'immense salle commune jusqu'à ce qu'elle entende le vacarme que faisait sa sœur.

— Où sont-ils ? Pourquoi personne ne m'a prévenue, bordel !

À en juger par ses cris stridents, Rasha piquait une crise maison parce que personne ne l'avait informée du retour de sa sœur et de son « compagnon ».

Il n'est pas encore ton compagnon.

Ces paroles mesquines faillirent jaillir de sa bouche tandis que Rasha se précipitait vers eux. Elle se mordit l'intérieur de la joue pour se ressaisir, non pas parce qu'elle avait peur de sa sœur, mais parce qu'il était grand temps d'oublier Hunter. D'accepter qu'il n'était pas sien, qu'il ne le serait jamais, et que souhaiter le contraire ne ferait qu'empirer la situation, pour tous les deux.

Malheureusement, son petit discours de motivation passa par la fenêtre quand Rasha étreignit Hunter. Ce dernier resta raide comme un piquet, les mains le long du corps, mais si Rasha avait remarqué son rejet flagrant, elle ne le montra pas. Elle sourit comme une compagne obéissante et l'accueillit chaleureusement.

Aylin gronda tout bas dans sa gorge. Ouais, au temps pour le discours de motivation.

Rasha s'écarta enfin de Hunter et jeta ses bras autour du cou de sa sœur.

— Je suis tellement contente que tu sois revenue. J'avais peur pour toi.

— C'était inutile, répondit Hunter. Elle s'est battue aussi bien que n'importe lequel de mes guerriers.

Rasha recula d'un pas et leur adressa à tous deux un sourire censé apaiser les tensions.

— Je n'en doute pas.

On aurait dit qu'elle parlait d'un gamin en couche-culotte qui avait remporté une fausse bataille avec une épée en bois.

Hunter transperça Aylin d'un regard si intense qu'elle ne put détourner les yeux.

— Sans elle, je ne serais pas ici aujourd'hui.

— Dans ce cas, je suis fière de ma sœur. (Rasha se pencha et lui chuchota secrètement à l'oreille.) On discutera plus tard, Aylin. Je veux que tu me racontes absolument tout.

Oh, oui ! Il me tarde !

Lui tournant le dos, Rasha passa le bras sous celui de Hunter.

— Je vais nous faire préparer de quoi célébrer ton retour. Dans notre chambre. Suis-moi. Buvons à ta victoire.

Le regard de Hunter s'attarda sur Aylin, mais son expression s'assombrit. Il semblait abattu. Aylin connaissait ce sentiment. Et tandis que Hunter s'éloignait avec Rasha, un poids effroyable lui écrasa la poitrine.

Quel cauchemar !

Une main se posa sur son épaule, l'extirpant momentanément du puits de désespoir dans lequel elle coulait.

— Hé ! lui dit Riker. Nicole se dirige vers le labo avec Baddon et Katina. Tu devrais lui demander de t'examiner aussi. Et de toute façon ça lui fera plaisir d'avoir de la compagnie.

C'était gentil à Riker de remarquer qu'Aylin avait besoin de quelqu'un à cet instant, mais elle n'était pas sûre d'être d'humeur à bavarder. Néanmoins, se débarbouiller et aller voir ce que faisait Nicole ne pouvait pas lui faire de mal.

Ce serait beaucoup mieux que de cogiter sur ce que pouvaient bien trafiquer Hunter et Rasha dans l'intimité de leurs appartements.

Une douche et des habits propres firent des merveilles sur le moral d'Aylin… jusqu'à ce qu'elle passe devant la chambre de Hunter. Aucun son ne lui parvint de l'intérieur, mais elle savait qu'il s'y trouvait avec Rasha, et la bile lui brûla l'estomac.

Reprends-toi. Oublie-le.

Elle pressa le pas et courut presque jusqu'au labo, d'où Nicole renvoyait Katina, couverte de bandages et suçotant une poche de sang.

— Et seulement une activité physique modérée ! hurla-t-elle après Katina.

Cette dernière lui fit un doigt d'honneur en la gratifiant d'un large sourire, et Nicole leva les yeux au ciel.

— Les vampires sont impossibles.

— Je déteste t'apprendre la mauvaise nouvelle, répondit Aylin, mais tu en es une aussi.

Nicole renifla.

— Je suis très jeune encore. Je pense que le facteur d'impossibilité croît avec l'âge.

Aylin arpenta le laboratoire en riant, totalement fascinée par l'équipement. Elle n'avait jamais vu de technologie avancée à ShadowSpawn et regrettait de ne pas s'y connaître un peu mieux.

— Comment s'est passé ton voyage ? s'enquit Nicole. Tout le monde raconte comment Hunter et toi avez franchi ensemble l'un de ces vortex. Les gens semblent croire que vous êtes allés voir les Anciens. C'est vrai ?

Aylin feignit d'être super intéressée par une rangée de fioles remplies de gel orange.

— Je ne peux pas vraiment en parler.

— Es-tu au moins contente d'y être allée ?

— Absolument, répondit Aylin sans la moindre hésitation. Ils avaient vécu une aventure pleine de dangers, mais elle ne regrettait rien. De plus, elle possédait désormais un talent inestimable, susceptible de bouleverser sa vie. Si seulement elle n'avait pas perdu sa tourterelle ! La douce créature avait été un réconfort pour elle, l'unique constante de son existence à laquelle elle pouvait se fier.

— Tant mieux, dit Nicole d'un air enjoué. Alors… que s'est-il passé entre Hunter et toi ?

Aylin fit volte-face si vite que sa jambe faillit céder.

— Comment ça ?

Nicole lui lança un regard lourd de sous-entendus.

— Eh bien, il se peut que Riker ait mentionné que vous sembliez… euh… plutôt proches quand vous êtes rentrés. Du coup, il espère que ça changera la donne par rapport à Rasha.

Si seulement !

— Rien ne peut changer la donne. À moins que vous adoriez faire la guerre.

Et, à ce qu'elle avait pu voir, les résidents de MoonBound n'étaient pas des va-t-en-guerre comme ceux de ShadowSpawn.

— Mais il y a eu quelques faits nouveaux dont je voulais te parler.

Nicole arqua un sourcil.

— Vraiment ? De quoi s'agit-il ?

Hunter l'avait prévenue de ne rien dire au sujet de son pouvoir, mais puisque Riker était au courant, Nicole le serait sans doute bientôt. De plus, Aylin avait une confiance absolue en la jeune femme. Ce qui ne l'empêcha pas d'hésiter tandis qu'elle parcourait la pièce du regard.

— Aylin ? Qu'y a-t-il ?

— J'ai perdu mon animal totem. (Sa cage thoracique se contracta comme pour essayer de remplir l'espace laissé vacant.) Est-ce que ça pourrait affecter ma santé ? Comme le fait de ne pas nourrir un mâle lors de la fièvre lunaire ?

Nicole fronça les sourcils.

— Pas à ma connaissance… À ce que j'ai pu comprendre, seuls les vampires de naissance possèdent des animaux totems, et je n'ai jamais entendu parler de quelqu'un qui l'avait perdu, mais je ferai des recherches. (Elle glissa les mains dans les poches de sa blouse blanche.) Je suis vraiment désolée.

— Merci, mais ce n'est pas qu'une mauvaise nouvelle. J'ai un nouveau talent. Qui fera de moi un élément très précieux pour n'importe quel clan. Et qui pourrait me permettre de m'échapper s'il le faut.

— Tu es sérieuse ? C'est… génial.

— Il y a certaines limitations, reconnut Aylin.

Comme le fait qu'elle ne pouvait se téléporter qu'entre des lieux où elle était déjà allée, et pour le moment cela se résumait à MoonBound, au chalet de Hunter, à ShadowSpawn et au vortex de Samnult. Elle serait peut-être capable de gagner les divers endroits où elle s'était rendue dans la forêt, mais à quoi cela l'avancerait-il ? Non, afin que son don soit réellement efficace, elle devait voyager.

— Mais peut-être que maintenant je parviendrais à éviter l'union avec Tseeveyo et à trouver un mâle qui ne soit pas un monstre odieux.

Nicole sembla considérer la question.

— Laisse-moi parler à Riker. Il est plus au fait du fonctionnement clanique que moi. Il pourrait t'aider.

Un élan de gratitude réchauffa Aylin, l'emplissant d'un sentiment de sérénité qu'elle n'avait pas éprouvé depuis des lustres, si ce n'est jamais. C'était la première fois qu'elle avait une amie et Nicole, même si elle la connaissait depuis peu, lui était devenue aussi indispensable que sa sœur.

— Merci. (Émue, Aylin s'éclaircit la voix et jeta un coup d'œil au ventre de la jeune femme.) Et toi, comment vas-tu ?

— Et bien, en fait, je devrais te remercier aussi. Quand tu es venue me voir au sujet de tes problèmes d'hémorragie, ça m'a fait penser aux complications similaires dont souffrent les femelles vampires lorsqu'elles accouchent. Je ne veux pas me porter la poisse, mais disons simplement que j'ai bon espoir d'avoir trouvé quelque chose.

Par le Grand Esprit ! Nicole avait déjà énormément facilité la procréation chez les vampires ; si elle parvenait à réduire les dangers liés à l'accouchement, elle serait vénérée, littéralement révérée, dans la société vampire.

— J'ai foi en toi. En attendant, est-ce que ta grossesse se déroule bien ?

Caressant son ventre gonflé, Nicole afficha un sourire radieux.

— Tout est parfait. Mais j'ai tout le temps envie de soda aux plantes. J'ai horreur de ça, mais, pour une raison que je ne m'explique pas, je n'en ai jamais assez.

Elles commencèrent à discuter de grossesses, de bébés et, enfin, du récent passé humain de Nicole, qui intéressa fort Aylin. Quand le fils de Riker, Bastien, entra dans le laboratoire et rappela à Nicole qu'il était l'heure de leur partie de dames, Aylin se retira. Elle était restée presque deux heures avec Nicole, et, par ailleurs, elle avait vu en passant devant la salle commune que le film prévu au programme était un classique, le tout premier *Harry Potter*. Et sur écran géant, qui plus est !

Une étrange sensation l'envahit tandis qu'elle arpentait les couloirs, et il lui fallut un moment pour l'identifier.

Le bonheur. Même s'il ne durait qu'une journée, elle en profiterait. MoonBound était plein de vie, de rires, et de gens qui ne la méprisaient pas parce qu'elle boitait. Elle avait une amie, une bibliothèque à sa disposition, et des films. C'était le paradis, et rien ne gâcherait son plaisir. Pas ce soir.

Le sourire aux lèvres, elle tourna l'angle et manqua de foncer dans Hunter.

Un frisson d'excitation malvenu la parcourut, puis elle sentit son ventre se nouer lorsqu'elle remarqua son jean et son sweat-shirt propres ainsi que ses cheveux humides, plaqués en arrière. Il s'était douché. Peut-être avec Rasha. Une vive douleur lui transperça la poitrine, l'empêchant de respirer.

Un silence pesant et embarrassé s'installa entre eux. Elle ignorait quoi dire et, à l'évidence, lui aussi. Une chose était claire, cependant : elle devait s'éloigner de lui. Plus elle restait à le dévisager, plus elle se rappelait tout ce qu'ils avaient fait ensemble. L'échange de sang. Les baisers. Les orgasmes.

— Il faut que j'y aille.

Elle passa devant lui à toute vitesse, et son bras la brûla lorsqu'elle frôla celui de Hunter.

— Aylin, attends.

Elle s'arrêta, stupidement, se félicitant néanmoins d'avoir la volonté de ne pas se retourner. Au lieu de quoi, elle regarda droit devant elle.

— Il ne s'est rien passé. (La voix de Hunter n'était qu'un murmure brisé ; elle ne lui avait jamais paru aussi fragile.) Avec Rasha, je veux dire. Il ne s'est rien passé. (Aylin l'entendit avancer vers elle et se raidit. Il s'arrêta.) Elle avait du champagne et du chocolat et… d'autres trucs dont je me contrefous. Je ne pouvais pas… Je n'ai pas… (Il soupira en lâchant un juron fleuri.) Il ne s'est rien passé, Aylin.

Elle devrait être aux anges, en sauter de joie, et sa part secrète, égoïste, l'était. Cependant, un lugubre désespoir annihilait le bonheur qu'elle avait ressenti auparavant. Personne n'était gagnant dans cette histoire. Pas même Rasha. D'une certaine façon, Aylin éprouvait de l'empathie pour sa sœur, car elle savait ce que c'était de ne pas être désirée.

— Tu ne me dois aucune explication. (Elle redressa les épaules.) Il faudrait peut-être qu'il se passe quelque chose. Ça arrivera, tôt ou tard. Autant en finir au plus vite.

— Je ne la veux pas.

— Eh bien, remédie à la situation.

Il prit une longue respiration saccadée.

— Tu sais bien que c'est impossible.

Oui, elle le savait, et c'était nul de sa part d'avoir dit ça. Pour autant, lorsqu'elle se tourna vers lui, ses yeux la brûlaient.

— Alors, laisse-moi tranquille. Je t'en prie. Ça me fait trop mal d'être près de toi. Va coucher avec ma sœur. Ou pas. Mais ne t'approche plus de moi.

Sur ces paroles, elle s'éloigna. Sans un regard.

Et n'alla pas voir le film.

Chapitre 27

Hunter ne passait pas la meilleure des journées, ce qui semblait être la thématique du moment. Rasha le rendait dingue.

Aylin aussi, mais pour des raisons différentes.

Chaque fois qu'il était avec Rasha, l'envie de détruire quelque chose, à savoir elle, le crispait de la tête aux pieds. Voir Aylin de loin le tendait de la même façon, non pas sous l'effet de la violence, mais du désir.

Elle faisait réagir ses entrailles d'une manière inédite.

Sa part rationnelle clamait qu'elle devait partir, et que le plus tôt serait le mieux. Le reste de son être grognait comme un ours enragé à cette idée.

« Va coucher avec ma sœur. Ou pas. Mais ne t'approche plus de moi. »

Les paroles d'Aylin, deux jours auparavant, avaient failli l'achever. Il ignorait où il avait eu la tête quand il s'était confié à elle, admettant que rien ne s'était passé avec Rasha, mais ses sentiments n'avaient fait aucun doute.

Hunter avait eu l'impression de la tromper alors qu'il se trouvait dans sa chambre en compagnie de sa « promise » qui lui servait du vin pétillant et essayait de le gaver de chocolats et de fraises. Simplement vêtue d'une petite culotte et d'un châle en fourrure, Rasha avait tout mis en œuvre pour le séduire, mais n'avait rien éveillé en lui, si ce n'est un profond dégoût. C'est seulement lorsqu'elle avait grimpé sur ses genoux et qu'il avait fermé les yeux pour penser à Aylin que son corps avait réagi. Naturellement, Rasha avait supposé que son érection lui était destinée.

Dès qu'elle lui avait empoigné l'entrejambe, il avait bondi de sa chaise, et elle s'était retrouvée par terre, sur les fesses. Elle s'était étalée au sol comme une biche sur un étang gelé tandis qu'il filait tout droit vers la salle de bains, prétextant le besoin de prendre une douche.

Elle avait tenté de l'y rejoindre.

Par le saint Créateur ! Oubliez la biche, elle était pire qu'une chatte en chaleur ! Il lui avait échappé une fois de plus et esquivait ses avances depuis, mais la situation avait un impact négatif sur lui comme sur elle. Hunter était épuisé et d'une humeur massacrante. Quant à Rasha, elle enchaînait les crises de nerfs et avait presque tout détruit dans leur chambre.

Il n'y avait pas assez d'alcool sur la planète pour qu'il puisse la supporter. Et pour couronner le tout la pleine lune tombait le lendemain, ce qui signifiait qu'il ne pourrait pas l'éviter indéfiniment.

Et il n'arrivait pas à se sortir de la tête l'image d'Aylin en train de repaître un autre mâle.

Un petit coup sur sa porte l'arracha aux ténèbres de son esprit. Puis songer qu'il pouvait s'agir de Rasha l'y replongea. Jusqu'à ce qu'il se rappelle que cette dernière utilisait la porte qui reliait leur chambre plutôt que l'entrée principale. Et elle ne toquait pas.

— Entrez, répondit-il en se servant un bourbon.

Riker pénétra dans la pièce, ses cheveux blonds rainurés et en épis, sans doute à force d'y avoir passé la main.

— Bonjour, chef. Tu as une minute ?

Hunter lui fit signe de s'asseoir et lui tendit un verre de sa tequila préférée.

— Quoi de neuf ? C'est à propos des humains ?

— Aucun changement là-dessus. Ils infestent toujours les bois comme des punaises, et *a priori* les informations que Nicole a divulguées aux médias ne sont pas encore arrivées aux oreilles du public. (Riker but son whisky d'un trait et se laissa tomber dans le fauteuil en cuir.) Je suis ici au sujet d'Aylin.

Le cœur de Hunter cessa de battre. Une gorgée d'alcool lui permit de se ressaisir et il pria pour que Riker n'ait pas remarqué que sa main tremblait.

— Mais encore ?

— Elle a besoin d'aide.

Hunter se figea, le verre contre ses lèvres.

— Que se passe-t-il ? Elle va bien ?

— Elle n'ira pas bien si on ne fait rien. (Il soupira et Hunter crut exploser d'impatience.) Savais-tu qu'elle allait être mariée le mois prochain ?

Un profond soulagement l'envahit. Bientôt, elle serait hors de sa vue. Bientôt, il ne serait plus distrait et tenté par sa douce odeur. Sa peau satinée. Ses crocs sexy. Non, un autre mâle aurait le plaisir de la mettre dans son lit.

Un grognement menaça de s'élever de sa gorge et de le ridiculiser, alors il le noya avec une lampée de bourbon.

— Et ? parvint-il à répondre avec calme alors qu'il n'avait qu'une envie : faire sa Rasha et tout péter.

— Et… son compagnon est Tseeveyo de NightShade.

Cette fois, le grognement passa outre à la brûlure de l'alcool.

— Quoi ?

Il fixa les yeux sur son commandant, certain que ce dernier se payait sa tête. Mais non, Riker n'était pas du genre à exciter la bête pour rigoler. Il était sérieux, et Hunter sentit son grizzly s'éveiller dans un rugissement. *Maîtrise-toi, mon vieux. Reste cool.*

— Tseeveyo est un monstrueux enculé. Il aime les fillettes et il possède un putain de harem !

Aylin ne méritait pas ça. Personne ne méritait ça.

Enfin, peut-être Rasha.

— C'est pour ça qu'on doit l'aider.

— On pourrait tuer Tseeveyo, gronda Hunter. Voilà qui nous aiderait.

Riker lui lança un regard grave, mais Hunter ne plaisantait pas. Il abattrait le salopard sans ciller.

Et il déclencherait la guerre.

Merde ! et s'il maquillait ça en accident ? ou alors Tseeveyo pourrait tomber sur des braconniers… Nicole devait forcément avoir des relations…

— Hunt ? Ohé, Hunt ! (Riker claqua des doigts devant son visage, l'arrachant à ses fantasmes meurtriers.) Nicole et moi en avons parlé. On pense pouvoir lui trouver un compagnon au sein de MoonBound.

Hunter inspira brusquement. L'idée de voir Aylin tous les jours avec l'un de ses hommes, de savoir ce qu'ils faisaient dans leur chambre… Il serra son verre de toutes ses forces. Il avait déjà du mal à se maîtriser quand elle ne faisait que discuter avec des mâles pendant le dîner ou dans la salle commune. Alors, voir un autre homme la toucher, l'embrasser, lui murmurer des paroles coquines à l'oreille… Il gronda assez fort pour que Riker pose sa tequila et adopte une posture défensive.

Se forçant à se détendre, Hunter fit tournoyer l'alcool dans son verre et prit une intonation plus douce.

— Kars n'acceptera jamais. Tseeveyo est chef de clan. Il ne voudra pas d'un compagnon de rang inférieur pour sa fille.

— Et si on lui trouvait un vampire de naissance de MoonBound ? On pourrait lui offrir une babiole en plus. De l'argent, des terres, un camion plein de poches de sang si Baddon arrive à en détourner un…

— Et à qui proposes-tu de l'unir ? l'interrompit Hunter. À Myne ? (Il ricana.) C'est un bâtard dans les meilleurs jours. À Baddon ? Il aime attacher ses partenaires avec des liens en cuir et des chaînes.

À présent, Hunter visualisait Aylin, sa peau tendre abîmée par les jouets et les dents de Baddon, ses yeux magnifiques cachés par un bandeau.

Le verre dans sa main se fissura.

— Ce sont des hommes bien, répliqua Riker. Ce ne sera pas forcément l'accord parfait, mais c'est déjà mieux que Tseeveyo.

Une goutte ambrée s'échappa d'une des fêlures du verre et coula sur le doigt de Hunter tel du sang.

— Et que diront Myne et Baddon à ton avis ?

— La même chose que moi quand je me suis uni à Terese. La même chose que toi quand tu as consenti à t'unir à Rasha. C'est pour le clan.

Sauf que ce ne le serait pas. Ce serait pour Aylin. Hunter savait que Myne refuserait. Baddon, non. Et à en juger par la façon dont il l'avait dévorée des yeux à leur retour du portail de Samnult, il serait enchanté de l'avoir.

L'enfoiré.

— Kars n'acceptera jamais.

Il reposa violemment son verre sur la table basse et savoura le son que celui-ci fit en se brisant. Il se demanda si le crâne de Tseeveyo produirait le même.

— On n'a rien qui pourrait l'intéresser.

— Il reste un moyen d'éjecter Tseeveyo du tableau.

Riker avait toute son attention. Au point où il en était, Hunter était prêt à essayer n'importe quoi sauf donner Aylin à un homme dont elle ne voulait pas ou qui ne voulait pas d'elle.

— Que suggères-tu ?

Riker hésita, ce qui mit aussitôt Hunter sur ses gardes. Son ami était du genre à aller droit au but, ce qui signifiait que sa proposition allait lui déplaire.

— Elle pourrait perdre sa virginité.

Hunter attrapa la bouteille de bourbon sur le bar et but directement au goulot, mais l'alcool ne lui permettrait pas d'échapper à la conversation.

— À moins… qu'elle l'ait perdue récemment.

Riker lui jeta un regard lourd de sous-entendus, et Hunter comprit que son ami pensait à la scène qu'il avait vue devant le vortex.

— Va te faire foutre.

Riker poursuivit comme si de rien n'était.

— D'après ce qu'elle a dit à Nicole, son pucelage était l'élément central du marché conclu avec Tseeveyo. Sans ça, il pourrait la laisser partir.

Hunter ricana avec mépris.

— Et son père la tuera.

— Sauf si elle nous demande asile.

— Ça ne s'applique pas aux parents ou compagnes des chefs.

— Mais bon sang, Hunter ! aboya Riker, nous devons faire quelque chose. Elle nous a aidés. Elle a aidé Nicole à s'enfuir de ShadowSpawn. Il se peut qu'elle lui ait même sauvé la vie.

Elle avait sauvé celle de Hunter, en tous les cas.

— Crois-moi, répondit Hunter, je donnerai mon âme pour elle. Tseeveyo ne l'aura jamais, même si je dois offrir ma propre tête en échange.

— Mais ? Je sais qu'il y a un « mais ».

Mais il ne voulait pas penser à Aylin en compagnie d'un autre, et encore moins participer à l'élaboration de ce stratagème.

— Mais nous devons la jouer fine. Envisager toutes les options ainsi que leurs conséquences. (Il se laissa tomber dans le fauteuil en cuir usé et posa les pieds sur son bureau.) Son nouveau talent change tout.

— Pas si personne n'est au courant, et elle ne peut en parler à personne. Tu imagines ce que lui ferait Kars s'il le découvrait ?

Oh, oui ! Hunter l'imaginait sans peine. Kars la garderait sans doute pour ShadowSpawn, et, vu ses antécédents d'évasion, il l'enchaînerait pour l'empêcher d'ouvrir un portail et s'échapper. Elle serait obligée de voyager afin de mémoriser de nouveaux emplacements, et Kars l'utiliserait pour transporter son clan à l'endroit désiré en seulement quelques minutes. Il pourrait attaquer des clans ennemis avant même que ces derniers ne comprennent ce qui les avait frappés, puis il pourrait se servir d'un portail pour déguerpir aussi vite qu'ils étaient arrivés.

Le don d'Aylin lui permettrait de changer l'équilibre des pouvoirs et personne ne pourrait l'arrêter.

— Travailles-tu avec elle à affiner sa nouvelle capacité ?

La question lui laissa un goût amer dans la bouche. Il voulait être celui qui aiderait Aylin à explorer l'étendue et les limitations de son talent, mais il ne répondait plus de rien en sa présence. Et il ne voulait pas la blesser plus qu'il ne l'avait déjà fait.

Riker but une gorgée de tequila.

— Elle s'entraîne à maîtriser la taille du vortex et sa durée d'ouverture. Jusqu'ici, on a appris qu'elle ne pouvait en ouvrir qu'en extérieur, et plus la destination est éloignée, plus il lui est difficile d'en invoquer un et de le maintenir ouvert. À mon avis, il va lui falloir un moment avant de réussir à en projeter un pendant plus de quelques secondes. Ah ! et tout ce qui se fait happer par le portail au moment de sa fermeture se fait avaler. C'est arrivé avec un melon. Disons simplement que tu ne tiens pas à te coincer un membre dans cette saloperie.

— Tu parles d'une migraine fracassante, hein ?

— Très drôle. (Riker tapota du bout des doigts la bordure de son verre.) Alors ? qu'en penses-tu ?

Hunter ne pensait pas, et c'était tout le problème. Du moins, il ne pensait pas comme un chef de clan. Il devait se débrouiller pour protéger à la fois son peuple et Aylin.

— Tâte le terrain avec des mâles auxquels tu fais confiance, se hâta-t-il de répondre avant de changer d'avis. (Ou de vomir.) Peut-être l'un d'eux voudrait bien…

Riker rit.

— L'un d'eux ? Presque tous les célibataires m'ont déjà demandé si elle nourrissait quelqu'un demain. Tous sauteront sur l'occasion d'aller plus loin.

Hunter était sûr que l'alcool qu'il avait ingurgité s'était vaporisé et lui sortait par les oreilles.

La porte communicante s'ouvrit et Rasha entra.

— Salut, les garçons !

Riker lui montra les dents, ne cherchant même pas à faire preuve de politesse.

— Je me casse. Hunt, tiens-moi au jus.

Il fila en quatrième vitesse tandis que Rasha se servait un verre et s'affalait dans le fauteuil en face de Hunter.

— De quoi parliez-vous ? s'enquit-elle.

Ses yeux, en tout point différents de ceux de sa sœur à l'exception de leur couleur, étincelaient de curiosité.

La pulsion première de Hunter fut de lui rétorquer que ce n'était pas ses affaires, puis il songea qu'il pouvait, tant qu'à faire, tenter de lui soutirer des informations.

— Du compagnon d'Aylin.

Rasha haussa le sourcil.

— Tseeveyo. Et donc ?

— Ça ne t'ennuie pas ?

— Elle sera mariée à un chef de clan. (Les paroles de Rasha étaient prudentes, mesurées, comme si elle récitait les pages d'un livre.) C'est un honneur, surtout pour quelqu'un comme elle. Elle a beaucoup de chance.

— De la chance ? répéta-t-il, incrédule.

— Elle est faible et impotente. Ses gènes sont pourris. Qui d'autre voudrait d'elle ? Certainement pas un autre chef de clan.

Hunter en resta coi. Rasha croyait sincèrement à ce qu'elle racontait, et elle considérait honnêtement que sa sœur avait tout à gagner à s'unir à Tseeveyo.

— Aylin n'est pas faible. C'est l'une des plus robustes guerrières qu'il m'ait été donné de rencontrer, répliqua Hunter d'un ton sec. Elle a tenu bon dans le royaume de Samnult, et elle mérite beaucoup mieux que Tseeveyo.

— Je sais.

Rasha déglutit et détourna les yeux. Quand ils croisèrent de nouveau le regard de Hunter, ils brillaient d'une peur authentique.

— C'est sa seule chance de fuir ShadowSpawn, Hunter.

À présent, sa voix était brisée, presque implorante, comme si elle tentait de se convaincre autant que Hunter qu'épouser Tseeveyo était la meilleure solution pour Aylin.

— Sans moi là-bas… je ne pense pas qu'elle survivra.

— Et tu penses qu'elle sera mieux lotie avec Tseeveyo ?

— Il ne la tuera pas, s'empressa-t-elle de répondre. Il serait fou de braver l'ire de mon père.

Hunter doutait que cela déclenche l'ire paternelle, mais bref.

— Et si elle se voyait offrir un mâle pur-sang d'un autre clan ?

Rasha secoua la tête.

— Rien ne pourra faire changer d'avis à mon père. J'ai essayé. En échange d'Aylin, nous recevrons une nouvelle sage-femme pour remplacer celle qui est morte par votre faute.

Ouais, merci pour la piqûre de rappel.

— Et, plus important encore, NightShade prêtera allégeance à mon père.

Si Rasha avait dégainé un pistolet pour lui tirer une balle en pleine poitrine, il n'aurait pu être plus choqué. Les chefs de clan concluaient des traités et forgeaient des alliances, mais ils ne proclamaient jamais leur allégeance à un autre.

Jamais.

Car cela revenait à renoncer à son autorité et à son indépendance. Alors pourquoi diable Tseeveyo, dirigeant du troisième clan de la côte pacifique, jurerait-il de suivre Kars ?

— Cet accord est capital, je suis sûre que tu en conviendras. (Rasha pianota sur le bureau avec ses ongles.) La guerre avec les humains n'est plus qu'une question de temps, et les vampires doivent unir leurs forces.

Hunter commençait à avoir une vue plus claire de la situation. Et il devait bien le reconnaître, Kars était loin d'être un idiot. Il mettait les clans au pas en plaçant stratégiquement ses filles. Avait-il élaboré d'autres plans pour dominer ses rivaux ? Kars était dangereux, mais aucun clan au monde n'oserait le défier si plusieurs le soutenaient.

Plus que jamais, Hunter devait empêcher une alliance entre ShadowSpawn et NightShade.

— Et si ce qui rendait Aylin si précieuse aux yeux de Tseeveyo lui était enlevé ?

— Sa virginité ? (Rasha secoua la tête.) Qui voudrait la sauter ?

Moi. Et, à en croire Riker, tous les mâles de MoonBound. Un grognement s'éleva de nouveau de la poitrine de Hunter.

— Admettons que c'est arrivé.

Rasha haussa une épaule avec scepticisme.

— Mon père exigerait la tête de celui qui l'a souillée. Tseeveyo pourrait rompre l'accord, mais souhaites-tu vraiment affronter la fureur de Kars ? Et puis pourquoi te tracasses-tu pour ça, d'abord ? Un jour, on devra choisir les partenaires de nos fils ou de nos filles. Il nous faudra prendre des décisions politiques dans l'intérêt du clan.

Foutaises ! Il appuya les avant-bras sur le bureau et se pencha vers Rasha afin qu'elle comprenne, de façon claire et limpide, ce qu'il ressentait à ce sujet.

— Nous n'aurons pas d'enfants, et, même si nous en avions, je n'enverrai jamais la chair de ma chair s'unir à quelqu'un dont il ne veut pas dans le seul dessein de gagner des amis et des alliés.

Elle arqua un sourcil blond.

— Et voilà pourquoi mon père estime que tu es un dirigeant faible.

— Et moi, j'estime que c'est un dictateur sanguinaire. Pas un dirigeant. (Il la fusilla du regard.) Dis-moi, considères-tu que je fais un piètre dirigeant ? As-tu honte de m'avoir pour compagnon ? Tu préférerais peut-être Tseeveyo ?

— Ne sois pas ridicule. Il possède un harem. Je ne tolérerai pas d'autres compagnes. (Elle lui glissa un regard entendu.) Ni aucune maîtresse.

Non, il ne prévoyait pas de prendre des maîtresses. Il avait vu ce que sa mère avait infligé à certaines partenaires sexuelles de son père, et il avait le pressentiment que les carnages de celle-ci paraîtraient civilisés en comparaison de ce dont était capable Rasha. Pour autant, il ne pouvait résister à l'envie de la faire sortir de ses gonds.

— Tu connais la loi, répondit-il d'une voix traînante, avec la nonchalance de quelqu'un qui projetait de tirer avantage de ladite loi.

— Bien sûr, répliqua-t-elle d'un ton sec. Après la cérémonie d'union, un chef de clan peut annoncer sa décision d'avoir davantage de compagnes ou de dormir avec une maîtresse. La femme qu'il vient d'épouser peut soit l'accepter soit le combattre.

Son verre tinta contre ses crocs lorsqu'elle le vida d'un trait avant de se pencher vers lui, les yeux étincelant d'une lueur meurtrière.

— Je me battrai jusqu'à ce que le dernier de mes os soit brisé et que je ne sois plus en mesure de soulever ma tête du sol. Si tu veux des maîtresses, pas de bol pour toi. Je détruirai toutes les femelles que je te soupçonnerai de désirer.

Et cela, il le savait, incluait Aylin.

Chapitre 28

L'ambiance à MoonBound lors de la fièvre lunaire était très différente, et, bien qu'il ne fasse pas encore nuit et que la situation soit susceptible d'évoluer, Aylin ne pouvait que s'émerveiller devant le comportement de ses résidents, infiniment plus civilisés que ceux de ShadowSpawn.

Il y avait de la tension dans l'air, bien sûr, et tout le monde était sur les nerfs. Avant que l'après-midi ne s'achève, Aylin avait vu éclater quatre bagarres, dont trois entre mâles et une entre trois femelles. Mais personne n'avait été grièvement blessé, et, mieux encore, il n'y avait eu aucun de ces combats sanglants qui la tourmentaient tant.

Rasha avait sans doute raison ; elle craignait vraiment comme vampire.

Alors qu'elle finissait d'essuyer la vaisselle dans l'évier de Rasha, cette dernière sortit de la salle de bains, moulée dans une robe en cuir qui ne laissait guère de place à l'imagination. Le décolleté plongeant offrait à Hunter la possibilité de se repaître à l'endroit de son choix, et l'ourlet qui descendait à peine plus bas que l'entrejambe lui permettrait de boire à son artère fémorale (ou de poser la bouche où il voulait) sans avoir à la dévêtir.

Aylin avait envie de vomir.

Plus que deux semaines, se sermonna-t-elle. *Plus que deux petites semaines, et je serai loin d'ici.* Si le plan de Riker et Nicole fonctionnait, elle n'aurait pas à épouser Tseeveyo. Mais cela l'obligerait à retourner à ShadowSpawn.

Et il n'en était pas question. Elle se fichait pas mal de devoir passer le reste de sa vie à sauter de portail en portail et à grappiller de la nourriture à droite à gauche. Elle ne rentrerait pas à la maison, et elle ne se laisserait pas marier à une enflure telle que Tseeveyo.

Rasha se précipita vers elle et saisit le verre mouillé qu'elle avait à la main.

— Je t'ai dit de ne pas nettoyer mon appartement. Tu en as fait assez pour moi en accompagnant Hunter dans la quête de Samnult.

Aylin le lui reprit.

— Je n'ai rien d'autre à faire.

Rasha lâcha un juron de frustration avant de se radoucir.

— Que s'est-il passé lors des épreuves de Samnult, au juste ? Je sais que vous n'êtes pas censés en parler, mais d'après Hunter tu te serais bien battue.

Attrapant un torchon, Aylin essuya le verre d'un geste sec et bref.

J'ai vu Hunter à poil. Je l'ai pratiquement supplié de coucher avec moi. Mais, t'inquiète, il a refusé.

— J'ai fait ce que j'avais à faire, décida finalement de répondre Aylin.

— Eh bien, murmura Rasha, quoi que tu aies fait, je t'en suis reconnaissante.

Si tu savais tout, tu ne le serais pas.

Passant du coq à l'âne, Rasha s'avança fièrement vers le miroir en pied fixé sur la porte de la salle de bains et prit quelques poses lascives.

— Des projets pour ce soir ?

Oh ! je vais probablement m'envoyer en l'air avec un inconnu.

— Aucun.

— Pourquoi ne te joindrais-tu pas aux autres femelles qui ne nourrissent pas de mâles ? Il paraît qu'elles vont regarder une comédie romantique à l'eau de rose dans la salle commune.

Le clan comptait plus de femmes que d'hommes, alors toutes n'étaient pas obligées de participer à la frénésie de la pleine lune, mais, dans la bouche de Rasha, cette phrase sonnait comme si toutes ces vampires étaient des ratées dont personne ne voulait. C'était tellement tentant de lui rétorquer que Riker s'occupait de lui trouver un partenaire, mais, connaissant Rasha, elle se débrouillerait pour tout faire capoter.

Pour le bien d'Aylin, bien entendu.

Aylin se demandait parfois quoi croire.

Elle haussa nonchalamment les épaules.

— J'y songerai.

Elle jeta un coup d'œil à l'horloge murale. Nicole terminait sa garde au laboratoire dans quelques minutes, et elle voulait lui prélever un échantillon de sang « préprandial » afin de le comparer avec un échantillon « postprandial ». Ces tests détermineraient si le trouble de coagulation dont souffrait Aylin était effectivement causé par le fait de ne pas nourrir de mâles.

— Il faut que j'y aille. Tu avais besoin d'autre chose ?

— Non. (Rasha fronça les sourcils, arborant une moue boudeuse qui rendait les hommes fous.) Tu n'aurais pas vu Myne, par hasard ?

— Myne ? Non. Pourquoi ?

En voilà un vampire terrifiant ! Toujours tapi dans l'ombre et toujours énervé. Ou carrément à cran. Ses deux seules humeurs. Et puis il y avait ses crocs… En titane, lui avait précisé Nicole quand elle lui avait posé la question. Aylin frissonna.

— Pour rien.

Rasha la congédia d'un signe, mais, avant même qu'elle ait pu reposer le verre, sa sœur la rappela.

— Attends.

Aylin soupira et se retourna au moment où Rasha se jetait sur elle pour la serrer dans ses bras. Abasourdie, Aylin ne put que rester immobile, à se demander si sa véritable sœur n'avait pas été enlevée par des extraterrestres.

— Ne dis rien, lui chuchota-t-elle à l'oreille, mais j'ai un plan pour te sauver.

Aylin eut un mouvement de recul.

— Pardon ?

Une authentique affection faisait briller les yeux de Rasha.

— Je discutais avec Hunter hier, et il m'a fait réfléchir. Ton union avec Tseeveyo, c'est mal. Enfin, c'est bien pour ShadowSpawn, mais t'imaginer avec lui…

Elle l'agrippa par les épaules de toutes ses forces, et Aylin remarqua non sans surprise que les mains de sa sœur tremblaient.

— Ne le répète à personne, mais je prévois de tomber enceinte demain. Je vais boire la potion de conception de Nicole.

Aylin recula en chancelant, avec l'impression de s'être pris une balle en plein cœur. En même temps, l'inquiétude sincère de Rasha la laissait coite. Elle se sentait reconnaissante et encore plus coupable que jamais au sujet de ce qui s'était passé avec Hunter dans le royaume de Samnult.

— Rasha, fit-elle d'une voix aiguë. Je… je ne sais pas quoi dire. Merci, mais… pourquoi ? Tu ne peux pas attendre jusqu'à ce que Hunter et toi soyez officiellement unis ?

Elle secoua la tête.

— Si je tombe enceinte, je pourrais dire à père que j'ai besoin de ton aide. Et tu pourras rester ici.

Grâce à Rasha, demeurer à MoonBound lui semblait à présent pire qu'épouser Tseeveyo.

— Il n'acceptera jamais.

— Fais-moi confiance, gronda Rasha, il acceptera.

Aylin en doutait, mais, même si Rasha avait raison, cela ne lui ferait gagner que neuf mois.

— Et qu'arrivera-t-il après la naissance du bébé ? On m'enverra rejoindre Tseeveyo.

— Mais ça nous laissera le temps d'élaborer un plan.

Relâchant Aylin, Rasha entortilla une mèche de cheveux autour de son index, ce qu'elle ne faisait qu'en de rares occasions, quand elle était stressée. Était-elle aussi anxieuse de passer la nuit avec Hunter ? ou préoccupée par l'avenir d'Aylin ? Dans tous les cas, c'était agréable de constater que son cœur battait comme celui d'une personne normale.

— Ne fais pas ça, Rasha.

Aylin reposa le verre, désormais archisec, sur l'égouttoir, et poursuivit, prête à tout pour empêcher sa sœur de mettre à exécution son projet de grossesse dément. Oui, Rasha et Hunter auraient des enfants un jour, mais elle ne voulait pas se trouver dans les parages pour en être témoin.

— Je m'occupe de Tseeveyo à ma façon.

Rasha se rembrunit.

— Comment ? (Comprenant soudain ce que sa sœur avait en tête, elle écarquilla les yeux.) Tu… tu prévoies de coucher avec quelqu'un ce soir, n'est-ce pas ?

Aylin ne confirma ni n'infirma, sachant que Rasha reconnaîtrait un mensonge et piétinerait la vérité.

— Écoute, Aylin… sois prudente, c'est tout, ajouta-t-elle tout bas. Je ne peux pas te protéger contre tout. Je peux gérer père, mais tout le reste n'est qu'un immense pari.

Aylin ignorait quoi lui répondre. D'ailleurs, toute cette conversation avait été bizarre, comme si elles discutaient du même livre, mais qu'Aylin n'en avait lu que le résumé commenté.

Elle devait ficher le camp au plus vite. La tête lui tournait et ses émotions étaient à fleur de peau, en vrac, et elle n'avait soudain plus la moindre idée de quoi penser.

S'excusant auprès de Rasha, elle se rendit au laboratoire, mais Nicole était déjà partie. L'homme aux cheveux poivre et sel nommé Grant préleva son sang à sa place. Alors qu'il terminait, Hunter entra.

Peut-être la prise de sang l'avait-elle étourdie. Peut-être n'avait-elle pas assez mangé au déjeuner. Ou peut-être la simple vue de Hunter s'avançant vers elle d'un pas insouciant, ses yeux noirs braqués sur elle, ses larges épaules roulant sous un harnais d'armes, les pans de sa veste en cuir s'écartant à chacune de ses foulées, suffisait à la faire chanceler.

Tout en s'approchant, il montra ses crocs à Grant.

— Dégage.

L'intéressé s'empressa de débarrasser le plancher, laissant Aylin seule avec le chef de MoonBound.

— Où sont passées tes bonnes manières ?

— Il s'en remettra. (Hunter s'arrêta devant elle.) J'irai droit au but. Pourquoi ne m'as-tu pas dit que tu étais censée t'unir à Tseeveyo ?

Ah, merde ! Elle avait donné la permission à Nicole et Riker de lui trouver un partenaire pour le soir, mais elle n'avait pas pensé que Hunter serait impliqué.

— Parce que ça ne te regarde pas.

— Ne me prends pas pour un con. Est-ce parce que tu ne voulais pas que je sache ce que Tseeveyo a promis à ton père ?

Elle le dévisagea, perplexe.

— Quoi ? Je n'ai pas la moindre idée de ce dont tu parles.

Il l'observa, ses yeux réduits à deux fentes.

— Dans ce cas, pourquoi ne m'avoir rien dit ? Tu l'as dit à Nicole, et ça ne la regardait pas non plus. Alors ?

Brusquement, la colère bouillonna dans ses veines. Elle constata, amusée, avec quelle facilité cette émotion s'éveillait en elle à présent et combien elle était libératrice.

— J'avais honte, d'accord ? répliqua-t-elle sur un ton sec. Mon propre père a une si piètre opinion de moi qu'il m'a vendue à un monstre. Comment pourrais-je ne pas me sentir humiliée ? (Elle regarda la porte par-dessus l'épaule de Hunter.) Je peux y aller, maintenant ?

Il se passa la main sur le visage.

—Merde ! je suis désolé. (Il laissa tomber son bras.) Sais-tu quels genres d'alliances ton père a conclues avec d'autres clans récemment ?

—Non, pourquoi ?

—Je le soupçonne de comploter quelque chose. Il se peut qu'il cherche à unir les clans.

—Ne serait-ce pas une bonne chose ? Samnult a dit que la guerre avec les humains était imminente.

—Unifier les clans est vital si on veut échapper à l'extinction. Mais ton père veut plus que des alliés. Il veut que ces derniers soient sous son contrôle.

—Comme un roi ? C'est de la folie.

Mais l'était-ce vraiment ? Kars avait toujours été assoiffé de pouvoir, et elle s'était souvent demandé pourquoi il passait autant de temps à fouiner dans les affaires privées des clans rivaux.

—Tu sais, reprit-elle, maintenant que j'y pense… Tu te rappelles que je t'avais parlé des compétitions qu'organisait ShadowSpawn ? Il y en a eu plus que d'habitude ces derniers temps, et les clans arrivaient de bien plus loin qu'auparavant. JaggedSky du Montana et BoneSworn du Nouveau-Mexique ne s'étaient jamais rendus à l'un des tournois de mon père, mais ils sont venus deux fois au cours des trois dernières années. Il a même négocié une trêve avec ses ennemis jurés. Comme toi.

—Mince ! souffla Hunter.

Bizarrement, elle l'imagina dire la même chose, tout aussi doucement, contre sa gorge. Ses seins. L'intérieur de ses cuisses.

Comme s'il l'avait deviné, ses yeux noirs jetèrent des étincelles. Il jura de nouveau et inspira brusquement.

—Tu vas bien ? Comment te portes-tu ?

—Vraiment ? Tu veux papoter ?

Un grognement sourd retentit, grondant en elle comme une vague d'érotisme.

— Ce que je veux, c'est te déshabiller, te renverser sur le comptoir, t'écarter les cuisses et te lécher jusqu'à ce que tu cries. Voilà ce que je veux. Je veux être celui qui te prendra pour la première fois. Et toutes les fois suivantes. Songer que tu seras avec un autre ce soir me tue, à tel point que je suis tenté de demander à Riker de m'enfermer pour éviter de faire une connerie. Je ne comprends pas ce qui m'arrive, et, très franchement, ça me fout en rogne, mais voilà ce qu'il en est.

Son honnêteté lui coupa le souffle. Elle désirait tout ça aussi, se retrouvait dans tout ce qu'il venait de dire. Il se dressait là, devant elle, et elle ne pouvait l'avoir. Et à ce moment précis, elle avait honte de l'avouer, mais s'il lui offrait ne serait-ce qu'une bribe de son attention, elle s'en emparerait sans hésiter. Sans réfléchir, elle tendit le bras vers lui, mais il recula en sifflant, ses énormes crocs dénudés.

— Si tu me touches, je suis perdu.

Son corps massif tremblait tandis qu'il continuait de reculer. Il haletait et son expression était aussi sauvage que celle d'un puma pris en piège.

— Je… je dois y aller.

— Hunter, attends !

Elle s'avança vers lui. Il s'arrêta, et Aylin eut l'impression qu'en son for intérieur il se battait contre lui-même. Bien. Il savait à présent ce qu'elle ressentait chaque fois qu'elle le voyait.

— Ne couche pas avec elle. Pas ce soir.

Il explosa de rire.

— Sérieux ? Hier, tu m'as demandé d'en finir au plus vite. Et maintenant, tu décides d'être jalouse ?

— Ce n'est pas une question de jalousie, répliqua-t-elle. (Bon, d'accord, si, mais c'était aussi parce que Rasha avait parlé de tomber enceinte.) Tu ne peux pas…

Tu ne peux pas faire confiance à Rasha. Aylin se retint de le dire. Elle ne pouvait pas. Ça avait beau être la vérité, elle refusait de trahir sa sœur de la sorte.

— Je ne peux pas quoi ?

Aylin ferma les paupières.

— Rien. Fie-toi à ton instinct, c'est tout.

— J'ai un scoop pour toi, lui rétorqua-t-il d'une voix dure. Je ne peux même pas me fier à moi-même en ce moment.

Il se jeta dehors et Aylin pressentit qu'il fonçait tout droit chez Rasha.

Hunter avait toujours été du genre à jouer avec le feu, ne s'était jamais inquiété des brûlures. Mais Aylin le brûlait plus fort que n'importe quelle flamme, et, s'il n'avait pas quitté la pièce, il aurait été réduit en cendres.

Par le Grand Esprit ! elle mettait son sang-froid à l'épreuve. Se retenir de la toucher représentait un défi bien plus difficile que les épreuves de Samnult.

Il arpenta les couloirs en toute hâte, pourchassé par la fièvre lunaire. Il ne savait pas vraiment où il allait, et il n'en avait rien à faire. Tant qu'il s'éloignait d'Aylin avant que le besoin de sang et de sexe ne le submerge, il se fichait pas mal de l'endroit où il échouerait.

Oui, sauf qu'il venait de faire un tour complet pour se retrouver de nouveau devant le laboratoire, que l'odeur d'Aylin embaumait encore. Comme un idiot, il jeta un coup d'œil à l'intérieur, mais elle n'y était plus.

Soulevant le visage, il inspira, huma son parfum d'herbe fraîche et de soleil et commença à la pister.

Putain ! Hors d'haleine, il planta les talons au sol. Il se pencha en avant et pressa les mains contre ses cuisses, cherchant désespérément à se maîtriser. En vain. Il la flairait. La voyait dans son esprit. Et la goûtait presque à l'arrière de sa gorge.

Ses crocs vibrèrent, stimulés par le désir de sang, son sang. Peut-être celui de Rasha serait-il identique. Peut-être n'aurait-il pas ce goût métallique, comme il l'imaginait.

Tu dois essayer. Tu dois oublier Aylin. Elle sera avec un autre d'ici peu, si elle ne l'est pas déjà.

Il se redressa en poussant un grognement. Nota mentalement de demander à Riker de ne jamais lui révéler le nom du mâle qui passerait la nuit avec Aylin. Hunter avait beau se prétendre capable de faire preuve d'objectivité et de raison… quand il était question d'Aylin, sa part civilisée n'existait plus.

La soif de sang commença à voiler ses pensées d'une brume rouge. C'était l'heure et il ne pouvait retarder l'échéance. La plupart des vampires pouvaient rater un repas lunaire… voire deux ou trois s'ils n'avaient pas le choix. Mais en tant que vampire de deuxième génération ses instincts étaient trop forts, et il avait appris à ses dépens que ne pas se repaître lors de la pleine lune signifiait un mois de cruauté sur laquelle il n'avait parfois aucune emprise. Quatorze années s'étaient écoulées depuis la dernière fois que Riker avait été contraint de l'enchaîner dans la chambre à proie, et il comptait bien poursuivre sur cette lancée.

Pour son père, vampire de première génération et descendant direct des Originaux, la situation avait été encore pire. Quand il manquait un repas, il devenait un véritable monstre, l'incarnation du mal. Il se transformait même physiquement en une abominable créature squelettique dotée d'une gueule béante pleine de dents acérées et de griffes qui pouvaient trancher l'acier. Une bête sanguinaire, terrifiante, dépourvue de raison, qui avait même essayé de dévorer son propre enfant.

Hunter se demandait parfois si Bear Roar se serait soucié d'avoir tué son fils après avoir retrouvé son état normal. Et même s'il méprisait sa mère plus que tout, il devait tout de même reconnaître qu'elle avait toujours été prête à rejoindre le monstre à la pleine lune suivante pour le laisser l'utiliser.

Rasha en aurait-elle fait autant ? Pour ce qui était d'Aylin, la réponse coulait de source.

Lâchant un terrible juron, il fonça vers ses appartements. Rasha ne l'attendait pas aussi tôt, mais il se contrefichait de l'incommoder. Il devait en finir tant qu'il lui restait encore une once de maîtrise. Il prendrait son sang, point.

Mais si, cédant à la frénésie, il la confondait avec Aylin ? Et si, en proie à la furie sanguinaire, il ne parvenait pas à se contenir ? Là encore, les vampires normaux arrivaient mieux à se contrôler, mais, lors de la fièvre lunaire, Hunter s'apparentait à une bête sauvage assouvissant ses plus bas instincts.

Rien qu'à cet instant, ses sens étaient focalisés sur ses besoins, identifiant la localisation des femelles alentour avec la précision d'un GPS. Il y en avait une dans la chambre qu'il venait de passer. Six s'étaient réunies dans la salle commune. Deux autres, avec un mâle, dans l'entrepôt un peu plus loin. L'odeur du sang et du sexe s'en dégageait en volutes, attisant son excitation. La sueur perlait sur sa peau brûlante, il commençait à saliver et sa queue l'élançait terriblement.

Aylin.

Non.

Il poussa violemment la porte de ses quartiers. Et se mit aussitôt sur ses gardes.

L'odeur de sang et de concupiscence provenait de l'arrière de l'appartement.

Un frisson prémonitoire le parcourut tandis qu'il traversait son bureau et son salon en direction de sa chambre à coucher. Il ouvrit la porte, empoignant instinctivement le manche d'un poignard.

Il franchit le seuil et s'arrêta, sidéré.

Rasha était plaquée au mur et haletait doucement, à deux doigts, Hunter en était sûr, de l'orgasme. Son corps à peine vêtu remuait contre l'imposant mâle dont les dents étaient plantées dans son cou.

Des dents en titane.

Hunter n'en croyait pas ses yeux. Un écran noir et écarlate lui brouilla la vue, semblable à du sang ruisselant sur un mur noir, et la rage éveilla la bête primitive tapie en lui. Un homme qu'il haïssait dans les bons jours, qu'il voulait tuer dans les mauvais, avait envahi son antre et se repaissait de sa femelle.

Peu importe que Hunter ne veuille pas de cette femelle. Elle lui appartenait, que cela lui plaise ou non, et, en tant que chef de clan, sa propriété était sacrée.

Dans un rugissement, il saisit Myne par la nuque et l'arracha à Rasha. Le sang jaillit, mais il s'en soucia à peine.

Elle s'en remettrait. Malheureusement.

Une étincelle de surprise enflamma les yeux d'obsidienne de Myne tandis que Hunter enfonçait le poing dans sa mâchoire et le cognait contre le béton avant qu'il ait pu retrouver ses esprits.

—Enculé.

Il referma la main autour du cou de Myne et le frappa de nouveau, se délectant du craquement de ses os lorsqu'il lui brisa le nez.

Myne se jeta sur le côté pour éviter un troisième coup.

—Ce n'est pas ce que tu crois.

« Crack. » Et une châtaigne de plus.

—Te repaissais-tu d'elle ?

Myne cracha du sang, le sien et celui de Rasha.

—Oui, mais…

« Crack ». Myne allait avoir besoin d'un bon dentiste. Peut-être celui qui lui avait posé les crocs en titane.

—Alors, c'est exactement ce que je crois !

—Il… il m'a forcée, s'écria Rasha, dans le dos de Hunter.

Myne tourna brusquement la tête vers elle, la clouant d'un regard incrédule qui dit à Hunter tout ce qu'il voulait savoir. Rasha mentait. Myne était un salopard, mais ce n'était pas un violeur.

—Tu comprends bien la portée de tes propos, déclara Hunter sans desserrer les mâchoires. Si Myne t'a forcée, il sera puni de mort.

Elle redressa le menton.

—Je suis la première-née d'un vampire de deuxième génération et chef de clan.

En d'autres termes, elle le mettait au défi de la traiter de menteuse. Elle posa la main sur son bras et il s'en dégagea d'un haussement d'épaules.

— Reste ici, lui ordonna-t-il avant de lancer Myne hors de la pièce et de claquer la porte derrière lui.

Le vampire atterrit sur le canapé, son corps massif en fissurant le cadre.

— Bon sang, Hunter, écoute-moi !

— Tu te repaissais de ma compagne !

Lâchant un grognement, Hunter plongea, percutant Myne de plein fouet. Ils s'écrasèrent au sol dans un enchevêtrement de membres. Myne tenta de se relever, mais Hunter était plus rapide. Il renversa son adversaire sur le dos et lui décocha deux bons coups de poing dans les côtes.

— Ce n'est pas ta compagne, siffla ce dernier. Tu ne la veux même pas.

Cette vérité était aussi rageante qu'humiliante. Et, pour couronner le tout, c'était le mâle que Hunter haïssait le plus au sein du clan qui l'exprimait à voix haute. D'un mouvement vif et fluide, il enjamba Myne et le cogna si fort qu'il sentit ses os craquer.

— Tu m'as insulté dans ma propre chambre ! On t'a recueilli quand tu étais brisé. Je t'ai fait confiance. Et c'est comme ça que tu me remercies ?

Empoignant Myne par son tee-shirt, il le secoua si violemment qu'il entendit son crâne craquer.

— Tu l'as sautée ?

Réponds oui, et je te crève. Et pourquoi diable Myne ne se défendait-il pas ?

— Non.

— Tu m'as donné la même réponse, un jour. Tu t'en souviens, connard ?

Hunter dégaina un poignard, le bruissement du métal contre son fourreau de cuir sonnant comme le glas.

— Tu m'as menti à l'époque, alors pourquoi devrais-je te croire aujourd'hui ?

Les yeux noirs de Myne étaient éteints.

— Tu ne devrais pas.

Hunter pressa la pointe de la lame contre la carotide de Myne. Le regard de ce dernier était dénué de peur, son corps n'opposait aucune résistance. Il s'attendait à mourir et était prêt à partir comme un guerrier.

Car, en dépit de tous ses torts, Myne était un guerrier. Et l'un des meilleurs. Une image de Myne, enfant, survola l'esprit de Hunter, bravant sa colère. Un garçon à peine plus âgé que Hunter qui n'avait lui-même que dix ans, attendant à la lisière de la forêt avec son frère une décision qui déterminerait le cours de leur existence.

Hunter avait dû prendre cette décision des années auparavant. Jusqu'à ce jour, il se demandait s'il avait pris la bonne, et c'était ce doute qui le retenait à cet instant.

Rengainant sa lame, il se redressa et fixa le regard sur Myne.

— Dégage de ma vue, parce que j'ignore combien de temps je pourrais m'empêcher de t'éviscérer.

Myne se releva avec peine et quitta la pièce en chancelant sans adresser un regard à Hunter.

La porte de la chambre à coucher s'entrouvrit doucement et de légers bruits de pas flottèrent jusqu'à lui.

Il flaira la peur.

— Je t'en prie, ne le tue pas. (L'affolement transparaissait dans la voix mal assurée de Rasha.) Et, s'il te plaît, ne laisse pas cet incident affecter notre union. Mon père t'en tiendra pour unique responsable.

— J'aurais vraiment tout entendu, répliqua-t-il sèchement. Et on pourrait savoir pourquoi il me tiendrait pour responsable ?

Elle eut la décence de détourner les yeux tandis qu'elle tentait de justifier son comportement.

— Parce que tu as négligé mes désirs. J'ai été forcée de faire ce qu'il fallait pour…

— Forcée ? Tu emploies toujours ce mot. Je ne sais pas s'il veut dire ce que tu penses, l'interrompit-il, imitant un personnage dans l'un de ces films préférés.

Ah ! Princess Bride. *Tellement de répliques cultes, tellement de façons cool de mourir.*

Rasha descendit les bretelles de sa robe.

— Laisse-moi me racheter.

— Te racheter ? répéta-t-il, outré. Tu m'as ridiculisé dans ma propre maison !

— Personne n'est obligé de le savoir.

L'étoffe moulante glissa sur son corps pulpeux et retomba à ses pieds, la laissant complètement nue et loin d'être aussi belle que sa sœur.

— Moi, je le saurais.

Il ne pouvait pas gérer ça, il ne pouvait rien gérer pour le moment, et il se dirigea vers la porte.

— Où vas-tu ?

— Me repaître.

Regardant par-dessus son épaule, il la gratifia de son sourire le plus froid, le plus cruel, celui que son père avait élevé au rang d'art.

— J'étais venu pour être avec toi, mais il semblerait que tu aies déjà servi.

Chapitre 29

Les secousses furent si subtiles que Riker ne remarqua rien jusqu'à ce que les tableaux accrochés au mur de la salle commune commencent à s'entrechoquer. Il leva les yeux de la table de billard où il finissait une dernière partie en compagnie de Jaggar, Bastien et Baddon avant qu'ils se séparent pour se repaître.

Enfin, sauf Bastien. Il n'avait pas encore franchi cette malheureuse étape dans la vie d'un jeune vampire, quand celui-ci ressentait pour la première fois le désir impérieux provoqué par la fièvre lunaire.

Jaggar mit la bille noire dans l'un des trous.

— Un séisme ?

Le sol trembla sous leurs pieds. Baddon redressa brusquement la tête.

— Je ne crois pas.

— Hunter, murmura Riker. Merde !

Il sortit de la pièce en trombe et courut jusqu'aux appartements de son chef. Myne, en sang et se tenant les côtes, surgit d'un coin et le percuta. Il grogna et poussa violemment Riker contre le mur.

— Putain ! mais qu'est-ce que…

Riker garda les poings le long du corps, mais uniquement parce que quelqu'un s'était déjà chargé de passer Myne à tabac.

Ce dernier fixa sur lui un regard aussi vide que celui qu'il affichait à son arrivée à MoonBound. Pendant plusieurs minutes, il se contenta de rester là, l'air tourmenté, le visage blême.

— Myne ? Mon pote ?

Myne relâcha Riker et vacilla vers l'arrière.

— Pardon, dit-il d'une voix étranglée. Je… (Il secoua la tête.) Pardon.

Il s'en alla, laissant Riker perplexe, les yeux rivés sur le mur.

Pris d'un sinistre pressentiment, il voulut le poursuivre, mais s'arrêta net lorsque la porte de Hunter fut ouverte à la volée. Le chef de clan déboula de son appartement, les jointures en lambeaux, une lueur écarlate dans ses iris noirs. Aussitôt, les soupçons de Riker furent confirmés. Hunter et Myne en étaient venus aux mains.

Mais cela ne ressemblait en rien aux fois précédentes, quand les deux vampires se quittaient avec des blessures similaires. Cette fois, il s'agissait d'un combat à sens unique, et si Myne sentait la honte, c'était l'odeur du meurtre qui émanait de Hunter.

— Hunt. (Riker lui agrippa le bras, l'obligeant à s'arrêter.) Je vois que tu es en rage…

— Tu n'as pas idée, grogna l'autre.

Oh, si ! Riker en avait bien une.

— Que s'est-il passé ?

Un grondement monta de la poitrine de Hunter.

— Il s'est repu de Rasha.

Riker inspira brusquement, songeant immédiatement à ce qu'il savait de Rasha, c'est-à-dire que c'était une garce maléfique. Elle aurait pu mentir.

— Qui t'a dit ça ?

— Je les ai vus ! rugit Hunter. Ils étaient dans ma putain de chambre à coucher.

Merde alors ! c'était donc vrai ? Et Hunter avait laissé Myne vivre ?

— Hunt, écoute-moi. Myne ne voulait pas te manquer de respect.

— Il m'a trahi !

L'expression de Hunter était meurtrière, ses yeux jetaient des éclairs.

— Je sais. Mais je te garantis qu'à l'instant où je te parle il se punit bien plus sévèrement que tu ne le pourras jamais.

— J'en doute. (Hunter plongea la main dans ses cheveux.) Qu'est-ce qu'il lui a pris ?

— Il avait faim.

— Et parmi toutes les femmes qu'il avait à sa disposition, il a choisi la mienne ?

Riker maudissait cette situation ; il ne voulait pas trahir Myne, mais il ne voulait pas non plus que Hunter détruise ce dernier.

— Il n'a pas décidé de te planter un couteau dans le dos du jour au lendemain. Il se repaît de Rasha depuis des années.

— Quoi ?

La voix de Hunter sonnait comme un avertissement. Il était furieux de ne pas avoir été au courant, et Riker ne pouvait lui en tenir rigueur.

— Pourquoi ?

— Personne ne veut de lui, répondit Riker avec prudence. (Il n'avait aucune envie de finir avec une tête au carré et des côtes cassées, à la Myne.) Sa morsure est trop douloureuse. Aucune femelle de MoonBound n'accepte de le nourrir. Je ne sais pas vraiment comment il a rencontré Rasha, mais c'est la seule façon pour lui de s'alimenter normalement.

Hunter se frotta le visage.

— Pourquoi aucun de vous ne m'a-t-il prévenu quand Rasha a mis le pied chez nous ?

— Parce que Myne s'était arrangé pour avoir une partenaire au *Croc de velours*. Une femme qui ignorait à quel point sa morsure était pénible. Mais quand il s'est rendu en ville ce soir, il a découvert qu'elle avait été tuée par un chasseur. Il est rentré il y a tout juste une heure. (Myne avait été irritable et nerveux ; Riker aurait dû rester avec lui.) Il allait essayer de se trouver une autre femelle. Il voulait garder ses distances avec Rasha, mais il avait manqué plusieurs repas. Il était affamé. J'aurais dû me douter qu'il n'arriverait pas à résister. (Riker pressa le biceps de son chef.) Hunt, il faut que tu saches qu'il n'aurait jamais approché Rasha. C'est sûrement elle qui est allée le trouver.

Un muscle de la mâchoire de Hunter tressaillit.

— M'a-t-il menti en affirmant qu'il ne se l'était pas tapée ?

Riker secoua la tête.

— Il savait que son père aurait dévasté MoonBound. Il refusait de nous mettre en péril.

Hunter ferma les yeux et respira profondément. Lorsqu'il les rouvrit, la colère ne les embrasait plus, mais Riker n'était pas sûr que l'écran de glace qui les voilait fût mieux.

— Éloigne-le de moi, Rike. Si je le croise, je le tue.

Putain !

Un acte pire que se repaître de la femme d'un chef aurait été de coucher avec elle. Même si Hunter et Rasha n'étaient pas formellement unis. Selon la loi vampire, toucher la compagne potentielle d'un chef sans la permission expresse de ce dernier constituait une grave violation.

Hunter avait tout à fait le droit, en tant que chef de clan, d'abattre Myne pour ce qu'il avait fait. Il le devrait, probablement. Beaucoup n'y verraient que l'exécution d'un infâme renégat et personne ne remettrait sa décision en question. Tuer Myne enverrait même un message fort à tout le clan : la trahison ne sera pas tolérée.

Myne n'était qu'une merde. La querelle qui l'opposait à Hunter remontait à si longtemps que personne à MoonBound ne savait qu'ils s'étaient affrontés bien avant que Hunter ne prenne la tête du clan. Mais cela n'avait aucune importance.

La honte le rongeait. Il avait trahi un chef de sang pur. Il avait trahi le clan qui l'avait recueilli alors qu'il frôlait la mort. Il ne pouvait pas se dire guerrier. Il ne méritait pas ce titre. L'honneur ne lui laissait qu'un seul choix : partir.

Enfin, il pouvait se tuer, mais ça n'arriverait pas. Myne avait appris il y a des années déjà que son instinct de survie était extrêmement puissant.

Il fourra ses vêtements dans un sac de sport et balaya son appartement du regard. Rien ne lui appartenait ici. Et cela avait toujours été le cas, supposa-t-il. Hunter l'avait simplement autorisé à rester. Myne n'avait jamais vécu dans ces lieux.

Ce qui, en vérité, était la faute de Hunter. Si ce dernier n'avait pas fait ce choix-là des dizaines d'années plus tôt, les choses auraient été différentes. Le frère de Myne serait encore en vie, et Myne ne serait pas ce monstre aux crocs de titane.

Alors, oui, il blâmait Hunter, et lui seul.

Ouais, toute la responsabilité incombait à Hunter. Voilà.

On frappa doucement à la porte, puis elle s'entrouvrit, et Rasha se glissa dans la pièce. Putain. De merde. Sérieusement ? Au moins, elle avait enfilé une tenue bien moins tape-à-l'œil, constituée d'un jean et d'un pull soyeux assorti à ses prunelles.

— Sors d'ici, gronda-t-il.

Si Hunter apprenait qu'elle était là, il n'y aurait pas de seconde chance pour Myne.

L'attitude de Rasha était anormalement soumise, ses yeux détournés, et sa démarche hésitante.

— Ça ne durera qu'une minute.

— Juste assez pour t'assurer que Hunter me tue ?

— Je suis désolée. (Elle s'avança, l'implorant du regard, ce qui ne pouvait être qu'un subterfuge.) J'ai paniqué.

— Alors tu lui as dit que je t'avais forcée, lui rétorqua-t-il d'une voix morne. T'as déliré, putain !

— J'ai dit que j'étais désolée ! répliqua-t-elle, reprenant ses bonnes vieilles habitudes. J'ai flippé...

— Et as-tu avoué avoir menti ? As-tu raconté la vérité à Hunter ?

La moue et le silence de Rasha étaient une réponse suffisante. Et ce n'était pas celle que Myne avait souhaitée.

— Donc, à l'instant où on se parle, Hunter pourrait être en train de rassembler une équipe de guerriers pour me traîner à ma cérémonie d'exécution.

Il devait ficher le camp. Fissa.

Rasha secoua la tête.

— S'il avait voulu te tuer, il l'aurait fait dans sa chambre comme n'importe quel autre chef. Et même s'il y songeait encore, tu ne crois pas qu'il t'aurait déjà fait enchaîner dans les geôles ?

Peut-être.

Ou peut-être voulait-il que Myne sue un peu avant de le balancer sur l'échafaud.

— Pourquoi es-tu là, Rasha ? (Il ferma la tirette de son sac et le jeta sur la chaise à côté de la porte.) Pour reconnaître que tu es une garce et une menteuse et battre ta coulpe ? Mission accomplie. Maintenant, dégage.

Rasha s'empourpra de colère.

— Comment oses-tu ? gronda-t-elle. Je suis fille de chef, bientôt première femelle du clan. Je t'interdis de me parler sur ce ton. (Elle renifla, sa fureur cédant la place au calme en à peine une seconde.) Je suis venue te présenter mes excuses. Mais je ne peux pas te laisser gâcher mon futur. Tu dois partir.

N'avait-elle pas remarqué qu'il préparait ses affaires dans ce dessein précis ? Mais son ordre l'irrita et il se surprit à répliquer :

— Et si je refuse ?

Elle esquissa un rictus sardonique tout en tirant sur l'encolure de son sweat-shirt pour révéler son décolleté.

— Je dirais à tout le monde que tu m'as agressée.

— Espèce de… chienne. (Il l'empoigna aussitôt par la gorge et la cogna contre le mur.) Je méprise Hunter profondément, mais tu sais quoi ? à cet instant, j'ai pitié de lui. Tu es un poison, Rasha. Un scorpion incapable de changer sa nature, et personne, pas même Hunter, ne mérite de finir avec une compagne comme toi.

Elle poussa un sifflement de rage, faisant saillir ses crocs tandis que ses yeux se mouchetaient de taches rouge sang.

— Pars maintenant, *wenputi*, ou je veillerai à ce que tu sois exécuté avant le lever du soleil.

Myne n'avait jamais porté Rasha dans son cœur. Il l'avait simplement tolérée parce que la douleur la faisait jouir et qu'il en procurait à foison quand il se repaissait. Mais l'infime part de lui qui lui avait permis de l'endurer mourut à l'instant où elle l'appela *wenputi*, un terme employé par les Nez-Percés vampirisés qui combinait plusieurs insultes. Orphelin. Bâtard. Paria. Mendiant. Parasite. Fardeau. Indigne de confiance. Monstre.

Il lui avait fallu des années pour accepter une place au sein de MoonBound, et s'il avait toujours gardé ses distances avec les autres vampires, excepté Riker qu'il considérait comme son ami, il avait commencé depuis peu à s'implanter, à participer au fonctionnement du clan. Riker y était pour beaucoup, ainsi que Bastien. Myne était devenu le mentor du gamin, lui apprenant à se battre, à chasser, et à reluquer les femmes sans se faire prendre. Et, en retour, Bastien lui avait réappris à rire.

Pour la première fois de sa vie, Myne avait eu l'impression d'avoir un foyer.

Et voilà que ce tapis lui était arraché sous les pieds, et, comme cela avait été le cas pendant plus de deux siècles, il allait se retrouver à la rue et seul.

C'est ça, lamente-toi sur ton sort, wenputi.

Un souffle glacé lui balaya la poitrine, refoulant sans la moindre pitié les souvenirs heureux qui avaient comblé le vide en lui. D'un geste brutal, il s'écarta de Rasha et jeta son sac de sport sur l'épaule.

Il ouvrit la porte et sortit de son appartement sans se retourner. Il ne se retourna pas lorsqu'il quitta le quartier général et s'avança dans la nuit froide. Il ne se retourna pas non plus quand on appela son nom.

Car, en vérité, il n'y avait que dans ses rêves qu'on l'appelait encore.

Chapitre 30

Aylin faillit pleurer lorsqu'elle entendit frapper à sa porte. Quelqu'un était venu pour se repaître d'elle et la joie la submergeait presque.

Ainsi que l'anxiété. Et si le mâle derrière la porte n'était là que parce qu'on le lui avait ordonné ? Riker avait promis de lui trouver un partenaire consentant, mais ce dernier serait-il au courant de sa déformation congénitale ? Ressentirait-elle son dégoût pendant qu'il boirait à sa veine ? Supporterait-elle une telle humiliation ?

Et si, par quelque miracle, il avait été d'accord pour prendre plus que son sang ? La fièvre lunaire était une question d'alimentation autant que de reproduction. De sexe. Il s'agissait de mettre de côté tout simulacre de civilité pour assouvir un appétit charnel qui ne pouvait être contenu.

C'est ce que voulait Aylin, cruellement.

Avec Hunter.

En ce moment, il devait être vautré dans son lit luxueux en compagnie de Rasha, les crocs plantés dans sa gorge, leurs corps nus remuant en cadence.

Elle sentit monter la nausée, et les larmes qui avaient menacé de couler auparavant lui brûlèrent les yeux.

Stop. Il n'est pas à toi. Il ne l'a jamais été. Il ne le sera jamais.

Sans la moindre pitié, elle bannit son nom de son esprit. On toqua de nouveau, cette fois plus fort. Avec plus d'empressement. Quelqu'un avait faim.

Prenant une profonde inspiration, elle alla ouvrir.

Baddon se tenait sur le seuil ; ses cheveux sable ondoyaient sauvagement autour de son visage, une faim à peine contenue illuminait ses prunelles moka, et ses crocs étincelaient entre ses lèvres charnues, entrouvertes. Une énergie érotique émanait de son corps couvert de cuir. L'intensité de ces vagues, qu'elle sentait sur sa peau et dans son bas-ventre, la fit presque chanceler.

Voilà à quoi ressemblait un homme en proie à la fièvre lunaire.

Certes, elle s'était trouvée au milieu de mâles lors des nuits de pleine lune, mais elle n'avait jamais été le centre de leur attention. Elle n'avait jamais su ce qu'elle ratait.

Et, bon sang, elle avait raté un sacré truc !

— Salut, dit-il. (Un mot si court, si simple, mais qui renfermait tout un monde de promesses.) Je peux entrer ?

Elle déglutit. Le regard de Baddon se porta aussitôt sur sa gorge, et ses crocs s'allongèrent davantage, jusqu'à creuser des rides dans sa lèvre inférieure.

— Euh… Ou… oui, bredouilla-t-elle, se sentant ridicule.

Lentement, d'une démarche nonchalante qui démentait l'intensité de son expression, il s'avança vers elle, martelant le sol de ses bottes noires. Arrivé à quelques centimètres d'elle, il lui souleva le menton du revers du doigt. Allait-il… Non, sûrement…

Inclinant la tête, il pressa ses lèvres contre les siennes. Pendant un long moment, la panique empêcha Aylin de ressentir autre chose que de la stupeur. Peu à peu, elle reprit ses esprits et la chaleur des lèvres de Baddon pénétra son cerveau engourdi. Son baiser était ferme, dépourvu de tendresse, mais pas brutal. Non pas qu'Aylin soit en mesure de le comparer à beaucoup d'hommes.

Seulement à Hunter.

Et, par le Grand Esprit ! Hunter savait embrasser.

La bouche de Baddon remuait contre la sienne tandis qu'il la plaquait au mur et la recouvrait de son corps.

— N'aie pas peur, murmura-t-il d'une voix rauque qui gronda en elle comme les premières vagues de l'orgasme. Je ne te ferai pas mal.

C'est déjà fait. Je veux que tu sois quelqu'un d'autre.

Baddon n'avait pas pu deviner ce qu'elle pensait, mais il recula et l'observa, les sourcils froncés.

— Si tu n'en as pas envie, dis-le-moi tout de suite. La fièvre lunaire est en train de monter, et je vais...

— Être incapable de te contrôler ?

Elle avait vu des mâles à ShadowSpawn se transformer en à peine plus que des bêtes lors des nuits de pleine lune.

Les lèvres de Baddon se retroussèrent en un sourire oblique, indolent.

— J'allais dire « devenir grincheux », mais soit.

Charmée, elle se détendit suffisamment pour hocher la tête.

— J'en ai envie.

— Et en ce qui concerne Hunter ?

Elle sursauta.

— Eh bien, quoi ?

— C'est mon chef, alors, si ça risque de causer des problèmes, je dois le savoir.

Oh ! par le Créateur, de quoi Baddon était-il au courant ?

— Pourquoi ça causerait des problèmes ?

— Je vous ai vus devant le portail. J'ai vu comment il te regardait. (Il lui souleva de nouveau le menton et l'obligea à soutenir son regard.) Et surtout j'ai vu comment tu le regardais.

Elle réprima un gémissement. Combien de personnes étaient-elles au courant ? Toutes celles qui avaient été présentes devant le vortex, à l'évidence, mais quelqu'un d'autre au sein du clan avait-il remarqué ces « regards » ?

— Il est promis à ma sœur.

— Ça ne répond pas à ma question.

Elle soupira, agacée.

— Il n'y a pas de réponse, parce qu'il n'y a pas de Hunter. Tu as besoin de sang, et je suis prête à t'en donner. Fin de l'histoire.

Il arqua un sourcil.

— Et qu'en est-il de ton besoin ?

Le problème de virginité. Exact. Elle se sentit rougir.

— Eh bien… attendons de voir comment ça évolue. Et ne parlons plus de Hunter.

Elle recoiffa ses cheveux, lui dévoilant son cou, et, aussitôt, Baddon laissa échapper un grondement rauque et reporta toute son attention sur sa carotide.

— Hunter ? (Le souffle chaud de Baddon lui caressa la gorge, la faisant frissonner.) Qu'il aille au diable.

Si seulement, songea-t-elle, tandis que les bras tatoués de Baddon la soulevaient contre lui.

Hunter arpentait les couloirs d'un pas lourd ; la neige tombait de sa peau nue tandis qu'il marchait. Il ne portait qu'un pagne en daim et, même si les galeries avaient grouillé de monde, personne ne l'aurait regardé de travers.

Cela faisait deux cents ans qu'il courait pour chasser sa colère, son anxiété… toute émotion qui devenait trop intense pour être maîtrisée. D'ordinaire, il courait nu, alors, non, le pagne ne risquait pas de choquer qui que ce soit. Tout MoonBound avait l'habitude de ses sprints effrénés à travers la forêt.

La différence, c'était qu'auparavant il lui suffisait de courir à toute vitesse jusqu'à l'épuisement pour parvenir à canaliser ce qui le tourmentait tant. Or, ce soir, c'était comme s'il n'avait pas couru du tout. Comme s'il n'avait pas croisé la route d'une bande de braconniers qu'il avait taillée en pièces.

C'est sa vie qui se faisait tailler en pièces.

Il était sur le point de s'unir à une femme qu'il haïssait. Un mâle de haut rang de son clan l'avait trahi. La forêt grouillait d'humains qui voulaient massacrer les vampires ou les réduire à l'esclavage. Il était convaincu qu'un espion se cachait au sein de MoonBound. Et la femme qu'il voulait… il ne pouvait pas l'avoir.

Il poussa un grognement bestial et fonça vers ses appartements, tête baissée, espérant pour le bien de Rasha qu'elle n'y était pas. Ses pas résonnèrent dans le couloir désert, mais saturé par la tension érotique de la fièvre lunaire. Sa peau durcit, comme si elle formait un bouclier contre l'aliénante concupiscence qui flottait dans l'air.

Il devait se repaître, mais Rasha avait déjà été utilisée. Le clan comptait plus de femmes que d'hommes, il n'aurait donc pas de mal à trouver une partenaire, mais bon sang! la seule qu'il voulait, c'était Aylin!

Lâchant un juron, il enfonça son poing dans le mur et continua d'avancer, encore et encore. Jusqu'à ce qu'il se surprenne à se diriger vers l'appartement d'Aylin. Son sang se mit à bouillonner dans ses veines, son cœur à battre plus vite. Il inspira profondément, la pistant tel un loup.

Elle était dans sa chambre.

Il leva le visage et inspira de nouveau, quêtant son odeur à mesure qu'il s'approchait. Il la flaira, elle était plus forte à présent, un mélange d'herbe, de soleil et de rosée qui lui chatouilla les narines et fit durcir son corps. Mince! quelque chose dans son parfum éveillait en lui des fantasmes bucoliques; il s'imaginait la prendre dans une clairière baignée de soleil, le murmure d'une rivière atténuant ses cris passionnés.

Six mètres plus loin, il s'obligea à s'arrêter. Plus que tout au monde, il voulait frapper à sa porte. Le désir impérieux de la toucher, de l'embrasser, de se repaître d'elle le consumait.

Résiste.

Il avança d'un pas.

Allez, connard, tu es plus fort que ça.

Encore un pas. La porte d'Aylin était à sa portée.

Tu es… plus fort… que… ça.

La sueur perla sur son front, mais il se retint de faire un pas de plus. Ou d'attraper la poignée de la porte et de l'arracher dans son empressement de rejoindre Aylin. Il ne pouvait pas empirer la situation pour elle.

Pivotant sur ses talons, il fit demi-tour. Dans les profondeurs de son être, son ours rugit. Puis se tut lorsque l'odeur de Baddon emplit l'air. Mêlée à l'arôme caractéristique de l'excitation.

Elle provenait de la chambre d'Aylin.

Aussitôt, une rage jalouse le submergea.

Il défoncerait la porte s'il le fallait. Toute pensée rationnelle le déserta, ne laissant que le désir primitif de faire sienne la femelle, et de détruire ce – ou celui – qui se dressait sur son chemin.

Chapitre 31

Le corps athlétique de Baddon pressait contre celui d'Aylin, ses mains tatouées traçant un chemin enflammé sur ses hanches tandis qu'il lui parsemait la gorge et la mâchoire de baisers. Il lui avait mordillé le cou au lieu de se repaître tout de go, et le pouls d'Aylin battait douloureusement dans ses veines alors que son corps réagissait aux attraits évidents du guerrier.

Cependant, alors même que sa peau chauffait et que ses seins l'élançaient, son esprit cherchait à s'évader. *C'est mal.* Elle en avait eu envie pendant si longtemps, et peut-être, si elle n'était pas tombée amoureuse de Hunter, serait-elle allée jusqu'au bout. Or, à présent, il lui était simplement impossible de se donner à un autre. Surtout tant qu'elle vivait sous le même toit que Hunter.

Étrangement, elle avait l'impression de le tromper.

Un rire hystérique menaça de se déverser dans la bouche de Baddon. Comment pouvait-elle tromper un homme qui allait épouser sa sœur ? qui, à cet instant, se trouvait probablement dans son lit ?

C'était stupide, mais Aylin ne maîtrisait pas ses sentiments. Quand Baddon glissa une main sous son sweat-shirt, elle poussa un cri de plaisir, teinté de regret.

— Baddon, souffla-t-elle. Je…

Soudain, tout devint froid et figé, comme si une masse d'air arctique s'était installée au-dessus d'eux. Baddon releva la tête, et il eut à peine le temps de murmurer un juron avant que la porte ne s'ouvre dans une explosion de bois.

Il fit volte-face, se plaçant entre Aylin et… Hunter ?

Le cœur de la jeune femme cessa de battre. Les larges épaules de Hunter remplissaient l'embrasure de la porte, ses lèvres retroussées révélaient une paire de crocs acérés longs comme l'auriculaire, et son corps entier irradiait le danger tandis que son regard se braquait sur Baddon.

Son corps entier, presque totalement dénudé. Que les esprits lui viennent en aide, le pagne ne faisait qu'empirer la situation ! Elle savait ce que la peau de daim cachait, et elle voulait la lui arracher avec les dents.

Ses crocs la picotèrent d'impatience.

—Laisse-nous, guerrier.

La voix rocailleuse de Hunter, si profonde et puissante, vibra en elle, relançant les battements de son cœur… mais en un rythme instable et terrifié.

—Maintenant.

Baddon s'avança d'un pas lourd vers son chef.

—Elle n'est pas tienne.

Oh, merde ! cette histoire allait mal finir. Dans le meilleur des jours, une confrontation entre deux vampires alpha en colère pouvait s'achever en désastre, mais, quand l'heure était à la fièvre lunaire et que tout le monde était surexcité par le besoin de se repaître et de s'accoupler, des gens pouvaient mourir.

—C'est bon, s'empressa-t-elle de répondre, mais cela n'empêcha pas les deux mâles de grogner comme des bêtes surgies de l'enfer et de se télescoper au centre de la pièce, nez contre nez, torse contre torse.

Tous deux étaient des vampires de naissance, mais Hunter était plus grand et devait peser dix kilos de plus que Baddon. Cependant, Aylin avait vu celui-ci au combat. Il était rapide, et, selon certaines sources, il dirigeait jadis un gang de motards connu pour torturer et tuer ses rivaux. Il n'était pas du genre à se battre à la loyale.

—Sors d'ici. (Hunter serra les poings.) Dernier avertissement.

Devant le grondement de Baddon, Aylin passa à l'action. Prête à tout pour éviter le carnage, même si une infime part d'elle savourait le fait que deux hommes se disputent pour elle (du moins pour son sang), elle posa doucement la paume sur le biceps de Baddon. Sa veste en cuir crissa lorsqu'elle le pressa pour attirer son attention.

— Je pense qu'il vaut mieux que tu t'en ailles, dit-elle tout bas. S'il te plaît. Merci d'être venu.

Il sembla s'écouler des lustres avant que Baddon ne recule. Il lança un dernier regard de défi dans la direction de Hunter, puis se tourna vers Aylin.

— Ma porte te sera toujours ouverte.

Il sortit de la pièce, claquant la porte défoncée derrière lui.

Hunter lui tomba dessus alors que le vacarme résonnait encore dans ses oreilles.

— L'as-tu nourri ? As-tu nourri l'un de mes guerriers ce soir ?

Agacée par son arrogance et son intrusion dans sa vie privée, même si une part d'elle-même adorait ça en secret, elle croisa les bras et le fusilla du regard.

— Tu nous as interrompus avant.

Il la jaugea de la tête aux pieds.

— As-tu couché avec l'un d'entre eux ?

Une colère brute monta en elle, supplantant le bonheur d'être le sujet de leur querelle.

— Ça ne te regarde pas. Et si je participais à une orgie avec une dizaine de tes guerriers, ça ne te regarderait toujours pas.

Hunter afficha une expression impassible. Glacée.

— Tu es mienne.

— Tienne ?

Elle le dévisagea, bouche bée. Il pensait sérieusement qu'il pouvait prendre ce qu'il voulait, quand il le voulait. Apparemment, il n'était pas si différent des autres chefs de clan.

— Où est Rasha ? s'enquit-elle d'un ton acerbe. Tu sais, ta compagne. La jumelle qui est tienne.

— Elle en a nourri un autre ce soir.

Aylin hoqueta. Même si Rasha et Hunter n'étaient pas officiellement mariés, Rasha avait fait un choix stupide. Mais quel mâle aurait été assez idiot pour braver l'ire de Hunter ? Puis Aylin se demanda ce qui avait bien pu arriver au mâle en question.

— Eh bien, répondit-elle, je suis toujours passée après elle. Pas cette fois. (Elle lui désigna la porte.) Il est temps que tu t'en ailles. Je ne serai pas ton lot de consolation.

Que le Créateur lui vienne en aide, si elle n'avait pas été tellement en colère, elle aurait sans doute été heureuse d'être son lot de consolation. C'était pathétique. Mais bon sang ! tout ce qu'elle voulait c'était se débarrasser de sa fichue virginité avec l'homme de son choix ! Quelqu'un qu'elle aimait. Elle voulait pouvoir se raccrocher à ces souvenirs lorsqu'elle serait malheureuse comme les pierres dans la couche froide d'un autre chef de clan.

— Un lot de consolation ?

Hunter écarquilla les yeux. Avant de les réduire à deux fentes, et, en une fraction de seconde, il la renversa sur le lit, la couvrant de son corps, scellant ses lèvres avec les siennes.

— Tu ne seras jamais un lot de consolation. (Sa voix était empreinte de férocité et la force de sa conviction résonna en elle.) C'est toi que je veux, Aylin Redmoon.

Elle sentit les larmes la brûler. Elle le voulait, elle aussi, mais, mis à part le fait que Rasha était la reine des imbéciles, rien n'avait changé. Son cœur était prêt à foncer, mais sa raison lui hurlait des avertissements.

Coinçant les mains entre eux, elle appuya les paumes sur son torse et le repoussa.

— C'est la fièvre lunaire qui parle.

Il baissa les yeux sur elle, les pupilles étincelantes, la mâchoire crispée, l'expression dure.

— Ce n'était pas la lune lunaire qui parlait quand nous étions dans le vortex. Ce n'était pas la fièvre lunaire qui parlait quand nous étions dans la grotte et que je t'ai fait jouir. Et ce n'est pas non plus la putain de fièvre lunaire qui t'a mise dans tous tes états hier quand je t'ai dit que je voulais te déshabiller, te lécher et être le premier à te faire l'amour. (Son regard se porta sur sa gorge, où la minuscule morsure laissée par Baddon saignait encore, et il jura.) J'ignore comment évoluera la situation, mais je suis sûr d'une chose : je ne te laisserai pas partir. (Il pencha la tête vers son cou et passa la langue sur la coupure superficielle.) Je le sens encore sur toi. Je veux qu'il dégage.

Il l'empoigna par la hanche et l'attira contre son érection tandis qu'il plaquait la bouche contre la plaie et plongeait les crocs dans sa chair.

Elle poussa un petit cri de douleur qui se transforma vite en gémissement. Hunter suça fortement et la sensation érotique se répandit dans tout le corps d'Aylin, jusque dans son bas-ventre. C'était comme dans le vortex, quand elle s'était sentie peu à peu submergée par le plaisir. Rasha lui avait toujours dit qu'avec le bon mâle les repas lunaires étaient du sexe tout habillé.

Ouais.

Hunter remuait contre elle, frottant sa virilité contre son entrejambe. Une vague de désir pur l'envahit, dissipant tous ses doutes. Elle s'inquiéterait du futur plus tard. Elle devait nourrir un mâle pour des raisons de santé, et elle devait perdre sa virginité pour n'avoir plus aucun intérêt aux yeux de Tseeveyo.

Plus important encore, elle mourait d'envie de connaître cette expérience. Bien sûr, il y aurait des conséquences réelles, pour son cœur comme pour Hunter, mais à cet instant, alors qu'il glissait la main sous sa blouse et la faisait remonter vers ses seins, c'était le cadet de ses soucis.

Hunter n'avait jamais été aussi excité. Oh ! il avait partagé bien des nuits torrides avec bien des femelles, mais, à dire vrai, les deux voyages dans le vortex avec Aylin ainsi que la nuit dans la grotte avaient éclipsé tout le reste.

Mais ça… ça ferait tout exploser.

Le sang suave d'Aylin coulait dans sa gorge, assouvissant un besoin biologique, et, tandis que sa faim se rassasiait, un désir insatiable bien plus profond et ténébreux s'éveillait. Il avait tellement à goûter, et il ne comptait pas gaspiller une seconde de plus.

Retirant les crocs, il suça délicatement les perforations qu'il avait laissées. Aylin gémit et s'arqua contre lui, enroulant les jambes autour des siennes tandis qu'elle soulevait les hanches. Le sexe de Hunter glissa de sous le pagne, et la petite diablesse le trouva avec la main.

Ce fut à son tour de gémir lorsque les doigts inexpérimentés de sa partenaire l'explorèrent par de légères et hésitantes caresses.

— Ça va, comme ça ?

Elle semblait hors d'haleine, nerveuse, et si adorable qu'il ne put s'empêcher de sourire contre sa peau satinée.

— C'est parfait.

Il parsema son cou de baisers, lui mordillant la clavicule avant d'apaiser les morsures d'un coup de langue.

— Mmm, c'est agréable.

— Trésor, tu n'as encore rien vu.

Il se recula juste assez pour lui ôter son sweat-shirt, la laissant glorieusement nue des épaules jusqu'à la taille. Il adorait qu'elle ne porte pas de soutien-gorge. Et qu'elle rougisse pendant qu'il l'admirait. Il se pencha pour embrasser ses mamelons, s'attardant sur leurs pointes dressées.

Elle poussa un cri de surprise mêlé de plaisir, saisissant la tête de Hunter entre ses mains tandis que, redoublant d'ardeur, il suçotait son sein gonflé. Elle sentit le plaisir la gagner, et, alors qu'il s'affairait à déboutonner sa braguette, elle se cambra vers lui, cherchant à se rapprocher.

Gloussant tout bas, il ouvrit un peu plus la bouche et décrivit de lents cercles avec la langue. Son corps vibrait, enivré par le sang et la réaction d'Aylin. Il pensait avoir atteint le summum de l'excitation, mais, lorsqu'il glissa la main dans son jean et toucha sa petite culotte trempée, il se sentit galvanisé.

— Ma chérie, haleta-t-il, j'ai besoin de te goûter.

Consumé par le désir, il se redressa et, d'un geste bref, il baissa le pantalon d'Aylin sur ses chevilles. Le satané vêtement resta coincé, mais elle s'en libéra d'un coup de pied, apparemment aussi impatiente que lui. Sa culotte mouillée, en coton blanc, était presque transparente, révélant ses lèvres gonflées ainsi qu'une fente ombreuse qu'il lui tardait d'écarter avec la langue.

Il en avait l'eau à la bouche. Il grimpa sur le matelas et s'agenouilla entre ses jambes. Aylin le regarda, les yeux écarquillés, les lèvres humides de son baiser, tandis qu'il lui caressait les mollets. L'odeur de son excitation emplit la pièce, et Hunter ronronna d'appréciation.

Il lui effleura délicatement la cuisse avant de la titiller du bout des dents et de la langue, s'attardant davantage à mesure qu'il remontait. Aylin se tortilla, pantelante, indiquant clairement son impatience.

— Si ce que je fais te met mal à l'aise, dit-il tout bas, j'arrête.

— Si tu arrêtes, je te tue.

— Noté.

Il aurait dû se douter qu'elle se jetterait dans l'aventure sans peur. Après tout, elle avait accepté de se rendre dans un dangereux royaume démoniaque et de s'y battre jusqu'à la mort. Ce n'était sûrement pas le sexe qui allait l'effaroucher.

Redoublant d'enthousiasme, il lui écarta un peu plus les cuisses et referma la bouche sur sa vulve. Elle prit une inspiration saccadée tandis qu'il la léchait à travers le tissu, traçant les contours de son sexe du bout de la langue. Quand il s'approcha de son pli sensible, elle planta les talons dans le matelas et s'arc-bouta vers lui, avide d'en avoir plus.

Plus ? Aucun problème. Hunter ne pouvait rien refuser aux dames.

Dans un râle sensuel, il lui arracha sa culotte avec les dents. Elle lui était totalement offerte à présent, sa chair intime, rose et gonflée, ruisselante de désir. Avec voracité, il glissa les bras sous ses hanches pour l'immobiliser tandis qu'il l'embrassait à pleine bouche. Il écarta ses lèvres charnues et la lécha profondément. Elle laissa échapper un petit miaulement lorsqu'il frotta un croc sur son clitoris ultrasensible.

Elle avait le goût de la pluie et des pommes, un mélange sucré et décadent dont il ne se lasserait jamais. Remplaçant son croc par un doigt, il plongea la langue en elle, appréciant la façon dont elle s'arquait et hurlait son nom.

— C'est ça, murmura-t-il contre sa chair tendre et délicieuse. Prends ce que tu veux.

Il continua de fouiller son intimité, plus en profondeur cette fois, et fut récompensé par un autre cri de plaisir.

Du pouce, il fit le tour de son clitoris tandis qu'il lui faisait l'amour avec sa bouche, alternant caresses humides et succions jusqu'à ce qu'elle soit hors d'haleine. Il la sentait proche et son corps réagit, se crispant et brûlant du désir de s'abîmer en elle et de les propulser tous les deux au septième ciel.

Mais il allait devoir attendre. Il voulait qu'elle jouisse, qu'elle soit totalement ouverte lorsqu'il romprait son hymen.

— Hunter, fit-elle d'une voix rauque. Je vais… Je… oh… oui.

Elle remua, se tortillant sur le matelas, son sublime visage transfiguré par l'extase alors que l'orgasme la gagnait. Hunter avait l'impression que sa queue allait exploser lorsqu'il se redressa pour se placer entre ses jambes. Après une seconde d'hésitation, il s'enfouit profondément en elle dans un langoureux mouvement de bassin.

Elle poussa un cri de surprise, mais il ne fallut guère plus d'une seconde pour qu'elle se mette à gémir tandis que le bref instant de douleur se muait en plaisir.

Serrant les dents, il resta immobile tandis que les muscles intimes d'Aylin se contractaient autour de lui, tressautant et l'étreignant à mesure que l'orgasme la submergeait. Comme il retombait, Hunter commença à bouger, lentement au début, mais il était trop excité ; son corps était prêt depuis trop longtemps et il doutait d'avoir tenu trente secondes avant de se mettre à remuer sauvagement les hanches. Il poursuivit, se calant sur la respiration et les halètements d'Aylin alors qu'elle jouissait de nouveau.

— Aylin… tu es… tellement… parfaite.

Il pencha le visage vers sa gorge et mordit, pas au point de lui perforer la peau, mais assez fort pour la maintenir en place pendant qu'il allait et venait frénétiquement en elle. La moindre parcelle de son corps s'enflammait de passion pour cette femme, à tel point qu'il ne pouvait penser à rien si ce n'est aux émotions qu'elle éveillait en lui. Il voulait ressentir ça tous les jours.

Les cris sensuels qu'elle émettait tout en ondulant des hanches au rythme de ses coups de reins attisèrent le feu jusqu'à ce qu'il n'en puisse plus. L'extase le submergea tandis qu'il se déversait en elle. Les muscles d'Aylin se contractèrent sous l'effet d'un second orgasme, aspirant sa semence jusqu'à la dernière goutte.

Quand ce fut terminé, il s'effondra sur elle, glissant légèrement sur le côté pour éviter de l'écraser. La pièce, saturée par l'odeur brute de leurs ébats, s'emplit du son de leurs halètements.

Rien ne pourrait être plus parfait.

— Je t'ai dans le sang, Aylin. Littéralement.

Des lèvres, il effleura les siennes avant de s'y attarder un moment, lui démontrant par un baiser le sérieux de ses propos.

— Je ne te laisserai pas partir, ajouta-t-il. On trouvera une solution.

Il était prêt à tout abandonner, y compris son clan, s'il le fallait.

C'est alors qu'il le sentit. La brûlure localisée que tous les mâles désiraient et redoutaient.

Il leva le bras, et là, sur le dos de sa main, se dessinait une marque rouge longue de trois centimètres, et, tandis qu'il la regardait, il la vit prendre la forme d'une plume. Son cœur se mit à cogner dans sa poitrine, son pouls s'accéléra, et… Putain de merde, il l'avait imprégnée !

Tout tombait sous le sens à présent : son intense attirance physique pour Aylin, sa possessivité, sa jalousie. Samnult avait dit que toute cette histoire était une question de génétique, alors il semblait logique qu'une femelle génétiquement compatible déclenche en lui une réaction extrême.

Soudain, la panique l'envahit. Rasha aussi déclenchait en lui des réactions extrêmes. Certes, à l'exact opposé de celles qu'Aylin faisait naître en lui, mais, vu qu'elles étaient jumelles, il était presque certain que Rasha était génétiquement compatible, elle aussi.

Par conséquent, s'il avait couché avec elle, il aurait pu l'imprégner.

Il l'avait échappé belle. Pfiou ! Autant dire qu'il avait évité une balle de cinquante millimètres. À pointe creuse.

— Hunter ? (La voix d'Aylin, faible et rauque, l'arracha à ces sinistres pensées.) Et maintenant ?

C'était une bonne question. Il lui caressa les cheveux, concentrant son attention sur la plume au dos de sa main.

— Maintenant, on affronte la tempête.

Elle s'écarta doucement de lui et se redressa sur un coude.

— On affronte la tempête ?

— On dit tout à Rasha. Et ensuite on l'annonce à ton père.

Elle devint livide.

— C'est impossible. Tu dois t'unir à elle, et…

Il la fit taire en posant l'index sur ses lèvres.

— Je t'ai dit que tu étais mienne. Ce n'étaient pas des paroles en l'air. Tant pis si on doit s'enfuir ensemble et vivre dans un trou paumé. Je ne renoncerai pas à toi.

— Un trou paumé ? Où ça, par exemple ?

Il haussa les épaules.

— Je n'en sais rien. Au Canada ?

Elle arqua les sourcils.

— Ce n'est pas de là que vient Baddon ?

— C'est justement ça qui est drôle.

Elle rit, la pointe de ses crocs étincelant, et ses yeux bleu pâle s'illuminèrent.

Il s'en réjouit. Il voulait la combler de bonheur tous les jours. Elle avait connu trop peu de jours heureux et il tenait à s'assurer que tous ceux qu'elle vivrait dorénavant répareraient son passé merdique.

— Promets-moi que tu ne seras pas… trop dur avec lui.

Il dut retenir le grondement de jalousie qui se formait dans sa poitrine. S'il était arrivé une minute plus tard… Le grondement lui échappa.

— Je ne serai pas trop dur.

Elle ricana, incrédule.

— C'est bizarre, mais j'ai peine à te croire. (Elle appuya l'index sur son sternum.) Promets-le-moi. Il s'est comporté en parfait gentleman. Tu sais, autant qu'il le pouvait avec la fièvre lunaire. Et il était là pour m'aider.

Ce fut à Hunter de ricaner.

— Mon cul. Tu parles d'un sacrifice pour lui ! (Devant son expression sévère, il soupira.) D'accord. Sur mon honneur en tant que chef de clan et vampire de sang pur, je ne lui causerai pas de problèmes.

— Je te remercie.

— Mais s'il s'avise de te reluquer je l'envoie au tapis. (Il arbora son plus beau regard innocent.) Quoi ? Il n'en attendrait pas moins d'un mâle imprégné. Je ne peux pas décevoir mon peuple, quand même.

— Tu as sûrement raison. Mais… (Elle s'interrompit, inspirant brusquement.) Qu'est-ce que tu viens de dire ?

Il fit mine de ne pas comprendre.

— J'ai dit que je ne pouvais pas décevoir mon peuple.

— Au sujet de l'imprégnation.

Elle se redressa aussi sec, tremblant de la tête aux pieds, et il ne parvint plus à la taquiner.

Prenant sa main dans la sienne, il lui baisa les doigts, lui offrant une vue imprenable sur le dos de sa main et la plume qui la marquait.

— Tu vois, murmura-t-il, tu es mienne. En un sens, je pense que je l'ai su dès l'instant où je t'ai rencontrée.

— Je ne sais pas quoi dire, répondit-elle d'une voix étranglée. Est-ce que tu vas bien ?

Il rit.

— Si je vais bien ? À t'entendre, on croirait que je me suis cassé un os ou que j'ai reçu une balle.

Il l'attira dans ses bras et la serra fort. Ses cheveux sentaient les pommes, mais le reste sentait comme lui.

— Tu es la meilleure chose qui me soit jamais arrivée. Je suis honoré de porter cette marque.

— Tu en es sûr ?

Il s'arqua contre elle, pressant son sexe contre son ventre.

— J'en suis sûr. (Faisant glisser la main sur ses fesses rebondies, il laissa ses doigts s'aventurer entre ses cuisses.) Et maintenant, je vais te montrer à quel point.

Chapitre 32

— Hunter ?

— Hmm ?

Il embrassa le front d'Aylin, lovée contre lui, la tête sur son épaule, la main reposant sur son torse moite de sueur.

— Avons-nous commis une erreur phénoménale ?

Il bougea de sorte qu'elle se retrouve sur l'oreiller, et lui en appui sur le coude, le regard plongé dans ses yeux sublimes.

— J'ai commis beaucoup d'erreurs dans ma vie, mais celle-ci n'en fait pas partie.

— Mais ça va avoir des répercussions monstres.

Oh ! ça oui.

— Je ne veux pas que tu t'inquiètes pour ça. Je me débrouille toujours.

Elle poussa un soupir teinté de scepticisme.

— C'est énorme. Tseeveyo… mon père… ma sœur.

Elle ferma les yeux et gémit.

— Hé ! (Il prit sa joue dans sa paume jusqu'à ce qu'elle rouvre les paupières.) On trouvera une solution. Rien n'arrive sans raison.

Elle arqua un sourcil.

— Et quelle est la raison pour ce qu'on vient de faire ?

Hunter soupira à son tour.

— Tu te rappelles ce que je t'ai raconté au sujet de mes cousins ? Que j'avais dû décider de leur refuser l'entrée de MoonBound ? (Comme elle hocha la tête, il poursuivit.) En un sens, c'est ma décision qui a engendré tout ça.

Elle sembla perplexe.

— Tu m'as perdue.

Il sourit et repoussa les cheveux qui retombaient sur le front d'Aylin.

— Vingt ans après leur départ, j'ai emmené une femelle en forêt pour chasser. Et… enfin, tu vois.

Elle afficha un air exaspéré.

— Je visualise, ouais. Trop bien, même.

— Eh bien, mes cousins avaient apparemment décrété qu'il était temps de me faire payer leur bannissement. Ma mère n'avait jamais cessé de communiquer avec eux et ils ont jugé de concert que le moment était venu de me renverser. Ils m'ont tendu une embuscade pendant que je chassais et m'ont battu à mort. S'ils n'avaient pas été interrompus par l'une de nos patrouilles, ils m'auraient tué. En l'occurrence, ils ont pris la femelle. On a cherché ces enfoirés derrière chaque arbre, sous chaque rocher, mais on ne les a jamais retrouvés. J'ignore toujours où ils sont partis et ce qu'ils ont trafiqué pendant un siècle, mais je sais qu'après que les humains eurent appris notre existence et commencé à faire de nous leurs esclaves ils ont été capturés.

— Tués ?

— Pire.

Aylin jura tout bas.

— La femme aussi ?

— Ils ont fait d'elle une esclave sexuelle et l'ont expédiée par-delà les mers.

Les draps bruissèrent lorsqu'elle changea de position afin de le regarder bien en face.

— Attends… comment sais-tu tout ça ?

— Parce que l'un de mes cousins s'est échappé. Riker l'a trouvé et l'a ramené ici.

— Et tu l'y as autorisé ? Après ce qu'il avait fait à ta femelle ?

— Crois-moi, on est à couteaux tirés.

— Il est encore là ?

— Ouais. Mais on ne l'appelle plus par son prénom de naissance ni celui qu'il s'est choisi. On l'appelle par son nom d'esclave.

— C'est-à-dire ?

Il marqua une pause, considérant le poids de l'hostilité entre eux.

— Myne, dit-il enfin. Le guerrier qui s'est repu de ta sœur ce soir.

Chapitre 33

Myne ? Rasha avait-elle perdu la tête ? Tandis qu'Aylin descendait du lit, elle ne put s'empêcher de s'étonner. Elle savait depuis des années que Rasha retrouvait en secret un guerrier de MoonBound les nuits de pleine lune, mais elle avait supposé que sa sœur serait assez futée pour mettre un terme à cette relation après avoir été promise à Hunter.

Quand Rasha apprendrait-elle que toute action entraînait des conséquences ?

— Je vais tout avouer à Rasha, déclara Hunter. Toi, tu restes ici.

— Hors de question. (Aylin se dirigea vers la douche.) C'est à moi de lui parler.

— Je ne lui fais pas confiance, cria-t-il derrière elle.

Il ajouta autre chose, mais Aylin ouvrit le robinet, couvrant sa voix.

Elle ne reviendrait pas sur sa décision. C'était à elle de raconter à Rasha ce qui était arrivé avec Hunter. Il s'agissait de sa sœur et elle méritait d'entendre la vérité de sa bouche.

Aylin se lava, laissant l'eau fraîche apaiser sa peau enfiévrée. Hunter n'avait pas été brutal avec elle, mais ce genre d'activité intime était nouveau pour elle. Non pas qu'elle s'en plaigne. Elle serait ravie de ressentir cette douleur si particulière tous les jours.

Après sa douche, elle trouva Hunter en jean et tee-shirt bordeaux, les yeux braqués sur la télévision.

—Rike m'a apporté des fringues, dit-il. Et il m'a rencardé. On fait la une des journaux. Les vidéos que Nicole a fait fuiter sont diffusées en boucle.

Des scènes horribles d'une vaste bâtisse-prison apparurent à l'écran. Aylin sentit ses intestins se nouer tandis que d'effroyables images de vampires morts et à l'agonie dans des cellules et sur des tables d'autopsie défilaient avant le commentaire de la splendide présentatrice aux cheveux de jais.

—Je ne peux pas regarder ça. Je vais parler à Rasha.

Hunter se tourna vers elle.

—Ça ne me plaît toujours pas.

—J'ai survécu plus d'un siècle en sa compagnie, lui rappela-t-elle. Je peux gérer ça. Il le faut.

Fermant les yeux, il prit une inspiration longue et saccadée. Lorsqu'il les rouvrit, l'admiration qu'Aylin y lut fit picoter les siens.

—Je dois m'entretenir avec Riker au sujet des évolutions dans le monde humain… et entre nous. Préviens-moi dès que tu auras fini de parler à Rasha. Même si je suis occupé. D'accord?

Elle hocha la tête. Il se pencha vers elle pour l'embrasser. Un baiser bref mais éloquent qu'elle sentit jusque dans son âme. Il l'avait imprégnée, mais il l'avait également marquée d'une façon qu'elle n'aurait su expliquer. Tout ce qu'elle savait, c'était qu'il lui appartiendrait pour toujours, peu importe le déroulement des événements.

—Au fait, dit-elle en reculant d'un pas. Pourquoi m'as-tu menti au sujet de tes capacités? Était-ce parce que tu ne me faisais pas confiance?

—Non. (Il prit sa joue en coupe dans sa main, la rassurant avec son toucher.) Ce que je t'ai dit est la vérité, quatre-vingt-dix pour cent du temps. Je ne peux manipuler les éléments que sous certaines circonstances. Il faut que l'atmosphère soit déjà chargée d'énergie. Je ne peux pas faire tomber la pluie quand le ciel est bleu ou faire souffler la neige un jour d'été. Mais si les conditions pour la grêle, la foudre ou le blizzard sont réunies, je peux leur donner un coup de pouce, mais pas pendant très longtemps. (Il retira la main.) Et une fois que j'ai utilisé mon pouvoir, je ne peux plus m'en servir jusqu'à la prochaine pleine lune.

— Tout a un prix, hein ? murmura-t-elle, songeant que celui à payer pour son talent était le silence.

Il ne lui restait qu'à espérer que toutes les personnes au courant de son secret le tairaient.

— Il y a des choses pour lesquelles on paierait n'importe quel prix, dit-il tout bas, les pupilles étincelant d'une affection qu'elle n'avait lue que dans les livres.

Elle avait vraiment beaucoup de chance.

Le téléphone de Hunter bipa, alors elle le laissa gérer ses affaires tandis qu'elle gérait sa sœur. Elle était à la fois terrifiée et impatiente, prête à commencer une nouvelle vie… mais pas au détriment de Rasha.

Elle ne prit pas la peine de frapper à la porte. Elle trouva Rasha assise par terre, une bouteille de vodka vide à côté d'elle et du verre brisé un peu partout.

— J'ai merdé.

Rasha braqua ses yeux injectés de sang sur Aylin.

Sans déconner. Rasha avait envoyé Hunter droit dans les bras d'Aylin.

— Pourquoi autoriser un autre mâle à se repaître de toi dans l'appartement de Hunter ?

— C'est une longue histoire. (Rasha rejeta ses cheveux par-dessus son épaule, passant de la haine d'elle-même à l'arrogance alcoolique en une fraction de seconde.) Mais mince ! tu aurais dû voir Hunter. Il était vert de jalousie. Je suis surprise que Myne ne soit pas mort.

— Il n'était pas jaloux, répliqua Aylin entre ses dents. Aucun homme n'aimerait qu'on l'insulte de la sorte.

— C'était plus que ça. (Les paroles de Rasha étaient aussi imbibées de vodka que son humeur.) Il contenait difficilement son envie.

Aylin avait beau savoir que Rasha mentait, probablement à elle-même plus qu'à sa sœur, le doute s'insinua dans son esprit et elle ne put réprimer un pincement de douleur. Car c'était un fait, Hunter était d'abord allé trouver Rasha. Aylin savait pourquoi, mais la logique n'avait pas son mot à dire lorsqu'il était question de sentiments.

— Ay ? (Rasha changea d'intonation, abandonnant sa voix haut perchée pleine de morgue pour celle, plus douce, qu'elle n'employait qu'avec sa sœur.) Qu'est-ce qui te tracasse ?

Malgré tous ses défauts, Rasha lisait en Aylin comme dans un livre et n'aimait pas la voir contrariée. À moins, bien entendu, d'être responsable de son état.

L'estomac d'Aylin était complètement noué. Peut-être que Hunter aurait dû l'accompagner, car elle pressentait que la discussion allait mal tourner.

— Je dois t'avouer quelque chose. (Elle déglutit, mais cela ne soulagea en rien l'assèchement soudain de sa bouche.) J'ai passé beaucoup de temps avec Hunter. Tu sais… le chalet… et les défis du démon…

Rasha fronça les sourcils avant d'écarquiller les yeux.

— Que les Esprits me foudroient ! tu as le béguin pour lui.

— Ce n'est pas un béguin.

Rasha poussa un grognement de mépris et se redressa en titubant légèrement.

— Alors quoi ? Tu l'aimes ?

— Oui. Et il m'aime aussi.

Amusement et pitié traversèrent brièvement le regard de Rasha.

— Et qu'est-ce qui te fait dire ça ?

Aylin aurait beau prendre des gants, annoncer la vérité à Rasha serait difficile. Elle doutait que tout lui avouer alors qu'elle était soûle soit une bonne idée, mais avec la marque d'imprégnation de Hunter visible par tous, il était impossible de retarder le moment fatidique.

— Il m'a imprégnée, se hâta-t-elle de répondre. Ce soir.

Rasha explosa de rire.

— Je n'ai jamais compris ton sens de l'humour, mais celle-là est hilarante !

— Je ne plaisante pas.

Rasha rit de plus belle, et l'anxiété d'Aylin se mua en bouillonnante colère.

— Rasha ! (Aylin donna un coup de pied dans la bouteille.) Pour une fois, pourrais-tu me regarder comme si j'étais plus qu'une jambe tordue ? Comme si j'étais une femelle vampire, née de la même mère que toi ?

Le rire de Rasha s'éteint, et la confusion s'abattit sur son visage.

— Tu es sérieuse. (Elle secoua la tête.) C'est impossible. Hunter n'aurait jamais couché avec… avec toi.

À présent, Aylin était furieuse. Furibonde, même, et elle s'avança vers sa sœur.

— Peut-être que, s'il ne t'avait pas surprise avec Myne, il ne serait jamais venu dans ma chambre. Mais il l'a fait et je ne le regrette pas une seconde. (Elle écarta ses cheveux de son cou afin que sa sœur voie les traces de morsure.) Il s'est repu de moi. Il a bu mon sang d'estropiée, goulûment. (Elle prit un plaisir pervers à regarder la mine de Rasha se décomposer à mesure que son cerveau imbibé d'alcool assimilait la vérité.) C'est arrivé, Rasha. Demande-lui. Demande-lui de te montrer l'empreinte au dos de sa main.

Cette dernière phrase n'était pas nécessaire, mais elle lui fit un bien fou. Jusqu'à ce que le poing de Rasha s'abatte sur sa figure.

Elle fut projetée en arrière, la perte d'équilibre tordant sa jambe invalide et la faisant basculer par-dessus le canapé. Elle s'écrasa au sol et l'oxygène quitta ses poumons.

— Espèce de salope ! tu m'as trahie !

Le cri perçant de Rasha couvrit le martèlement dans les oreilles d'Aylin tandis qu'elle luttait pour respirer. Soudain, on le souleva violemment de terre pour la cogner contre la table basse. Elle entendit un craquement, puis eut l'impression qu'on lui perforait la poitrine.

Le sang jaillit de sa bouche, puis elle sentit qu'on la frappait dans le ventre. Elle tenta d'avaler une goulée d'air, mais s'étouffa avec son sang alors qu'elle se recroquevillait pour stopper la douleur. La voix de sa sœur flotta jusqu'à elle, un bourdonnement dans les brumes de son esprit.

— Aylin ? Aylin ! pardonne-moi… Oh ! Ay, je suis vraiment désolée…

Elle essaya de parler, mais aucun son ne franchit ses lèvres. Des points noirs lui floutèrent la vue, gagnant du terrain alors qu'elle était au bord de l'asphyxie. Et puis, plus rien.

Aylin était blessée. Hunter le savait, car il le sentait dans sa chair. L'imprégnation ne fonctionnait pas comme ça pour la plupart des mâles, mais plus ceux-ci étaient proches de la lignée des Originaux, plus le lien qui les unissait à la femelle dont ils étaient imprégnés était fort.

Alors, oui, il percevait la détresse d'Aylin tandis qu'il traversait les couloirs de MoonBound et rejoignait les appartements de Rasha en quatrième vitesse. Il entra, arrachant la porte de ses gonds.

Rasha laissa échapper un cri de surprise, mais aussitôt, à la vue de son expression, elle adopta une posture de combat.

Ce qui ne fit qu'envenimer la situation. Hunter referma la main autour de son cou et la souleva. Il dut déployer des trésors de maîtrise pour se retenir dc l'étrangler.

— Où est Aylin ? demanda-t-il d'une voix d'outre-tombe.

— Je… je l'ai emmenée au labo. Elle va bien, s'empressa-t-elle d'ajouter.

Il la secoua. De toutes ses forces.

— Que lui as-tu fait ?

Rasha montra les crocs, mais c'était un geste défensif, pas agressif. Elle avait peur. Et elle avait raison.

— Elle… elle m'a trahie.

— Comme tu m'as trahi avec Myne ? gronda-t-il.

— Écoute-moi, Hunter…

Il se pencha vers elle, à deux doigts d'exploser.

— Elle a risqué sa vie pour sauver celle de ton premier-né !

— Je sais, répondit-elle d'une voix éraillée. J'ai eu tort. J'estimais qu'elle m'était redevable de l'avoir protégée pendant toutes ces années. D'avoir veillé à ce qu'elle mange à sa faim et ait des vêtements. Je me suis assuré que les passages à tabac ne la tuent pas. Je lui ai laissé la place devant le feu en hiver. Et puis elle t'a pris… et j'ai pété les plombs.

— Tu pensais sérieusement qu'elle t'était redevable d'avoir fait toutes ces choses ? Si elle te tuait pour lui avoir fait endurer tout ça, personne ne s'étonnerait. (Il tremblait presque de rage. Et il fit trembler Rasha en la secouant comme un prunier.) Toi et ton clan l'avez traitée comme un chien errant, lui jetant vos restes et la reléguant à la marge de votre société. A-t-elle jamais possédé quelque chose qui la rende heureuse ?

Il la sentit déglutir sous sa paume.

— Elle a eu un lapin domestique, une fois.

Hunter cligna les yeux de surprise et finit par la relâcher.

— Kars l'a autorisée à le garder ?

— Quand il l'a découvert, il a obligé Aylin à le manger.

Bordel de… Incroyable ! Hunter recula d'un pas avant de faire payer à Rasha les actes de Kars.

— Ton père n'est qu'un monstre ignoble. Je ne peux imaginer qu'elle ait mangé la bestiole de son plein gré.

— Il l'a gavée de force.

Hunter ferma les paupières, dépité. Quelle existence cauchemardesque Aylin avait-elle endurée !

— Et malgré tout ce qu'elle a dû supporter, tu as essayé de la détruire ce soir.

— Je t'avais prévenu, murmura-t-elle. Je t'ai dit que je ne tolérerai aucune autre femme.

— Non, Rasha, tu ne comprends pas. (Aussi rapide que l'éclair, il lui empoigna le menton et la força à le regarder dans les yeux.) J'aime Aylin. C'est toi, l'autre femme. Si tu l'oublies, ce sera à tes risques et périls.

La laissant bouillonner dans son bain d'amertume, il fonça au laboratoire et croisa Nicole au moment où elle en sortait.

— Comment va-t-elle ?

La jeune femme enfonça les mains dans les poches de sa blouse.

— Ça aurait pu être grave, vu ses problèmes sanguins, mais…

— Quels problèmes sanguins ?

— Son sang ne coagulait pas normalement. Cela survient chez les vampires qui ne repaissent pas le sexe opposé lors des phases lunaires adéquates. Je lui ai dit qu'elle devait participer. (Nicole haussa les épaules.) Il semblerait qu'elle m'ait écoutée, car, hier encore, l'hémorragie interne aurait mis beaucoup plus de temps à ralentir.

— Alors, elle va se remettre ?

Nicole hocha la tête.

— C'est une dure à cuire.

— Je sais. (Il zyeuta la porte avec impatience.) Je peux la voir ?

— Elle dort, mais elle ne devrait pas tarder à se réveiller.

— Elle dort ?

— Je lui ai donné un sédatif. (Nicole leva la main.) Ne t'inquiète pas, ce n'est qu'une simple précaution. Je voulais favoriser la coagulation, et les vampires guérissent plus vite quand ils sont sonnés.

Il se détendit. Un peu.

— Tu es sûre qu'elle va bien ?

Nicole sourit et lui tapota le bras.

— Je te le promets. Va la voir. Et si cette marque sur ta main signifie ce que je pense… (elle laissa sa phrase en suspens et arbora une expression féroce) dépêche-toi de dégager Rasha.

Il défiait quiconque de l'en empêcher.

Prenant congé de Nicole, il alla trouver Aylin, allongée sur l'un des lits, ses cheveux soyeux s'épandant sur l'oreiller, sa peau ivoirine marbrée par l'ombre d'une meurtrissure sur sa pommette. Elle cicatrisait déjà, mais la voir dans cet état attisa tout de même sa colère.

Elle remua lorsqu'il s'approcha, ouvrant ses yeux ensommeillés en souriant.

— Salut.

Il ne perdit pas de temps avec des civilités.

— J'aurais dû être là quand tu lui as parlé.

Elle lui tapota la main.

— Je ne pensais pas qu'elle réagirait aussi violemment. Elle ne m'avait jamais blessée auparavant. Pas comme ça. Mais je ne lui en veux pas. Je réagirais comme elle si je te perdais.

— Je ne laisserai plus personne te faire du mal.

Il porta la main d'Aylin à ses lèvres, et, avec une tendresse infinie, il les pressa sur chacun de ses doigts avant de s'attarder sur sa paume, lui disant sans mots qu'elle tenait bien plus qu'un baiser dans sa main.

Elle tenait son cœur et son âme.

Chapitre 34

Comme auraient dit les ancêtres de Hunter, l'heure était venue de regarder les loups dans les yeux.

En dépit de son autorité et de ses années de gouvernance couronnées de succès, Hunter se demandait comment ses guerriers réagiraient à l'annonce de la nouvelle. L'évolution de sa relation avec Aylin aurait de sérieuses répercussions sur le clan, et il avait besoin de l'appui des siens.

Quand il arriva dans la salle de réunion, Jaggar, Takis, Katina, Riker et Baddon étaient déjà assis. Alors qu'il se dirigeait vers sa chaise en bout de table, Baddon lui lança un regard noir. Hunter le lui rendit, toisant son subalterne jusqu'à ce que ce dernier se décide à baisser les yeux pour scruter avec un intense intérêt la bague à tête de mort qu'il portait à la main droite.

Mais, putain! cela lui prit une éternité!

—Où est Aiden?

Hunter prit place.

—En patrouille, répondit Takis.

Merde! Hunter avait vraiment voulu que tout le monde soit présent. Takis, comme s'il lisait dans ses pensées, ajouta:

—Il m'a donné sa voix.

Cela signifiait qu'il avait la permission d'Aiden pour parler en son nom. Le couple était sur la même longueur d'onde depuis le jour où ils s'étaient rencontrés et mis ensemble, il y avait de cela quelques années. Hunter se réjouissait pour eux; Takis avait été seul bien trop longtemps.

— OK, allons-y.

Hunter regarda chacun de ses guerriers dans les yeux, s'attardant un peu plus sur Baddon lorsqu'il se remémora le mâle imposant dans la chambre d'Aylin.

— Il n'y a aucune façon d'annoncer ça en douceur, alors voilà. (Il leva la main, révélant la plume de corbeau gravée sur sa peau.) J'ai imprégné Aylin.

Trois de ses camarades arquèrent les sourcils.

Riker poussa un soupir.

Baddon jura.

Eh ouais, mon vieux, elle est à moi.

— Et maintenant, quoi ? s'enquit Riker. Comprends-moi bien… je suis content pour toi. Mais, la vache ! Kars et Tseeveyo vont chier une pendule.

— Tseeveyo ? répéta Katina d'un air renfrogné. Le chef de NightShade ? Qu'est-ce qu'il vient faire là-dedans ?

Hunter se cala sur sa chaise, la faisant grincer.

— Aylin est supposée s'unir à lui le mois prochain.

Jurons et gémissements dégoûtés s'élevèrent en chœur de la table.

— J'en conclus que ça n'est plus d'actualité, dit Jaggar. Et j'en conclus aussi que ça va nous poser un énorme problème.

— C'est pourquoi je vous ai convoqués, annonça Hunter. Je suis censé épouser Rasha dans deux semaines, mais je ne renoncerai pas à Aylin.

— En gros, répondit Riker, deux choix s'offrent à toi. T'unir à Rasha et garder Aylin, ce qui nous attirera les foudres des deux clans. Ou refuser Rasha et garder Aylin, ce qui sera pire encore, puisque tu rompras le pacte scellé avec Kars.

— C'est un bon résumé.

Baddon tendit les doigts, laissant des traces à la surface de la table.

— Tu nous as baisés en même temps qu'Aylin, quoi.

Hunter ne se rappelait pas avoir bondi sur ses pieds. Ni s'être jeté sur Baddon pour le plaquer à terre dans un roulement de corps et de chaises. Mais il se rappelait avoir enfoncé le poing dans le visage du mâle. Plusieurs fois de suite.

Et il se souviendrait pendant un moment du coup de genou que Baddon lui avait mis dans le ventre.

— Arrêtez ça !

Le cri de Riker résonna dans la salle tandis qu'avec l'aide des autres il séparait les deux vampires.

Le sang bouillonnant de colère, Hunter lutta pour lui assener des horions supplémentaires. Il parvint à lui en mettre deux, suivis d'un coup de pied qui aurait brisé en éclat le fémur d'un mâle moins robuste, avant d'être jeté à terre et immobilisé par Katina, Takis et Jaggar. Riker se chargea de Baddon, le cognant contre le mur.

— Pauvre abruti, va ! lui hurla-t-il. Tu devrais te réjouir pour lui.

— Ça aurait pu être moi.

L'intonation furieuse du guerrier était empreinte d'une souffrance qui, Hunter le savait, n'avait rien de physique, et sa rage se dissipa quelque peu.

Il y a longtemps, Baddon avait perdu une femme qu'il aimait, et, après des décennies de deuil, il s'était replongé dans le bain avec une ardeur décuplée. Il était prêt à tout pour trouver une compagne, pour imprégner une femelle, mais il avait déjà couché avec à peu près tout le monde à MoonBound. En dehors du clan, les femelles de qualité constituaient une denrée rare.

— Tu sais bien que c'est peu vraisemblable, répondit Riker. Alors oublie ça. (Quand Baddon serra les mâchoires, gardant le silence, Riker le secoua doucement.) Hé ! je t'ai dit d'oublier. C'est ton premier avertissement. Il n'y en aura pas d'autres. Tu iras droit dans la fosse. Pigé ?

Baddon inclina la tête en un hochement distinct. Riker le relâcha et se tourna vers Hunter.

— Réfléchissons à des solutions.

Même si le sang de Hunter bouillonnait toujours, il n'était pas totalement stupide. Baddon avait raison, et il venait sans doute d'énoncer tout haut ce que l'assemblée pensait tout bas.

— Merci, Rike, mais Baddon n'a pas tort. J'ai mis le clan dans une position difficile. J'ai l'intention d'en assumer l'entière responsabilité et je ferai tout pour garantir votre sécurité à tous, quitte à renoncer à mes fonctions.

Ravalant sa fierté, ce qui lui laissa l'impression d'avoir une pointe de silex nichée dans la gorge, il ajouta d'un air sinistre :

— Je suis désolé. Je vous ai tous déçus.

Baddon jura et Hunter s'arma de courage pour affronter les autres. À leur place, il serait furax et il ne leur en voudrait pas s'ils le traînaient devant le clan et le poussaient vers la sortie.

— Arrête tes conneries, répondit Riker tout bas. Tu nous as dirigés pendant les guerres claniques et les batailles avec les humains, et tu as fait le nécessaire pour assurer notre survie. Tu mérites d'être avec une femme que tu aimes. (Il fit le tour de la table, regardant chacun dans les yeux.) Je le soutiens.

Katina s'avança.

— Idem.

— Tu n'iras nulle part, vieux, renchérit Jaggar. Tu as sauvé ce clan plus d'une fois. On est dans cette galère ensemble.

Takis inclina la tête.

— Ma loyauté a toujours été tienne.

Hunter ne se donna pas la peine de regarder Baddon. Il représenterait la voix dissidente, et Hunter l'avait bien cherché.

— Putain de merde ! grommela Baddon. Ouais, tu as chié dans la colle, mais j'aurais fait la même chose. Tu ne vas nulle part, chef.

Ça alors ! Bon sang ! leur fidélité le touchait, le comblait d'humilité, l'honorait. Il y avait eu des occasions par le passé – quelques-unes, seulement – où il s'était demandé si les méthodes de gouvernance de son père avaient davantage imposé le respect, mais il ne se poserait plus jamais cette question.

Son père aurait exigé la dévotion ; ces guerriers la lui offraient librement.

— Merci, coassa-t-il. Je promets…

La porte fut ouverte à la volée et Aiden déboula dans la pièce, hors d'haleine, ses cheveux blonds humides de sueur.

— On a un problème ! Tena et moi sommes tombés sur des soldats de ShadowSpawn…

— ShadowSpawn ? l'interrompit Hunter. Ici ? Sur notre territoire ?

Aiden baissa la voix, ce qui ne présageait rien de bon.

— Ils sont des dizaines. Ils ont établi leur campement non loin d'ici. Kars est avec eux.

— Qu'est-ce qu'ils viennent foutre chez nous ? (La colère assombrit la peau ébène de Katina.) L'union n'est pas prévue avant deux semaines.

— Il y a pire. (Aiden passa la main dans ses cheveux.) NightShade est là aussi. Et Tseeveyo exige Aylin.

Hunter détestait les visites-surprises. En particulier les visites-surprises de ses enfoirés d'ennemis. Et à présent il devait décider lequel de ces enfoirés il devait affronter en premier.

Tandis qu'il assignait une ombre permanente à Rasha – hors de question qu'il la laisse déambuler en toute liberté dans le QG après ce qu'elle avait fait à Aylin –, Riker et Baddon allèrent repérer les campements ennemis et déterminer le niveau de menace. Au bout d'à peine une demi-heure, ils revinrent avec un message de Kars.

Apparemment, le chef de ShadowSpawn demandait une entrevue immédiate.

— Les deux clans sont postés à quatre cents mètres d'ici.

Riker s'adressa à Hunter et aux guerriers à présent qu'ils étaient de nouveau rassemblés autour de la grande table.

— On a compté une trentaine de guerriers ennemis dans le camp de ShadowSpawn, et une quarantaine dans celui de NightShade.

— Ça fait un sacré paquet de vampires réunis au même endroit, dit Katina. Comment se cachent-ils des humains ?

— ShadowSpawn est venu avec un gardien mystique pour exploiter nos barrières de protection.

— Les enculés, grommela Baddon. On aurait le droit d'exiger une rétribution.

En effet. Cependant, Hunter connaissait le dessein secret de ShadowSpawn. Inutile donc de les contrarier. De plus, leur gardien mystique ne pouvait que renforcer le sort d'invisibilité de MoonBound, destiné à repousser les humains de façon si subtile que ces derniers ignoraient pourquoi ils éprouvaient le besoin de faire demi-tour pour partir dans la direction opposée.

— NightShade fait-il pareil ?

Riker secoua la tête.

— Ils ont dissimulé leur campement aux yeux humains tout seuls. Il semblerait que l'une des compagnes de Tseeveyo est un chaman noir.

Hunter inspira brusquement, imité par à peu près toute l'assemblée. Le gardien mystique de MoonBound puisait dans l'énergie naturelle positive pour créer des barrières de protection et activer des sorts afin de camoufler les entrées du quartier général. Et, pour les maintenir, il devait utiliser tout son pouvoir. Les chamans noirs, en revanche, employaient l'énergie naturelle négative pour doper leur magie, et même le plus faible d'entre eux était généralement plus puissant que le plus fort des gardiens mystiques.

Pour autant, pour parvenir à rendre un camp entier invisible aux humains, alors que ces derniers étaient juste à côté, un chaman noir devait détenir un pouvoir incommensurable. Jusqu'ici, Hunter avait douté que cela fût possible.

— Les deux chefs exigent une audience avec toi, dit Riker. Ils attendent une escorte.

Hunter se leva.

— Il n'y aura pas d'escorte. Je vais à leur rencontre.

— Chef, répondit Riker, je te le déconseille fortement. Amène-les ici, où nous avons l'avantage du nombre et le confort de notre foyer.

— Ils sont déjà dans notre foyer, lui fit remarquer Hunter, pensant à Rasha. Et voilà qu'ils envahissent notre territoire. Je ne me cacherai pas derrière des murs.

L'effroyable juron de Riker résonna dans l'air.

— Dans ce cas, laisse-moi une heure pour réunir nos guerriers et poster plusieurs bataillons autour de leurs camps. Ils ne s'apercevront de rien.

Hunter lui montra du doigt un proverbe lakota encadré et accroché au mur avant de secouer la tête.

— La force, peu importe le degré de dissimulation, engendre la résistance, déclara-t-il. Non. Je ne souhaite pas plus de deux guerriers pour m'accompagner. Et ne discute pas. (Il traversa la salle jusqu'au placard où il rangeait son arsenal et attrapa son harnais d'armes.) Où est Myne ?

Il avait beau mépriser ce dernier, c'était l'un de leurs meilleurs combattants.

Riker marqua une pause qui resta en suspens, alourdissant l'atmosphère, et Hunter devina aussitôt que la réponse n'allait pas lui plaire.

— Il est parti.

— Comment ça, parti ?

— Son appartement est vide.

L'inquiétude dans les yeux de Riker disait tout. Myne n'avait pas quitté le clan de façon impromptue pour errer en solitaire comme il en avait l'habitude.

La première réaction de Hunter fut de souhaiter bon vent au salopard. Mais bon sang ! le clan avait besoin de lui.

— Quand tout ça sera terminé, trouve-le. (Il boucla le harnais sur son torse.) Maintenant, allons voir ce que nous veulent ces bâtards.

Chapitre 35

Hunter rencontra d'abord Tseeveyo. Stratégiquement, c'était plus logique ; NightShade constituait une moindre menace pour MoonBound, et, si Hunter abattait les bonnes cartes, il pouvait recueillir des informations vitales qu'il pourrait utiliser contre ShadowSpawn.

Pour autant, savoir que ce connard campait sur le territoire de MoonBound le mettait en rage.

NightShade avait érigé plusieurs cahutes grossières autour d'un feu central, mais l'abri de Tseeveyo était le plus grand et le plus intime. Lorsque Hunter y entra, il vit plusieurs sacs de couchage en fourrure par terre, certains contenant des femmes endormies.

Dans un coin de la tente, une jeune fille, qui paraissait avoir dix-huit ans tout au plus, s'occupait d'un bébé avec des rubans roses dans ses cheveux d'encre.

Hunter avait entendu que Tseeveyo ne voyageait jamais sans au moins cinq de ses compagnes ; cette rumeur pouvait, apparemment, être confirmée.

Tseeveyo, un vampire de naissance aux yeux marron et aux longs cheveux noirs qui commençaient à grisonner au niveau des tempes, s'installa dans l'un des fauteuils pliables. Sur la table, entre eux, trônaient un bol de noix et de baies, une outre de sang, et un plateau de galettes de maïs.

— Tu peux t'asseoir, ou pas. (Tseeveyo vida le contenu de l'outre dans une coupe en bois.) Je m'en bats les couilles.

Charmant. Hunter resta debout, se positionnant de façon à avoir un œil sur ce qui se passait à l'extérieur.

— Dis-moi pourquoi tu campes sur mon territoire sans ma permission.

Tseeveyo grogna et but une lampée de sang.

— Je ne pensais pas que j'en avais besoin, puisque je viens récupérer ma future épouse.

La main de Hunter glissa vers le poignard à sa hanche tandis qu'il s'imaginait le plonger dans le cœur de l'abject personnage.

— As-tu modifié ton accord avec Kars pour prendre Aylin plus tôt que prévu ?

— J'emmerde Kars. (Tseeveyo s'essuya la bouche avec la manche de sa tunique en daim.) Il m'a promis la pucelle et je la veux sur-le-champ.

Les doigts de Hunter se refermèrent autour du manche.

— Et si elle n'était plus vierge ?

Tseeveyo n'aurait jamais Aylin. Mais tout se passerait bien mieux s'il renonçait à elle de son plein gré.

Le chef de NightShade siffla comme si Hunter venait de lui jeter un serpent venimeux au visage.

— Ça ne change rien. Je la battrai jusqu'à ce qu'elle soit à deux doigts de la mort pour avoir baisé un autre homme, mais je la veux.

Hunter se retenait avec peine de défoncer la mâchoire de Tseeveyo. Puis de le poignarder.

— Si chacun avait ce qu'il voulait, tu aurais une lame plantée dans le cœur.

— Et ton clan n'existerait plus, répliqua l'autre, d'un ton presque badin. Mais comme tu l'as si bien fait remarquer, on n'obtient pas tout ce qu'on veut. Maintenant, livre-moi Aylin. Mon clan est sur le départ et je tiens à ce qu'elle bouge avec nous.

— C'est avec Kars que tu as passé un arrangement. Vois ça avec lui.

— Cet enfoiré exigera un paiement outrancier.

— Pas mon problème.

Le sourire cauteleux de Tseeveyo donna la chair de poule à Hunter.

— Tu manques peut-être de motivation. (Il fit signe à la jeune fille de s'approcher, et elle s'exécuta, le bébé sur ses talons.) Je t'offrirai ma fille. (Il attrapa l'enfant et le lui tendit tandis que la mère tombait à genoux en sanglotant.) Je me la réservais, mais le marché concernant Aylin en vaut la peine.

La fureur, pure et simple, écorcha la gorge de Hunter. Ce salopard dépravé comptait épouser sa propre fille ? et il était prêt à donner un bébé innocent à un étranger susceptible de lui faire on ne sait quoi ?

Hunter en avait assez vu. Même s'il ne s'était pas épris d'Aylin et que son union avec Rasha avait toujours été à l'ordre du jour, il n'aurait jamais livré Aylin à un tel monstre. Et si Tseeveyo n'avait pas eu un enfant dans les bras, Hunter lui aurait pété les dents comme cela l'avait démangé quelques minutes plus tôt.

— Tu n'es qu'une abjecte abomination, gronda Hunter. Tu as jusqu'à la tombée de la nuit pour déguerpir de ma propriété.

— Ne me menace pas, connard. Mon chaman noir est capable de bien plus que défendre notre campement.

— Pas si elle est morte. (Hunter tourna les talons et se dirigea vers la sortie.) Reste après le coucher du soleil et tu verras.

Chacun des membres de MoonBound rallierait avec joie la bataille pour éliminer l'infestation NightShade de leur territoire.

Le rugissement de fureur de Tseeveyo suivit Hunter hors de la tente et jusqu'à la limite du camp, où Riker et Aiden l'attendaient. Quand il entendit l'enfant pleurer et l'une des femmes crier, il fit volte-face, poignard tiré, et Aiden et Riker durent le retenir.

— Du calme, chef, dit Riker, jaugeant le mur de guerriers armés qui s'était formé autour de la tente. Y rentrer serait du suicide.

Aiden hocha la tête.

— Son heure viendra.

Oh, oui ! Et Hunter serait aux premières loges.

Hunter s'assit en tailleur sur une duveteuse peau d'ours sous le tipi de Kars. Les clans modernes tels que MoonBound avaient découvert il y avait des lustres que les équipements de camping conçus par les humains étaient supérieurs ou du moins plus facilement transportables que l'attirail indien traditionnel, mais certains, comme ShadowSpawn, ne s'étaient jamais adaptés à la modernité.

Assis en face de Hunter, Kars lui offrit un godet de vin de houx. Prenant soin de dissimuler la marque au dos de sa main, Hunter l'accepta par politesse, mais n'en but pas. Kars avait la réputation d'empoisonner ses rivaux et Hunter refusait de courir le moindre risque.

— En voilà une surprise, Kars.

Hunter sonda son homologue du regard, cherchant à deviner ce qu'il pensait, mais le visage de ce dernier était totalement dénué d'expressivité. Comme sa personnalité.

Kars haussa les épaules.

— Mes filles me manquaient et je voulais m'assurer que tu les traitais bien.

Menteur.

— Vraiment ?

— Mmm. (La réponse évasive de Kars le fit grincer des dents.) Comment ça se passe avec Rasha ?

— Mal, avoua Hunter, songeant qu'au point où il en était il pouvait aller droit au but.

Kars afficha un sourire plein d'affection.

— Elle peut être difficile.

Difficile ? Elle était grossière, insensible, violente, et limite psychopathe.

— C'est peu dire.

Un autre haussement d'épaules.

— Tu apprendras à l'apprécier.

Seulement si elle se trouvait à des milliers de kilomètres. Voilà ce qu'il apprécierait !

— Tu n'as pas fait tout ce chemin pour t'assurer que tes filles étaient heureuses. Alors, pourquoi es-tu réellement venu ? Et au même moment que NightShade, qui plus est ?

Le sourire de Kars s'évanouit.

— Tseeveyo n'a rien à faire ici avant la nouvelle lune. Avant que Rasha et toi soyez mariés. Tel était notre accord.

Ça devenait de plus en plus bizarre. Deux clans débarquaient le même jour pour la même femelle sans que cela ait été décidé au préalable ? Sacrée coïncidence.

Hunter porta la coupe à ses lèvres, mais ne but pas.

— Pourquoi est-il ici d'après toi ?

— Pour Aylin, évidemment, répondit Kars avec un geste nonchalant. Peu importe. Je la ramène à la maison.

La main de Hunter trembla si fort qu'il faillit renverser son verre.

— Aylin est censée assister Rasha jusqu'à la cérémonie.

Qui, de toute évidence, n'aurait pas lieu, mais Hunter avait besoin de temps pour trouver un moyen d'éviter la guerre ouverte.

— J'ai changé d'avis. Sa place est à ShadowSpawn.

Hunter prit une longue inspiration contrôlée. *Reste calme.*

— Tseeveyo ne sera pas content.

En effet, le salopard semblait tenir à récupérer Aylin.

— Tseeveyo, j'en fais mon affaire.

— C'est ce que tu aurais dû faire il y a bien longtemps.

Kars se raidit.

— C'est-à-dire ?

— C'est-à-dire que Tseeveyo est un chien enragé. (Hunter se pencha en avant, souhaitant que son interlocuteur voie toutes les émotions qui passaient sur son visage.) Et tu lui as promis ta fille, ce qui fait de toi un individu encore plus méprisable que lui.

Kars grogna, crachant du vin et laissant saillir ses crocs tachés. Manifestement, la brosse à dents était un concept inconnu pour lui.

— Je lui ai promis une vie ! Sans Tseeveyo, elle n'aurait rien ni personne. Si je mourais, les autres membres du clan la tailleraient en pièces.

Pensait-il vraiment avoir agi dans l'intérêt d'Aylin ? que la livrer à un monstre était le mieux pour elle ?

Si c'était le cas, il y avait vraiment anguille sous roche.

— Si la vie à ShadowSpawn est si terrible pour Aylin, pourquoi vouloir l'y ramener ? Et ne viens pas me raconter qu'elle te manque. On sait tous les deux que c'est de la bouse d'élan.

Kars jaugea Hunter avec attention, comme s'il essayait de décider s'il devait lui dire la vérité. Enfin, il vida son verre et le jeta par-dessus son épaule.

— Je lui ai trouvé un autre compagnon.

L'annonce brutale de Kars lui fit l'effet d'un pic de glace en pleine poitrine.

— Qui ?

— L'un de mes guerriers. En l'unissant à Fane, je garantis sa sécurité et m'assure qu'après ma mort mon clan sera dirigé par un mâle digne.

— Fane ? (Hunter secoua la tête, n'en croyant pas ses oreilles.) Tu veux la marier à ce trou de balle ?

— Il est fort. Courageux. Aylin est déformée et faible. Il la protégera, et, avec l'aide du corbeau, leurs enfants hériteront de la force de caractère de Fane.

Hunter voulait rompre la distance qui les séparait d'un bond et battre Kars à mort. Mais il avait un mauvais pressentiment, et, tant qu'il n'aurait pas découvert ce qui clochait, il devait faire preuve de prudence et limiter les pensées meurtrières.

D'après Riker, on appelait cela « diplomatie ». « Di-plo-ma-tie », lui avait-il dit. Quel gros malin !

— Allons, Kars. Nous savons tous les deux que ce satané corbeau légendaire n'existe pas.

Kars remua, mal à l'aise, avant de s'exprimer d'une voix étouffée.

— On ne parle pas de ces choses-là.

— Toi, tu n'en parles pas. Moi, si. (Il se pencha en avant, reposant les coudes sur ses genoux.) J'ai passé les épreuves. J'ai réussi ces putain de défis.

Kars bondit sur ses pieds, crocs saillants.

— Et tu as déshonoré Rasha ! Comment as-tu osé la remplacer par sa misérable sœur ?

— Déshonoré Rasha ? répéta Hunter, incrédule, tandis qu'il se relevait. Elle s'est déshonorée toute seule en refusant de venir avec moi.

— C'était son choix.

— Et c'était un choix que je ne pouvais accepter, gronda Hunter. Je n'abandonnerai jamais mon enfant à un démon. Aylin était prête à se battre quand Rasha ne l'était pas. Et elle a été sublime.

Kars pointa le doigt sur lui.

— Tu as pris un risque inconsidéré.

— Je… Minute ! (Hunter se rembrunit.) Comment sais-tu qu'Aylin m'a accompagné au lieu de Rasha ?

Les pupilles de Kars lancèrent des éclairs, mais une seconde plus tard il agita la main avec nonchalance.

— Vous avez voyagé hors de votre territoire. Tu crois que je n'ai pas des sentinelles postées partout ?

L'explication tenait la route, mais l'infime lueur dans les yeux de son ennemi le troublait. Toute cette histoire sentait le roussi. Deux clans débarquaient en même temps et exigeaient

Aylin, invoquant des raisons farfelues. Cela ne pouvait être un hasard.

Ni Kars ni Tseeveyo n'avaient de respect pour Aylin, alors le farouche intérêt qu'ils lui portaient signifiait qu'un événement récent avait changé leur façon de voir.

Oh… *oh, merde!* Il n'y avait qu'une réponse logique. D'une façon ou d'une autre, ils avaient découvert le nouveau talent d'Aylin. Ils savaient qu'elle était désormais l'un des vampires les plus puissants au monde.

Par conséquent, ni ShadowSpawn ni NightShade ne renonceraient à elle.

Chapitre 36

Aylin avait été convoquée dans les appartements de Hunter. Apparemment, il l'avait d'abord cherché au laboratoire, mais elle s'était réfugiée dans la bibliothèque. Une pièce remplie de livres avait quelque chose d'éminemment apaisant, et pour le moment elle avait besoin de calme. Elle n'était pas prête à revoir Rasha… et ignorait comment elle réagirait lorsqu'elle la verrait. De plus, apprendre que son père et Tseeveyo campaient tous deux à quatre cents mètres de MoonBound l'avait ébranlée.

Et à présent que Hunter l'appelait dans sa chambre, elle ne pouvait s'empêcher de se demander s'il avait décidé de la livrer dans l'intérêt du clan.

Elle frappa à la porte d'une main hésitante, et, une seconde plus tard, Hunter se dressait devant elle. Doux esprits, qu'il était beau ! Ses cheveux tirés en arrière avec un lacet de cuir révélaient les traits anguleux de son visage. Son tee-shirt noir était tendu sur ses muscles d'acier et son pantalon en cuir mettait en valeur son anatomie.

Une bouffée d'angoisse l'assaillit… jusqu'à ce qu'il l'attire dans ses bras. Il trouva sa bouche et la captura dans un baiser passionné qui ne laissait aucun doute quant à son bonheur de la revoir.

Lorsqu'il recula, elle se sentait étourdie, à la fois par le désir qu'il éveillait si aisément en elle et par le soulagement, car, à l'évidence, rien n'avait changé entre eux depuis sa rencontre avec les deux chefs de clan ennemis.

— Joins-toi à moi, dit-il. Je suis en train de jouer à un jeu vidéo.

Abasourdie, elle le suivit à l'intérieur, où il s'affala sur le canapé et attrapa une manette.

— Des jeux vidéo ? Mon père et Tseeveyo sont partis ?

Hunter se rembrunit, mais, curieusement, il se replongea dans le jeu avec une ardeur redoublée.

— Non.

Un coup sur la porte la fit sursauter avant qu'elle ait pu lui demander de préciser.

— Entrez ! répondit Hunter.

La porte s'ouvrit et Bastien entra, muni d'un énorme plateau couvert de fromage et de morceaux de trucs rouges.

— Merci, petit, dit Hunter. Pose-le sur la table basse.

Bastien acquiesça d'un timide hochement de tête, devenant cramoisi lorsqu'il remarqua Aylin. Il quitta la pièce au pas de course, comme s'il avait les pieds en feu.

— Bastien commence tout juste à découvrir les filles, expliqua Hunter, un filet d'amusement dans la voix.

— Seulement maintenant ? Quel âge a-t-il ?

— Vingt ans, mais, il y a à peine trois mois, il vivait dans une cage, dans l'un des labos de Daedalus. Du coup, il est un peu à la ramasse.

Hunter lui décocha un clin d'œil, et Aylin aurait été charmée si elle n'était pas restée bloquée sur ce dernier détail.

— Il rattrape vite son retard, cela dit. Ces dames l'adorent.

Une cage ? Dans un laboratoire dirigé par les humains ? Aylin ne se plaindrait plus jamais de sa vie.

— Comment s'est-il échappé ? (Elle cligna les yeux.) Attends… n'est-il pas le fils de Riker ?

Hunter hocha la tête.

— Sa première compagne, Terese, était enceinte quand elle a été tuée en captivité. Riker pensait que son fils était mort avec elle jusqu'à ce que Nicole et lui trouvent Bastien dans l'un des complexes de Daedalus.

Que le Grand Esprit ait pitié !

—Il n'y a pas de mots pour décrire l'horreur qu'ont dû vivre toutes les personnes impliquées.

—Je sais. C'est pour ça qu'on n'en parle pas beaucoup. (Hunter ôta ses pieds de la table et tapota le coussin à côté de lui.) Pose-toi et mange quelques « crochos ».

—Des quoi ?

Il lui montra le plateau que Bastien leur avait apporté.

—Des « crochos ». Des croquettes de patate recouvertes de sauce nacho. C'est top.

Aylin n'avait pas la moindre idée de ce qu'était la sauce nacho, mais l'odeur la faisait saliver. Elle se laissa tomber à côté de Hunter… mais pas trop près, ce qui ne manqua pas de l'amuser. Il souleva une croquette et l'enfourna dans sa bouche. Elle le regarda mâcher pendant un moment, observant la façon dont les muscles de son cou bougeaient lorsqu'il déglutissait. Bon sang ! même quand il ne faisait que manger, il était la créature la plus sexy qu'il lui avait été donné d'admirer.

Son estomac gargouilla et elle l'imita, goûtant l'une de ces boulettes. Un festival de saveurs lui ravit le palais… C'était crémeux, acidulé, piquant. Des oignons, des tomates, du fromage, et d'autres flaveurs qu'elle était incapable d'identifier la firent gémir de délice.

—C'est bon, hein ?

Aylin se contenta de hocher la tête tout en fourrant une deuxième croquette dans sa bouche.

Elle en engloutit une bonne dizaine, mastiquant lentement, mais elle ne faisait que retarder l'inévitable. Enfin, elle s'essuya les mains sur une serviette en papier et pivota vers Hunter.

—OK, que se passe-t-il ?

Il exécuta un geste qui causa une explosion sur l'écran.

—Tu sais, à l'évidence, que ShadowSpawn et NightShade sont ici.

—Tout le monde ne parle que de ça. (Les « crochos » lui pesaient soudain sur l'estomac.) Pourquoi sont-ils ici ?

Je t'en prie, ne me dis pas que Tseeveyo est venu pour moi.

— Ils sont venus pour toi.

OK, elle allait vomir.

— Pourquoi mon père viendrait-il pour moi ?

Mettant le jeu sur pause, Hunter se tourna vers elle, affichant un air d'un sérieux alarmant.

— Je les soupçonne d'être au courant de ta compétence secrète. À qui en as-tu parlé ?

— À personne.

— Pas même à Rasha ?

— Je ne lui fais pas confiance, avoua-t-elle, bien que cela lui coûte et lui donne le sentiment de trahir sa sœur. Elle est loyale envers ShadowSpawn, pas envers moi.

Le juron enflammé de Hunter lui écorcha les oreilles.

— J'étais persuadé qu'elle était responsable de la fuite.

Aylin ne pouvait lui reprocher de penser ça, mais elle doutait tout de même que Rasha aurait divulgué une telle information à Tseeveyo.

— Où est-elle ? Je ne l'ai pas vue.

Elle supposait que Hunter avait dû la balancer dans la fosse ou dans les geôles ; c'est ce qu'aurait fait son père dans une situation similaire. Mais, en son for intérieur, Aylin ne pouvait s'empêcher d'espérer la clémence pour sa sœur. Rasha était insensible, mais, vu son éducation, comment aurait-il pu en être autrement ?

La colère enflammait les yeux noirs de Hunter, mais sa voix demeura étrangement douce.

— Elle est confinée dans sa chambre avec Katina comme garde.

Aylin soupira de soulagement.

— Merci, dit-elle, consciente que Hunter faisait preuve d'indulgence uniquement par égard pour elle. Que vas-tu faire au sujet de Kars et Tseeveyo ? Il faut que tu me livres à eux, n'est-ce pas ?

— Jamais de la vie !

Il reposa violemment la manette et prit ses mains entre les siennes. Elles étaient si chaudes, si puissantes, capables de combattre comme de procurer du plaisir. Et si elle le perdait alors qu'elle venait juste de le trouver à cause de ce qui se passait hors de l'enceinte de MoonBound ?

— Si je devais céder le clan à Riker et t'emmener à l'autre bout du monde pour te sauver de ces enfoirés, je n'hésiterais pas.

Le cœur d'Aylin palpita et la chaleur se propagea dans ses veines. Hunter était prêt à renoncer à tout pour elle. Absolument tout.

Voilà pourquoi elle l'empêcherait de faire une chose pareille, même si cela impliquait qu'elle s'enfuie seule. La place de Hunter était auprès de son clan. Elle refusait qu'il soit obligé de se cacher non seulement des autres vampires, mais aussi des humains dans le seul dessein de la protéger.

Elle n'ignorait pas, cependant, qu'un mâle imprégné ne laisserait jamais sa femelle partir sans lui. Et un mâle comme Hunter la pourchasserait jusqu'aux confins de la terre. À l'évidence, fuir, ensemble ou séparément, serait une solution de dernier recours. Hunter devait avoir un plan.

Elle lui effleura le dos de la main du bout des doigts, n'en revenant toujours pas qu'il l'ait choisie. Et que, non content de la choisir, il lui avait dédié sa vie.

— Qu'allons-nous faire, alors ?

— J'allais les expulser de mon territoire, mais s'ils sont au courant de ton don ils seront difficiles à dégager. C'est pourquoi je veux que tu t'entraînes à invoquer des portails, et moi, je vais dire toute la vérité à Kars et Tseeveyo. Ils ne devraient pas tarder à arriver.

Elle le dévisagea, interdite.

— Ça me paraît un peu… imprudent.

Il afficha un sourire qui fit stopper son cœur.

— Riker a dit la même chose. Il planifie toujours tout. Moi, je suis meilleur quand j'improvise. (Il la relâcha, s'empara de nouveau de la manette et appuya sur le bouton « reprise ».) Et quand je flanque des dérouillées virtuelles.

Aylin jeta un coup d'œil à l'écran.

— À quoi tu joues ?

— GTA : Clans de vampires. Tu as le choix entre incarner un humain ou un vampire.

— Et tu es…

Il lui décocha un clin d'œil taquin.

— Un vampire.

— Et tu peux tuer des humains ?

— Ouais.

Elle attrapa une manette.

— Tu me montres ?

Hunter eut un bref moment de surprise avant d'arborer un sourire qui lui étira les lèvres jusqu'aux oreilles.

— Un peu, ouais ! Viens, allons voler des caisses et dézinguer quelques humains.

« Mes quartiers. Tout de suite. »

Hunter jeta un coup d'œil au texto de Riker… Puis, après un temps d'arrêt, le relut attentivement. Qu'est-ce qui pouvait être aussi urgent ?

— Reste ici, dit-il à Aylin, qui était assise sur son canapé, la manette dans sa main délicate. Je reviens le plus vite possible.

Rangeant le téléphone dans la poche de sa veste, il fonça jusqu'à l'appartement que Riker et Nicole partageaient à l'autre bout du QG.

La porte étant ouverte, il déboula dans la pièce, sans prévenir, sans un bonjour.

— C'est quoi le stress ?

L'expression de Riker, debout dans son salon, entouré par des piles de paperasse, de photocopies et des clés USB, était lugubre. Littéralement désespérée.

— Ça craint. (Riker lui désigna le bazar autour de lui.) Voici tout ce que Nicole a volé à Daedalus. Elle passe tout en revue afin de trouver des informations concernant leurs pratiques qu'on pourrait divulguer aux médias.

— Et ? demanda Hunter avec impatience, encore excité par le sursaut d'adrénaline dû au message urgent de Riker.

— Et c'est là depuis des mois. (Il saisit un dossier et l'ouvrit.) Tu te rappelles quand j'ai dit que Rasha collectait des renseignements sur nos guerriers ? J'ai dit qu'elle savait des choses sur Myne qu'elle n'aurait jamais dû savoir, tu t'en souviens ?

— Ouais…, répondit Hunter, laissant traîner sa voix avec hésitation.

Il devinait où son ami voulait en venir, et cela ne présageait rien de bon. Bien au contraire.

— Même si c'était tiré par les cheveux, j'espérais de tout cœur qu'un espion de ShadowSpawn se cachait chez Daedalus et qu'il leur avait communiqué ces infos sur Myne. (Riker poussa le dossier vers Hunter.) Mais Nicole a trouvé ça aujourd'hui. Tout est là. Les opérations. Les expériences. La torture. Les humains ont pris un de ces reins alors qu'il était encore conscient, ajouta-t-il d'une voix étranglée par l'émotion.

Hunter sentit son estomac se révulser tandis qu'il parcourait les rapports. Les saloperies que les humains lui avaient infligées… Par le Grand Esprit ! c'était un miracle que Myne ne soit pas devenu complètement fou.

— Hunt, Myne n'a parlé à personne de ce qui lui était arrivé. Quelqu'un s'est introduit dans notre appartement, a feuilleté ces documents, et a tout transmis à ShadowSpawn. On a bien un espion au sein du clan.

Le dégoût céda la place à la stupeur et à l'effroi.

— Bordel de merde ! gronda-t-il. Putain de bordel de merde !

Riker serra les poings le long du corps et ses lèvres se retroussèrent pour révéler une paire de crocs mortels.

— On ne peut pas continuer à le nier. L'un des nôtres a raconté à ShadowSpawn qu'on avait perdu leur sage-femme il y a trois mois. Et ce même individu leur a communiqué des informations personnelles sur nos guerriers.

Hunter ferma les yeux.

— Kars savait que j'avais emmené Aylin au vortex au lieu de Rasha. Il m'a expliqué que ses sentinelles nous avaient aperçus, mais ce n'est qu'un ramassis de conneries. Je savais qu'il mentait. C'est le traître qui a dû le lui dire. Et je parie que l'espion en question a également parlé du don d'Aylin à ShadowSpawn et à NightShade. (La rage ruisselait dans les veines de Hunter comme de la lave en fusion.) Ce qui signifie que nous pouvons restreindre la liste des suspects à ceux qui sont rentrés avec nous du portail.

Riker acquiesça de la tête.

— Je comprends. Je me retirerai de l'enquête…

— Tu ne fais pas partie des suspects, l'interrompit aussitôt Hunter. Je n'y crois pas une seconde. Quel espion révélerait l'endroit où il a récupéré ces infos ?

Que Riker ne soit pas considéré comme un suspect aurait dû être une bonne nouvelle, mais l'intéressé hocha la tête avec tristesse.

— Mais plusieurs autres le sont.

— Katina, Takis, Aiden, Tena et Baddon, dit Hunter d'un air hébété. L'un d'eux nous a trahis.

Le martèlement rapide des bottes résonna dans les oreilles de Hunter, le sortant de sa stupeur. Baddon freina dans le couloir, le visage rouge, une veine battant sur sa tempe.

— Quoi ? aboya Hunter, déjà sur les nerfs.

Putain, ce qu'il avait envie de tuer quelqu'un à cet instant !

L'espion serait le choix idéal.

Alors qu'il regardait Baddon, il sentit monter la nausée, et pria pour ne pas avoir à l'abattre. Il le ferait, mais bon sang ! il détesterait perdre un guerrier comme Baddon.

Lui comme les autres, d'ailleurs.

Baddon leva ses mains, qui étaient maculées de sang.

— J'ai trouvé Katina inconsciente dans l'appartement de Rasha. Quelqu'un l'a tabassée. Bien comme il faut.

— Et Rasha ? demanda Hunter entre ses dents.

— Disparue. (Baddon serra les poings.) Elle s'est échappée.

Chapitre 37

— Où tu vas comme ça, guerrier ?

Myne venait d'atteindre la frontière est de MoonBound lorsqu'une flèche argentée perça le sol devant lui. Empoignant la tige à pleine main, il l'arracha de terre et leva les yeux sur la femme accroupie sur les branches. Ce que ça pouvait l'énerver de ne jamais percevoir sa présence ! De ne jamais l'entendre ni flairer son odeur. Elle aurait pu lui décocher cette flèche en pleine tête et il serait mort avant même de l'avoir senti.

— Je prends des putain de vacances.

Sabbat, une chasseuse de primes humaine, arqua un sourcil platine.

— Avec tous ces humains qui affluent en masse dans les bois ?

— Peut-être bien que je les chasse.

Il lança la flèche en l'air et elle la rattrapa avec adresse.

— Peut-être bien que tu es un gros mytho.

Elle regarda son sac de sport avec insistance, son expression transparaissant sous ses lunettes de soleil couvrantes.

— Et peut-être, reprit-il, que ce ne sont pas tes oignons. Alors, à moins d'avoir un contrat sur ma tête, je te conseille de me laisser passer.

Les lèvres rubis de la chasseuse se déformèrent en un sinistre rictus.

— Aujourd'hui, tu es en sécurité. Je suis après un vampire de la ville frappé de furie sanguinaire. (Elle se rembrunit, perdant son sourire maléfique.) En espérant que ces satanés braconniers ne le chopent pas avant.

Myne se contrefoutait du sort du vampire. Mais si un braconnier se dressait sur sa route, celui-ci mourrait. Quant à Sabbat… elle pouvait rester en vie. Pour une chasseuse, elle était plutôt cool. Elle poursuivait les renégats qui attiraient trop l'attention sur leurs congénères, MoonBound en particulier, alors tout le monde lui fichait la paix. Mais le jour où elle commencerait à imiter ses collègues chasseurs de primes et braconniers, quelqu'un à MoonBound l'abattrait.

Ce ne sera pas toi, connard. Tu n'as plus ta place là-bas, désormais.

Il ne l'avait sans doute jamais eue.

—Bonne chance, Sabbat.

—Ouais, toi aussi.

Elle se redressa sur la branche qui semblait bien trop frêle pour la supporter, ses chaussures-gants de pieds noires agrippant le bois comme si elles avaient été enduites de glu. Sa combinaison de camouflage moulante changeait de couleur pour s'accorder à l'arrière-plan tandis qu'elle marchait sur la branche avec une grâce contre nature. Elle ressemblait au Predator des premiers films, pratiquement invisible et terriblement meurtrière.

Soudain, Sabbat se figea et Myne fit volte-face, se fiant à ses instincts de tueuse. L'odeur le frappa immédiatement.

Rasha.

Elle se faufilait entre les arbres en silence, dans une tenue noire qui la dissimulait aux regards tandis qu'elle se mouvait d'ombre en ombre. À l'exception de Sabbat, il n'avait jamais vu personne se déplacer de manière aussi furtive que Rasha.

—Qu'est-ce que tu fous, putain ? gronda-t-il. Que fais-tu ici ?

Fronçant les sourcils, Rasha leva la tête.

Il suivit son regard, s'attendant à voir Sabbat avec une arme pointée sur Rasha, mais la chasseuse n'était plus là. Elle s'était évaporée comme un fantôme, sans laisser la moindre trace. Ultra flippant.

— Je veux partir avec toi, dit Rasha. Et j'aurais juré avoir vu un truc là-haut.

— Tu t'es trompée, et, non, pourquoi diable t'emmènerais-je ? Aurait-il commencé à geler en enfer ?

Elle le toisa de haut, ce qui était assez remarquable étant donné qu'elle mesurait vingt centimètres de moins que lui.

— Tu as besoin de moi pour la fièvre lunaire.

Il ricana et lui tourna le dos.

— Va retrouver Hunter. Il ne manquerait plus qu'il se lance à mes trousses.

— Aucun risque. (Elle l'attrapa par le bras et le fit tourner vers elle.) Il va s'unir à Aylin.

Myne cligna les yeux. *Merde alors ! Putain de merde !*

— Et le pacte avec ShadowSpawn, alors ?

— Ce sera la guerre, probablement. Ils campent à la frontière de MoonBound, tout comme NightShade.

L'adrénaline lui satura les veines.

— Ils font quoi ? Pourquoi ? Parce que Hunter t'a envoyé sur les roses ?

— Je n'en sais rien, avoua-t-elle. Mais si je rentre… je risque de finir avec Tseeveyo.

Il rit.

— Alors ce fils de pute était assez bien pour ta sœur, mais pas pour toi ?

— Tu ne comprends pas, répliqua-t-elle entre ses dents.

— Ah ouais ? Laisse-moi te dire un truc : seul un salopard abandonne sa famille face au danger, et c'est exactement ce que tu fais à Aylin, non ? Tu la laisses mourir dans une guerre que MoonBound ne peut gagner.

Elle ouvrit la bouche. La referma. L'ouvrit de nouveau.

— C'est bien ce que je pensais. (Il jura.) Suis-moi. J'ai changé d'avis. Tu viens avec moi. (Il montra ses crocs.) Que tu le veuilles ou non.

Même après un ratissage en règle du quartier général, ils ne trouvèrent aucune preuve de la présence de Rasha. D'après Katina, qui était à peine cohérente, quelqu'un, probablement Rasha d'ailleurs, l'avait assommée avant d'enfoncer une lame entre ses côtes. Katina s'était réveillée dans le laboratoire alors que Nicole et Grant s'échinaient à stopper l'hémorragie.

Peu importe qu'elle soit la sœur d'Aylin, si Hunter mettait la main sur Rasha, elle serait la première depuis plusieurs siècles à sentir toute la force de sa colère. Il était trop énervé à cet instant pour se soucier de l'influence de son père qui resurgissait, bouillonnant en lui comme une marmite de fureur et de trahison.

Cependant, malgré la rage qu'il éprouvait envers la femelle, elle, au moins, avait une excuse pour ses agissements : elle était l'ennemie et l'avait toujours été.

Or entre les murs de MoonBound s'en terrait un autre, et celui-ci se faisait passer pour un ami.

L'un des leurs était un putain d'espion, et Hunter regrettait de ne pas avoir le temps de creuser davantage la question. Malheureusement, il était l'heure de rencontrer les chefs. Riker avait voulu qu'il traite avec Kars en privé, notamment parce que Rasha s'était volatilisée, mais Hunter avait un autre plan.

Le chaos.

— La faiblesse de nos ennemis fait notre force, avait-il dit à Riker.

Il espérait que le vieux dicton cherokee s'avérerait exact.

Les deux clans rivaux étaient trop belliqueux, leurs dirigeants arrogants et imbus de leur personne. C'était un pari, mais, si Hunter parvenait à exploiter ces qualités et dresser les deux clans l'un contre l'autre, MoonBound réussirait peut-être à s'extirper de ce bourbier sans bain de sang.

Kars, flanqué de Fane avec sa crête iroquoise et d'un autre guerrier que Hunter ne connaissait pas, émergea des bois, à temps pour le rendez-vous fixé devant le quartier général de MoonBound. Mais où était Rasha ? N'était-elle pas partie rejoindre son père ? À moins qu'elle ne se trouve au camp pendant que Kars jouait les imbéciles.

Tseeveyo arriva de la direction opposée, escorté, lui aussi, par deux colosses. Et toujours pas de Rasha.

Hunter ne doutait pas que, non loin de là, chaque chef avait un contingent de guerriers sur le qui-vive... exactement comme lui. À son côté, Riker se crispa. Jaggar lança une lame en l'air. Il ne fallait pas se fier à son attitude insouciante. Ex-agent de la CIA dans sa vie humaine, le vampire avait plus d'un tour dans son sac.

Comme la bombe prête à exploser derrière leurs deux rivaux ; il suffisait d'un jet de poignard pour en actionner le détonateur.

— Où est ma fille ? aboya Kars, et Hunter se demanda de laquelle il parlait.

Tseeveyo, ses cheveux tressés en deux nattes qui tombaient sur son torse, se renfrogna.

— Ma compagne, tu veux dire.

— L'accord est rompu.

Kars s'avança vers Hunter, indiquant de façon claire que ce dernier avait choisi son camp. Au moins, Hunter savait à présent qu'il était question d'Aylin. Pour l'instant.

— Tu ne peux pas faire ça. (Tseeveyo grimaça.) Tu as besoin de mon allégeance.

Alors, Hunter avait raison. Kars essayait de rallier les tribus sous ses ordres. Combien étaient-ils déjà ?

— Que veux-tu que je te dise ? répliqua Kars avec un haussement d'épaules. L'amour filial compte plus que les alliances.

Hunter se retint de rire. Personne ne goberait ces conneries, pas même Tseeveyo.

Hors de lui, celui-ci s'adressa à Hunter.

— Tu vas me livrer Aylin. Rends-la-moi maintenant et je te prêterai allégeance contre ShadowSpawn.

— Hmm. Laisse-moi y réfléchir. Oh ! attends. Dans tes rêves.

Tandis que Tseeveyo passait par plusieurs nuances de pourpre, Kars arbora un grand sourire.

— Tu as fait le bon choix, Hunter.

— Alors, tu es prêt à rompre ton pacte avec Tseeveyo ?

Hunter avait posé le piège. À présent, Kars devait tomber dedans.

— Je romprais tous les pactes pour que ma fille soit heureuse et en sécurité.

Hunter pouvait presque entendre le piège se refermer.

— Je suis ravi de l'apprendre, répondit-il. Parce que c'est ici, avec moi, qu'Aylin sera la plus heureuse et le plus en sécurité. Tu peux garder Rasha, puisque tu éprouves le besoin d'avoir une de tes filles à ton côté.

Hunter scruta Kars avec attention, persuadé qu'il savait pour la fuite de Rasha, mais le chef de ShadowSpawn était préoccupé par Aylin, son visage rougissant jusqu'à s'accorder avec celui de Tseeveyo.

— On… on avait un accord ! bredouilla Kars.

— Ce n'est pas ce que vient de dire Tseeveyo ?

L'intéressé esquissa un rictus amusé, mais sa bonne humeur fut passagère.

— La femelle m'a été promise.

— C'est ma fille ! rugit Kars.

À son côté, Fane resserra sa prise sur son arc.

Jaggar jouait toujours avec son poignard, mais il ralentit la cadence, se concentrant davantage sur la situation.

— Et elle sera ma compagne.

Hunter leur présenta la marque de l'imprégnation au dos de sa main.

Kars et Tseeveyo jurèrent en chœur, conscients qu'aucun mâle imprégné n'accepterait que sa femelle lui soit enlevée.

Riker jura aussi, mais pour une tout autre raison. Les deux chefs de clan comprenaient désormais que toute négociation serait impossible : pour récupérer Aylin, ils devraient tuer Hunter.

— Ceci, gronda Kars, est inadmissible. (Il pointa l'index sur Hunter.) Je contemplerai ton cadavre avant de t'autoriser à t'unir à elle. Rasha est une compagne bien plus estimable…

— Eh bien, reprends-la et laisse-moi avoir la fille la moins estimable ! lui rétorqua Hunter avec diplomatie. Notre accord de paix demeurera intact, et ça te donnera la chance d'arranger un mariage politique encore plus avantageux pour Rasha. Tout le monde y gagnera.

Oui, à moins que Hunter ait raison et que les deux chefs soient au courant de la compétence d'Aylin. Et, sur ce point précis, Hunter savait qu'il avait vu juste.

Les yeux de Kars lancèrent des éclairs meurtriers.

— Je vous détruirai, toi et ton clan, jusqu'au dernier enfant. J'en fais le serment. Tu as vingt-quatre heures pour me livrer Aylin ou MoonBound brûlera.

— Et je serai là pour retirer tes os des cendres, gronda Tseeveyo, la haine dégoulinant de sa voix comme du sang. (Il se tourna vers Kars.) Et les tiens aussi.

Kars dénuda les crocs et, d'un brutal mouvement de poignet, il planta un poignard dans la neige entre eux. Celui de Tseeveyo s'enfonça à côté, et Hunter sentit sa bouche s'assécher.

Les deux clans ennemis venaient de déclarer la guerre.

L'un à l'autre… ainsi qu'à MoonBound.

L'atmosphère chaleureuse et accueillante de MoonBound était devenue tendue et froide, teintée de peur.

Dévorée par l'angoisse, Aylin avait attendu dans l'appartement de Hunter qu'il revienne de la rencontre, et les nouvelles qu'il avait apportées l'avaient anéantie. À présent, ils étaient assis dans la salle de combat avec tous ses guerriers réunis autour de lui.

Hunter avait insisté pour qu'elle prenne place à son côté, mais, en dépit de ses efforts, elle n'arrivait pas à se sortir de la tête qu'elle était responsable. Personne ne lui avait consciemment fait sentir cela, mais elle voyait tous ces yeux interrogateurs posés sur elle, et, tandis que ça discutait plans de bataille, son sentiment de culpabilité ne faisait que croître.

Étant donné, surtout, que sa sœur avait grièvement blessé une guerrière de MoonBound, la laissant se vider de son sang avant de prendre lâchement la fuite. Et d'après Hunter il y avait de grandes chances que Rasha n'ait pas regagné ShadowSpawn. Alors où était-elle ?

Hunter serra la main d'Aylin dans la sienne et s'adressa à son clan.

— Nous avons vingt-quatre heures pour livrer Aylin à ShadowSpawn ou à NightShade, ou ce sera la guerre. Je veux des suggestions, peu importe qu'elles soient dingues.

Sa voix devint plus grave, teintée d'un solide avertissement, et l'imagination d'Aylin lui jouait peut-être des tours, mais Hunter semblait hyper tendu, comme si la colère bouillonnait dans les profondeurs de ses entrailles.

— Mais si l'un de vous propose de livrer Aylin, il le regrettera amèrement.

Tout le monde échangea des regards, puis Takis finit par hausser les épaules.

— Et si on l'exfiltrait ? Si Aylin n'est plus ici, NightShade et ShadowSpawn se lanceront à sa poursuite au lieu de nous attaquer.

C'était une bonne idée, mais Hunter exprima tout haut ce que pensait la jeune femme.

— Ils ne croiront jamais qu'elle est partie. Et même si on parvenait à les en convaincre, ils ne verront aucun intérêt à la rechercher à moins de nous mettre la pression pour qu'on leur révèle sa localisation. Et par « pression » j'entends « attaque ».

Dans un cas comme dans l'autre, ils ne nous ficheront pas la paix.

— Nous sommes sur notre territoire, dit Jaggar. Nous le connaissons comme notre poche. On pourrait sortir ce soir et poser des pièges. Ça ne nous fera pas gagner la guerre, mais ça permettra d'équilibrer les forces.

— Fais-le, ordonna Hunter. Entoure-toi de toutes les personnes dont tu as besoin. (Il balaya la pièce du regard.) Quelqu'un d'autre ?

Chacun fit part de ses idées, Hunter en approuva certaines, et en garda d'autres, comme la suggestion d'enfermer tout le monde à l'intérieur du QG, comme solution de derniers recours.

Enfin, vu le peu de plans d'action, Aylin prit la parole.

— J'ai une idée.

Coutumière du mépris ou de l'indifférence de ses congénères, elle fut choquée lorsque l'assemblée la considéra avec curiosité. Combien de temps lui faudrait-il pour s'habituer à être acceptée ? Quel sacré problème elle avait là !

Hunter l'encouragea à poursuivre d'un signe de tête.

— On t'écoute.

Elle ouvrit la bouche, mais se ravisa, se rappelant que Hunter lui avait mentionné la présence d'un espion.

— Je peux te parler seul à seul ?

Il hocha la tête et la guida à l'écart du groupe après avoir donné ses ordres pour qu'ils continuent de se creuser les méninges.

— À quoi as-tu pensé ? lui demanda-t-il en tournant le dos aux autres pour la soustraire à leur vue.

— Et si j'employais mon pouvoir pour vous aider ? Je ne vois pas comment il serait utile en plein combat, mais je pourrais m'en servir pour transporter tout le monde en lieu sûr si cela s'avère nécessaire.

— C'est un excellent plan, répondit Hunter, songeur, mais ses sourcils froncés disaient tout autre chose.

— Qu'y a-t-il ? s'enquit-elle. Quel est le problème ?

— Rien. En fait, je crois que tu es sur une piste.

Il fit signe à Nicole, arrivée quelques minutes plus tôt.

— Penses-tu pouvoir transmettre un message à ton frère ?

Si Aylin se rappelait bien, le frère de Nicole était le P.-D.G. de Daedalus… Alors… que mijotait donc Hunter ?

Nicole cligna des yeux, apparemment aussi perplexe qu'Aylin.

— Chuck ? Pourquoi ferais-je un truc pareil ?

Un sourire maléfique retroussa les lèvres de Hunter, révélant la pointe sexy de ses crocs.

— Pour une fois, les humains vont nous rendre un fier service. Nous sommes les prédateurs suprêmes sur cette planète, déclara-t-il sur un ton lugubre, et il est temps que nous le prouvions.

Chapitre 38

Hunter décida d'attaquer ShadowSpawn et NightShade sans délai. Pourquoi attendre ? D'autant plus qu'une attaque-surprise ne pouvait que profiter à MoonBound. Les deux clans avaient doublé leurs contingents de guerriers : Riker et Jaggar avaient tous deux rapporté avoir vu des dizaines de vampires rallier les campements, surpassant MoonBound en hommes et en armes. Ils devaient donc exploiter tout avantage qui se présentait à eux.

Jaggar avait tendu des fils pièges attachés à de petits explosifs néanmoins mortels, les disposant de sorte à ne pas gêner les résidents de MoonBound. Hunter espérait seulement que leur mystérieux espion n'alerterait pas l'un des clans ennemis, si ce n'est les deux.

Cependant, même si le pire devait arriver, Jaggar avait également posé des pièges spéciaux qui délivraient une dose létale d'acide borique. Personne à l'exception de Jaggar, Riker, et Hunter n'en connaissait la localisation, mais ils portaient sur eux des fioles d'antidote, conçu par Nicole, dans l'éventualité où un membre de MoonBound serait touché.

NightShade et ShadowSpawn étaient livrés à eux-mêmes.

Chaque mâle en âge de combattre et toutes les femelles entraînées avaient été armés, et, à la faveur de la pénombre matinale, se glissaient furtivement dans les bois. Hunter hésita au niveau de la sortie, retenu par sa peur pour Aylin. Elle était l'arme secrète de ce plan déjanté, et se trouverait en danger à un moment ou à un autre.

—Quoi qu'il arrive, ne quitte pas le QG, lui dit-il. Reste ici jusqu'à ce que Riker ou moi venions te chercher.

—Fais attention, murmura-t-elle. Contrairement à Rasha, j'aimerais vraiment te garder quelque temps.

Il rit et l'embrassa. Il ne s'attarda pas, cela dit. Il ne s'agissait pas d'un adieu. Et elle n'avait pas besoin de savoir qu'il s'était entretenu avec ses guerriers expérimentés à peine quelques minutes plus tôt pour garantir qu'Aylin aurait toujours une place au sein du clan s'il lui arrivait malheur. Peu importe l'issue de la journée, Aylin serait en sécurité

Il quitta le QG au pas de course et rejoignit Riker avant de se raviser et de l'étreindre dans un baiser éperdu qu'il ne pourrait rompre.

—Rike.

Il parla d'une voix étouffée et ils se dirigèrent vers le camp de NightShade. Une moitié de l'équipe de MoonBound se chargeait de ShadowSpawn, mais Hunter et Riker avaient tous deux tenu à s'occuper de NightShade. Hunter méprisait Kars, mais Tseeveyo avait gagné une place de choix sur sa liste de salopards à abattre.

Riker dégaina un poignard du fourreau fixé à sa hanche tandis qu'ils approchaient.

—Hmm ?

—Quand tu es loin de Nicole, est-ce que tu ressens comme… comment dire… un élancement ?

Il se frotta le sternum, mais cela ne diminua en rien la sensation étrange qui s'amplifiait à mesure qu'ils s'éloignaient de MoonBound.

—Ouais, marmonna-t-il avec irritation, mais Hunter savait qu'il feignait de jouer les gros durs ; son ami était follement épris de sa compagne. Et, le pire, c'est qu'elle ne le ressent pas. L'imprégnation à sens unique, ça craint, mon vieux.

—Mais tu ne l'échangerais pour rien au monde, hein ?

Riker afficha un sourire rayonnant.

—Ça, non ! je…

Une explosion secoua la forêt, et, en un instant, tout partit en vrille.

Des cris de guerre résonnèrent dans l'air, suivis de hurlements, de grognements de douleur et de cris. Les bois s'animèrent avec les guerriers ennemis, et soudain Hunter et Riker se trouvèrent à combattre pour leur vie.

Cinq colosses de NightShade surgirent de nulle part, dans un lancer de tomahawks et de dagues. Une flèche transperça le biceps gauche de Hunter, mais il n'y prêta pas attention et trancha la gorge de l'assaillant le plus proche. Un autre le percuta par-derrière, le faisant tomber. Il roula, perdit la trace de Riker, et, d'un mouvement de jambe, frappa son agresseur aux genoux. Le vampire s'écroula en grognant, sans relâcher sa hachette cependant, et, dès qu'il eut touché la neige, il visa la tête de Hunter.

Celui-ci esquiva, évitant de justesse un rasage de cheveux en règle. Se redressant tant bien que mal, il brisa la flèche qui sortait de sa chair. Le type à la hachette tenta une attaque frontale, et Hunter se baissa, bondit, et enfonça la tige du projectile dans son œil.

Alors que l'ennemi s'effondrait, Hunter se ramassa sur lui-même, se préparant à un nouvel assaut, mais Riker terrassa son dernier mâle tandis que Takis sautait d'un des arbres et plongeait son couteau Ka-Bar dans le crâne du cinquième guerrier.

— Merde ! murmura Hunter. Ils savaient qu'on arrivait ?

— On dirait bien ! (Hunter n'avait jamais vu Takis aussi énervé.) Je pense que quelqu'un a déclenché l'explosion intentionnellement pour alerter les camps. Aucun corps près du site, mais il y avait une flèche sur la ligne du fil piège.

— Quand j'aurai chopé ce fils de pute, je lui arracherai les crocs et l'éventrerai avec ses propres dents.

Hunter avait vu son père faire précisément cela, et à cet instant il sentait l'influence de son géniteur croître en lui, stimulée par la colère qu'engendrait cette trahison.

— Rappelle-moi de ne jamais te trahir, marmonna Riker alors qu'une nouvelle déflagration, celle-ci plus proche, fendait l'air.

Quelque chose frappa l'arbre à côté de Hunter et il fit volte-face, s'attendant à ce que ce soit une arme, mais non. Un bras coupé portant le symbole de NightShade trônait dans une mare de sang.

— Et rappelle-moi de donner une augmentation à Jaggar.

Hunter fit signe à Takis et Riker de le suivre. Ils devaient gagner le campement de NightShade. S'ils parvenaient à éliminer Tseeveyo, le reste du clan s'avouerait peut-être vaincu. Et même s'ils ne cédaient pas… eh bien, au moins le salopard dépravé serait mort.

Tandis qu'ils approchaient, le vacarme du combat s'intensifia et la puanteur de la peur, de la douleur et de la mort les accablèrent presque.

— Oh, bordel ! jura Riker. C'est un vrai massacre.

L'ampleur du carnage dépassait tout ce que Hunter avait pu voir depuis, au moins, un siècle. Les combattants de NightShade, bien plus nombreux qu'ils ne l'avaient escompté, mettaient ceux de MoonBound en charpie.

Fou de rage, Hunter fonça dans la mêlée, mais, avant qu'il ait pu atteindre la clairière, un coup de feu retentit. Il freina brusquement tandis que des tirs en rafale éclataient. Les guerriers de NightShade fuirent le combat avec MoonBound pour faire face à la nouvelle menace, bien plus mortelle.

Nicole avait réussi. Les humains étaient arrivés.

— Rike ! hurla Hunter. Tu as dit aux nôtres de regagner fissa le QG si les humains se pointaient, hein ?

L'autre lui répondit par l'affirmative, et, alors même que sa voix s'éteignait, Hunter vit ses guerriers survivants filer en direction du quartier général.

— Dégagez d'ici ! ordonna-t-il à Riker et Takis, mais ils ne bougèrent pas.

— On reste avec toi, dit Takis. Et ne discute pas !

— Je vous réserve quelques jours dans la fosse à tous les deux, gronda Hunter.

Il fit volte-face, prêt à foncer vers le clan pour récupérer Aylin, mais il aperçut du coin de l'œil quelque chose dont il devait se charger.

Riker l'attrapa par le bras.

— Viens, chef!

— Allez-y! C'est un ordre. Cherchez Aylin. J'ai quelque chose à terminer.

S'éloignant de Riker et Takis, il s'élança à travers bois en direction de la tente de Tseeveyo.

Le chef de NightShade était sur le point de comprendre que Hunter était le fils de son père.

« *Quoi qu'il arrive, ne quitte pas le QG*, lui avait-il dit. *Reste ici jusqu'à ce que Riker ou moi venions te chercher.* »

Lorsque Takis se présenta à l'entrée de MoonBound pour la conduire auprès de Hunter, Aylin eut l'intention de refuser. Elle se fiait à ses instincts et Takis ne déclenchait pas son alarme interne, mais elle faisait aussi confiance à Hunter, et, puisqu'il lui avait demandé de ne suivre personne à l'exception de Riker ou de lui-même, elle ne discuterait pas.

Par chance, Riker était sur ses talons, arc tiré. Aylin ne doutait pas qu'il était prêt à éliminer toute menace, même si la menace en question était un membre de MoonBound.

Ensemble, les deux mâles l'escortèrent sans encombre en marge de la bataille, là où elle devait se trouver afin que son plan fonctionne. La clameur du combat au loin résonnait dans la forêt. Les cris, les coups de feu et les explosions occasionnelles lui nouaient l'estomac. Le trac la rendait fébrile, mais, grâce à son expérience dans le royaume démoniaque, elle avait appris à maîtriser sa peur. Et elle avait gagné en assurance. Sa jambe céda à deux reprises, mais, pour la première fois de sa vie, elle n'eut pas honte de son handicap. Il faisait partie d'elle, mais elle était bien plus qu'un membre déformé.

Impatiente de retrouver Hunter, elle protesta lorsque Riker les obligea à faire halte sous des arbres encroués.

— Pourquoi s'arrête-t-on ? (Elle serra la lame que son frère lui avait donnée de toutes ses forces, se souciant seulement de rejoindre Hunter.) On doit le retrouver !

— Il va arriver, lui promit Riker.

Elle avait beau apprécier le vampire et respecter ses compétences de guerrier, elle ne put s'empêcher de lui rétorquer :

— Tu n'aurais jamais dû le laisser ! Il pourrait être blessé. Ou pire.

Riker plongea la main dans ses cheveux, y créant des lignes hirsutes qui, étrangement, reflétaient son irritation.

— Je sais. Mais il nous a donné un ordre. (Il s'accroupit, les yeux braqués en direction du vacarme.) Ta sécurité est la priorité, et tu es la seule à pouvoir t'occuper des humains.

Riker avait raison, mais cela ne diminua pas son inquiétude.

— Où sont-ils, d'ailleurs ?

Doucement, Takis lui palpa l'épaule et la guida derrière un tronc d'arbre aussi large qu'elle était grande.

— Baddon et Aiden les attirent dans notre direction.

Elle jura.

— Ça peut prendre une éternité ! Si tant est que ça fonctionne. (Elle s'éloigna avant que l'un d'eux n'ait pu la rattraper.) Je vais les rejoindre.

— Sûrement pas !

Riker la suivit, mais elle n'avait nullement l'intention de rester les bras croisés quand elle pouvait se rendre utile. Leur unique chance de survivre à une guerre sur trois fronts reposait sur elle. Elle devait s'approcher des humains avant qu'ils ne massacrent tous les vampires qui se trouvaient dans les bois.

— Aylin, dit Riker tandis que Takis et lui l'encadraient. Hunter nous tuera.

Elle glissa sur le verglas, et, même si elle ne tomba pas, la pression sur sa jambe invalide l'amena à serrer les dents de douleur.

— J'en prends l'entière responsabilité.

— Génial, marmonna Takis en ajustant sa casquette de base-ball sur son front. Alors, il nous tuera en sachant qu'on n'est pas responsables. Dans un cas comme dans l'autre, on est morts.

— Pas si je réussis.

C'était un pari risqué, mais ils n'avaient pas le choix. Si Aylin parvenait à ouvrir un portail au bon endroit au bon moment, elle pouvait inverser le cours de la bataille.

Ils bougèrent aussi vite que possible étant donné sa vélocité réduite et la nécessité de raser les zones d'action, ce qui n'empêcha pas Riker et Takis de dégommer plusieurs tireurs d'élite humains qui s'étaient cachés en bordure du combat.

Alors que Riker finissait d'achever un humain costaud, il se figea, le regard rivé entre les arbres.

— Qu'y a-t-il ? s'enquit Aylin.

— J'aurais juré avoir vu Myne. (Il leur désigna une étendue broussailleuse rétrécie par un feu de forêt.) Là-bas, après ces cadavres.

Bonté divine ! c'était un véritable charnier. Ou, plus exactement, un étalage de membres épars et de troncs mutilés.

Tout autour d'eux, se rapprochant à vitesse grand V, des dizaines de vampires affrontaient des centaines d'humains. En terrain équitable, les vampires étaient les êtres supérieurs, mais sur ce champ de bataille, vêtus de costumes militaires et de casques, et portant plus d'armes qu'elle ne pouvait compter, et encore moins identifier, les humains détenaient l'avantage, en force de frappe comme en nombre.

Riker attrapa Aylin et la jeta au sol alors qu'une escouade se dirigeait vers eux.

— Merde ! je crois qu'ils nous ont vus.

Takis s'accroupit à côté d'eux et banda son arc. Une manœuvre pour le moins désespérée face à des hommes munis de mitraillettes.

— Non. (Elle l'agrippa par le bras.) Je m'en charge.

Inspirant profondément, comme le lui avait enseigné Riker lors de leurs séances d'entraînement, elle visualisa l'endroit où sa tourterelle avait l'habitude de se percher. À présent, il était empli d'une force nouvelle qui vibra comme une créature vivante lorsqu'elle l'invoqua. Avant, il lui aurait fallu se concentrer, mais cette fois l'énergie jaillit en une bourrasque qui faillit propulser Riker et Takis au loin.

Elle se hâta de se figurer une destination… et le portail apparut à moins d'un mètre des individus qui fonçaient droit sur eux.

Six humains se précipitèrent dans le vortex, emportés par leur élan, et y furent piégés lorsque Aylin le referma brusquement. Jurons et cris de stupeur fusèrent dans l'air, et la confusion paralysa les hommes restants. Leur incapacité à croire à ce qu'ils voyaient offrit à Aylin l'occasion d'ouvrir de nouveau le portail, cette fois au-dessus de leurs têtes. Ils disparurent aussi vite que les autres, et, une fois de plus, elle le referma avant qu'ils ne puissent s'échapper.

— Seigneur ! murmura Takis. C'est hyper flippant. (Il se tourna vers Aylin, sa peau naturellement hâlée ayant blanchi d'un ton.) Où les as-tu expédiés ?

Aylin afficha une mine enjouée.

— Dans un endroit où ils auront le combat qu'ils veulent tant.

Elle réactiva le portail, ce coup-ci en plein cœur du large groupe. Lorsqu'il rayonna, elle se demanda si elle était la seule à avoir vu l'arène de l'autre côté du vortex : celle de Samnult dans son royaume, où les vampires scandaient en chœur depuis les gradins tandis que leurs congénères chargeaient les humains paniqués et terrifiés qu'elle venait de leur envoyer.

C'est alors qu'un mâle blond familier leva la main, et, même si Aylin ne put l'entendre, elle lut sur ses lèvres.

« Bien joué, petite sœur. Bien joué. »

Hunter terrassa les gardes de Tseeveyo avec une aisance qui l'aurait époustouflé s'il s'était donné le temps de s'en soucier. Or, tandis qu'il approchait de la tente du chef de NightShade, une seule pensée embrumait son esprit.

Tuer.

Tout autour de lui, les cris des blessés et les râles des mourants – humains et vampires – s'élevaient, l'emplissant de pouvoir. Voilà ce qu'il avait à la fois craint et désiré, cette force, cette vitesse et cette fureur de guerrier-fauve, intrinsèque à tous les vampires de deuxième génération dont l'ADN comportait une part d'énergie démoniaque.

Son père s'en était délecté. Hunter l'avait renié. À présent, alors qu'il se concentrait sur Tseeveyo, qui plongeait l'extrémité acérée d'une hachette entre les omoplates d'un humain, il l'embrassa à bras ouverts.

— Tseeveyo.

Ce dernier fit volte-face, sa tenue traditionnelle dégoulinante de sang, ses crocs maculés de vermillon, ses yeux noirs embrasés par la furie sanguinaire.

Le chef de NightShade était également en proie à cette sauvagerie ancestrale, et, avec un sourire carnassier révélant deux rangées de dents plus tranchantes que la normale, il s'avança vers Hunter.

Ils se heurtèrent avec la force de deux taureaux, l'onde de choc secouant la terre autour d'eux. Tseeveyo frappa le premier, enfonçant le poing dans la mâchoire de Hunter, mais la douleur fut fugace. Et même bienvenue.

Stimulé par l'élancement, Hunter terrassa son ennemi avec deux rapides coups au visage, un autre à la gorge, et un troisième à l'estomac. Tseeveyo s'écroula en grognant, mais il se releva en un éclair, empoignant une machette qu'il avait dû sortir de son rectum, car elle n'avait pas été là quelques instants plus tôt.

Il tournoya sur lui-même, décrivant un arc de cercle avec la lame, et lacérant la hanche de Hunter. Celui-ci ressentit une vive brûlure tandis que sa jambe cédait. Une étincelle argentée fut son unique avertissement avant que la machette s'abaisse de nouveau, le frappant quelques centimètres plus bas que la première entaille. Le sang aspergea la neige, les arbres, les feuilles mortes s'accrochant aux branches mourantes.

Hunter gémit et roula sur le flanc tandis que Tseeveyo délaissait son arme pour le passer à tabac. Sa botte lui broya les côtes, les épaules, le cou.

Merde ! l'enfoiré était fort, et ses deux siècles d'expérience supplémentaire se sentaient dans chacun de ses coups. Cependant, Hunter ne déclarerait pas forfait si facilement. Pas quand il avait un clan à diriger et une femme à protéger. Rien qu'à cet instant, la plume de corbeau sur sa main le brûlait, lui rappelant qu'il devait se battre pour des choses qu'il n'aurait jamais imaginé posséder un jour.

Ressaisis-toi.

Alors qu'il voyait en gros plan la semelle de Tseeveyo s'approcher dangereusement de son visage, un coup mortel qui lui aurait défoncé la boîte crânienne, Hunter roula sur lui-même. D'un geste sec, il attrapa la cheville de son assaillant et le fit tomber dans la neige, à présent fondue et mêlée à leurs sangs.

Mais alors que Hunter se redressait sur les genoux, sa jambe blessée céda de nouveau sous son poids. Dérapant sur la glace, il glissa le long d'une rigole, le chef de NightShade rampant derrière lui. Tseeveyo referma les doigts autour du cou de Hunter tandis qu'il le clouait contre le sol verglacé.

— Vermisseau ! rugit-il. Je connaissais Bear Roar. Il était puissant. Fort. (Il abattit le poing sur le crâne de Hunter, lui faisant voir des étoiles et entendre des cloches.) Il aurait honte de toi.

À la mention de son père, Hunter eut l'impression d'avoir invoqué un démon, et, au plus profond de sa poitrine, une ombre maléfique s'éveilla. Alors que Tseeveyo l'empoignait à la gorge et le soulevait, Hunter sourit, sentant une tempête se former au-dessus de leurs têtes.

Soudain, le blizzard les enveloppa, si violent que du givre recouvrit les sourcils, les cils et même les lèvres de Tseeveyo, devenues bleu pâle tandis qu'il essayait d'asphyxier Hunter.

— La honte… de mon père… me rend… fier.

Dans un ultime souffle désespéré, Hunter, empruntant les viles méthodes de son géniteur, dégaina la lame fixée à son dos et l'enfonça profondément dans l'aine de Tseeveyo.

Ce dernier hurla, et hurla encore lorsque Hunter remonta le poignard d'un coup sec, tranchant les testicules du salopard comme s'il arrachait le trognon d'une pomme.

— Ça, c'est pour toutes les fillettes que tu as prises comme épouses, gronda-t-il.

Tseeveyo se jeta en arrière, s'empoignant l'entrejambe tandis que le sang giclait entre ses doigts. Les yeux écarquillés de douleur et d'horreur, il s'éloigna de Hunter en titubant. Il pouvait toujours essayer de s'enfuir, mais Hunter était le prédateur désormais, et il avait goûté le sang de sa proie. Sa peur.

Il flairait sa mort, elle était proche.

Le couteau, enduit de sang, glissait, mais Hunter l'étreignait comme une amante qu'il ne lâcherait jamais.

Comme Aylin.

Plus il s'approchait de Tseeveyo, plus il se délectait de la terreur de son ennemi. Sa propre furie sanguinaire aurait dû l'horrifier, il le savait, mais Tseeveyo était un monstre qui méritait un sort mille fois pire.

Le mâle trébucha sur une branche et tomba de tout son long, sa peau blêmissant à mesure qu'il se vidait de son fluide vital.

Tout autour de lui, humains et vampires s'affrontaient, mais Hunter ne leur prêta pas attention, n'autorisant qu'une infime portion de ses sens à l'alerter si on s'aventurait un peu trop près alors qu'il se penchait sur le corps du chef déchu.

Il aperçut quelque chose dans le coin de son œil. L'une des compagnes de Tseeveyo, une jeune fille avec un œil au beurre noir et une joue tuméfiée, les épiait derrière le rabat d'une tente. La haine qu'elle éprouvait envers l'enflure gisant au sol se reflétait dans ses yeux.

Hunter l'observa pendant un moment, attendant de voir si elle allait se battre pour son compagnon, mais, lorsqu'il croisa son regard, il n'y vit qu'encouragement et triomphe.

— J'aimerais te couper la bite et te la faire bouffer, enculé de pédophile, gronda Hunter, mais c'est ce que mon père ferait, et je ne suis pas mon père.

Puis il trancha la gorge de Tseeveyo d'un rapide coup de lame.

Derrière le rabat de la tente, la fille gratifia Hunter d'un hochement de tête solennel.

Les jambes tremblantes, le crâne endolori, les côtes en feu, Hunter se redressa. Le vent se calma peu à peu et il entendit, indistinctement, quelqu'un appeler son nom.

— Hunter… Chef… Hunter…

Une guerrière de MoonBound, une vampire nommée Trish, courut vers lui, accompagnée par une autre femelle et un jeune mâle, qui à peine un mois plus tôt s'entraînait encore à combattre.

— Les humains sont en train de fuir, dit-elle, les lèvres fendues et la mâchoire enflée. ShadowSpawn est vaincu.

Elle s'écarta pour décocher une flèche sur sa droite, puis Hunter entendit un grognement et le bruit sourd d'un corps s'écrasant au sol.

— Aylin ? demanda-t-il, hors d'haleine. Où est-elle ?

— Je n'en sais rien, répondit-elle, mais j'ai vu Riker plus au sud.

Rassemblant ses armes, il boita vers ses soldats.

— Occupez-vous des femmes et des enfants de NightShade. Qu'on ne leur fasse pas de mal.

Jetant un ultime regard à Tseeveyo qui lâchait son dernier soupir, Hunter se dirigea vers le sud.

Le monstre était mort.

Et désormais, Hunter le savait, le monstre en lui l'était aussi. Son père n'était plus et il n'aurait plus jamais la moindre emprise sur lui.

Chapitre 39

Hunter était dans tous ses états. Il avait gagné le point de rendez-vous, mais Aylin ne s'y trouvait pas. Il pouvait la sentir, mais il avait été grièvement touché et sa douleur l'empêchait de ressentir celle d'Aylin. Si elle souffrait, il n'avait aucun moyen de le savoir.

Inspirant profondément, il flaira son odeur. Elle était avec Riker et Takis, mais il lui fut difficile de les pister, car le mélange d'effluves dans l'air le désorientait.

Il se mut aussi vite que ses blessures le lui permettaient, mais ce n'était pas suffisant. Pas quand des vampires se carapataient sans même lui prêter attention alors qu'ils auraient dû essayer de le tuer. Les humains devaient être à leurs trousses.

Ses plaies l'élançaient à chaque pas, à chaque souffle, tandis qu'il se faufilait sur le terrain accidenté. Mais, alors qu'il longeait une butte, il comprit pourquoi ses congénères fuyaient ainsi les bois. Un cercle énorme tourbillonnait entre deux arbres, et comme il le regardait, il le vit se déplacer. L'étincelant portail pourchassait littéralement les humains qui tentaient de lui échapper. On aurait dit un aspirateur géant, avalant tout sur son passage.

Enfin, il se referma. À l'exception des cris des victimes et du bruit diffus d'un occasionnel accrochage, la forêt redevint silencieuse.

— Hunter ! (La ravissante voix d'Aylin lui parvint d'une trentaine de mètres. Il courut vers elle à toute vitesse et la prit dans ses bras.) On a réussi ! s'exclama-t-elle, à bout de souffle. Je n'en reviens pas.

— Je n'en ai jamais douté.

Il contempla la ruine et la désolation laissée par le combat. Beaucoup étaient morts, et davantage avaient été blessés. MoonBound avait gagné, mais le prix à payer n'était jamais évident.

Aylin se rembrunit et s'écarta légèrement de Hunter.

— Tu es bien amoché. On doit te conduire chez Nicole.

— Pas avant que j'aie localisé tous mes guerriers et qu'on ait mis en lieu sûr toutes les femmes et les enfants de NightShade.

Il fit signe à Riker et Takis, qui avaient commencé à fouiller le champ de bataille à la recherche des survivants de MoonBound. Les humains rescapés deviendraient des donneurs volontaires, et ceux des clans ennemis qui avaient réchappé du carnage se verraient offrir un choix très simple : rejoindre MoonBound ou mourir.

— Mais je veux que, toi, tu rentres au QG, ajouta-t-il à l'attention d'Aylin.

Elle secoua la tête.

— Je reste avec toi. Je peux vous aider. Mis à part la cuisine, la corvée qu'on m'imposait le plus à ShadowSpawn, c'était panser les plaies. Et puis je peux assister les femmes et les enfants. (Il était sur le point de refuser sa proposition quand elle planta les poings sur les hanches.) Hé ! je te rappelle que je suis capable d'ouvrir un portail et d'y envoyer tous ceux qui essaieront de nous attaquer. Ou je peux l'emprunter et échapper au danger. Ne me traite pas comme une invalide.

Elle avait raison. Il voulait la protéger, mais elle se débrouillait très bien toute seule.

— Tu as gagné. (Il lui imprima un baiser sur les cheveux.) Mais n'espère pas gagner souvent. J'ai horreur de perdre.

Elle arbora une mine hilare.

— Tu apprendras à adorer ça.

Il y eut un bruissement dans les buissons, et Hunter fit volte-face pour voir Tena en sortir. Elle tenait Rasha, les mains nouées dans le dos, les chevilles entravées par du fil de fer. Elle avait l'air aussi furieuse qu'un chat mouillé.

— Désolée, chef, dit Tena, mais j'ai trouvé la pétasse attachée à un arbre, et elle voulait vous dire un truc. Il paraît que c'est important.

Rasha gratifia Tena d'un sourire de mépris, mais, quand elle se tourna vers Hunter et Aylin, elle afficha un air contrit.

— Kars est mort ?

— Malheureusement, non. (Hunter attira fermement Aylin contre lui.) Mais Tseeveyo ne fera plus jamais de mal à personne.

Aylin pressa sa main.

— Si mon père est en vie, il ne cessera jamais de te pourchasser.

Rasha ferma les yeux, et, quand elle les rouvrit, Hunter aurait juré qu'une lueur de défaite les illuminait.

— Laissez-moi me charger de notre père. Je te libérerai du contrat.

— D'après moi, tu es bien plus susceptible de l'aider à comploter contre nous, lui rétorqua Hunter.

Il s'attendait à une réplique assassine, alors le fait qu'elle se contente de soupirer lui indiqua l'ampleur de sa défaite.

— Cela signifie-t-il que tu prévois de me retenir prisonnière ?

C'était tentant. Mais, à présent que les deux clans ennemis avaient été battus à plates coutures, il n'en voyait guère l'utilité. Séquestrer Rasha ne ferait qu'enrager Kars, le rendant d'autant plus instable et enclin à la vengeance. Aylin avait raison ; Kars n'abandonnerait jamais, et, même s'il n'était plus en mesure de lancer une attaque en règle sur MoonBound, il pouvait toujours leur causer beaucoup de dégâts. Un ours blessé était bien plus dangereux qu'un ours en bonne santé. Il se tourna vers Aylin.

— C'est ta sœur. La décision te revient.

Pendant un long moment, Aylin soutint le regard de sa jumelle. C'est seulement lorsque Rasha, naguère l'alpha entre les deux, détourna les yeux qu'Aylin hocha la tête.

— Laisse-la partir. Mais, Rasha ? sache que notre père est mort pour moi, et, si tu nous trahis, ce sera aussi ton cas.

MoonBound avait gagné. Et, tout aussi important, personne n'avait vu Myne les aider de loin, massacrant sans distinction humains et vampires des clans ennemis. Rasha le haïssait sans doute plus que jamais pour l'avoir attachée à un arbre afin que Tena la retrouve, mais c'était le cadet de ses soucis.

Ce dont il se souciait, en revanche, c'était de savoir si elle allait tenir parole et aider Aylin et MoonBound.

Il la suivit, maintenant une certaine distance entre eux, jusqu'à ce qu'elle ait enfin localisé son père. Kars se trouvait à plusieurs kilomètres du champ de bataille. Il avait une main cassée et, dans l'autre, il tenait la tête d'un humain.

Myne se rapprocha discrètement tandis que Kars brandissait son trophée.

— Ce devrait être celle de Hunter. Ce sera celle de Hunter !

— Père, dit Rasha, semblant plus lucide que jamais, tu dois tourner la page.

— Tourner la page ? beugla-t-il. Hunter n'a pas d'honneur ! Il s'est dédit de son engagement. Il a humilié notre clan et t'a couverte de honte. Je jure de détruire tous les mâles de MoonBound et de le forcer à regarder leurs femmes et leurs enfants se faire traîner à ShadowSpawn les chaînes aux pieds. Ensuite, j'écorcherai ce fils de pute vivant et porterai sa peau en guise de manteau à chaque bataille. (Il poussa un grondement terrible.) Et Aylin, cette putain perfide, je la battrai tous les jours jusqu'à la fin de sa misérable existence. Elle ne verra plus jamais la lumière du jour aussi longtemps que je vivrai.

— Non, père, dit Rasha en lui arrachant son sordide trophée des mains. Tu ne feras rien de tout ça. Tu laisseras Aylin et MoonBound en paix.

Il la dévisagea, interdit, avant que son visage ne devienne écarlate et que ses yeux brillent de fureur. Puis il la gifla, si fort que Rasha fut projetée vers l'arrière.

Quel bon père ! Il rappelait à Myne feu son géniteur.

— Tu ne me parles pas sur ce ton ! (Il se pencha vers elle, fou de rage, et grogna presque ses mots.) Aucune femelle ne s'adresse à un chef de clan de manière si irrespectueuse, pas même ma propre fille.

Rasha cracha du sang, aspergeant la neige de gouttes roses.

— C'est justement là que tu te trompes. Tu vas m'écouter, et tu vas accepter l'union d'Aylin et de Hunter. (Elle esquissa un sourire sournois, entendu, et Myne se demanda quelle carte maîtresse elle détenait.) Ou je dirai à Aylin que tu lui mens depuis le jour de sa naissance.

Kars mentait ? À propos de quoi ? Rasha devait posséder un atout de taille.

Il ricana.

— Tu n'oserais pas.

— Oh, que si ! Et je le ferai, sois-en assuré. J'expliquerai à Aylin que c'était elle la première-née, pas moi. Elle saura que, quand tu as vu sa jambe tordue, tu as envisagé de la noyer dans le seau que tu avais préparé pour le second jumeau. Mais tuer le premier jumeau porte malheur, alors tu as dû la garder. Ensuite, tu as raconté à tout le clan que j'étais née la première et que tu avais décidé de ne pas tuer la deuxième jumelle, Aylin, parce qu'un corbeau était apparu et t'avais ordonné de ne pas le faire. (Elle afficha un sourire carnassier.) Et ces imbéciles qui boivent tes paroles ont gobé ton histoire. Enfin, à l'exception de la sage-femme, qui était au courant de tout. Comme par hasard, elle a été assassinée par des humains quelques jours plus tard.

Kars blêmit. Oh ! la situation devenait de plus en plus intéressante.

— Mensonges, répondit-il d'une voix étranglée.

— C'est toi-même qui me l'as dit. Une nuit que tu étais soûl et te languissais de ma mère, tu m'as tout avoué. J'ai gardé le silence toutes ces années, parce que, comme tout le monde à ShadowSpawn, j'ai été assez idiote pour croire que tu agissais toujours dans l'intérêt du clan. Alors, j'ai laissé Aylin penser qu'elle était un fléau pour les nôtres, comme tu l'affirmais. Je l'ai laissée croire que notre mère était morte par sa faute. Je l'ai traitée comme de la merde pour te faire plaisir. Mais j'ai compris que les choses pouvaient être différentes, et je vois désormais quel piètre chef tu fais.

Il siffla de colère.

— Hunter t'a fait un lavage de cerveau. Il t'a rempli la tête d'insanités…

— Hunter n'a rien à voir avec ça. Il est trop indulgent envers les siens et il dirige MoonBound comme s'il s'agissait d'un parc d'attractions géant. Mais son clan est en bien meilleur état que le nôtre, et son peuple l'aime. On ne peut guère en dire autant pour toi.

Empourprées par la rage, les joues de Kars retrouvèrent des couleurs. Il leva la main pour la gifler de nouveau et elle le défia du regard. Myne avait beau mépriser la salope, il devait reconnaître qu'elle ne cédait pas face au combat. C'était son unique qualité. Bizarrement, cela le fit penser à Sabbat, qui avait pour seul défaut le fait d'être humaine. Et de tuer des vampires pour de l'argent, bien entendu.

— Fais-le, dit Rasha tout bas. Fais-le, et je te jure que ce sera la dernière fois que tu poseras la main sur moi.

— Sale petite garce ingrate ! j'aurais dû te noyer. J'aurais dû vous noyer toutes les deux.

La peine se refléta un instant sur le visage de Rasha, mais disparut bien vite, remplacée par l'habituel et familier masque glacé de l'indifférence.

— Et moi, j'aurais dû te tenir tête il y a bien longtemps, répliqua-t-elle. Pour moi et pour Aylin. Mais peu importe. Je le fais maintenant, alors voilà comment ça va se passer : les choses vont être légèrement différentes pour ShadowSpawn dorénavant. Et tu vas laisser Aylin et Hunter vivre en paix.

La fureur assombrit le regard de Kars.

— Ou tu lui raconteras la vérité.

— Oh ! je ferai bien plus que ça. Je raconterai la vérité à tout notre clan. Je leur expliquerai que tu leur mens depuis un siècle. Que tu as fait d'une deuxième-née ton héritière et assassiné notre sage-femme afin de protéger ton petit secret. Dans le meilleur des cas, certains déserteront ShadowSpawn et tu auras définitivement perdu la confiance des autres. Ils ne t'écouteront sans doute plus et tu seras contraint de défendre la moindre de tes décisions. Et, dans le pire des cas, ils se soulèveront et te banniront.

Il déglutit. Avec peine.

— Ils te feront la même chose. Voire pire.

— Peut-être. Mais j'ai des options. Il n'y a pas un clan qui me rejetterait. Je suis une femelle de naissance née d'un vampire de deuxième génération.

Oh ! Myne avait bien un clan en tête…

Haussant les épaules, Rasha étudia son père, qui paraissait soudain très vieux et très fatigué.

— Alors ? Qu'en dis-tu ? Laisseras-tu Aylin et Hunter en paix ?

Pendant un long moment, un nuage de tempête obscurcit l'expression de Kars, et Myne pensa que le chef allait refuser. Mais il finit par lâcher un juron bourru.

— J'accepte tes conditions, dit-il, mais tu me déçois énormément.

— Eh bien, évite de te regarder dans un miroir, père, parce que tu m'as façonnée à ton image.

Elle tourna les talons et s'éloigna en direction du territoire de ShadowSpawn.

Myne passa la langue sur ses dents en titane, son cerveau carburant à plein régime pour assimiler tout ce qu'il venait d'entendre. Aylin était la première-née et la véritable héritière de ShadowSpawn. Il tenait là une révélation qui, entre les mains de Hunter, pourrait détruire Kars.

À moins que Myne ne l'utilise à son avantage. Mais comment ? Et dans quel dessein ?

Pressant la langue contre la pointe d'un croc, il fit couler le sang. La légère piqûre lui délivra une dose de douleur-plaisir qui le fit frissonner. Douleur et plaisir. Deux faces d'une même pièce. Ce qui lui procurait de la joie et le rendait terriblement malheureux.

Marrant.

Un mouvement détourna son attention de ses étranges préférences. Il regarda au loin et vit Kars lancer la tête humaine de l'autre côté de la clairière avant de courir derrière Rasha en boitillant. Il le prit comme un signal.

Il était temps de ficher le camp du territoire de MoonBound. De l'État de Washington. Voire du Nord-Ouest pacifique.

Ou peut-être se rendrait-il à Seattle, histoire de voir ce que la ville avait à offrir. Car une chose était sûre : Myne n'appartenait à aucun clan. Depuis toujours. Et quand il repensa à ce jour, des décennies auparavant, lorsque Hunter les avait chassés, lui et son frère, il se rendit compte que ce dernier lui avait rendu service.

Car au bout du compte le plaisir et la douleur étaient la seule famille dont il avait besoin.

Chapitre 40

Deux semaines après la bataille qui avait anéanti NightShade et décimé ShadowSpawn, Aylin n'en revenait toujours pas d'appartenir à un clan aussi incroyable.

Hunter avait recueilli volontiers les survivants de NightShade, majoritairement des femmes et des enfants, par conséquent le QG était plein à craquer, mais personne ne semblait s'en soucier. Baddon s'occupait, à l'heure actuelle, de récupérer les fournitures nécessaires afin d'agrandir les appartements et les espaces communs. Le plus gros défi serait de rapporter le tout à MoonBound sans se faire remarquer des humains.

Et c'est là qu'Aylin entrait en scène.

Les provisions seraient livrées au chalet où Hunter et elle étaient restés la nuit de leur rencontre, et, de là, les membres du clan transporteraient les vivres et les matériaux de construction jusqu'au QG grâce à un portail créé par Aylin. Elle avait passé des heures tous les jours à apprendre à le maîtriser, et à présent elle était capable de le maintenir grand ouvert pendant près de dix minutes avant de devoir le refermer pour se reposer. Son temps de récupération avait même diminué ; elle pouvait désormais rouvrir un portail au bout d'environ une heure.

Trop cool.

Mieux encore, la menace humaine avait pris une tournure significative. Les informations que Nicole avait divulguées aux médias avaient provoqué un cataclysme politique, et non seulement les pratiques de Daedalus avaient essuyé de vives critiques, mais la chasse aux vampires avait été temporairement prohibée.

La perte de centaines d'humains avait suscité des protestations partout, et, tandis que certains contestataires en appelaient à une extermination immédiate de tous les vampires, la majorité souhaitait la fin des violences. Journaux et magazines avaient commencé à interviewer des vampires anonymes, et le dirigeant d'un clan citadin caché avait présenté une requête afin d'entreprendre un dialogue de paix entre les deux races.

Malheureusement, on l'avait retrouvé cloué à une croix en plein cœur de la ville deux jours plus tôt, ce qui avait engendré de virulentes réactions dans les deux camps. Néanmoins, Nicole avait bon espoir que cela marque le début du changement.

Quoi qu'il en soit, le changement était assurément à l'horizon pour les vampires. Les évolutions les plus remarquables, au lendemain de la bataille, se poursuivaient toujours.

Quatre clans du Nord-Ouest pacifique avaient envoyé des représentants auprès de Hunter. Tous avaient entendu parler du combat, et MoonBound était en passe de devenir une légende. Kars avait vu juste en essayant de rallier les clans : les vampires étaient prêts à suivre un chef. Mais ce n'était pas lui. À présent, les clans se rassemblaient sous l'égide de Hunter et d'Aylin, motivés par leur désir d'une nation vampire unifiée.

Cependant, ce qui impressionnait le plus Aylin, c'était la situation avec ShadowSpawn. Kars avait envoyé une offre de paix sous la forme d'une colombe, ce qui avait dû être l'idée de Rasha, accompagnée du message suivant : « Moi, Karshawnewuti Redmoon du clan ShadowSpawn, proclame la paix éternelle et mon allégeance au clan MoonBound aussi longtemps que je vivrai. »

Eh ben !

Rasha avait tenu parole, mais comment elle avait réussi un tel exploit, cela demeurait un mystère. Et Aylin devinait que ça le resterait.

Le seul nuage gris qui flottait au-dessus du clan était la présence d'un espion qui avait livré des secrets et mis MoonBound en danger. Mais Aylin, Hunter et Riker avaient convenu que, pour l'heure, le risque de sabotage était faible étant donné la paix qui s'installait entre les clans. Par conséquent, pour le moment, ils avaient décidé qu'il valait mieux faire profil bas, et laisser croire au coupable qu'il ou elle n'était plus sur la sellette. Le traître finirait par commettre un faux pas, et dans l'intervalle Hunter et Riker pouvaient concevoir un plan. Ils attraperaient le malfaiteur, mais ils voulaient le faire sans que des innocents en pâtissent.

Un coup sur la porte arriva juste à temps, et Aylin l'ouvrit pour trouver Nicole sur le seuil, vêtue d'une robe mi-longue verte ornée de dentelles. Lorsqu'elle vit Aylin, elle afficha un grand sourire.

— Tu es ravissante, dit-elle. Hunter va en rester baba.

Aylin l'espérait. Fascinée par l'héritage cherokee de Hunter, elle avait fait des recherches sur les traditions et les costumes, et, disposant seulement de quelques jours pour se préparer, elle avait confectionné, avec l'aide de plusieurs membres de MoonBound, une tenue appropriée pour une cérémonie d'union avec un chef de clan.

Difficile à croire qu'à peine un mois plus tôt Aylin avait été persuadée que son avenir était perdu. À présent, elle était sur le point de s'unir solennellement au chef du clan le plus important du Nord-Ouest pacifique. Un chef qui avait désormais gagné le respect de nombreux clans. Un chef qui ne l'épousait pas uniquement pour des raisons politiques.

Il l'aimait.

Il lui tardait d'officialiser ce mariage. En particulier parce qu'elle avait insisté pour dormir dans des chambres séparées jusqu'au jour J, et que cette nuit serait la première que le couple passerait ensemble depuis la pleine lune.

Ce soir, c'était la nouvelle lune, le règne de la fièvre lunaire féminine, et Aylin en ressentait déjà les effets.

Elle jeta un dernier coup d'œil dans le miroir, se demandant si la coiffe en plumes et turquoises était trop clinquante. Elle l'ajusta. L'enleva. La remit.

Enfin, une chaude voix virile prit la décision pour elle :

— Si tu portes ça, dit Hunter depuis le seuil, on n'arrivera jamais jusqu'à la cérémonie.

Elle sourit et pivota pour se mettre face à lui. Nicole s'était éclipsée, la laissant seule avec l'homme auquel elle était sur le point de s'engager.

Et si Aylin avait nourri le moindre doute auparavant, le regard de braise de son compagnon, étincelant d'excitation et d'admiration, en eut raison. Sa chevelure de jais s'épandait sur ses épaules carrées et son large torse, nus, à l'exception d'un simple collier en argent et ambre représentant le symbole de MoonBound, une demi-lune entourée par un serpent. Une natte tressée avec un lacet de cuir et des plumes d'aigle pendait sur sa tempe droite, attachée par une version miniature du pendentif.

Et, tombant bas sur ses hanches, un pantalon souple en peau de daim épousait ses cuisses musclées comme si on l'avait peint dessus.

Aylin posa la main sur ses pectoraux.

— On n'est pas obligés de patienter jusqu'à la fin de la cérémonie.

— On sera en retard. (Il s'approcha et appuya les lèvres contre son cou, à l'endroit où battait son pouls.) Mais je suis sûr que tout le monde s'y attend.

La chaleur embrasa les veines d'Aylin et, sous sa paume, elle sentit le cœur de Hunter s'affoler.

— Dans ce cas, il ne faudrait pas les décevoir.

Il l'empoigna par les hanches et, comme si elle ne pesait rien, il la souleva afin qu'elle enroule les jambes autour de sa taille.

— Merci, Aylin, lui murmura-t-il à l'oreille.

Elle se cramponna à lui, remuant le bassin contre son érection.

— Pourquoi ?

— Pour m'avoir sauvé la vie.

— Tu m'as déjà remerciée.

— Oui, pour m'avoir ramené d'entre les morts. (Il lui mordilla le lobe, et aussitôt un délicieux frisson électrique lui parcourut le bas-ventre.) Mais pas pour m'avoir sauvé, moi. J'étais engagé sur une voie qui ne menait nulle part. Puis il y a eu Rasha, et, si je m'étais uni à elle, mon chemin aurait été… des plus sinistres. Tu as fait bien plus que me ramener d'entre les morts, Aylin. Tu m'as ressuscité.

L'émotion lui obstrua la gorge.

— Tu en as fait de même pour moi. Je n'aurais jamais survécu à NightShade.

— Je pense, répondit-il d'une voix enrouée tandis qu'il se glissait en elle, l'emplissant, la complétant, que tu te serais très bien débrouillée. Tu es forte, Aylin, et c'est ta force qui m'a sauvé. Qui nous a sauvés tous les deux.

Elle gémit face à cette exquise possession.

— Tu m'as arrachée aux chaînes de ShadowSpawn et m'as offert la liberté d'être forte, murmura-t-elle. Je ne pensais jamais pouvoir appartenir à un clan et rester libre, et pourtant, me voilà.

Il la coinça entre son corps musculeux et le mur et remua contre elle en un va-et-vient langoureux et sensuel.

— Jamais je ne t'enchaînerai, trésor. (Il arbora un sourire coquin.) À moins que tu me le demandes.

— Mmm… peut-être plus tard.

Se penchant vers elle, il effleura de ses crocs sa clavicule et elle frémit de plaisir.

— J'en rêve, ajouta-t-il d'une voix pleine de promesses érotiques. De t'avoir à ma merci.

— Avant de te rencontrer, c'est tout ce que j'avais, dit-elle. Mes rêves. Et tu les as tous réalisés. (Elle reconsidéra ses propos.) Enfin, presque tous.

Il se figea. Recula. L'observa d'un regard inquiet qui lui brisa le cœur.

— Quels sont les rêves que je n'ai pas réalisés ?

Elle prit sa joue en coupe dans sa main.

— Il n'y en a qu'un. Mais ça viendra.

Il se rembrunit.

— De quoi s'agit-il ?

— Des enfants, murmura-t-elle. Toute ma vie, on m'a répété que je n'avais pas le droit d'en avoir. Et, d'une certaine façon, ça a été une bénédiction. Je n'aurais pas pu élever un enfant dans un clan comme ShadowSpawn ou NightShade. Mais je ne vois pas meilleur endroit que MoonBound, avec toi comme père.

Les yeux noirs de Hunter s'embuèrent et sa gorge se serra. Lorsqu'il parla enfin, ses mots étaient lourds d'émotion.

— Seulement si Nicole trouve le moyen de rendre l'accouchement sûr. Je ne peux pas te perdre. Je t'aime, Aylin. Samnult est un enfoiré, mais il avait raison sur un point. (Inclinant la tête, il lui effleura les lèvres avec les siennes.) J'ai bien choisi.

Oh ! ça oui.

Ils avaient tous les deux bien choisi.

Achevé d'imprimer en avril 2016
Par CPI France
N° d'impression : 3016691
Dépôt légal : avril 2016
Imprimé en France
81121452-2